KNAUR

Von Vincent Kliesch sind bei Droemer Knaur bereits erschienen:

Auris-Reihe
Auris
Die Frequenz des Todes
Todesrauschen
Der Klang des Bösen

Bösherz-Reihe
Bis in den Tod hinein
Im Augenblick des Todes
Im Auge des Zebras

Über den Autor:
Vincent Kliesch wurde in Berlin-Zehlendorf geboren, wo er bis heute lebt. Ab 2010 startete er seine Schreibkarriere mit zwei erfolgreichen Thrillerserien um die Ermittlerfiguren Julius Kern und Severin Boesherz. Boesherz ist der Protagonist der Thriller *Bis in den Tod hinein* und Im *Augenblick des Todes.* Im neuesten Werk des Autors, *Im Auge des Zebras,* übergibt Boesherz den Staffelstab an die Ermittlerin Olivia Holzmann.
Die *Auris*-Bestseller um den forensischen Phonetiker Matthias Hegel schreibt Vincent Kliesch nach einer Idee seines Freundes Sebastian Fitzek.
www.vincent-kliesch.de

VINCENT KLIESCH

IM AUGENBLICK DES TODES

EIN BÖSHERZ-THRILLER

KNAUR

Die Erstausgabe dieses Werkes erschien 2015 im Blanvalet Verlag.

Besuchen Sie uns im Internet:
www.knaur.de

Aus Verantwortung für die Umwelt hat sich die Verlagsgruppe Droemer Knaur zu einer nachhaltigen Buchproduktion verpflichtet. Der bewusste Umgang mit unseren Ressourcen, der Schutz unseres Klimas und der Natur gehören zu unseren obersten Unternehmenszielen. Gemeinsam mit unseren Partnern und Lieferanten setzen wir uns für eine klimaneutrale Buchproduktion ein, die den Erwerb von Klimazertifikaten zur Kompensation des CO_2-Ausstoßes einschließt. Weitere Informationen finden Sie unter: www.klimaneutralerverlag.de

MIX
Papier aus verantwortungsvollen Quellen
FSC® C014496

Neuausgabe Juli 2022
Knaur Taschenbuch

Ein Imprint der Verlagsgruppe
Droemer Knaur GmbH & Co. KG, München

Dieses Werk wurde vermittelt durch die
AVA international GmbH Autoren- und Verlagsagentur München
www.ava-international.de
Covergestaltung: ZERO Werbeagentur, München
Coverabbildung: Collage unter Verwendung von
Diane Cerpan / Arcangel Images und Yeti studio / Shutterstock.com
Emojis von Cosmic_Design / Shutterstock.com
Satz: Adobe InDesign im Verlag
Druck und Bindung: GGP Media GmbH, Pößneck
ISBN 978-3-426-52853-2

2 4 5 3

PROLOG

Es war alles von Anfang an offensichtlich. Und trotzdem unsichtbar«, stellte Severin Boesherz fest. »Weißt du, es ist keine Tragödie, sich zwischen richtig und falsch entscheiden zu müssen. Bei einer Tragödie hat man nur die Wahl zwischen richtig und richtig.«

Olivia Holzmann behielt aufmerksam die Dienstwaffe ihres Kollegen im Blick, die dieser griffbereit auf einem goldfarbenen Hocker neben sich abgelegt hatte. Ob sie entsichert war, konnte Olivia nicht erkennen. Der Sicherungshebel befand sich auf der unten liegenden Seite.

»Und egal, für welches *richtig* man sich auch entscheidet – es ist in jedem Fall falsch«, entgegnete sie dann.

Severin Boesherz saß nachdenklich auf seinem Sessel aus dem neunzehnten Jahrhundert, den er von seinem Großvater geerbt hatte, und war dabei vollkommen anders gekleidet, als Olivia es von ihm gewohnt war. Sie hatte ihren Kollegen bislang ausschließlich in edlen Dreiteilern, mit maßgefertigten Hemden, Manschettenknöpfen, Krawatte und italienischen Lederschuhen gesehen. Jetzt, da er ruhig und mit einem Blick, in dem bereits eine Ahnung des Unvermeidlichen zu liegen schien, vor ihr saß, war davon jedoch nichts mehr zu sehen. Der Trainingsanzug, den Boesherz wie eine Verkleidung trug, stand ihm ebenso wenig wie die abgenutzten Turnschuhe und das T-Shirt mit dem stilisierten Foto eines Popstars darauf, den der Kommissar noch nicht einmal kannte.

»Ich musste in den vergangenen Tagen viele Entscheidungen treffen«, fuhr Boesherz besonnen fort. »Und das habe ich auch getan. Was hätte auch schon passieren sollen? Die Tragödie war ja sowieso nicht abzuwenden.«

Boesherz hatte eine Flasche von seinem Lieblingsrotwein geöffnet; von der Musikanlage kamen die Klänge einer Aufnahme der Oper *Fidelio*. Der Kommissar sah seine Kollegin nicht an. Sein Blick war auf die Fensterfront gerichtet, durch die man über den Balkon hinaus auf die alten Villen sehen konnte, die Boesherz' Wohnhaus direkt gegenüber lagen.

»Kennst du diese Hundehalter, die sich einen Spaß daraus machen, so zu tun, als ob sie einen Stock werfen und sich dann freuen, wenn der Hund losrennt, um ihn zu holen?«, setzte er an. »Die Tiere suchen aufgeregt und voller Vorfreude nach dem Spielzeug, um dann festzustellen, dass es überhaupt keinen Stock für sie zu holen gibt.«

Olivia verzichtete auf eine Antwort.

»Genau so ist das Leben«, fuhr Boesherz daher fort. »Es tut nur so, als ob es einen Stock für uns wirft. Und dann lacht es sich kaputt, wenn wir noch zum tausendsten Mal loshecheln, um ihn zu suchen. Finden werden wir ihn nie …«

Die Nacht schien unheilvoll und wie ein düsterer Schleier über Berlin zu liegen. Und obwohl Olivia erst wenige Minuten zuvor den Auftrag erhalten hatte, zu Boesherz zu fahren, schien dieser sie dennoch aus irgendeinem Grund bereits erwartet zu haben.

»Hast du mich die ganze Zeit über belogen?«, fragte Olivia in einem Ton, mit dem sie ihre Angst vor der Antwort zu unterdrücken versuchte.

Boesherz schmunzelte und nahm noch einen Schluck aus seinem Rotweinglas.

»Manchmal muss man viele belügen, um Einzelne zu schützen«, antwortete er schließlich.

Dann deutete er auf die Flasche, die auf dem Couchtisch stand.

»Möchtest du?«, fragte er, doch sofort korrigierte er sich: »Ach nein, du bist ja noch im Dienst.«

»Ich würde dich so gern verstehen«, setzte Olivia nach. »Was ist denn bloß mit diesem Jungen?«

Jetzt, zum ersten Mal, bemerkte Olivia eine emotionale Regung bei Boesherz. Auch wenn sie nicht deuten konnte, wie diese genau auszulegen war.

»Vergiss den Jungen«, entgegnete er schließlich. Dann lehnte er sich zurück, überschlug die Beine und begann, scheinbar zusammenhanglos, zu erzählen: »Wir hatten damals ein Aquarium in unserer Grundschulklasse.«

Olivia atmete flacher als sonst. Sie bemühte sich, ihre Anspannung zu verbergen, obgleich ihr bewusst war, dass sie keine Chance hatte, bei ihrem Kollegen damit durchzukommen.

»Jeden Tag durfte eins von uns Kindern die Fische füttern«, erinnerte sich Boesherz weiter. »Es ging nach dem Alphabet. Mit *Boesherz* wäre ich gleich der Zweite gewesen, aber wir waren erst sechs Jahre alt – es ging nach den Vornamen. *Severin*. Ich war fast der Letzte auf der Liste.«

Sowohl Olivia als auch ihr Kollege waren sich im Klaren darüber, dass die Zeit drängte. Die Kollegen warteten vor dem Haus, und es konnte nicht mehr lange dauern, bis sie die Geduld verlieren würden. Dennoch erzählte Boesherz leidenschaftslos weiter.

»Ich habe jeden Tag vor dem Aquarium gestanden und den Fischen versprochen, dass sie bald ihr Futter von mir bekommen würden. Immer waren noch andere Kinder vor mir dran, aber das hat mir nichts ausgemacht. Weil ich wusste, dass der Tag kommen würde, an dem *ich* an der Reihe sein würde. Aber dann ist etwas passiert. Meine Eltern hatten entschieden, mich auf eine andere Schule zu schicken. Mit einem speziellen Förderzweig für Hochbegabte. Das war schon länger in Planung, aber sie haben mir davon lieber nichts erzählt. Ich hätte pausenlos dagegen protestiert; welcher Sechsjährige möchte schon seine Freunde verlassen? Und so kam es dann, dass ich ganz plötzlich und unvorbereitet meinen letzten Tag in der Klasse hatte.«

»Aber du warst noch nicht mit den Fischen dran gewesen«, verstand Olivia.

»Ich dachte, weil ich ja nun gehen musste, würde die Lehrerin eine Ausnahme machen und mich vorziehen. Aber das hat sie nicht getan. Wahrscheinlich ist sie gar nicht auf die Idee gekommen, weil das Fischefüttern für sie einfach viel zu unbedeutend war und sie im Traum nicht angenommen hätte, dass das einem Kind so viel bedeuten könnte. Und so musste ich meine Freunde und mein vertrautes Umfeld verlassen, ohne vorher wenigstens noch die Fische gefüttert zu haben.«

Olivia sah auf die Uhr.

»Wir müssen los«, sagte sie dann, und ihre Stimme klang brüchig dabei.

Boesherz roch noch einmal an seinem Rotwein, stellte das Glas dann auf dem Couchtisch ab und griff nach seiner Dienstwaffe. Olivias Pulsschlag erhöhte sich für einen Moment. Dann entnahm Severin der Pistole jedoch das Magazin, sicherte sie und reichte sie seiner Kollegin.

»Ich habe die Fische nie gefüttert!«, stellte er fest und erhob sich. Dann lächelte er Olivia zu und sagte: »Ich freue mich, dass Castella *dich* geschickt hat.«

»Das war das Mindeste«, entgegnete Holzmann und zog, wenn auch widerwillig, ihre Handschellen aus der Tasche. »Tut mir leid, aber …«

»… du musst dich nicht entschuldigen. Warum solltest du?«

Unaufgefordert streckte Boesherz seiner Kollegin die Handgelenke entgegen. Und während diese nun widerwillig ihre Handschellen daran befestigte, erklärte sie so sachlich, dass es fast schon unheimlich klang: »Ich nehme dich fest. Du musst keine Angaben machen, außer zu deiner Person.«

KAPITEL 1

BERLIN.
EINIGE TAGE ZUVOR.

Die dunkle Limousine kam beinahe geräuschlos zum Stehen, bevor ihr Fahrer den Motor abschaltete, ausstieg und mit sicheren Schritten auf die Parkbank zuging, auf der Severin Boesherz saß.

»Sie sind etwas größer, als ich Sie mir vorgestellt habe«, eröffnete der Unbekannte ohne Umschweife das Gespräch.

Der selbstbewusst wirkende Mann trug einen dunkelblauen Anzug, farblich abgestimmte Schuhe und erinnerte mit seiner stilsicheren Erscheinung ein wenig an die großen Hollywoodstars der Fünfziger- und Sechzigerjahre. Es war nichts erkennbar Bedrohliches an ihm, und vielleicht war es unter den gegebenen Umständen gerade das, was ihn auf eine schwer zu beschreibende Weise beängstigend wirken ließ.

»Ich hoffe, ich bin nicht auch noch dicker, als Sie es sich vorgestellt haben«, erwiderte Boesherz trocken, während er kurz von seiner Zeitung aufsah, um einen knappen Augenkontakt mit dem Fremden herzustellen, den er bereits auf dessen Weg zur Parkbank mit geübtem Blick gemustert hatte.

Boesherz hatte eben erst einen ausgedehnten Spaziergang um den Berliner Schlachtensee unternommen. So, wie er es fast immer tat, wenn er einen freien Tag hatte. Sein Ausflug folgte dabei einem immer gleichen Ablauf. Fast exakt zwei Stunden lang spazierte Boesherz in der belebenden Luft des Berliner Frühherbstes um das Gewässer und sah Joggern, Radfahrern und Hundebesitzern bei ihren Unternehmungen zu. Wie jedes Mal, wenn er seinen Spaziergang machte, war er auch an diesem Tag auf halber Strecke in das Restaurant *Fischerhütte* eingekehrt, das direkt am Ufer lag. Er hatte dort einen Elsässer Flammkuchen gegessen und ein Glas Weißwein dazu getrunken. Im Anschluss an seinen Rundgang hatte er dann auf derselben Bank in der Nähe des S-Bahnhofes Schlachtensee Platz genommen, um in aller Ruhe in seiner Zeitung zu lesen. Wirklich alles an diesem Tag war für den Rheingauer wie immer verlaufen. Bis zu diesem Augenblick.

»Darf ich?«, erkundigte sich der Unbekannte formvollendet und deutete auf den freien Platz neben dem Kommissar.

»Ich lese gerade einen Artikel über eine Frau, die in ihrem Wasserbett gestorben ist«, antwortete dieser. »Sie hat sich betrunken und unter Drogeneinfluss in voller Bekleidung hingelegt. Dann hat sie im Schlaf mit ihren High Heels die Matratze eingerissen, woraufhin das Wasser ausgelaufen ist. Bevor sie zu sich kommen konnte, war sie auch schon in ihrem eigenen Bett ertrunken. Was meinen Sie? Haben Sie eine spannendere Geschichte für mich?«

Der Fremde lächelte, bevor er sich ohne Aufforderung setzte. Dann richtete er seinen Blick auf den blauen Himmel, schlug seine Beine übereinander und antwortete: »Ist das nicht ein wunderschöner Tag? Was halten Sie davon, wenn wir einen kleinen Ausflug machen? Ich nehme doch an, mein Fahrzeug entspricht Ihrem Geschmack?«

Severin Boesherz war nicht entgangen, dass sein Gesprächspartner in einem Volkswagen Phaeton vorgefahren war. Der Kommissar selbst besaß einen solchen Wagen, und das, obwohl ihm aufgrund seiner Position beim LKA Berlin ein Dienstfahrzeug zugestanden hätte. Doch Boesherz hatte kein Interesse daran, freiwillig auf den Komfort seines Oberklassefahrzeuges zu verzichten. Auch wenn er unter seinen Kollegen damit nicht selten zur Zielscheibe von Spott und Häme wurde.

»Der Zwölfzylinder Benziner?«, fragte Severin interessiert.

»Mit vierhundertfünfzig PS«, erhielt er zur Antwort.

»Streng genommen eine Energieverschwendung – aber zugegebenermaßen eine höchst vergnügliche«, stellte Boesherz fest und widmete sich demonstrativ wieder seiner Zeitungslektüre.

»Nun ja, man kann den Bären wohl nicht waschen, ohne sein Fell nass zu machen«, kommentierte der Fremde, bevor er bemerkte: »Ich habe mich Ihnen noch gar nicht vorgestellt. Nennen Sie mich Ismael.«

Boesherz gab sich unbeeindruckt.

»Und was führt Sie zu mir, Ismael?«

Der Fremde schmunzelte vergnügt. Er hatte allem Anschein nach von Boesherz, der wie immer einen eleganten Dreiteiler mit Krawatte und Manschettenknöpfen trug, keine andere Reaktion erwartet.

»Ich habe eine kleine Überraschung für Sie mitgebracht, Herr Hauptkommissar«, erklärte er nun.

»Kleine Überraschungen enden nicht selten in großen Katastrophen.«

Ismael lachte auf.

»Da spricht der Kriminalist, sehr gut!«, entgegnete er. Dann senkte er seine Stimme wieder und fuhr fort: »Nun kommen Sie schon. Normalerweise läuft es bei Ihnen doch so: Etwas Ungewöhnliches geschieht, Sie fragen sich, wer oder was wohl dahinterstecken könnte, stellen allerlei Ermittlungen an, und am Ende verstehen Sie, wen Sie die ganze Zeit über gesucht haben.«

»Das ist das übliche Prozedere«, bestätigte der Kommissar, noch immer scheinbar ungerührt.

»Ermüdet es Sie nicht auch, dass so vieles im Leben so unerträglich vorhersehbar ist? So gleich, sich ständig wiederholend?«

»Eigentlich ist es genau diese Vorhersehbarkeit, die meinen Beruf erleichtert.«

»Und doch möchte ich, dass wir das Spiel heute einmal andersherum spielen!«

Ismael war nicht besonders groß, hatte volles, kräftiges Haar und buschige Augenbrauen. Es war nichts Unverkennbares an ihm, doch die ungewöhnliche Art seines Auftretens im Zusammenspiel mit einer schwer zu beschreibenden Präsenz beeindruckte Severin weit mehr, als er es sich anmerken ließ.

»Sie trauen sich also zu, mich überraschen zu können?«, erkundigte er sich und legte seine Zeitung schließlich beiseite.

»Sollten Sie nicht überrascht sein, bekommen Sie Ihr Geld zurück!«, entgegnete der Fremde mit charismatischem Lächeln, erhob sich von der Bank und trat an seinen grauen Phaeton mit den abgedunkelten Fondscheiben heran. Dann öffnete er die Tür zur Rückbank.

»Meine Mutter hat mir davon abgeraten, mich zu fremden Männern ins Auto zu setzen.«

»Sie hat Ihnen sicher auch davon abgeraten, Alkohol zu trinken«, erwiderte Ismael und demonstrierte Boesherz den Rotwein, den er für die Fahrt in der Mittelkonsole des Fahrzeuges deponiert hatte. »Quercus, das ist doch Ihre Marke? Oder haben Sie mittlerweile gewechselt? Der hier ist von zweitausendsechs.«

Tatsächlich handelte es sich bei dem Spätburgunder aus dem Rheingau um Boesherz' Lieblingswein, insbesondere aus dem genannten Jahrgang.

»Der Zweitausendsechser ist in Singapur zum drittbesten Spätburgunder der Welt gewählt worden. Aber ich vermute, Sie wissen das«, antwortete er und erhob sich nun ebenfalls von der Parkbank. »Was, wenn ich nun dem Rat meiner Mutter folge und Sie nicht auf Ihrer mysteriösen Reise begleite?«

Ismael lachte ein weiteres Mal auf, dieses Mal sogar noch etwas lauter. Dann schloss er für einen Moment die Augen, legte den Kopf schräg in den Nacken und antwortete selbstsicher:

»Nun, in diesem Fall müsste ich zu Plan B übergehen. Aber glauben Sie mir: Plan A wird Ihnen viel mehr Spaß machen! Kommen Sie schon, ich weiß doch, dass Sie neugierig sind.«

Boesherz war unbewaffnet, und die hintere Tür des Phaetons konnte vom Fahrer ohne Weiteres mit der automatischen Kindersicherung von innen verriegelt werden.

»Also gut«, entschied er dennoch und ging auf den Wagen zu. »Ich muss gestehen, Sie haben sich meine Aufmerksamkeit ehrlich verdient. Wo fahren wir hin?«

Ismael lächelte süffisant, während der Kommissar es sich auf der Rückbank bequem machte. Schließlich antwortete er seinem Gast: »Das ist ja das Besondere – heute ist nämlich Ihr ganz großer Tag! Ich bringe Sie jetzt an den interessantesten Ort, den Ihnen ein Mensch überhaupt nur bieten kann! Und, ist das nichts?«

KAPITEL 2

Ebenso kraftvoll wie elegant bog die Limousine an der Spanischen Allee auf die Stadtautobahn ab, während Boesherz einen guten Schluck des edlen Quercus in das Glas schenkte, das in der Halterung seiner Armlehne steckte. Es handelte sich dabei um ein grobes Wasserglas, aus dem der Kommissar üblicherweise keinen Rotwein trinken würde. Doch ein bauchiges Weinglas mit langem Stil hätte in der Aussparung seiner Armlehne keinen Halt gefunden. Severin sog genüsslich den ihm wohlvertrauten Duft von roten Beeren, Holunder und Eichenholz ein, während er dabei sowohl Ismael als auch das Fahrzeug auskundschaftete. Dabei entging ihm nicht, dass eine kleine Kamera an der Windschutzscheibe befestigt war. Üblicherweise dienten solche Kameras dem Fahrer dazu, nach Verkehrsunfällen seine Unschuld beweisen zu können. Nun war die Linse jedoch nicht auf die Fahrbahn, sondern auf das Innere des Phaetons ausgerichtet. Zudem erklang über die Musikanlage eine ältere Aufnahme der Oper *Medea* von Giovanni Pacini. Boesherz genoss die Musik, ungeachtet der absonderlichen Umstände.

»Sie sind erstaunlich gut über mich informiert«, stellte er fest, während er sich die Fahrtroute einprägte.

»Das sollte ich auch sein, ich habe schließlich nicht irgendwen an Bord. Man hört einiges über Sie, Herr Kommissar. Stimmt es, dass Sie an einem Aschenbecher erkennen können, wer darin seine Zigarette ausgedrückt hat?«

»Solche Dinge erzählt man sich über mich?«

»Dem Vernehmen nach vor allem in den Gefängniszellen.«

»Ich darf Ihnen versichern, dass ich noch niemanden hinter Gitter gebracht habe, weil er eine Zigarette ausgedrückt hat.«

Die Fahrt dauerte nun bereits mehr als zehn Minuten, und noch immer war nicht abzusehen, wann der geheimnisvolle Fremde preisgeben würde, aus welchem Grund er Boesherz ausfindig gemacht und zu der rätselhaften Partie eingeladen hatte.

»Was können Sie mir denn über den *interessanten Ort* sagen?«, erkundigte sich Boesherz schließlich.

»Wenn ich Ihnen dazu etwas verrate, ist es doch keine Überraschung mehr, oder?«, erhielt er zur Antwort. »Aber soweit ich weiß, haben Sie Freude an Rätseln. Also lassen Sie mich so viel sagen: Der Ort, an den ich Sie bringe, ist wie eine Schlange. Sie liegt die längste Zeit über einfach nur da. Ruhig, oft schön, manchmal aber auch bedrohlich. Doch bisweilen bewegt sie sich. Auf uns zu, von uns weg, an uns vorbei. Mitunter schnappt sie auch nach uns. Dann müssen wir hoffen, dass ihr Biss nicht giftig ist. Und falls doch, dann können wir nur beten, dass wir ihn überleben und sich die Schlange danach für lange Zeit wieder zurückzieht.«

»Interessant«, entgegnete Boesherz, nachdem er einen weiteren Schluck Quercus getrunken hatte. »Und, schnappt die Schlange nach mir?«

»Das hat sie doch schon! Warum wäre ich wohl sonst hier?«

»Ich spüre aber keine Lähmungserscheinungen.«

Ismael unterdrückte ein Schmunzeln, während er seinen Blick nach vorn auf die Straße richtete. Nicht ein einziges Mal während der gesamten Fahrt sah er in den Rückspiegel.

»Wir sind gleich an Ihrem Ziel«, kündigte er an, nachdem er zwischenzeitlich von der Stadtautobahn abgefahren war und sich nun einer ruhigen Gartensiedlung im etwas außerhalb gelegenen Stadtbezirk Spandau näherte.

»Und ich nehme an, Sie möchten mir selbst jetzt noch nicht mitteilen, um was für ein Ziel es sich handelt?«

»Es kommt nicht oft vor, dass Sie so etwas nicht von selbst erraten können, oder?«, kokettierte der Fahrer daraufhin. »Aber es Ihnen jetzt einfach so zu erzählen würde Ihnen doch die Vorfreude verderben!«

»Ich empfinde keine Vorfreude.«

»Oh, das sollten Sie aber! Denn obwohl ich weiß, wie brillant Sie kombinieren können, darf ich Ihnen doch eines versprechen: Sie werden nicht darauf kommen, was Sie erwartet!«

Boesherz hatte jedes Detail genau registriert. Das Aussehen des Unbekannten, das Auto, die Weinflasche, die Fahrtroute, jedes Wort, das sie miteinander gewechselt hatten. Und doch, in diesem Punkt musste er Ismael recht geben. Tatsächlich hatte er noch keine echte Vorstellung davon, welchen Sinn die befremdliche Aktion haben mochte.

»Bisher haben Sie nichts über mich gewusst, das man nicht auch herausfinden könnte, wenn man sich mit meiner Supermarktkassiererin unterhalten würde. Meine Automarke, meinen Lieblingswein, mein Interesse an Opern. Wenn Sie mich beeindrucken wollen, dann muss schon noch etwas mehr kommen.«

Der Fahrer setzte den Blinker, bevor er unmittelbar darauf den Phaeton am Straßenrand zum Stehen brachte. Zum ersten Mal seit Fahrtbeginn wandte er sich nun zu Boesherz um.

»Es kommt sogar noch viel mehr, als es bräuchte, um Sie zu beeindrucken! Die letzten Meter bis zu Ihrer Überraschung müssen Sie jetzt allerdings allein zurücklegen.«

»Ich werde das Gefühl nicht los, dass wir uns wiedersehen werden«, entgegnete der Kommissar und versuchte dabei die Mimik seines Gegenübers zu lesen. »Werde ich Sie suchen?«

»Ohne jeden Zweifel!«, antwortete der Fremde mit einem Anflug von Vorfreude. »Und es würde mir ein Fest sein, mich finden zu lassen. Falls Sie es rechtzeitig schaffen sollten, versteht sich.«

»Rechtzeitig?«

»Herr Hauptkommissar, ich lasse Ihnen heute ein Privileg zuteilwerden. Nicht nur, dass ich Ihnen den erbaulichsten Tag des ganzen Jahres schenke, ich zeige Ihnen auch mein Gesicht. Ist das nicht ein Traum für einen Polizisten? Von Anfang an zu wissen, mit wem man es zu tun hat?«

Boesherz gab sich unbeeindruckt.

»Ich könnte Sie jetzt sofort zur Feststellung Ihrer Personalien mit auf die Wache nehmen.«

»Aber in diesem Fall würden Sie die Dinge aus dem Gleichgewicht bringen, und der ganze Spaß wäre verdorben.«

»Sie pokern hoch«, stellte Boesherz fest.

»Das kann ich mir ja auch erlauben. Ich bluffe nämlich nicht«, konterte Ismael eloquent. »Sie sollten jetzt aussteigen.«

Boesherz nickte zustimmend und leerte sein Weinglas. Er hatte sich nur sehr wenig von dem Quercus aus dem Spitzenjahrgang eingeschenkt, um seine Sinne nicht zu vernebeln.

»Gehen Sie jetzt einfach die Straße bis zum Ende entlang. Dann nach links. Sie sehen dann ein kleines Backsteinhaus. Das Gartentor steht offen. Gehen Sie auf das Grundstück, dann hinter das Haus und öffnen Sie die Terrassentür. Sie ist nur angelehnt. Treten Sie ein – und genießen Sie Ihre Überraschung!«

Boesherz war sich bewusst, dass er keine weiteren Informationen von seinem mysteriösen Gesprächspartner erhalten würde. Er stieg daher aus dem Wagen und warf die Tür hinter sich zu, woraufhin sich die Limousine wieder in Bewegung setzte und nach wenigen Sekunden aus seinem Blick verschwunden war.

Severin war den Anweisungen des Fremden gefolgt. Nun befand er sich vor dem Grundstück mit dem Backsteinhaus, dessen Gartentor wie angekündigt offen stand. Er sah auf das Namensschild.

Dr. Praetorius. Nie gehört.

Boesherz dachte kurz darüber nach, ob er seine Kollegen von der Schutzpolizei hinzuziehen sollte, bevor er das fremde Grundstück betrat. Er kam jedoch zu dem Schluss, dass objektiv kein überzeugender Grund dafür vorlag. Und noch etwas anderes hielt ihn davon ab, nach seinem Handy zu greifen, um in seiner mysteriösen Lage Unterstützung zu erbitten: seine Neugier. Es kam nicht oft vor, dass es einem Menschen gelang, Boesherz nicht allein schon durch sein Erscheinungsbild alles zu verraten, was dieser von ihm wissen musste. Doch der seltsame Herr in dem grauen Phaeton hatte es geschafft. Er hatte Boesherz' Aufmerksamkeit gewonnen, ihn dazu bewegt, eine skurrile Irrfahrt anzutreten, und jetzt, unmittelbar vor der Beantwortung der drängendsten Frage, würde er nicht wie ein kleiner Junge um Hilfe rufen, sondern sich der Situation so stellen, wie man es offenbar für ihn vorgesehen hatte.

Der Garten war gepflegt, und anhand der Techniken, mit denen er angelegt und instand gehalten war, konnte Boesherz erkennen, dass sich professionelle Gärtner darum kümmerten. Nichts Ungewöhnliches oder gar Beunruhigendes ließ sich ausmachen. Genau genommen empfand Severin die Atmosphäre sogar als angenehm, während er sich nun langsam und umsichtig über den Rasen bis zum Haus bewegte.

»Herr Doktor Praetorius?«, rief er durch die Terrassentür, die tatsächlich nur angelehnt war. »Mein Name ist Boesherz, darf ich reinkommen?«

Unwillkürlich musterte der Kommissar durch die Glastür hindurch jeden Winkel des Wohnzimmers. Es dauerte keine fünf Sekunden, bis ihm etwas aufgefallen war.

Es gibt mehrere Türen, die in verschiedene Räume führen. Unter den Regalen und Schränken im Wohnzimmer ist länger nicht Staub gewischt worden. Außer unter dem einen, das neben der Tür steht, die in den Flur führt. Er will mich auf diese Tür aufmerksam machen.

»Ich komme jetzt rein!«

Ein Spirituosenwagen mit verschiedenen Whiskys und Cognacs, daneben ein Zigarrenhumidor. Hausschuhe in Größe sechsundvierzig, ein Herrenmantel an der Garderobe, ein einzelnes großes, leeres Bierglas auf dem Fernsehtisch. Dr. Praetorius ist ein Mann, aber nicht derjenige, der mich hergefahren hat. Der trug Schuhgröße zweiundvierzig und wäre zu groß für den Mantel gewesen.

Boesherz erreichte nun den Flur, der zu den anderen Räumen des Hauses führte. Nur eine der Türen war geschlossen, ein Schild mit der Aufschrift *Praxis* war daran befestigt.

Ein Foto von Christiaan Barnard an der Wand. Barnard hat die erste Herztransplantation der Welt durchgeführt. Historische medizinische Instrumente im Flur. Praetorius ist Chirurg.

Boesherz klopfte an die Praxistür, doch es erfolgte keine Reaktion.

›Treten Sie ein – und genießen Sie Ihre Überraschung!‹ Also gut, dann wollen wir mal …

Boesherz griff nach der Klinke, drückte sie vorsichtig nach unten und öffnete die Tür dann einen Spaltbreit. Das Szenario, auf das sein Blick nun fiel, verschlug ihm für einen Augenblick den Atem. Sein Herzschlag beschleunigte sich rasant, und er musste um Fassung ringen, als er mit furchtbarer Wucht erkannte, wovon Ismael die ganze Zeit über gesprochen hatte.

›Ein Ort … wie eine Schlange. Oft schön, manchmal aber auch bedrohlich … Mitunter schnappt sie nach uns. Dann müssen wir hoffen, dass ihr Biss nicht giftig ist.‹ – Das ist also der interessanteste Ort, an den er mich bringen konnte: meine Vergangenheit!

KAPITEL 3

Dr. Praetorius schien aufrecht hinter seinem Schreibtisch zu sitzen. Sein Mörder hatte die Leiche des Arztes gekonnt mit Angelschnüren an dessen Sessel festgebunden, bis es schließlich so aussah, als befände sich der Chirurg im Gespräch mit einem Patienten. Dann hatte der Täter das Kunststoffskelett, das in einer Ecke der Praxis aufgestellt gewesen war, von dessen Halterung entfernt. Er hatte es dem Toten direkt gegenüber auf einen Patientenstuhl drapiert und ebenfalls mit Angelschnüren daran befestigt. Erst dann war der Mörder dazu übergegangen, zunächst das Herz, danach die Leber und schließlich den Magen von Dr. Praetorius an die jeweils anatomisch korrekte Stelle in das Skelett einzuhängen. Zuvor hatte er sein Opfer im nebenan gelegenen Operationsraum ausgeweidet und es anschließend wieder mit dessen Arztkittel bekleidet. Als schreckliches Finale hatte der Täter Praetorius zudem skalpiert, um dem Skelett danach Kopfhaut und Haare des Arztes wie eine Perücke aufsetzen zu können. Zusätzlich war dem Arzt auch noch der kleine Finger seiner linken Hand abgetrennt worden, der jedoch nirgendwo in der Praxis zu finden war. Der unwirkliche Anblick der Leiche, die einem Skelett mit ihren eigenen Eingeweiden darin gegenübersaß, war auf entsetzliche Weise ebenso bestialisch wie faszinierend.

Die Ruhe in der familiär anmutenden Gartensiedlung war gewichen. Die Schutzpolizei hatte das gesamte Areal abgesperrt, der Erkennungsdienst war damit beschäftigt, Spuren im Haus und auf dem Grundstück zu sichern, und die Befragung der Anwohner war im vollen Gang.

»Und du bist einfach zu diesem Typen ins Auto gestiegen und mitgefahren? Ohne eine Ahnung zu haben, wer er war und was er wollte?«, fragte Olivia Holzmann ihren Kollegen Boesherz, mit dem sie auf einer Holzbank vor dem kleinen Springbrunnen im Garten des Hauses Platz genommen hatte.

»Gerade deswegen«, betonte Severin. »Die Situation hatte einen Reiz, dem ich mich nicht entziehen konnte. Und offen gestanden möchte ich jetzt auch nicht mehr wissen, welchen *Plan B* er gehabt hätte, wenn ich nicht eingestiegen wäre.«

Boesherz bemerkte einen Frosch, der in dem Wasserbecken des Springbrunnens saß.

»Und du hast wirklich überhaupt keine Vorstellung davon, wer dieser Ismael ist?«, drängte Olivia. »Irgendwas muss er dir doch von sich verraten haben. Mit seiner Frisur, seiner Kleidung, was weiß ich? Du siehst doch sonst immer alles.«

Boesherz war auffallend ruhig und in sich gekehrt. Der Kommissar, dessen selbstsicheres Auftreten in Verbindung mit seiner überragenden Kombinationsgabe ihn oft unnahbar, nicht selten sogar herablassend erscheinen ließ, zeigte Olivia jetzt eine Seite von sich, die sie bislang noch nicht an ihm beobachtet hatte.

»Ich kann ihn dir bis ins Detail beschreiben. Alles, was er gesagt, getan oder gelassen hat«, hielt Severin ihr entgegen, während der Frosch gerade seine Backen aufblies. »Ihr bekommt ein Phantombild, das besser wird als ein Foto. Aber darüber hinaus war er wie ein weißes Blatt für mich. Ein Anzug mittlerer Preislage, den er überall herhaben kann, keine besondere Marke, nichts Seltenes. Seine Schuhe sind Massenware aus China, und seine Frisur bekommt jeder Azubi im zweiten Ausbildungsjahr hin. Dafür muss er in keinen teuren Salon gehen.«

»Und das Kennzeichen seines Autos?«

»Schon gecheckt. Die Schilder waren geklaut, was auch sonst? Der Phaeton war sowieso nicht seiner.«

»Nicht?«

Boesherz winkte ab.

»Die Außenspiegel waren nicht exakt auf seine Sichthöhe eingestellt, und die Lehne von seinem Sitz war zu steil. Er hat sich am Steuer nicht entspannt, weil er mit dem Wagen nicht richtig vertraut war. Trotzdem hat er nicht wie ein Chauffeur gewirkt, er hatte Charisma und Präsenz.« Boesherz schloss einen Moment lang die Augen. »Ich kann es kaum erwarten, ihn zu verhören.«

»Was meinst du? War Ismael derjenige, der das da drinnen angestellt hat?«, wollte sie nun wissen.

»Das möchte man vermuten«, antwortete Boesherz. »Obwohl er nicht nach Blut gerochen hat und seine Hände unversehrt waren. Bei dieser Sauerei sollte er sich eigentlich ein paar Schrammen zugezogen haben. Aber wenn er vorsichtig war oder Handschuhe anhatte, kann er es auch unverletzt hinbekommen haben.«

»Wie alt war er denn etwa?«

»Nach Hautbild, Zahnstatus, Haaren und Ausdrucksweise etwa Mitte dreißig. Damit wäre er damals zwar ein bisschen jung gewesen, aber auch wieder nicht *zu* jung.«

»Damals?«, staunte Olivia und sah ihren Kollegen unverwandt an.

Boesherz nickte. Während er noch abwägte, wie er seiner Kollegin beibringen sollte, was er soeben angedeutet hatte, sprang der Frosch vom Springbrunnen hinunter und hüpfte durch den Garten hindurch in Richtung des nahe gelegenen Sees davon.

»Dieser Mord da drinnen …«, setzte Severin jetzt zögerlich an, doch der Ruf eines der Kollegen vom Erkennungsdienst unterbrach ihn.

»Könnt ihr mal reinkommen?«, schallte es den beiden Kommissaren vom Haus her entgegen. »Adrian hat eine erste Einschätzung!«

Ohne seinen Satz zu beenden, erhob sich Boesherz und ging zielstrebig auf das Haus zu. Olivia folgte ihm.

»Handwerklich eine saubere Arbeit«, stellte Dr. Adrian Homann, der Rechtsmediziner, anerkennend fest, während er die Leiche von Dr. Praetorius dabei unablässig von allen Seiten betrachtete.

»Wie lange hat der Täter wohl dafür gebraucht?«, wollte Olivia wissen.

»Also, der Schädel ist ziemlich schwer verletzt. Dadurch, dass er durch das Skalpieren freigelegt worden ist, kann man den Bruch deutlich sehen«, antwortete Homann und deutete auf den enthäuteten Hinterkopf des Toten, der eine unverkennbare Fraktur aufwies. »Sieht aus, als hätte man ihn mit einem schweren Gegenstand niedergeschlagen. Ich vermute, Praetorius ist dann an einer Hirnblutung durch das Schädeltrauma gestorben. Das würde auch erklären, dass es keine erkennbaren Abwehrverletzungen gibt. Es ist wohl wenigstens schnell und schmerzlos für ihn abgelaufen. Im Nebenzimmer ist der Operationsraum. Die Liege ist vollkommen mit Blut verschmiert; da hat der Täter den Körper dann wohl geöffnet. Mit dem Y-Schnitt.«

Der Rechtsmediziner hatte die erste Leichenschau am Fundort abgeschlossen. Dabei hatte er auch den Kittel von Dr. Praetorius aufgeknöpft und festgestellt, dass der Körper des Arztes mit derselben Schnitttechnik seziert worden war, die auch bei Obduktionen von Leichen angewendet wird.

»Der Täter musste die Haut zur Seite klappen, dann war das *Omentum majus* freigelegt. *Das große Netz*, dient der Aufhängung der Organe im Bauchraum. Das konnte er relativ leicht wegschneiden, dafür hat er nicht lange gebraucht. Ein bisschen

Zeit muss ihn dagegen das Herz gekostet haben. Die Kollegen haben nebenan einen Seitenschneider gefunden, mit dem hat er wohl die Rippen durchtrennt. Die musste er dann wegbrechen, den Herzbeutel aufschneiden, die Gefäße abtrennen, und dann konnte er es rausnehmen. Die Leber ging sicher schneller, da musste er nicht durch Knochen durch. Einfach hinter den Rippen hervorziehen und die Gefäße kappen. Die Gallenblase hat er dabei gleich noch mitbekommen. Danach hat er dann wohl noch ein bisschen Zeit für den Magen benötigt.« Adrian Homann zeigte an seinem eigenen Körper die Lage des Organs. »Der Magen liegt hier, neben der Leber im linken Bereich der oberen Bauchhöhle. Der muss von den Aufhängebändern getrennt werden. Dann musste der Täter die Speiseröhre durchschneiden, die den Magen nach oben begrenzt, und den Zwölffingerdarm, der ihn nach unten mit dem Gedärm verbindet. Den kleinen Finger hat er dann ganz schnell abbekommen, das hat ihn nur ein paar Sekunden gekostet. Dann musste er noch das Opfer und die Organe waschen, damit wir den Toten schön sauber vorfinden. Die Eingeweide mit Angelschnur in das Skelett einhängen, mit einem Skalpell um die Haare herum schneiden, die Kopfhaut abziehen, die Leiche wieder bekleiden, auf den Stuhl hieven, festbinden. Also, das ist jetzt eine grobe Schätzung, aber ich nehme an, mit einer Stunde kann er hingekommen sein. Nach dem Status der Leichenstarre vermute ich, dass der Tod noch in den Morgenstunden eingetreten ist, aber die Obduktion müsst ihr natürlich noch abwarten. Ihr wisst ja, bei ausgebluteten Leichen ist es schwerer, den Todeszeitpunkt zu ermitteln, weil es keine Totenflecken gibt.«

Olivia versuchte, sich keine emotionale Regung anmerken zu lassen. Schließlich wandte sie sich zu Boesherz um.

»Wenn Ismael sich nach seiner Metzgerarbeit noch gründlich

sauber gemacht und umgezogen hat, dann könnte das zeitlich problemlos hinkommen.«

Severin ging nicht sofort auf Olivias Hypothese ein. Er betrachtete stattdessen aufmerksam, beinahe abwesend, den Tatort.

Die Praxis war, allein schon aus hygienischen Gründen, minimalistisch eingerichtet. Hinter dem Besprechungstisch des Arztes stand ein hohes Regal mit Glastüren, durch die zahlreiche Medikamente und Behandlungswerkzeuge zu erkennen waren. Die Fenster waren mit leicht vergilbten Gardinen verhängt, der Boden mit einfach zu reinigendem PVC belegt, und außer zwei Patientenstühlen befand sich noch eine Liege in dem hellen Raum.

Erst nach einigen Sekunden brach Boesherz schließlich sein Schweigen. Jedoch nicht, um Fragen aufzuwerfen oder über den Sachverhalt zu spekulieren. Im Gegenteil, der Kommissar wirkte vollkommen abgeklärt und selbstsicher, als er schließlich seine Überlegungen auszuführen begann.

»Der Täter hat eine Szene entworfen, mit der er uns etwas über sein Motiv erzählt. *Ein Arzt behandelt sich selbst.* Aber was soll uns das sagen? Es geht nicht um das Thema Organspende, auch wenn das naheliegend wäre. Es geht auch nicht um Rache wegen einer verpatzten Operation, bei der ein Angehöriger des Täters gestorben ist. Alle Patienten aus seiner Datenbank haben entweder Alibis, keine Motive oder hätten das hier gar nicht anstellen können. Wir werden keine einzige echte Spur finden, und die Ermittlungen werden nach monatelanger, frustrierender Arbeit im Sande verlaufen. Der Fall kommt zu den Akten. Ungelöst.«

Mit einem Mal herrschte Stille im Raum, alle Blicke der Anwesenden waren allein auf Boesherz gerichtet. Der Fotograf hatte vorübergehend damit aufgehört, den Tatort abzulichten, und auch die anderen Mitglieder des Kriminalistenteams hatten ihre Tätigkeiten unterbrochen. Sicher, Boesherz war für seine oft überraschenden Feststellungen bekannt. Dennoch konnte sich keiner der Anwesenden erklären, welche Beobachtung ihn wohl zu dieser unerwartet pessimistischen Prognose geführt haben mochte.

»Eigentlich könnt ihr die Arbeit auch gleich abbrechen«, fügte er noch hinzu, bevor er Olivia tief in die Augen sah, noch einmal kräftig durchatmete und schließlich das aussprach, was ihm schon in dem Augenblick bewusst gewesen war, in dem er die Tür der Praxis von Dr. Praetorius geöffnet hatte: »Wir haben es hier mit der exakten Kopie eines Verbrechens zu tun, das ich vor fast fünfzehn Jahren im Rheingau untersucht habe.«

Jetzt war es so still, dass man eine Stecknadel hätte fallen hören können. Erst nach scheinbar endlosen Sekunden fügte Boesherz hinzu: »Es war das einzige Verbrechen, das ich niemals aufklären konnte.«

KAPITEL 4

Das hier wird ein rein privates Gespräch. Sie verstehen?« Staatsanwalt Carl vom Stein schmunzelte so dezent, dass es seiner Gastgeberin vermutlich entgangen wäre, hätte sie ihn nicht so gut gekannt.

»Ihr Sherlock Holmes scheint seinen Professor Moriarty gefunden zu haben«, antwortete er und ließ seine Blicke dabei über die Drucke der Gemälde Michelangelos und Leonardo da Vincis schweifen, die die Wände von Daniela Castellas Haus schmückten.

Das Anwesen im Stadtteil Westend, das die Leiterin des Dezernats für *Delikte am Menschen* im LKA Berlin zusammen mit ihrem Ehemann Paolo bewohnte, war großzügig geschnitten und mit sicherem italienischen Chic eingerichtet. Das Ehepaar hatte seinerzeit eigens einen Innenarchitekten aus Florenz einfliegen lassen. Eine Tatsache, die einem jedoch deutlich weniger großspurig erschien, wenn man erfuhr, dass es sich dabei um einen nahen Verwandten Paolo Castellas gehandelt hatte. Flavio Castella hatte es verstanden, sowohl eine deutlich verkleinerte Nachbildung von Michelangelos *David* als auch zahlreiche hochwertige Drucke von Porträts wichtiger Persönlichkeiten der italienischen Renaissance so zu inszenieren, dass sie elegant und geschmackvoll zu einem gehobenen Ambiente beitrugen.

Die Dezernatsleiterin hatte es sich nicht nehmen lassen, ihrem Gast von der Staatsanwaltschaft einen doppelten Espresso mit ihrer dreigruppigen Kaffeemaschine anzufertigen. Carl vom Stein ließ unter seinen Kollegen ohnehin keine Gelegenheit aus, darauf hinzuweisen, dass man im Hause der Castellas den besten Kaffee außerhalb Italiens bekomme.

»Er hat seinen Moriarty schon vor sechzehn Jahren gefunden. Und nie ein Wort darüber verloren«, fügte Castella hinzu.

»Ich habe auf der Fahrt hierher mit den Kollegen in Hessen gesprochen. Boesherz hat damals bei der Kripo unter der Leitung von Hauptkommissar Rupert Schirlo ermittelt. Schirlo ist schon auf dem Weg zu uns.«

»Das wird Severin nicht gefallen.«

Castella erhob sich von ihrem Sessel und ging am Kamin entlang zum Bücherregal hinüber.

»Warum haben Sie mich zu sich nach Hause gebeten?«, erkundigte sich der Staatsanwalt nun, während er den Zucker in seinem Espresso verrührte, dessen Duft inzwischen den halben Raum füllte.

Carl vom Stein war ein imposanter Mann. Bei Gericht tuschelte man gern hinter vorgehaltener Hand, er sei nach Abschluss seines Studiums vermutlich nur deswegen zur Staatsanwaltschaft gegangen, weil er mit seiner ehrfurchteinflößenden Gestalt und der Narbe auf seiner Wange als zu bedrohlich für einen Richter und zu undurchsichtig für einen Verteidiger angesehen worden wäre. Tatsächlich entstammte vom Steins Berufswahl aber einer langen Familientradition. Mehrere seiner Vorfahren waren bereits Staatsanwälte gewesen.

»Der ganze Fall ist ziemlich pikant. Ich hielt es für besser, zunächst unter vier Augen darüber zu sprechen. Ich bin mir nämlich keinesfalls sicher, ob Boesherz wirklich der geeignete Mann für diese Ermittlung ist«, gab Castella zu. »Er ist viel zu persönlich involviert.«

Castella schloss für einen Moment die Augen, atmete tief aus und neigte den Kopf.

»Ich verstehe Ihre Sorge. Aber welche Alternative würden Sie denn bevorzugen? Ihnen muss klar sein, dass Boesherz sich nicht einfach von dem Fall abziehen lässt. Immerhin, als er damals ermittelt hat, war es ein perfider Mord – aber nach dem heutigen Tag weiß er, dass das Ganze auch etwas mit ihm persönlich zu tun hat. Und wer weiß, ob es nicht damals auch schon so war?«

Castella griff sich selbst in den Nacken und massierte ihn mit leichtem Druck.

»In diese Richtung werden wir auch den Fall von damals noch mal aufrollen«, kündigte sie dabei an. »Vielleicht sollte ich Boesherz einfach eine Sonderposition in der Ermittlung geben. Etwas, das es ihm ermöglicht, seine Stärken auszuspielen.«

»Was auch immer Sie für die geeignete Methode halten«, räumte der Staatsanwalt ein. »Hauptsache, diese Geschichte entwickelt sich nicht zu so einem Fiasko wie damals.«

Castella konnte nicht widersprechen.

»Wir wissen, dass es hier weniger um Dr. Praetorius geht als um Severin selbst«, stellte sie fest. »Das macht der absurde Auftritt dieses *Ismael* deutlich.«

»Was halten Sie überhaupt von dieser Geschichte?«

»Sie ist genauso abstrakt, rätselhaft und unbegreiflich wie der ganze Rest der Angelegenheit. Der Kerl scheint sich seiner Sache sehr sicher zu sein, und genau das macht mir Sorgen.«

Vom Stein schlug gelassen die Beine übereinander, bevor er entgegnete: »Wir haben ein großartiges Phantombild! Die Datenbanken werden schon nach Ismael durchsucht. Glauben Sie, er hat sich schon ins Ausland abgesetzt?«

»Es wäre das Klügste, was er in seiner Lage machen könnte«, stellte Castella fest. Dann legte sich ihre Stirn in Falten, als ihr eine Überlegung durch den Kopf ging: »Wer sagt uns eigentlich, dass Ismael der Killer von damals ist? Warum sollte er nicht jemand sein, dem der damalige Täter alles erzählt hat? Jemand, der das Werk eines anderen weiterführen möchte? Oder beenden?«

»In dem Punkt gebe ich Ihnen recht«, stimmte vom Stein zu, der seinen Espresso in der linken Hand hielt, während er mit der rechten gestikulierte. »Wir haben es hier mit einer genau geplanten Inszenierung zu tun. Ismaels großer Auftritt, das Auto, der Wein, der Tatort – jemand spielt ein Spiel mit offenem Visier. Aber dieses Mal endet das Spiel nicht mit einer verstaubten Akte im Keller.«

»Und genau deswegen denke ich darüber nach, Boesherz von dem Fall abzuziehen«, gestand Castella. »Ich sage es nicht gern, aber wenn man die Umstände berücksichtigt, sieht es ganz danach aus, als ob dieser Ismael Severin kennt. Jedenfalls gut genug, um zu wissen, wie er tickt. Und er ist schlau genug, um zu wissen, wie er ihn austricksen kann. Ich habe die Sorge, dass er mit ihm Katz und Maus spielt. Dieses Spiel müssten dann nämlich möglicherweise weitere unschuldige Menschen mit ihrem Leben bezahlen.«

»Und was«, gab vom Stein zu bedenken, »wenn unser Moriarty nun mitbekommt, dass sein Sherlock ihn gar nicht jagt? Meinen Sie nicht, dass ihn das ungehalten machen würde? Möchten Sie einen Mann, der nur um des Spieles willen Menschen ausweidet und skalpiert, wirklich so provozieren?«

»Ich möchte einen solchen Mann gern fassen«, entgegnete Castella. »Und ich habe meine Sorgen, ob Severin das gelingen wird.«

»Und wer, wenn ich fragen darf, sollte es Ihrer Meinung nach schaffen, ein Spiel zu spielen, das allein für Boesherz entwickelt worden ist?«

Castella verließ ihre Position, ging auf das Sofa zu und setzte sich direkt neben Carl vom Stein. Ohne Worte griff sie dessen Espresso und nahm einen Schluck davon.

»Sie haben ja recht«, stieß sie dann aus. »Ich lasse mir was Gutes für ihn einfallen.«

KAPITEL 5

Severin Boesherz war sich nicht sicher, was das größere Unbehagen in ihm auslöste. Der süßliche Geruch des Todes oder die beinahe schon gespenstische Leere in der Arztpraxis, jetzt, nachdem die Leiche abtransportiert und das Ermittlerteam gegangen war. Die zügig zusammengestellte Sonderkommission hatte die Ermittlungen aufgenommen und die Fahndung nach Ismael eingeleitet, während Severin noch einmal ganz in Ruhe das Szenario auf sich wirken ließ, das sein mysteriöser Widersacher an diesem Tag anscheinend eigens für ihn kreiert hatte. Boesherz blinzelte kaum, während er mit starrem Blick den Raum betrachtete, in dem sich das grausame Schauspiel zugetragen hatte.

Praetorius war Angler. Überall im Haus sind Bilder von Fischen und Bücher über die See. – Nennen Sie mich Ismael.

Boesherz konnte nicht damit aufhören, das Bild, das sich ihm in diesem Haus in Spandau bot, wieder und wieder mit den Erinnerungen von damals abzugleichen, als er schon einmal vor der sezierten und skalpierten Leiche eines Arztes gestanden hatte, dessen Eingeweide in ein Kunststoffskelett eingehängt worden waren.

Die Kopie weicht teilweise vom Original ab. Du hast dein Werk von damals nicht ganz exakt nachstellen können. Dafür sind die Praxen der beiden Ärzte zu unterschiedlich. Aber es ist bemerkenswert, wie viele Details du nach der langen Zeit noch präzise kopieren konntest.

»Für mich sieht es so aus, als hätte Ismael Angst«, wurde Boesherz plötzlich aus seinen Gedanken gerissen.

Die Stimme war ihm wohlvertraut.

»Julius, du bist noch da?«, wunderte er sich, ohne sich dabei umzuwenden.

Julius Kern war vor einem guten Jahr zum Ersten Kriminalhauptkommissar befördert worden. In dieser Funktion hatte er viele Sonderkommissionen geleitet, auch unter Beteiligung von Severin Boesherz. Doch wenngleich seine Arbeit und die Kollegen in Berlin Kern sehr am Herzen lagen, würde er sich für einige Zeit von der Hauptstadt verabschieden. Das Bundeskriminalamt hatte ihn nach Wiesbaden eingezogen. Kern sollte dort mit Kollegen anderer Bundesländer Fälle aufarbeiten, bei denen aufgrund mangelnder Kommunikation der verschiedenen Landeskriminalämter zunächst keine Zusammenhänge festgestellt werden konnten.

»Streng genommen sitze ich schon halb im Flugzeug. Die Umzugskartons sind auf dem Weg, und meine beiden Frauen sind gestern schon mit dem Auto vorgefahren«, gab Kern zur Antwort, dessen Frau Nathalie und Tochter Sophie sich nach einigem Hin und Her mit dem Gedanken abgefunden hatten, die kommende Zeit außerhalb der Hauptstadt zu verbringen. Die Vorstellung, ihren Mann und Vater in einer weniger gefährlichen Position als in Berlin zu wissen, hatte die beiden letztlich überzeugt.

»Und, wovor hat Ismael deiner Meinung nach Angst?«, hakte Boesherz jetzt nach, ohne sich dabei von seinem Stuhl zu erheben.

»Im ersten Moment möchte man meinen, dass er sich vor dir fürchtet«, behauptete Kern. »Dass er deswegen jetzt wieder das Duell mit dir sucht. Aber diese Angst liegt nur an seiner Oberfläche.«

»Er hatte mich damals auf den Fersen und hat mich abgehängt. Was daran sollte ihm Angst machen? Das erscheint mir unlogisch.«

Kern schmunzelte. Dann zog er einen Stuhl zu sich heran und setzte sich neben Boesherz, um nun den gleichen Blick in den Raum zu haben wie sein Kollege.

»Deine Logik ist der Anker, den du auswirfst, wenn deine See unruhig wird«, erwiderte er dann. »Was für dich die Logik ist, ist für mich die Intuition. Den fehlenden Staub unter dem Regal hätte ich so schnell nicht bemerkt, das gebe ich zu. Aber während du Schlüsse aus faktischen Gegebenheiten ziehst, versuche ich mich emotional in ihn hineinzufühlen. Zu verstehen, was er in dieser Praxis empfunden hat.«

»Guck dir mal den Boden an«, bat Boesherz seinen Kollegen nun. »Es gibt kleine Schleifspuren von der Gummisohle des Opfers auf dem PVC. Der Mörder hat Praetorius vorsichtig angehoben und auf seinen vorgesehenen Platz getragen. Das ist ein sehr sorgfältiges und aufmerksames Vorgehen. Darin sehe ich keine Angst. Er war sich seiner Sache absolut sicher. Er verspottet mich sogar, indem er mich noch zum Tatort fährt. Weil er davon ausgeht, dass ich ihm nichts anhaben kann. *Nennen Sie mich Ismael.*«

Kern wusste, worauf Boesherz anspielte.

»Das ist der erste Satz aus *Moby Dick*, oder? *Nennt mich Ismael.*«

»Ja, Herman Melvilles große Geschichte von Zorn und Rache. Käpt'n Ahab, den der weiße Wal einst verwundet hat und der sich seitdem nichts anderes wünscht, als endlich Vergeltung an ihm zu üben. Ohne Rücksicht auf sich und andere.«

»Ahabs blinde Rachsucht reißt alle in den Tod«, erinnerte sich Kern, der den Klassiker zu seiner Schulzeit gelesen hatte. »Außer den Wal.«

»Und Ismael.«

Die beiden schwiegen einige Sekunden lang.

»Ich hatte mal eine Schulfreundin, die war verknallt in mich«, begann Kern schließlich zu erzählen. »Sie hat mir ständig Zettel zugesteckt, ob ich mit ihr gehen will und ob wir uns nicht nach der Schule treffen wollen.«

»Hat sie dir gefallen?«

»Ich war elf. Aber ich fand sie nett.«

»Nett wie einen Apfelkuchen, oder nett wie …«

»Ich fand sie nett«, kürzte Kern ab. »Aber ich wollte mich ums Verrecken nicht mit ihr treffen.«

»Weil du Angst vor ihr hattest? Davor, was passiert, wenn ihr allein seid? So eklige Sachen wie Händchenhalten und auf den Mund küssen?«

»Ja, das dachte ich lange. Aber die Angst vor ihr war nur an meiner Oberfläche. Irgendwann bin ich dann darauf gekommen, dass ich im Grunde nur Angst vor mir selbst hatte. Davor, was passiert, wenn mir Händchenhalten und auf den Mund küssen gefallen. Wenn ich sie mehr als nur nett finden würde. Angst vor den Konsequenzen.«

Boesherz nickte verständnisvoll.

»Du meinst also, Ismael hat in erster Linie Angst davor, dass ich ihn *nicht* finde?«

»Er hat dir heute bewiesen, dass er dich für den einzigen Menschen hält, der ihn fassen kann. Und er vergibt dir dein Versagen von damals. Du bekommst eine zweite Chance von ihm.«

»Das ist eine wirklich grausame Art, mir Ehre zu erweisen.«

»Findet es eine Katze grausam, wenn sie ihrem Besitzer eine tote Maus bringt? Er hat heute ein Bild für dich gemalt. So, wie es Kinder für ihre Eltern machen, wenn sie lieb gehabt werden wollen. Er hat dich mit der Limousine und dem Wein nicht verspottet. Er hat dir seinen Respekt erwiesen! Aber gleichzeitig droht er dir auch.«

»Du meinst, er wird weitere Bilder für mich malen, wenn ich ihn nicht stoppe? Weißt du, Julius, er hat seine Spuren damals genialer verwischt als jeder andere Täter, von dem ich jemals gehört habe.«

»Und du kannst Spuren besser entschlüsseln als jeder andere Ermittler, von dem er jemals gehört hat. Deshalb ist er dir gefolgt. Vom Rheingau nach Berlin. Und wenn du wieder nicht herausfindest, was er dir mit seiner grausamen Szene sagen will, dann reist er dir vielleicht auch bis nach Timbuktu hinterher. Vielleicht kann er das Böse in sich ja noch mal für sechzehn Jahre zurückhalten. Vielleicht will er es dieses Mal aber auch mit aller Entschlossenheit zu Ende bringen.«

»Mit einem ungleichen Kampf gegen einen Widersacher, der ihn schon einmal enttäuscht hat?«

»So sieht er dich nicht«, widersprach Kern. Dann beugte er sich zu Boesherz vor und fragte ihn: »Was passiert, wenn ein Elefant gegen eine Ameise kämpft?«

»Der Elefant gewinnt.«

»Worin sollte also bei einem solchen Kampf der Reiz für den Elefanten liegen?«

Boesherz verstand.

»Er geht davon aus, dass wir einander ebenbürtig sind. Dass es ein reines Glücksspiel ist, wer am Ende triumphiert.«

»Wobei er sich ein bisschen Herablassung trotzdem nicht verkneifen konnte«, ergänzte Kern. »Er hat dir im Phaeton sein Gesicht gezeigt. Ein Schachzug, der so überheblich ist, dass er dir zu denken geben sollte.«

Boesherz stimmte zu. Dann konstatierte er trocken: »Nach meinem Reinfall von damals denkt er wohl, er müsse mir ein bisschen auf die Sprünge helfen.«

»Das, was er heute für dich getan hat, drückt eine tiefe Sehnsucht aus. Den innigen Wunsch, etwas zu Ende zu bringen, das weder ihn noch dich ruhen lassen wird, bis es endlich vorbei ist. Ich weiß, wovon ich rede.«

Severin war sich bewusst, worauf sein Kollege damit anspielte. Es hatte seinerzeit fast zehn Jahre gedauert, bis es Julius Kern gelungen war, seinen Erzrivalen Tassilo Michaelis zu fassen und hinter Gitter zu bringen. Der Dorn, dem ebenso intelligenten wie soziopathischen Tassilo niemals eines seiner grausamen Verbrechen nachgewiesen zu haben, hatte so tief in Kerns Fleisch gesteckt, dass er beinahe daran zerbrochen wäre.

»Wann kommt Tassilo eigentlich wieder raus?«, erkundigte sich Boesherz daher.

»Hör bloß auf«, wiegelte Kern ab, während sein Gesprächspartner weiterhin fast ununterbrochen die Arztpraxis in Augenschein nahm. »Er hat fünf Jahre bekommen, und er führt sich wie ein Konfirmand. In ein, zwei Jahren könnte er wieder draußen sein.«

»Und dann?«

Kern zuckte mit den Schultern.

»Ich glaube, wir sind fertig miteinander. Aber ehrlich gesagt will ich darüber noch gar nicht nachdenken. Lass mich über diese Brücke gehen, wenn ich sie erreicht habe.«

Mit diesen Worten erhob sich Kern und ging zur Tür, wandte sich aber noch einmal zu Boesherz um.

»Wer das hier auch immer war, er sieht dich nicht als seinen Feind«, erklärte er ohne einen Anflug von Zweifel in der Stimme. »Im Gegenteil, du bist seine einzige Hoffnung! Aber du weißt ja selbst – wenn die Hoffnung stirbt, dann sind wir zu allem imstande!«

KAPITEL 6

Die Imbissbude, die dem Hauptgebäude des LKA in Berlin-Tempelhof direkt gegenüberlag, war einer der beliebtesten Treffpunkte der Kriminalisten außerhalb des sterilen Bürogebäudes. Der Name *Bärbel's Gourmet-Tempel* war, mitsamt seinen Schreibfehlern, ebenso kurios und selbstironisch wie die Betreiberin Bärbel selbst. Eine kräftig gebaute Endfünfzigerin, stets im Hauswirtschaftsanzug, mit einer zu jeder Zeit herausgewachsenen Blondierung und einer Berliner Schnauze, die ihr in jeder Situation eine ebenso treffende wie originelle Bemerkung erlaubte.

»Wenn Se zehn Würschte koofen, bekomm' Se die elfte zum Preis von eener!«, schlug sie Olivia Holzmann vor, nachdem diese sich eine Currywurst mit Kartoffelsalat bestellt hatte.

»Nur, wenn ich ein laktosefreies Bier dazu bekomme«, konterte die Kommissarin, die Bärbel seit Jahren fast täglich sah.

Olivia war eine attraktive Frau. Auch wenn sie dazu neigte, ihr Aussehen zu vernachlässigen. Normalerweise trug sie ihr dunkles, langes Haar offen, an diesem Tag hatte sie es jedoch zu einem Zopf zusammengebunden.

»Ham Se nich vielleicht so wat wie'n Bankräuber für mich, der im Knast sitzt und jemanden sucht, der seine versteckten Millionen für ihn ausjibt?«, erkundigte sich Bärbel dann.

»Heute leider nicht. Höchstens ein paar Sittenstrolche.«

»Ach wissen Se, in meinem Alter nehm ick allet!«, erwiderte Bärbel, bevor sie Olivia das bestellte Essen aushändigte.

Holzmann lachte und zog sich dann an einen der Stehtische zurück. Ihr Kollege Dennis Baum wartete bereits auf sie.

»Danke, dass du so schnell gekommen bist. Und du hast wirklich keinem davon erzählt?«, eröffnete er das Gespräch, während er dabei von seiner Bulette abbiss.

»Natürlich nicht. Was gibt es denn so Geheimes?«

Dennis hatte Olivia angerufen, kurz nachdem er davon erfahren hatte, dass ein Verbrechen geschehen war, das allem Anschein nach mit Severins Vergangenheit zu tun hatte. Er hatte sie zu einem diskreten Treffen unter vier Augen gebeten.

»Moment noch«, bat sich der junge Kommissar aus und sah dabei unauffällig zu dem Stehtisch hinüber, an dem zwei Kollegen kurz davor waren, ihre Mittagspause zu beenden. »Hast du denn schon was rausgefunden?«

Olivia begriff, dass Dennis den Grund des Treffens offenbar erst ansprechen wollte, wenn er mit Olivia allein am Imbiss war.

»Praetorius hat an derselben Universität studiert wie der Arzt, der vor sechzehn Jahren ermordet worden ist. Zwar nicht zur selben Zeit, weil Praetorius jünger war, aber immerhin haben wir schon eine erste Verbindung«, berichtete sie.

»Ich war gerade bei Adrian in der Rechtsmedizin. Im Wesentlichen kann er bisher alles bestätigen, was er euch schon am Tatort erzählt hat. Er hatte die Obduktionsberichte aus Hessen auf dem Rechner und hat die Vorgehensweisen der beiden Morde verglichen. Er sagt, es war eindeutig derselbe Täter, weil die Details so genau übereinstimmen, dass ein Trittbrettfahrer es niemals so hinbekommen hätte. Zu viel Täterwissen, vor allem die Sache mit dem abgetrennten kleinen Finger. Das war immer topsecret. Aber interessant ist, dass der Mord von heute sehr viel professioneller ausgeführt worden ist. Adrian sagt, der Täter hat Praetorius gekonnt und zielsicher wie ein Profi auseinandergenommen. Damals hat er beim Öffnen des Herzbeutels noch in das Herz geschnitten. Dieses Mal waren alle Schnitte sauber und fehlerfrei. Fast so, als ob er so was jeden Tag macht.«

»Falls er selbst Arzt ist. Oder Metzger«, stimmte Olivia zu. »Wir haben alle Bundesländer abgefragt. Es gab in den vergangenen sechzehn Jahren nirgendwo einen Mord, der unserem auch nur ansatzweise geähnelt hat. Wir haben auch nach anderen Fällen mit ausgeweideten Opfern gefragt, aber so was kommt nicht oft vor. Und in den wenigen Fällen, die es gegeben hat, sind die Täter inzwischen unschädlich gemacht.«

»Also suchen wir nach einem Chirurgen?«

Olivia war sichtlich überfragt.

»Ich weiß nicht, ob es ein Wort für das gibt, wonach wir suchen …«

Holzmann war nicht entgangen, dass Dennis an diesem Tag einen Anzug trug. Zum letzten Mal hatte er das getan, als er Jahre zuvor seine Partnerin Suzi geheiratet hatte.

»Du hast dich für Julius so schick gemacht, oder?«, sprach sie ihren Kollegen darauf an.

Dennis und Julius Kern hatten in der Vergangenheit einige verworrene Fälle gemeinsam gelöst. Gleich bei ihrer ersten Zusammenarbeit war der junge Ermittler beinahe ums Leben gekommen. Eine Kugel aus der Waffe eines Drogenhändlers hatte damals Dennis' halbes Ohr zerfetzt, seitdem trug er eine kaum erkennbare Prothese. Im Laufe der Jahre war Kern für den ungestümen Kommissar so etwas wie eine Vaterfigur geworden. Dessen Abreise nach Wiesbaden bedrückte Dennis sehr, auch wenn er versuchte, sich das Gegenteil einzureden.

»Kannst du ihn dir als Bürohengst vorstellen?«, fragte er Olivia mit ungläubigem Blick. »Wenn er dann auch noch mitbekommt, was wir hier für Fälle zu lösen haben? Der steigt doch in zwei Wochen wieder in den Flieger und kommt zurück.«

»Es ist ja erst mal nur für ein Jahr«, erinnerte Olivia ihren

Kollegen. »Und wenn alles so kommt, wie Castella und er sich das vorstellen, dann hast du deinen Julius hier ja bald für immer.«

Dennis wusste, worauf Olivia anspielte. Auch ihm waren die Gerüchte zu Ohren gekommen, dass Daniela Castella an offizieller Stelle vorgeschlagen hatte, Julius Kern zum Dezernatsleiter zu befördern, wenn sie selbst in absehbarer Zukunft in den Ruhestand gehen wollte.

»Für Castellas Posten müsste er doch erst mal in den höheren Dienst umschulen. Und das hieße dann zwei Jahre Studium in Münster«, winkte Dennis ab. »Da wäre er dann noch länger weg. Obwohl, wenn er Dezernatsleiter wird, hätten wir sicher mehr zu lachen als unter Castella …«

»Da freu dich mal nicht zu früh!«, mahnte Olivia und spießte ein Stück von ihrer Wurst auf, bevor sie es durch Bärbels hausgemachte Currysoße zog und genüsslich verspeiste.

»Wie läuft es eigentlich mit dir und Severin?«, wechselte Dennis nun das Thema.

Olivia sah ihn erstaunt an.

»Wie es *läuft?* Du weißt schon, dass wir nicht …«

»Nicht?«

Olivia fiel auf, dass Dennis dabei kein Schmunzeln auf den Lippen hatte. Ihr Kollege war im LKA als Spaßvogel bekannt, nicht selten spielte er seinen Kollegen Streiche oder lockerte Teamsitzungen mit flapsigen Bemerkungen auf. Umso verdächtiger wirkten sein scheinbar unmotivierter Themenwechsel und seine ungewohnte Ernsthaftigkeit nun auf Holzmann.

»Severin und ich sind Kollegen, und, wenn du so willst, auch Freunde«, stellte sie nun ebenfalls mit ernstem Ton fest. »Hast du mich deswegen hergebeten?«

Dennis' Körper war jetzt angespannt, seine Mimik unsicher, und obwohl die Pappschale, auf der sich sein Essen befunden hatte, mittlerweile leer war, wischte er grundlos mit seiner Plastikgabel darauf herum.

»Also, ich wollte es eigentlich für mich behalten«, tastete er sich langsam vor, während er zu seiner Erleichterung feststellte, dass die Kollegen vom Nebentisch mittlerweile gegangen waren. »Es ist auch schon ein paar Monate her, vielleicht alles ein Missverständnis. Aber jetzt, wo dieser Killer von damals aufgetaucht ist … und es offenbar um Severin geht. Um seine Geheimnisse … Du verstehst?«

»Kein Wort«, antwortete Olivia knapp, während sie Dennis mit unsicherem Blick fixierte. »Sprich weiter.«

»Wie gesagt, es ist eine Weile her. Außer mir weiß es auch nur noch Suzi, aber die schweigt wie ein Grab. Severin und du …«

»Was ist mit uns?«

»Wie gut seid ihr denn jetzt genau befreundet?«

Es kam nicht selten vor, dass Olivia, die ebenso wie Severin alleinstehend war, sich privat mit ihrem Kollegen zum Essen traf oder an ihren freien Tagen etwas mit ihm unternahm.

»Dennis, erzähl jetzt endlich, was los ist!«, wurde sie nun nachdrücklicher und legte ihre Plastikgabel zur Seite.

»Severin ist ja doch eher ein Einzelgänger«, tastete sich Dennis weiter vor.

»Darüber sprechen wir oft«, räumte Olivia ein. »Ich unterstelle ihm immer, dass er im Grunde seines Herzens gar keine Beziehung will. Ich glaube halt nur, dass er sich das nicht eingesteht. Warum kommst du darauf?«

Dennis sah sich erneut um. Dann sagte er, fast schon theatralisch: »Wenn man will, dass etwas geheim bleibt, dann darf man es niemandem erzählen. Egal, wem man sich anvertraut, jeder plaudert es weiter. Früher oder später.«

»Das stimmt«, räumte Olivia ein. »Aber ich werde zumindest nichts ohne Absprache mit dir unternehmen, okay?«

Dennis war einverstanden.

»Also, Suzi war vor ein paar Monaten in Potsdam«, rückte er schließlich mit der Sprache heraus. »Eine Verwandte aus Serbien war zu Besuch und sie wollte ihr Schloss Sanssouci und das Neue Palais zeigen. Suzi ist sonst nie in der Gegend, das war reiner Zufall.«

Olivia nahm jetzt nichts mehr um sich herum wahr. Dennis' Mimik ließ keinen Zweifel daran, dass er eine Information geheim hielt, die von großer Bedeutung zu sein schien.

»Auf der Rückfahrt ist sie am Stern vorbeigefahren, du weißt schon, dieses Einkaufscenter an der Autobahn in Richtung Berlin. Ihr ist eingefallen, dass sie noch ein paar Sachen für das Abendessen besorgen wollte. Darum ist sie abgefahren, um das alles im Sterncenter zu kaufen. Wie gesagt, reiner Zufall.«

Jetzt zog Dennis sein Smartphone aus der Tasche.

»Na ja, und an einem der Gastronomiestände in dem Center hat sie dann *das* hier gesehen.«

Damit zeigte er Olivia ein Foto, auf dem ein lässig gekleideter Mann mit tief ins Gesicht gezogener Kapuze zu sehen war.

»Und, wer ist das?«

»Suzi hätte es fast auch nicht bemerkt, aber als sie an dem Stand vorbeigelaufen ist, ist ihr die Stimme aufgefallen. Guck noch mal genau hin.«

Olivia nahm Dennis jetzt das Telefon aus der Hand und vergrößerte das Gesicht des unscharf fotografierten Mannes. Er war unrasiert, trug eine Brille mit dunklem Horngestell und vergrub das Gesicht in seinen Händen. Dennoch waren Nase und Augenpartie unverkennbar.

»Severin?«

»Der wohnt doch da in der Nähe?«

»Ja, am Schlachtensee. Über die Autobahn sind das nur ein paar Minuten bis zum Sterncenter. Aber trotzdem, das kann doch gar nicht …«

Dennis griff wieder nach seinem Handy und rief ein weiteres Foto auf, das seine Frau Suzi ebenfalls heimlich aufgenommen hatte.

»Hier erkennt man ihn ganz deutlich!«

Olivia musste zustimmen.

»Wie kann es denn sein, dass er bei seiner Beobachtungsgabe nicht gemerkt hat, dass Suzi ihn aufnimmt?«, wunderte sie sich.

»Genau das habe ich mich auch gefragt«, stimmte Dennis zu. »Er war gedanklich wohl sehr bei seiner Begleitung ...«

»Ich habe ihn noch nie ohne Anzug und Krawatte gesehen. Und so ungepflegt. Als ob er ...« Olivia stockte kurz. »Als ob er sich verkleidet hätte. Aber warum sollte er das denn machen?«

Dennis atmete tief durch.

»Halt dich fest«, bereitete er Olivia vor und rief dann ein weiteres Bild auf.

»Das kann doch nicht wahr sein!«, entfuhr es Holzmann, die mit ungläubig aufgerissenen Augen auf das Display des Smartphones blickte. »Das muss ein Irrtum sein! Oder vielleicht ein Undercovereinsatz?«

»Dachte Suzi auch«, antwortete Dennis, bevor er schließlich ein etwa dreißig Sekunden langes Video aufrief, das seine Frau heimlich gefilmt hatte. »Achte auf seine Körpersprache.«

Olivia sah sich den kurzen Film zunächst schweigend an.

»Das ist nie im Leben ein dienstliches Treffen«, räumte sie danach fassungslos ein. »Es sind alle Anzeichen vorhanden: Vorgebeugte Schultern, lange Blicke in die Augen, nervöses Zurechtzupfen der Kleidung, Lächeln, schräg gelegter Kopf. Oh Mann, Dennis, das darf wirklich absolut niemand erfahren!«

Der junge Kommissar verzog missmutig das Gesicht.

»Und wenn es was mit dem Mord an Praetorius zu tun hat? Oder mit Ismael?«

Olivia ballte ihre Hände zu Fäusten.

»Verdammt«, zischte sie.

»Weißt du, ich fand Severin am Anfang schon ein bisschen schräg«, erinnerte sich Dennis. »Dieses herablassende Getue, seine distanzierte Art und dieses ganze Logikgequatsche. Aber er ist ein verdammt guter Polizist.«

»Darüber muss ich mit Severin reden«, entschied Olivia. »Wenn es so ist, wie es aussieht, könnte das wirklich mit dem Fall zu tun haben! Und ich glaube nicht, dass er das von selbst zur Sprache bringen würde.«

»Aber erzähl ihm nicht, woher du es weißt. Suzi schweigt, das habe ich mit ihr geklärt. Wir wissen ja wohl beide, was passiert, wenn diese Sache hier das ist, wonach es aussieht. Und wenn das Ganze auch noch mit den beiden Morden zu tun hat …«

Dennis traute sich nicht, den offensichtlichen Gedanken zu formulieren. Olivia übernahm es für ihn.

»Dann ist seine Karriere beendet!«

KAPITEL 7

Eins vorweg: Die ganze Sache ist ziemlich pikant! Wir werden ein paar ungewöhnliche Wege gehen müssen, und ich erwarte, dass wir das ohne großes Aufhebens tun.«

Daniela Castella hatte Severin zu sich ins Büro gebeten, um kurz vor der ersten offiziellen Teambesprechung noch einige Dinge mit ihm zu klären.

»Wir haben Ihr Phantombild von diesem Ismael durch alle Datenbanken gejagt. Bisher ohne Erfolg.«

»Natürlich«, entgegnete Boesherz. »Er hätte sich mir ja nicht gezeigt, wenn er annehmen würde, dass mir sein Gesicht dabei hilft, ihn zu finden.«

Castella saß zwar scheinbar ruhig auf ihrem Ledersessel, wippte aber immer wieder leicht und kaum sichtbar mit den Füßen. Boesherz konnte daraus eine Verunsicherung schlussfolgern, die ihm bei seiner Chefin in dieser Form noch nie aufgefallen war.

»Meinen Sie, dass sich Ismael Ihnen vielleicht noch einmal zeigen wird?«

Severin winkte ab.

»Nicht freiwillig. ›*Normalerweise läuft es bei Ihnen doch so: Etwas Ungewöhnliches geschieht, Sie fragen sich, wer oder was wohl dahinterstecken könnte, stellen allerlei Ermittlungen an und am Ende verstehen Sie, wen Sie die ganze Zeit über gesucht haben.*‹ Das hat er gesagt.«

Castella führte nachdenklich ihre Fingerspitzen zusammen.

»Er möchte es also umgekehrt machen«, schlussfolgerte sie. »Erst verstehen Sie, wen Sie suchen, dann erst stellen Sie allerlei Ermittlungen an.«

»So dürfen wir es wohl verstehen. Ich werde ihn also vermutlich nicht wiedersehen. Zumindest nicht vor dem großen Finale.«

»Falls es dieses Mal ein Finale gibt!«

Fast pausenlos klingelte Castellas Telefon, Nachrichten gingen ein oder Mitarbeiter klopften an ihre Tür, um aktuelle Ermittlungsergebnisse auszutauschen. Jeder Beteiligte im LKA war sich darüber im Klaren, dass es in diesem Fall nicht allein um die Aufklärung eines kaltblütigen Mordes ging. Die Ehre der Berliner Polizei stand auf dem Spiel.

»Severin, Sie wissen, dass ich nicht der größte Freund Ihrer Methoden bin«, kam Castella schließlich zum Punkt. »Sie sind eigen, verschlossen, und was sich in Ihrem Kopf abspielt, wissen Sie möglicherweise selbst nicht immer so genau. Aber Sie arbeiten effektiv, daran gibt es keinen Zweifel. Aus diesem Grund habe ich einen Entschluss gefasst: Sie brechen aus dem Labyrinth aus!«

»Ich nehme an, Sie möchten mir das näher erläutern?«

Damit ging er zum Fenster, um auf den Tempelhofer Damm hinauszusehen. Dieser verlief direkt vor dem Hauptgebäude des LKA Berlin.

»Kennen Sie den Bond-Film *Der Mann mit dem goldenen Colt?*«, fragte Castella ihn nun.

»Von 1974. Ein hervorragendes Jahr«, entgegnete Boesherz. »James Bond muss den Profikiller Scaramanga fassen, der eine goldene Pistole besitzt, mit der er nur einen einzigen Schuss abfeuern kann. Die Pistole ist übrigens kein *Colt*, aber dieser kleine Fehler ist erst im deutschen Verleihtitel aufgetaucht.«

»Mehr als eine Kugel braucht Scaramanga auch nicht!«, fügte

Castella den Ausführungen ihres Mitarbeiters nun hinzu. »Manchmal führt er seine Gegner zu sich auf eine einsame Insel, auf der er einen Irrgarten errichtet hat.«

»Der Gegner darf im Duell so viele Patronen benutzen, wie in seine Waffe passen. Scaramanga hat nur eine. Er lässt seine Kontrahenten durch das Labyrinth gehen, in dem sie von Spiegeln, Lichtern, Geräuschen und Puppen abgelenkt werden. Die Widersacher feuern blind auf alles, was sich bewegt, während Scaramanga über Kameras die ganze Zeit über nur sein Opfer im Blick hat.«

»Sobald es ihm in die Falle getappt ist, setzt er seinen Schuss ab und hat das Spiel gewonnen. Ganz genau!«

Boesherz hatte den Film mit Roger Moore und Christopher Lee in den Hauptrollen nur ein einziges Mal vor vielen Jahren gesehen. Dennoch konnte er sich gut an die Geschichte erinnern.

»Das Spiel geht so lange gut, bis James Bond auf die Insel kommt«, erinnerte er sich.

»Bond geht in das Labyrinth und versteht, im Gegensatz zu seinen Vorgängern, dass er keine Chance hat, darin zu überleben. Es ist das Territorium seines Gegners, und auf dessen eigenem Boden und nach dessen Regeln kann er ihn nicht besiegen.«

»Deswegen sucht er nach einer Möglichkeit, aus dem Labyrinth auszusteigen. Er klettert unter einen Stahlträger und schleicht danach einfach unterhalb der Konstruktion entlang.«

Castella schmunzelte, als sie sich an die Szene erinnerte. Die Symbolik dahinter hatte sie seinerzeit tief beeindruckt.

»Unterhalb des Labyrinths gibt es keine Kameras«, fuhr sie fort. »Scaramanga kann Bond nicht mehr auf seinem Monitor verfolgen und gerät aus der Fassung.«

»Weil er damit nicht gerechnet hat!«

Die beiden hatten einander verstanden.

»Schließlich verlässt der Killer seinen überlegenen Posten, um sich in sein eigenes Labyrinth zu begeben.«

»James Bond lauert Scaramanga aber mittlerweile darin auf und erschießt ihn so hinterhältig, wie der es eigentlich für ihn vorgesehen hatte.«

Castella schlug demonstrativ den Ordner mit den bisherigen Ermittlungsergebnissen zu, der vor ihr auf dem Schreibtisch lag.

»Ismael hat Sie auf die Insel gebracht und in das Labyrinth geschickt. Und alles, was er ab jetzt vorhat, ist geplant und bedacht. Wer weiß, vielleicht beobachtet er Sie ja auch?«

Boesherz konnte dem nicht widersprechen.

»Was auch immer ich jetzt tue, er rechnet damit«, stimmte er zu.

»Schließlich sind Sie ja Polizist. Und Polizisten haben feste Leitfäden, wie sie durch Labyrinthe zu gehen haben.«

»Also gut, Daniela. Was haben Sie sich überlegt?«

Boesherz wandte sich von seinem Blick aus dem Fenster ab, drehte sich zu seiner Vorgesetzten um und lehnte sich dabei gegen die Fensterbank.

»Sie bekommen freie Hand«, ließ die Dezernatsleiterin nun die Katze aus dem Sack. »Die Kollegen gehen wie gewohnt die herkömmlichen Wege und ermitteln so, als ob es gar keinen Severin Boesherz gäbe. Alles, wie es im Handbuch steht. Es kann sein, dass das zum Erfolg führt.«

»Es kann aber auch sein, dass die Ermittlungen wieder im Sande verlaufen, weil Ismael sich auf unser Handbuch vorbereitet hat.«

Castellas Blick drückte Zustimmung aus.

»Und deswegen dürfen Sie im Rahmen der Legalität alles machen, was Sie für richtig halten, um Ismael das Spiel zu verderben. Brechen Sie aus dem Labyrinth aus und klettern Sie darunter durch. Durchkreuzen Sie seine Pläne! Wenn es sein muss, ohne Sinn und Verstand. Bringen Sie ihn aus der Fassung und gehen Sie ihm so richtig auf die Nerven. Lassen Sie nicht zu, dass es wieder nach seinem Plan läuft. Dringen Sie von der anderen Seite her in sein Labyrinth ein und schießen Sie ihm in den Rücken!«

Boesherz rückte seine Krawatte zurecht und kontrollierte den Sitz seiner Manschettenknöpfe, bevor er erwiderte:

»Darf ich das wörtlich verstehen?«

Castella drehte sich auffällig um, als befürchte sie, jemand könne das Gespräch mitanhören. Und das, obgleich ihr absolut bewusst war, dass dies nicht der Fall sein konnte. Erst dann gab sie mit selbstsicherem Blick und fester Stimme zur Antwort: »Vielleicht versuchen Sie es erst mal im übertragenen Sinn.«

KAPITEL 8

Du kannst mich ruhig warten lassen. Du weißt ja, ich habe Zeit. Unser Spiel soll doch schließlich auch dir ein bisschen Spaß machen. Hast du die Regeln schon verstanden? Nein, ich glaube nicht. Aber ich wette, dass du denkst, du hättest sie verstanden. Und jetzt läufst du wie ein verirrtes Kind durch die Straßen und hoffst zu verhindern, was du gar nicht verhindern kannst. Und was du auch nicht verhindern solltest.

Du liegst nachts bestimmt oft wach. Dein Geheimnis lässt dich bis heute nicht zur Ruhe kommen. Wie könnte es auch? Du hast Mut bewiesen, aber auch Dummheit. Dir war doch klar, dass es damit nicht einfach zu Ende gewesen ist. Noch lange nicht. Die Zeit mag viele Wunden heilen, Gefühle ändern, Wogen glätten. Aber nicht in diesem Fall. Nicht in dieser Welt.

Ich bin wieder da! Und du weißt es. Und du verstehst es. Alles. Bis auf das Wichtigste.

Freust du dich schon? Oder denkst du etwa noch, du müsstest mir wieder davonlaufen?

Nein, so dumm bist du nicht. Nicht mehr …

KAPITEL 9

Auf dieses Wiedersehen hätten wir wohl beide lieber verzichtet, oder?«, begrüßte Boesherz seinen ehemaligen Vorgesetzten aus dem Rheingau, ohne dabei eine Miene zu verziehen.

Rupert Schirlo war ein eindrucksvoller Mann. Die sechzig hatte er bereits überschritten, doch weder sein sportliches Auftreten noch sein tiefer Haaransatz oder das lebendige Glänzen in seinen Augen ließen den Hauptkommissar wie einen Menschen wirken, dessen Pensionierung kurz bevorstand. Es geschah nicht oft, dass ihm ein Lächeln über die Lippen huschte, aber nicht, weil er von unfreundlichem Wesen war. Schirlo, der mehr als vierzig Jahre im Polizeidienst verbracht hatte, war im Laufe der Zeit zu einem Meister der Selbstbeherrschung geworden. Ihm in die Karten zu sehen war so gut wie unmöglich. Es sei denn, er wollte es.

»Wir haben doch irgendwie beide gewusst, dass die Sache nicht abgeschlossen war, oder?«, entgegnete er Boesherz mit geringschätzigem Unterton. »Also, lass uns das hier über die Bühne bringen wie erwachsene Menschen. Je schneller es erledigt ist, umso früher müssen wir uns nicht mehr sehen.«

»Eine so vernünftige Idee aus deinem Mund? Dass ich das noch erleben darf«, entgegnete Boesherz spöttisch, bevor er anfügte: »Das mit deiner Frau tut mir übrigens leid. Für wen hat sie dich denn im vergangenen Jahr verlassen?«

Schirlo war erst vor wenigen Minuten im LKA eingetroffen, nachdem er noch am Mittag in Frankfurt ins Flugzeug gestiegen war. Seinetwegen hatte Castella die erste Besprechung der Sonderkommission in die frühen Abendstunden verlegt.

»Woran hast du es gesehen?«, erkundigte sich dieser missmutig.

»Johanna hatte dich immer sehr gut im Griff«, erinnerte sich Boesherz nun an Schirlos Ehefrau. »Sie hätte dich nie mit diesen Bartstoppeln nach Berlin fliegen lassen. Schon gar nicht in dem Wissen, dass wir beide einander begegnen.«

»Ich könnte direkt vom Büro aus hergekommen sein«, wandte Schirlo ein.

»Abgesehen davon, dass sie dich in diesem Fall morgens mit Bartstoppeln hätte aus dem Haus gehen lassen müssen – was in unserer gesamten gemeinsamen Zeit nicht ein einziges Mal vorgekommen ist – wäre es auch unwahrscheinlich, dass du zum Dienst zufällig deine Reisetasche mitgenommen hättest.«

»Und warum nimmst du an, dass sie mich verlassen hat? Sie könnte ja auch gestorben sein?«

Boesherz schien von diesem Einwand fast schon beleidigt zu sein.

»In diesem Fall würdest du noch die Uhr tragen, die sie dir zur Verlobung geschenkt hat«, antwortete er.

»Herzlichen Glückwunsch. Und was hat dir verraten, dass sie mich im letzten Jahr verlassen hat?«

Boesherz deutete auf Schirlos Schlips.

»Sie hat dir jedes Jahr zum Hochzeitstag eine neue Krawatte aus der aktuellen Kollektion von Karl Lagerfeld geschenkt. Deine stammt aus der letzten.«

Bevor Schirlo Gelegenheit hatte, etwas darauf zu erwidern, betrat Daniela Castella den Konferenzraum. Die Mitglieder der Sonderkommission waren zwischenzeitlich vollzählig versammelt.

»Meine Herrschaften, bitte begrüßen Sie Hauptkommissar Rupert Schirlo von der Kriminalpolizei Hessen«, rief sie in die Runde, in der es unverzüglich still wurde. »Er wird Ihre Ermittlungsergebnisse mit denen des Mordes an Dr. Amthauer vor sechzehn Jahren abgleichen und Sie darüber hinaus bei Ihrer Arbeit beraten. Wir sollten aber nicht den Fehler begehen, uns von Voraussetzungen leiten zu lassen, die uns möglicherweise in die Irre führen könnten. Bitte ermitteln Sie also zu jeder Zeit auch so, als habe es das vergleichbare Verbrechen damals gar nicht gegeben. Ich habe mich entschlossen, die Arbeiten folgendermaßen aufzuteilen: Hauptkommissar Boesherz wird die Untersuchungen leiten. Zudem habe ich ihn ermächtigt, auch unabhängig vom Rest des Teams zu ermitteln, wann immer er dies für erforderlich hält. Hauptkommissar Schirlo wird vorrangig die Parallelen und die sich daraus ergebenden Spuren zum Tod von Dr. Amthauer untersuchen. Der Rest des Teams geht vor wie immer, damit wir diesem Spuk hier so schnell wie möglich ein Ende setzen können. Ich habe nämlich absolut keine Lust auf Geister aus der Vergangenheit. Die aktuellen reichen mir schon vollkommen aus!«

»Die Suche nach unserem Ismael gestaltet sich schwieriger als erhofft«, stellte Boesherz fest, während er mit auf dem Rücken verschränkten Armen an den Sitzreihen entlangging. »Das Phantombild haben wir zwar den Medien übergeben, die dazugehörige Pressemitteilung zum Mord an Praetorius verzichtet aber bewusst auf Ausschmückungen und Details. Wenn wir nämlich etwas *nicht* brauchen, dann ist es ein großer Medienauflauf!«

»Dann kommt das Phantombild aber auch nicht auf die Titelseiten«, stellte Dennis fest, der sich fleißig Notizen machte.

»Ismael rechnet damit, dass uns das auch nicht viel helfen würde«, hielt Boesherz dagegen und klopfte Dennis dabei auf die Schulter, als er gemächlich an ihm vorbeiging.

»Vielleicht hatte er ja eine Gesichtsoperation? Dann könnte ihn niemand identifizieren«, spekulierte der junge Kommissar.

»Ja, vielleicht«, entgegnete Boesherz. »Für den Fall, dass er vor unserer Begegnung in einer südamerikanischen Telenovela gelebt hat. Aber selbst dann hätte er Narben von der OP gehabt. Die wären mir aufgefallen.«

»Soll ich das Bild auf Facebook posten?«, schlug Justin Hassenberg von der Abteilung EDV vor.

»Warum nicht? Aber es wird nicht viel bringen«, entgegnete Boesherz.

»Diese ständigen Suchaufrufe in den sozialen Netzwerken nimmt doch kein Mensch mehr wahr«, stimmte Olivia zu. »Da sind so viele Fakes dabei, dass die meisten User das einfach nur noch verärgert wegklicken.«

»Und genau deswegen werde ich mir diesen Kerl auch persönlich schnappen!«, kürzte Boesherz ab. »Dazu werde ich mich morgen früh gleich als Erstes an die *Gläserne Manufaktur* in Dresden wenden.«

»Du willst ihn über den Phaeton finden?«, schlussfolgerte Dennis, der als Autofreund wusste, dass das Oberklassemodell von Volkswagen in der Dresdner Manufaktur von Hand zusammengebaut wurde.

»Genau. Sein Auto ist im Grunde wie ein Fingerabdruck. Jedes einzelne Fahrzeug ist ein Unikat, nicht nur wegen der verschiedenen Ausstattungsvarianten, sondern vor allem wegen des Armaturenbretts. Das wird mit Echtholz verkleidet, und keine zwei Hölzer haben dieselbe Maserung.«

»Und du vermutest, dass die in der Manufaktur Fotos von den Armaturenbrettern der Autos aufheben, die sie ausliefern?«, warf Schirlo ein.

Boesherz reagierte nicht darauf. Stattdessen setzte er es fort, scheinbar ziellos durch den Besprechungsraum zu schlendern. Dabei erklärte er:

»Der Phaeton ist nicht gerade ein Massenprodukt. Die Kombinationsmöglichkeiten von Ausstattungsvarianten sind so vielschichtig, dass es weltweit praktisch keine zwei gleichen Fahrzeuge dieser Marke gibt. Und so viele Extras wie Ismaels Phaeton hat kaum ein anderer.«

Boesherz machte eine kurze Pause, und zwar genau so lange, bis er auf seinem Gang durch den Raum direkt hinter Schirlo vorbeigekommen war. Erst dann fuhr er fort: »Ich werde mir eine entsprechende Liste kommen lassen, sie mit der Zulassungsstelle abgleichen und mir alle infrage kommenden Fahrzeuge ansehen. Vielleicht erkenne ich bei dieser Gelegenheit ja auch die Maserung des Holzes wieder.«

Während Schirlo keine Reaktion auf Boesherz' Kommentar erkennen ließ, schlenderte dieser weiter durch den Raum, bis er schließlich die Wand erreicht hatte, an die während des Meetings Bilder und Texte projiziert wurden. Im Augenblick war ein Foto vom aktuellen Tatort zu sehen.

»Lassen wir jetzt das Auto mal beiseite und wenden uns Ismael zu. Er wäre damals beim Mord an Amthauer etwa zwanzig Jahre alt gewesen, vielleicht ein paar Jahre jünger. Hätte er da wirklich schon eine so gekonnte Ausweidung hinbekommen?«

»*So* gekonnt war die damals ja noch gar nicht. Aber falls er Medizin studiert hat, wäre das schon möglich gewesen«, hakte Olivia ein. »Ich habe ein bisschen dazu ermittelt.«

Eine kurze Pause entstand, die Boesherz nutzte, um zu Olivias Tisch hinüberzugehen.

»Liebe Oberkommissarin Holzmann, dann bitte informieren Sie uns doch auch über das Ergebnis dieser Recherchen.«

Olivia überging die Bemerkung ihres Kollegen wie selbstverständlich. Sie hatte sich längst an dessen oft eigentümliche Art gewöhnt.

»Sowohl Dr. Amthauer als auch Dr. Praetorius haben an der

Medizinischen Fakultät in Heidelberg studiert und ihre Doktortitel erworben«, begann sie zu berichten.

»Da haben wir ja schon mal eine heiße Spur«, kommentierte Boesherz und ging jetzt wieder ziellos durch den Raum. »Die Universität in Heidelberg ist die älteste Deutschlands. Gegründet 1386. Wie viele Ärzte mögen in dieser Zeit wohl dort ausgebildet worden sein?«

»Wie denn, Severin, das weißt du nicht?«, brachte sich jetzt Schirlo ein, bevor er sich an Olivia wandte: »Mit welchem Abstand waren denn die beiden da? Hatten sie vielleicht denselben Doktorvater?«

»Amthauer hat die Uni 1969 verlassen, Praetorius 1986. Über die Doktorväter weiß ich noch nichts, kann ich aber recherchieren.«

Boesherz war nicht überzeugt davon.

»Das kannst du nebenher machen, aber ich glaube, es gibt heißere Spuren als die Universität. Wir haben damals schon nach Chirurgen mit Vorstrafen oder Auffälligkeiten gesucht. Das hat zu nichts geführt. Wie sieht es denn mit den Spuren aus?«

Boesherz sah nun Fabian Kleeberg, seinen Kollegen vom Erkennungsdienst, an, der bereits erste Laboranalysen vorweisen konnte.

»Was soll ich sagen?«, begann dieser. »Der Mord ist in einer Arztpraxis passiert. Da werden täglich Dutzende Patienten behandelt. Und während der Besprechungsraum vor DNA nur so überquillt, war der Operationsraum praktisch steril. Wir müssen die ganzen Fingerabdrücke, Haare und Hautschuppen erst mal zuordnen, bevor wir sie mit denen von damals abgleichen können. Und selbst wenn wir eine Übereinstimmung finden, haben wir noch lange nicht den dazugehörigen Menschen.«

Boesherz nahm die Aussage kommentarlos zur Kenntnis. Die

Kollegen hatten zwischenzeitlich gelernt, dass dies ein Zeichen seiner Zustimmung war.

»Was ist mit Zeugen?«, fragte Boesherz weiter. »Hat schon jemand mit Praetorius' Sprechstundenhilfe gesprochen?«

»Geht nicht, die ist im Urlaub«, erhielt er zur Antwort. »Das ist sicher kein Zufall.«

»Natürlich nicht! Von allen möglichen Erklärungen ist der Zufall immer die mit Abstand unwahrscheinlichste. Also, macht die Frau, so schnell es geht, ausfindig.« Boesherz erinnerte sich jetzt an die Ermittlungen vor sechzehn Jahren: »Wir haben damals zuerst angenommen, dass der Mord an Amthauer im Affekt geschehen ist. Vielleicht möchte Herr Schirlo uns etwas dazu sagen?«

Der Angesprochene beugte sich vor und begann zu erzählen.

»Das Opfer wurde mit seiner eigenen Schreibtischlampe niedergeschlagen. Alle anderen Werkzeuge, die der Täter damals eingesetzt hat, befanden sich ebenfalls in der Praxis. Der Mörder hatte also keine eigenen Tatwerkzeuge mitgebracht, was einen Vorsatz eigentlich sehr unwahrscheinlich wirken ließ.«

»Widmen wir uns nun aber dem *eigentlich*«, fügte Boesherz an und breitete seine Arme mit einer Geste aus, die Schirlo auf theatralische Weise bedeutete, dass er weitersprechen möge.

»Während der Totschlag mit der Lampe nach einer Tat im Affekt aussieht, tut es der Rest der Inszenierung nicht«, fuhr dieser auch prompt fort. »Es ist vom psychologischen Standpunkt aus praktisch unvorstellbar, dass ein Mensch, der gerade spontan aus einem Impuls heraus getötet hat, in dieser abstrusen, durchdachten und bestialischen Form mit der Leiche verfährt. Zumal noch etwas anderes dabei zu berücksichtigen ist.«

»Der Faktor Zeit«, warf jetzt Boesherz ein und deutete auf Dennis. »Möchtest du uns das erklären?«

Olivia sah sorgenvoll zu ihrem jungen Kollegen und bemerkte

dabei, dass dieser auch sie ansah. Sie nickte ihm ermutigend zu, woraufhin Dennis zögerlich ansetzte: »Wenn es damals eine Affektreaktion war, warum ist der Täter dann so lange am Tatort geblieben?«

»Die jungen Kollegen! Sie können es doch, wenn sie nur wollen!«, warf Boesherz darauf erfreut in die Runde. »Ganz genau: Der Täter war mit seinem Arzt allein. Warum? In so einer Praxis ist doch immer noch jemand anders. Und wenn man sich mit seinem Arzt privat trifft, warum sollte man das in der Praxis tun? Weder Amthauer noch Praetorius hatten für die Tatzeit in ihren Terminkalendern Patienten eingetragen, bei beiden war vor den Morden keine Chipkarte einer Krankenversicherung erfasst worden. Welcher Arzt behandelt denn anonym, allein und kostenlos?«

»Jedenfalls wissen wir, dass der Mord an Praetorius, wenn vielleicht auch nicht der an Amthauer, vorsätzlich geschehen ist«, warf Olivia ein. »Aber wieder hat der Täter ausschließlich Hilfsmittel eingesetzt, die er in der Praxis oder im Haus des Opfers gefunden hat.«

Boesherz schmunzelte zufrieden.

»Fahr fort«, bat er seine Kollegin dann.

»Er hat das heute alles sehr lange und sorgfältig vorbereitet, da durfte nichts schiefgehen. Der Täter hat sicher nicht riskiert, dass er am Ende im Haus seines Opfers steht und plötzlich nicht die Requisiten vorfindet, die er bräuchte, um seinen alten Mord zu kopieren.«

»Wie viele Ärzte praktizieren wohl in den Häusern, in denen sie auch leben? Und wie viele von denen leben dann auch noch allein in diesen Häusern? Und wie viele von denen haben diese stereotypen Skelette in der Praxis stehen?«

»Musste Praetorius nur sterben, weil er alle Anforderungen erfüllt hat, die der Täter für seine Kopie gebraucht hat?«, dachte Dennis laut nach.

»Diese Frage schafft dir eine wundervolle Aufgabe!«, entgegnete Boesherz strahlend. »Allgemeinmediziner oder Chirurgen, die in einer eigenen Praxis tätig sind, allein leben und in ihrem Wohnhaus praktizieren. So viele kann es davon nicht geben, oder?«

Dennis klatschte erfreut in die Hände.

»Ich setze mich sofort ran! Ismael könnte bei mehreren Ärzten einige Zeit vor der Tat vorgesprochen haben, um die Verhältnisse auszuspionieren. Vielleicht als Patient getarnt.«

Boesherz zog seine silberne Taschenuhr aus der Weste. Er klappte sie auf und betrachtete das Ziffernblatt.

»Genug geredet, wir sollten jetzt endlich loslegen!«, entschied er dann. »Wir machen uns jetzt alle an die Arbeit, schlafen dann noch ein bisschen und morgen um neun sitzen wir hier wieder zusammen.« Noch einmal wanderte Severins Blick durch den Raum, bevor er abschließend hinzufügte: »Wir haben es hier nicht mit einem Anfänger zu tun, Kollegen. Und wer auch immer dieser Kerl ist – er hat jeden seiner Schritte genau geplant. Seid also verdammt vorsichtig, wo ihr hintretet. Es könnte eine Mine sein!«

KAPITEL 10

»Wenigstens ist er sich treu geblieben. Nicht auszumalen, wenn er an sich gearbeitet hätte«, stellte Rupert Schirlo trocken fest, nachdem er sich mit Olivia auf einen Kaffee in das Büro zurückgezogen hatte, das sich Holzmann mit drei weiteren Kollegen teilte.

Schirlo selbst würde, so hatte Castella ihm avisiert, innerhalb der kommenden Stunden ein provisorisches Arbeitszimmer für die Dauer seines Aufenthaltes in Berlin zugewiesen bekommen.

»Ja, er kann schwierig sein«, gestand Olivia. »Ich vermute, dass wir ihm mit unserer normalen Art zu denken alle irgendwie auf die Nerven gehen.«

»Wir sind gewissermaßen die Kleinwagen, die auf der Landstraße vor ihm herfahren und ihn daran hindern, zu überholen.«

Der Vergleich amüsierte Olivia.

»Aber wie kann er denn immer schon so gewesen sein? Damals bei der Kripo hat er doch die Meetings gar nicht geleitet«, fragte sie dann nach.

Schirlo warf Olivia einen Blick zu, der nicht falsch zu deuten war.

»Severin leitet *jedes* Meeting. Egal, welche Position man ihm zuweist. Sicher, er ist ein überragender Denker, aber seine Teamfähigkeit …«

»Ich bin privat ein bisschen mit ihm befreundet«, gestand Olivia jetzt weit vorsichtiger, als sie es noch vor dem Gespräch mit

Dennis getan hätte. »Aber sehr viel mehr Nähe als gelegentlich mal zusammen essen gehen oder ins Theater lässt er nicht zu. War er damals auch schon so?«

Schirlo schüttelte entschlossen den Kopf, goss Milch in seinen Kaffee, rührte ihn um und nahm einen großen Schluck davon. Dann stützte er sich mit den Ellenbogen auf Olivias Schreibtisch auf und beugte sich etwas weiter zu ihr vor.

»Wissen Sie, ich habe in meiner Laufbahn viele Kriminalisten erlebt. Die einen waren begabter als die anderen. Manche waren Idealisten, andere haben sich mehr für die Beamtenversorgung interessiert. Aber einer wie Severin ist mir vorher und nachher nicht begegnet.«

»Zum Glück – oder leider?«, hakte Olivia nach.

Noch wenige Stunden zuvor hätte Holzmann Severins schrullige Art entschuldigt und als Bestandteil eines Wesens verteidigt, das zwar oft unbequem, aber doch im Herzen gut sei. Nach dem Gespräch mit Dennis zog sie es nun jedoch vor, ihren Gesprächspartner zunächst weitererzählen zu lassen.

»Im Grunde kann er ja nichts dafür«, fuhr dieser fort. »Es muss eine Last sein, so zu sein wie er.«

»So klug?«

Schirlo zuckte mit den Schultern, bevor er in einem vertraulich wirkenden Tonfall fortfuhr: »Er hat sogar Selbsthilfegruppen deswegen besucht.«

»Was denn für Selbsthilfegruppen?«, wunderte sich Olivia.

»Für Hochbegabte. Da konnte er mal auf Leute treffen, die so wie er waren. Das muss schon lästig sein, wenn einem niemand folgen kann.«

»Davon hat er nie was erzählt.«

»Vermutlich ist es ihm unangenehm. Er war damals ja noch um einiges jünger, weniger festgefahren. Lange Zeit mochte ich ihn sogar irgendwie.«

»Und was ist dann passiert?«

Olivia bemerkte, dass es ihrem Gegenüber gutzutun schien, über seine Zeit mit Severin zu sprechen, die ihn offensichtlich bis heute nicht ganz losgelassen hatte.

»Wissen Sie, ich möchte jetzt eigentlich gar nicht viel mehr dazu sagen«, wiegelte Schirlo jedoch ab. »Ich bin nur zu Gast bei Ihnen, und es steht mir nicht zu, über Dinge zu sprechen, die er selbst nicht bekannt machen möchte. Auch wenn er mir nicht übermäßig am Herzen liegt.«

Olivia wollte sich noch nicht geschlagen geben.

»Wie war er denn in Hinsicht auf seine Marotten?«, versuchte sie Schirlo daher noch etwas weiter aus der Deckung zu locken. »Hat er damals schon immer Anzüge getragen und Opern gehört?«

»Opern hat er bei jeder Gelegenheit gehört«, erinnerte sich Schirlo. »Seine Eltern sind sehr kulturliebend, eine angesehene Unternehmerfamilie. Hat er mal von ihnen erzählt?«

Olivia winkte ab.

»Ich glaube, er spricht nicht gern über seine Vergangenheit. In dem Punkt ist ihm kaum mal was zu entlocken.«

Schirlo sah Olivia voll Unbehagen an.

»Vielleicht ist es auch das Beste so«, äußerte er dann. »Ich lasse das Thema jetzt auch lieber ruhen, ich möchte wirklich nicht …«

»Doch, Sie möchten«, widersprach Holzmann. »Er hat Sie in unserem Meeting gerade ganz schön vorgeführt.«

»Also gut«, gab Schirlo schließlich nach. »Severin dachte damals, er hätte das Asperger-Syndrom.«

Olivia riss die Augen auf und lehnte sich ruckartig in ihrem Stuhl zurück.

»Ist das nicht so eine Entwicklungsstörung?«

»Eine Form von Autismus«, erläuterte Schirlo und sprach nun

leiser. »Das war damals noch nicht so eine Modediagnose wie heute. Er hat vermutet, dass diese Krankheit seine außergewöhnlichen Fähigkeiten bewirkt hätte.«

»Aber Menschen mit Asperger sind doch komplett unsozial. Severin hat Humor, trifft sich mit Frauen, ist gesellig …«, wandte Olivia ein.

»Er hat dann auch festgestellt, dass er das Syndrom nicht hat«, beruhigte Schirlo sie. »Aber bis dahin hat er in diesen Sitzungen viele abgefahrene Typen getroffen. Manchmal hat er davon erzählt.«

»Und wie war es damals bei ihm mit Frauen?«

Schirlo antwortete nicht sofort darauf.

»Das geht mich ja auch alles nichts an«, ging Olivia über ihre eigene Frage hinweg.

»Nein, das ist schon okay«, beruhigte Schirlo sie. »Er hatte damals tatsächlich eine Partnerin. Sie hieß Leonore, die beiden waren unzertrennlich. Eine traurige Geschichte. Und der Hauptgrund dafür, dass ich damals mit ihm gebrochen habe.«

»Was war denn los?«

»Das führt jetzt wirklich zu weit.«

Schirlo sah demonstrativ zu der Wand hinüber, an der unter anderem Bilder des vor sechzehn Jahren ermordeten Dr. Amthauer hingen.

»Sie meinen, sein einziger Misserfolg hat ihn seine Partnerin gekostet?«, verstand Olivia.

»Das war eine sehr harte Zeit für ihn. Er hat sich verändert, oder besser: Der Mord an Amthauer hat ihn verändert. Ich war damals noch so etwas wie sein Mentor, obwohl er immer schon viel schlauer war als ich. Leonore hat ihm gutgetan, die beiden waren wie füreinander gemacht. Sie schien seine Macken gar nicht wahrzunehmen. Aber dieser Misserfolg hat dann etwas aus ihm gemacht, an dem sie zerbrochen ist.«

Olivia beobachtete Schirlo aufmerksam. Seine Gesichtszüge ließen vermuten, dass er Boesherz möglicherweise doch nicht vollkommen ablehnend gegenüberstand. Sie glaubte sogar eine Note von Mitgefühl zu bemerken, wenn diese auch nur sehr dezent mitschwang.

»Zerbrochen?«, hakte sie nach.

»Das reicht jetzt!«, entschied Schirlo schließlich. »Ich habe schon viel zu viel erzählt, und wir haben ja auch noch einen Fall zu lösen. Wissen Sie, Dr. Amthauer war damals sehr beliebt bei uns. Sein Tod war eine Tragödie.«

Olivia hielt es für besser, zunächst nicht weiter nachzubohren. Sie würde das Gespräch über Severins Vergangenheit zu einem späteren Zeitpunkt fortsetzen. Nur eine letzte Frage hatte sie noch.

»Wo hat er diese Leonore denn damals überhaupt kennengelernt?«

Schirlo lächelte erleichtert.

»Diese Frage kann ich Ihnen offen und ehrlich beantworten«, gestand er, bevor er sich abwandte, um sich seiner Arbeit zu widmen. »Ich weiß es nicht! Das haben die beiden niemals irgendwem erzählt.«

KAPITEL 11

LORELEYFELSEN, SANKT GOARSHAUSEN. SECHZEHN JAHRE ZUVOR.

Der Riesling wird in diesem Jahr besonders gut«, sagte Leonore und ließ ihren Blick dabei über die Weite des Landes schweifen.

Von der Bank aus, die an einem kleinen Zufahrtsweg inmitten des Weinberges stand, hatten sie und Severin freie Sicht über den Rhein und die scheinbar unzähligen Rebstöcke, mit denen die Hänge der Region bepflanzt waren. Die beiden saßen in unmittelbarer Nähe des Loreleyfelsens, der nur etwa eine halbe Stunde von Severins Heimat *Oestrich-Winkel* entfernt lag.

Der Rhein strömte dort an einer Biegung besonders schnell und gefährlich, was in der Vergangenheit immer wieder zu Unglücken geführt hatte. Der Legende nach war dies die Schuld der wunderschönen Nixe Loreley gewesen, die auf einem Schieferfelsen im Wasser saß, ihre Haare kämmte und dabei mit ihrem wundervollen Gesang die Schiffer von den Gefahren der Stromschnellen ablenkte, bis diese schließlich verunglückten.

Es war noch früh, und Boesherz würde seinen Dienst erst in über einer Stunde antreten müssen. Er und Leonore nutzten die Morgenstunden oft für Ausflüge zu genau dieser Stelle am Rhein. Die traurig schöne Legende der Loreley faszinierte die beiden gleichermaßen.

»Du kennst dich mit Riesling aus?«, fragte Boesherz verwundert und zog Leonore dabei noch etwas näher zu sich heran.

»Wie soll denn ein Wein nicht gut werden, der auf unserem

Lieblingsberg wächst?«, antwortete diese und drückte Boesherz einen Kuss auf die Wange.

Severin und Leonore kannten einander seit sieben Monaten, und ebenso lange waren sie ein Paar. Es hatte damals nicht mehr als eines einzigen gegenseitigen Blickes bedurft. Seither schienen die beiden unzertrennlich. Sie hatten noch nicht einmal über ihre Gefühle zueinander sprechen müssen, alles war einfach selbstverständlich gewesen. Sehr bald nach ihrer ersten Begegnung hatte Leonore dann ihre Heimat Saarbrücken verlassen, ihre Stelle in einem Architekturbüro aufgegeben und war, gegen den ausdrücklichen Rat ihres Vaters, Hals über Kopf zu Severin gezogen.

»Soll ich uns ein paar Hektar Anbaufläche kaufen?«, fragte dieser nun, während dabei ein frischer Herbstwind über die Hänge wehte. »Dann können wir unseren eigenen Wein anbauen. Vielleicht kreuzen wir zwei Rebsorten. Wir züchten einen eigenen Wein, das wäre doch was!«

Leonore lachte auf.

»Und wie soll der dann heißen?«

»Na, wie schon? *Leonores Herzblut* natürlich.«

»Wenn du *das* machst, verlasse ich dich!«

»So schnell würdest du mich verlassen?«

Leonore musterte Boesherz daraufhin eingehend. Dann antwortete sie: »Ja, und wenn du nicht damit aufhörst, immer wie Inspektor Columbo rumzulaufen, dann bin ich auch bald weg!«

Leonore hatte sich oft darüber beklagt, dass Severin keinen Wert auf seine Kleidung legte.

»Weite Hemden geben mir ein Gefühl von Freiheit«, verteidigte sich der Kommissar daraufhin.

»Du brauchst keine Freiheit mehr«, hielt Leonore entschlossen dagegen. »Du hast ja mich!«

Eine Zeit lang saßen die beiden danach wortlos da. Mit dem

Kopf auf Severins Schulter sah Leonore minutenlang über das weite Land, das von alten Burgen und Weinbergen überall entlang des Rheins geziert war. Doch dann, mitten in die vertraute Stille hinein, klingelte Severins Handy. Bereits am Klingelton konnten beide erkennen, dass es sich um einen dienstlichen Anruf handelte. Nur widerwillig nahm Boesherz das Gespräch entgegen.

»Das ist nicht wahr«, entfuhr es ihm, während er sich ruckartig aufrichtete. »Ich komme sofort!«

Leonore übernahm Severins Stimmung unwillkürlich und sah ihn aufgeregt an.

»Was ist denn passiert?«

»Schatz, ich muss sofort los«, erhielt sie zur Antwort. »Dr. Amthauer ist ermordet worden!«

Leonore erbleichte.

»Wie …«, stammelte sie.

»Es muss schlimm sein! Rupert stand völlig neben sich, so habe ich ihn noch nie erlebt.«

Dann berührte Severin Leonores Gesicht, strahlte sie mit funkelnden Augen an und versicherte ihr: »Ich muss da jetzt hin, aber bald bin ich wieder bei dir. Du weißt ja, kein Mörder auf der Welt kann uns beide lange trennen.«

KAPITEL 12

Olivia hatte nur wenige Stunden geschlafen. Sie hatte ihren Wecker extra früher eingestellt, um mit Severin noch vor dem Meeting ein vertrauliches Gespräch führen zu können. Der Kommissar hatte seine Kollegin dazu in das Delikatessengeschäft *Lindner* am Schlachtensee eingeladen, vor dem Tische aufgestellt waren, an denen die Kunden frühstücken konnten.

»Dein Make-up ist etwas oberflächlicher als sonst«, stellte Boesherz fest, während er sein Steinofenbrötchen aufschnitt und es mit Nordseekrabben belegte. »Du hattest andere Dinge im Kopf, als dich zu schminken. Deinem Gesichtsausdruck nach etwas Ernstes.«

»Ich habe gestern mit Schirlo gesprochen«, begann Olivia vorsichtig.

»Und, gefällt er dir?«, entgegnete Severin zwinkernd, bevor er von seinem Brötchen abbiss. »Er ist wieder zu haben. Allerdings kann ich ihn nicht empfehlen.«

»Es ist mir ernst! Weißt du, er hat nicht wirklich was erzählt, aber er hat schon so ein paar Andeutungen gemacht. Ich möchte einfach nicht, dass Gerüchte aufkommen.«

Boesherz schien ungerührt. Er griff nach seinem Orangensaft, nahm einen Schluck davon, wischte sich den Mund ab und bemerkte dann: »Ein Gerücht ist es nur, wenn es unverbürgt ist. Worauf spielst du denn an?«

Olivia strich sich unsicher durchs Haar. Die Geräuschkulisse um sie herum trug nicht zu ihrer Beruhigung bei, denn trotz der frühen Stunde herrschte bereits reges Treiben am Schlachtensee. Die S-Bahn hielt in regelmäßigen Abständen auf der Brücke, hinter der das Wasser lag, und die Geschäfte und Kaffees waren schon ebenso belebt wie die Straßen und der Park.

»Du hast mir nie erzählt, dass du eine Frau hattest«, setzte sie schließlich an.

Boesherz schwieg einige Sekunden lang. Erst nachdem er seine Gedanken geordnet hatte, erwiderte er: »Dann hatte ich dafür wohl meine Gründe. Du hättest mir vermutlich unterstellt, dass ich nur deswegen Single bleibe, weil sowieso keine andere Frau an sie herankommen kann.«

»Und, ist es so?«

Severin legte sein Brötchen auf dem Teller ab und säuberte seine Finger, während er ausholte.

»Man sagt immer, Menschen werden zu Partnern, wenn sie sich ineinander wiederfinden. Wenn einer der Spiegel des anderen ist. Rupert mochte Leonore, aber er konnte nie erkennen, an welcher Stelle sie sich in mir gefunden hatte.«

»Was steht denn eigentlich zwischen dir und Rupert?«

»Das ist eine lange Geschichte. Und unsere Meinungen voneinander sind auch nicht wichtig. Er lässt sich bei seiner Arbeit nicht von Sympathien leiten, und ich mich bei meiner ebenfalls nicht.«

»Das war keine Antwort.«

Boesherz zog seine linke Augenbraue hoch und kontrollierte den Sitz seiner Krawatte.

»Wenn du noch mal genauer darüber nachdenkst, wirst du erkennen, dass es die beste Antwort war, die ich dir habe geben können«, widersprach er.

»Was ist denn aus Leonore geworden?«

»Das ist kein Thema, über das ich gern rede. Vielleicht ist der Spiegel zerbrochen. Oder sie ist zu der Ansicht gekommen, dass es doch nur ein Zerrspiegel war. Einer, der sie unkenntlich gemacht hat, wer weiß?«

Olivia legte ihr Croissant auf dem Teller ab. Dann griff sie nach Boesherz' Hand und umschloss sie.

»Ist sie wegen des Mordes an Amthauer gegangen? Weil dich der Misserfolg verändert hat?«

»Das ist alles lange her«, wiegelte Boesherz ab und zog seine Hand zurück. »Ich bin ein anderer Mensch geworden.«

»Hast du sie nach der Trennung noch mal wiedergesehen?«

»Olivia, das ist alles lange her, und es war sehr schmerzhaft für mich. Und nicht nur für mich! Es sind damals viele Menschen unglücklich geworden. Ich möchte, ehrlich gesagt, nicht darüber sprechen.«

Olivia glaubte, dass Severins Stimme etwas brüchiger klang als sonst, doch das konnte auch ihre Einbildung gewesen sein.

»Ich weiß noch, wie es nach dem Tod von Marko war«, erinnerte sie sich jetzt. Ihr Lebensgefährte war vor über einem Jahr bei einem Motorradunfall ums Leben gekommen. »Wir waren komplett verschieden. Aber trotzdem haben wir uns ineinander spiegeln können. Ich bin mir nicht sicher, ob ich noch mal jemanden so lieben werde.«

»Weißt du, dass alles, was wir für Liebe halten, im Grunde nur auf Gerüchen basiert?«, fragte Boesherz darauf etwas zu nüchtern. »Wenn dir der Geruch eines Menschen gefällt, dann ist der ganze Rest nur noch reine Projektion.«

»Wissenschaftlich stimmt das vermutlich sogar«, räumte Olivia ein. »Aber möchtest du es wirklich so sehen?«

Anstatt darauf zu antworten, schob Boesherz seinen Teller beiseite und sah Olivia eindringlich an.

»Jetzt mal raus mit der Sprache. Worum geht es? Du sitzt doch hier nicht mit mir, um über eine Frau zu sprechen, mit der ich vor sechzehn Jahren zusammen war?«

Olivia sah ein, dass sie nicht länger um ihr eigentliches Anliegen herumreden konnte.

»Okay, es gibt wirklich etwas, worüber ich mit dir reden will. Es ist allerdings etwas pikant.«

Boesherz ließ es sich zwar nicht anmerken, doch er war außerordentlich gespannt, warum Olivia ihn so ausdrücklich um das private Treffen gebeten hatte.

»Bleiben wir mal bei deiner Theorie über den Duft eines Menschen«, setzte sie schließlich an. »Wenn wir letztlich nur auf Pheromone reagieren, dann kann es ja auch mal dazu kommen, dass Menschen zueinander finden, die eigentlich überhaupt nicht zueinander zu passen scheinen.«

»Warte mal!«, unterbrach Boesherz und streckte seinen rechten Zeigefinger in die Luft, als wolle er ihn auf Olivias Lippen legen. »Dinge finden zueinander, die nicht zueinander passen.«

»Zumindest scheinbar«, relativierte Holzmann ihre Aussage unsicher, doch Boesherz schien es gar nicht mehr wahrzunehmen.

Olivias Bemerkung hatte etwas in dem Kommissar angestoßen. So wie der erste Dominostein, dessen Fall eine Kettenreaktion ausgelöst hatte. Wild und nicht nachvollziehbar flogen mit einem Mal Bilder und Erinnerungen in Boesherz' Kopf durcheinander und suchten nach einem Ort, an dem sie landen konnten.

Aber soweit ich weiß, haben Sie Freude an Rätseln. Überall im Haus sind Bilder von Fischen und Bücher über die See. Dinge finden zueinander, die nicht zueinander passen. Wenn es damals eine Affektreaktion war, warum ist der Täter dann so lange am Tatort geblieben? Es kommt nicht oft vor, dass Sie so etwas nicht von selbst erraten können, oder?

»Severin?«, versuchte Olivia zu ihrem Kollegen vorzudringen, der abwesend ins Leere starrte und dabei immer wieder seine Lippen zu unverständlichen Worten formte.

Unter den Regalen und Schränken im Wohnzimmer ist nicht Staub gewischt worden. Außer unter dem einen, das neben der Tür steht, die in den Flur führt. Er will mich auf diese Tür aufmerksam machen.

»Du verdammter Dreckskerl!«, entfuhr es Boesherz nun so plötzlich, dass sich gleich mehrere Passanten zu den beiden Polizisten umdrehten. »Das einzige Regal, unter dem Staub gewischt war! Er hat gewusst, dass mir das auffallen würde. Weil es eine starke Unregelmäßigkeit war.«

»Er hat dich damit auf den richtigen Durchgang hingewiesen«, erinnerte sich Olivia.

»Er hat gewusst, dass mir eine starke Unregelmäßigkeit eher auffallen würde als eine schwache«, erwiderte Severin. »Er stellt mich auf die Probe!«

»Kannst du mir bitte mal erklären ...«

»Er hat meine Aufmerksamkeit auf den fehlenden Staub unter dem Regal gelenkt. Und er hat dieses Ablenkungsmanöver vertuscht, indem er es mit einer zufriedenstellenden Motivation getarnt hat. Clever. Sehr clever sogar!«

Boesherz rief jetzt die beiden Tatorte der Morde an Amthauer und Praetorius parallel in sein Gedächtnis zurück. So, wie man ein hochauflösendes, beliebig drehbares Foto auf einen Rechner laden würde. Gleichzeitig nahm er mit seinem geistigen Auge jedes Detail der beiden verschiedenen Bilder genau unter die Lupe, bevor er schließlich entschied, das Bild aus der Wohnung von Dr. Amthauer abzulegen. Das aus dem Wohnzimmer von Dr. Praetorius jedoch interessierte ihn noch immer. Olivias Einwürfe waren für ihn jetzt ebenso ausgeklammert wie das rege Treiben am Schlachtensee. Wie mit einem Zoom fuhr er vor seinem inneren Auge durch den Raum und betrachtete die Bilder an den Wänden, die Gegenstände auf den Tischen, den Fußbodenbelag, die Möbel und den Inhalt der Regale.

»Natürlich!«, rief er schließlich aus und sprang von seinem Stuhl auf. »Es passt da nicht hin!«

Ohne ein weiteres Wort zu verlieren, wandte sich der Kommissar von seiner Kollegin ab, lief so schnell er konnte zu seinem Wagen und machte sich auf den Weg zum Haus von Dr. Praetorius.

Olivia blieb allein zurück. Der Tisch vor ihr war noch immer reich mit Delikatessen gedeckt.

»Ach, Severin«, sagte sie zu sich selbst, während sie an die Fotos auf Dennis' Handy dachte.

Dann sah sie auf die Uhr, griff nach dem Krustenbrötchen, das noch unangetastet im Brotkorb lag, und belegte es mit Serranoschinken.

»Wie lange willst du noch davonlaufen?«

KAPITEL 13

Die Sonne stand noch im Osten, sodass ihr Licht nicht direkt durch die gläserne Terrassenfront in Praetorius' Wohnzimmer fiel, wie sie es am Tag zuvor getan hatte. Unter diesen Umständen war es schwieriger, das Fehlen von Staub unter dem Regal zu bemerken. Die Vögel zwitscherten, und auch auf die Straße vor dem Haus war das Alltagsleben zurückgekehrt. Alles wirkte viel friedlicher und harmonischer als noch am Tag zuvor. Severin hatte sogar den kleinen Frosch wiedergesehen.

»Na, mein Freund. Hast du es beobachtet? Was war hier gestern los?«, hatte er das Tier gefragt, das seelenruhig auf dem Springbrunnen gesessen und das er an seiner Hauttönung eindeutig wiedererkannt hatte.

»Was machen Sie denn da?«, rief plötzlich eine Anwohnerin von der Straße her zu Boesherz herüber, der das polizeiliche Siegel noch nicht aufgebrochen hatte, um das Haus des Arztes erneut zu betreten.

»Keine Sorge, ich gehöre dazu«, antwortete er und streckte seinen Dienstausweis in die Höhe, ohne seinen Blick vom Wohnzimmer abzuwenden.

Die Anwohnerin konnte den Ausweis aufgrund der Entfernung zwar nicht erkennen, gab sich aber dennoch damit zufrieden.

»Ist der Doktor wirklich ermordet worden?«, fragte sie.

»Waren Sie seine Patientin?«

»Das waren hier in der Gegend die meisten. Wissen Sie schon, wer es war?«

Boesherz sah nun doch zu seiner Gesprächspartnerin hinüber. Zu seiner Überraschung stellte er fest, dass es sich dabei um eine auffallend attraktive Frau von Ende zwanzig handelte, die in äußerst körperbetonender Sportbekleidung auf dem Bürgersteig stand und offensichtlich gerade vom Jogging im nahe gelegenen Park gekommen war.

»Haben Sie denn einen Verdacht?«, fragte er, ohne sich dabei auf seine Gesprächspartnerin zuzubewegen, deren Dekolleté unverkennbar das Werk eines plastischen Chirurgen war.

»Der hatte keine Feinde!«

»Woher wissen Sie das? Haben Sie ihn gut gekannt?«

Die Frau winkte ab.

»Klar, ich wohne direkt im Haus nebenan. Außerdem sind wir in Spandau. Hier kennt jeder jeden!«

Boesherz schmunzelte. Der Bezirk hatte über fünfunddreißigtausend Einwohner, galt unter den Berlinern aber dennoch als eine Art ländliche Exklave. Einige eingefleischte Bewohner beharrten sogar darauf, dass Spandau eigentlich gar nicht zu Berlin gehöre, obwohl dies sachlich unkorrekt war.

»Wenn ich noch Fragen habe, melde ich mich!«, würgte Boesherz das Gespräch schließlich ab und brach dann das Siegel auf, bevor er die Terrassentür mit dem Ersatzschlüssel öffnete, den er tags zuvor von einem Haken im Hausflur mitgenommen hatte. Und während die Nachbarin noch irgendeine neugierige Frage zu stellen versuchte, betrat der Kommissar schließlich erneut das Haus des Chirurgen.

Es gibt drei Durchgänge. Einer führt in die Küche, einer zur Treppe zu den Privaträumen und einer in den Flur zur Praxis.

Boesherz schüttelte den Kopf über sich selbst.

Du hättest den richtigen Durchgang vermutlich auch ohne den Hinweis mit dem Staub gefunden. Oder, Severin?

Boesherz musste nicht suchen. Er hatte bereits während seiner Fahrt nach Spandau jedes Detail der Räume gedanklich unter die Lupe genommen, die er am Tag zuvor betrachtet hatte. Er ging zielstrebig zu dem Bücherregal, das über der Anrichte angebracht war, unter welcher der Täter den Staub entfernt hatte. Dann lächelte er zufrieden, als er darin vorfand, was er gesucht hatte.

»*Moby Dick* ist das nicht gerade«, stellte er fest, während er sich Gummihandschuhe überstreifte und vorsichtig ein Buch aus dem Regal nahm. Er betrachtete den Einband. »*Wildgerichte von A bis Z*«, las er laut vor. »Der Buchrücken ist gebrochen, das gute Stück ist also fleißig benutzt worden. Aber nicht von Praetorius.«

Nichts im Wohnzimmer, dem Flur oder den restlichen Räumen erweckte den Anschein, als sei der Chirurg an etwas anderem interessiert gewesen als an seiner Arbeit oder dem Angelsport. Die Bilder, Dekorationsartikel und auch die Bücher in den Regalen waren durchgängig entweder mit medizinischen Inhalten oder dem Fischen verbunden. Kein anderer offen sichtbarer Gegenstand wies darauf hin, dass Praetorius sich gern mit der Zubereitung von Wildgerichten auseinandergesetzt hätte.

Boesherz betrachtete das schwere, gebundene Kochbuch zunächst von außen, konnte aber nichts Auffälliges daran finden. Daher schlug er es nun auf und blätterte willkürlich durch die Seiten. Es dauerte nicht lange, bis er dabei auf etwas stieß.

»Na also«, stellte er zufrieden fest, als mehrere Papierschnipsel zu Boden fielen, die zwischen den Seiten versteckt gewesen waren.

Boesherz ging in die Knie, um die Fundstücke aufzuheben. Als er las, was darauf geschrieben stand, legte sich seine Stirn in Falten.

Soweit ich weiß, haben Sie Freude an Rätseln.

Dann griff der Kommissar zu seinem Handy und wählte Olivias Nummer. Es dauerte nicht lange, bis sie das Gespräch entgegennahm.

»Bist du schon im LKA?«, fragte er.

»Gerade angekommen. Sollen wir das Meeting verschieben?«

»Nein, ich bin in dreißig Minuten bei euch. Seid bitte alle da, es gibt eine neue Spur.«

»Was ist denn passiert?«

»Ismael hat mir einen Brief hinterlassen.«

»Und was schreibt er?«

Boesherz sah noch einmal auf die Zettel in seiner Hand, bevor er antwortete.

»Ich habe keine Ahnung!«

KAPITEL 14

Warum gehen Sie eigentlich davon aus, dass diese Zettel von Ismael sind?«, überprüfte Castella die Behauptung ihres Mitarbeiters, während sie mit fragendem Blick auf die Papierschnipsel mit der mysteriösen Aufschrift sah.

»Das Kochbuch ist aus den Siebzigerjahren, komplett abgenutzt und vergilbt. Die Zettel dagegen sind so neu, dass man sich fast noch an der Tinte die Finger schmutzig machen könnte.«

Die Besprechung der Sonderkommission hatte mit einer Stunde Verspätung begonnen. Während die Fahndung nach Ismael bislang ergebnislos verlaufen war, hatte nun aber Boesherz' unerwarteter Fund die Ermittlungen möglicherweise entscheidend vorangetrieben.

»Und nur weil Praetorius gern geangelt hat, kann er unter keinen Umständen ein Wildkochbuch besessen haben?«

Boesherz hatte es sich abgewöhnt, in derartigen Situationen die Augen zu verdrehen.

»Seine Bücherregale waren alle bis auf den letzten Zentimeter gefüllt, da hätte kein einziges Buch mehr reingepasst«, erklärte er stattdessen. »Auf seinem Fernsehtisch lag aber trotzdem noch eines, und zwar über das Fliegenfischen. Dieses Buch ist etwa genauso breit wie das Kochbuch. Ich vermute also, dass Ismael es herausgenommen hat, um eine Lücke für das Buch zu schaffen, in dem er seine Botschaft versteckt hat.«

Castella gab sich einstweilen mit dieser Erklärung zufrieden, zumal ihr, ebenso wie dem Rest des Teams, ohnehin die Beantwortung einer viel drängenderen Frage bedeutend wichtiger erschien. Sie betrachtete einen der insgesamt fünf Zettel, deren Inhalt darüber hinaus für alle Kollegen sichtbar an die Wand projiziert wurde. Dann sah die Dezernatsleiterin Estelle Bepoldin an, die sich der Sonderkommission kurzfristig als Sachverständige für das Dechiffrieren codierter Botschaften angeschlossen hatte.

»*3SGAORA*. Haben Sie schon irgendeine Vorstellung, was das bedeuten kann?«

»Noch nicht«, gab Bepoldin mit einem aparten französischen Akzent zur Antwort, während sie dabei unablässig verschiedene Entschlüsselungsvarianten auf ihrem Laptop ausprobierte.

Castella sah Boesherz skeptisch an, als sie ihn fragte: »Und was ist mit Ihnen?«

Der Angesprochene korrigierte den Sitz seiner Manschettenknöpfe, bevor er antwortete.

»Nehmen wir mal diesen Zettel hier: *1DUPERFA*. Oder diesen: *1SGIMPA*. Ich kann spüren, dass mir das irgendwie vertraut ist. Und ich bin mir sicher, dass ich darauf kommen werde, was es bedeutet. Aber auf der anderen Seite glaube ich eben auch, dass das außer mir niemand kann.«

Estelle Bepoldin lächelte bittersüß, während sie, ohne von ihrem Laptop aufzusehen, erwiderte: »Wir Franzosen bauen vielleicht nicht die besten Autos, aber glauben Sie mir, Monsieur Boesherz, im Dechiffrieren sind wir nicht so übel.«

»Ich befürchte trotzdem, dass Ihre Programme hier nicht greifen werden. Denn was immer Ismael mir hier auch mitteilen möchte, kann nur im Kontext des gesamten Falles verstanden werden.«

Jetzt erhob sich Severin von seinem Platz und bewegte sich an Castella vorbei zu der Wand, an der auch die beiden übrigen Botschaften zu lesen waren: *3SGINDIMPFA* und *2SGOPTA*.

»Es handelt sich hier nicht um eine Verschlüsselung im klassischen Sinn. Es ist eine private Botschaft an mich. Madame Bepoldin kann alle Systeme der Welt bemühen; ohne den persönlichen Bezug zwischen dem Sender und dem Empfänger wird sich diese Botschaft nicht lesen lassen.«

»Ich merke, Sie verstehen etwas von meiner Arbeit«, erwiderte die grazile Französin mit geziertem Lächeln.

»Es sieht doch so aus: Ismael hat sich da allem Anschein nach etwas Feines für mich überlegt. Ein Spiel, mit dem er mich herausfordert. Gleichzeitig schließt er aber auch alle anderen von diesem Spiel aus. Denn er ist sehr stolz auf das, was er sich da zurechtgelegt hat. Außerdem will er nur mich herausfordern, also hat er alles so arrangiert, dass außer mir niemand auf die Lösungen kommen kann. Und auch das ist wichtig: Er *möchte,* dass ich seine Rätsel löse!«

Boesherz rückte seine Krawatte zurecht, obgleich sie gar nicht schief gesessen hatte, und ging dabei weiterhin ziellos durch den Besprechungsraum.

»Was wäre das für eine Enttäuschung für ihn, wenn ich nicht erkennen würde, wie originell er das alles konstruiert hat? Wenn ich ihm nicht auf die Schulter klopfen und sagen würde: *Das hast du fein gemacht!* Er kennt mich, warum auch immer, und indem er mir diese Zettel hat zukommen lassen, hat er gleichzeitig klargestellt, dass niemand außer mir lesen können wird, was darauf geschrieben steht.«

»Warum sind es überhaupt fünf Zettel?«, warf jetzt Dennis in die Runde. »Er hätte das doch auch alles auf einen schreiben können?«

Boesherz riss die Arme in die Luft, als habe er soeben einen Boxkampf gewonnen.

»Dennis hat uns gerade ein weiteres Mal gelehrt, dass es nicht nur eine hohe Kunst ist, Fragen zu beantworten«, begann er dann freudig zu referieren. »Es ist eine ebenso große Herausforderung, Fragen *stellen* zu können! Denn ja, lieber Dennis, tatsächlich scheint mir diese kleine Hürde unseres Ismael eher eine weitere Botschaft als eine Steigerung des Schwierigkeitsgrades zu sein!«

»Falls Ihnen diese Frage auch zusagt: Können Sie das bitte so erklären, dass es auch dumme Dezernatsleiterinnen verstehen?«, bemerkte Castella so nüchtern, dass einige der Kollegen sich ein Lachen verkneifen mussten.

Severin hingegen zeigte sich ungerührt. Während er die schöne Estelle mit intensiven Blicken musterte, fuhr er fort.

»Ihm ist vollkommen klar, dass ich die richtige Reihenfolge der Zettel problemlos erkennen werde, sobald ich nur weiß, was sie bedeuten. Das wird mich keine zwei Sekunden kosten – er hätte sich das also sparen können! Vor diesem Hintergrund erscheint es doch plötzlich interessant, dass er sich dennoch die Mühe gemacht hat, ganze fünf Zettel zu verstecken statt nur einen einzelnen. Ich soll seine Botschaften zusammensetzen, und das ist nicht einfach eine kindische Zusatzaufgabe – es ist wesentlicher Bestandteil des Rätsels!«

Während sich die anderen Kollegen noch Notizen machten, hob Bepoldin die Hand, bevor sie dann, ohne einen Aufruf abzuwarten, erklärte: »Weder das Kochbuch noch der Ratgeber über das Fliegenfischen scheinen der Schlüssel zu sein. Nimmt man die Zahlen vor den jeweiligen Buchstabenkombinationen als Seitenzahl und setzt den Inhalt dieser Seiten ins Verhältnis zu den Buchstaben, ergibt sich daraus kein lesbarer Text. Es gibt auch keine Übereinstimmungen mit den gebräuchlichen Verschlüsselungssystemen, die sich in unseren Datenbanken befinden. Wie sieht es denn mit diesem Mord vor sechzehn Jahren aus? War da ein bestimmtes Buch oder ein Text im Spiel, der uns eine Grundlage für die Dechiffrierung liefern könnte?«

Boesherz ging jetzt zum ersten Mal während der Sitzung zu Schirlo hinüber, der wortlos, aber mit wachsendem Unbehagen den Verlauf der Besprechung verfolgte.

»Was meinst du, Rupert? Ob wir die Bücher aus dem Haus von Dr. Amthauer noch irgendwo im Keller liegen haben, um sie sechzehn Jahre später auf versteckte Zettel zu durchsuchen?«

»In seinen Büchern war nichts versteckt«, stellte Schirlo darauf kurz angebunden fest.

»Das habt ihr damals wirklich überprüft?«, wunderte sich Olivia.

Auch der Rest des Teams horchte auf.

»Mussten wir nicht«, winkte Schirlo ab. »Severin war immer schon so. Wäre seinerzeit eine Botschaft im Haus versteckt gewesen, dann hätte er es bemerkt.«

»Welch seltene Anerkennung aus berufenem Munde«, entgegnete Boesherz darauf, bevor er formgewandt hinzufügte: »Außerdem hätte es sich der Täter damals ganz sicher nicht widerstandslos gefallen lassen, wenn wir eine vergleichbare Nachricht einfach übersehen hätten.«

»SGINDIMPFA«, las Castella jetzt eine der geheimnisvollen Buchstabenkombinationen vor. »Ein Anagramm?«

»*Fand Gips im*«, antwortete Bepoldin, die längst alle fünf Buchstabenkombinationen durch ein Entschlüsselungsprogramm für Anagramme hatte laufen lassen. »Insgesamt gibt es vierundsiebzig mögliche Varianten, aber nur diese ergibt in der deutschen Sprache einen Sinn. *DUPERFA* ergäbe *fade pur* oder *der Pfau*. Aus *SGAORA* kann man bestenfalls *AG rosa* machen, *aus SGOPTA* kommen Anagramme wie *sag top*, *Gas top* oder auch *Gast Po* raus. Und *SGIMPA* ergibt bestenfalls: *am Gips*.«

»Und wenn man die Buchstaben nicht nach den einzelnen Zetteln trennt, sondern sie alle gemeinsam umsortiert?«, hakte Olivia nach.

»Dann erhalten wir Tausende bemerkenswerte Sätze, die sich beispielsweise mit dem *Gaddafi Penis Rumpf* befassen«, antwortete Boesherz.

»Haben Sie die Software auch auf Ihrem Rechner?«, erkundigte sich Bepoldin darauf erstaunt.

»Meine Software braucht keinen Rechner«, antwortete der Kommissar schmunzelnd und ließ die erstaunte Französin ratlos zurück. »Also, wenn wir uns mit den Hinterteilen unserer Gäste, purer Langeweile oder überraschend aufgefundenen Gipsen befassen möchten, dann sollten wir das in unserer Freizeit tun. Mir ein banales Anagramm zu verstecken wäre in jedem Fall unter Ismaels Würde.«

Boesherz setzte einen eher freundlichen Blick auf, als er noch eine weitere Frage hinzufügte: »Und was wäre ein Anagramm außerdem?«

Dieses Mal war es Dennis, der zuerst antwortete.

»Zu offensichtlich!«

Severin strich sich über die Westentasche, in der seine Taschenuhr steckte, sah seinen jungen Kollegen skeptisch an und fragte ihn dann mit sarkastischem Unterton: »Sondern?«

Dennis begann unwillkürlich, angestrengt nachzudenken. Olivia erlöste ihn schließlich, indem sie die Antwort in den Raum warf, die Boesherz hatte hören wollen.

»Es wäre nicht individuell! Ein Anagramm kann jeder entschlüsseln, aber er stellt die Aufgabe ja dir. Exklusiv.«

»Woraus welche Erkenntnis für unsere Arbeit folgt?«

Dieses Mal war es Castella, die antwortete.

»Dass Sie sich jetzt alle weiter an Ihre bisherigen Aufgaben machen, während die Decodierung dieser Zettel von Hauptkommissar Boesherz bearbeitet wird.«

Severin applaudierte seiner Vorgesetzten anerkennend. Dann ging er zu Estelle hinüber und deutete auf sie.

»Madame Bepoldin würde ich dabei allerdings gern an meiner Seite haben.«

»Ich denke, ich bin mit Ihrem Rätsel überfordert«, kokettierte die Französin und klimperte ironisch mit den Augenlidern.

»Ich brauche Sie auch gar nicht so sehr als Assistentin«, gab der Kommissar daraufhin zu verstehen. »Ich stelle Sie mir eher als eine Art Muse vor.«

KAPITEL 15

Hast du es schon herausgefunden? Bist du noch im Spiel? Was für eine Frage, natürlich bist du das. Und egal, welche Wege du auch gehst. Ich habe alles unter Kontrolle.

Ich verfolge dich auf Schritt und Tritt, egal, ob ich dir nah bin oder nicht. Auch wenn ich dich nicht sehe oder nicht weiß, was du gerade tust. Du bist zu leicht zu durchschauen, zu berechenbar.

Also lauf, mein kleines Hündchen! Rieche an jedem Baum, an jeder Straßenecke. Such die Antwort!

Es macht keinen Unterschied, ob du sie findest oder nicht. Du kannst unser Spiel spielen, wie du willst.

Ich habe sowieso schon längst gewonnen.

KAPITEL 16

Hast du schon mit ihm geredet?«, fragte Dennis unumwunden, als er Olivia kurz nach dem Meeting im Flur vor dem Getränkeautomaten traf.

Die Mitglieder der Sonderkommission hatten sich auf ihre Posten begeben. Holzmann würde sich in wenigen Minuten mit Rupert Schirlo zu einer Besprechung in dessen eilig improvisiertem Büro zusammensetzen, und Dennis hatte vor, eine Liste mit Ärzten zu erstellen, bei denen Ismael möglicherweise im Zuge der Vorbereitung des Mordes an Praetorius aufgetaucht sein konnte.

»Ich wollte, aber es ist was dazwischengekommen«, gestand Olivia zögerlich, während sie eine Münze in den Automaten warf, um eine Flasche Mineralwasser zu ziehen.

»Was denn?«

»Na, was wohl. *Severin* ist dazwischengekommen.«

Dennis' trainierter Oberkörper sackte in sich zusammen. Es war offenkundig, dass ihm das Geheimnis, das er seit vielen Monaten hütete, auf der Seele lastete. Olivia sah ihren Kollegen mitleidsvoll an, bevor sie versprach: »Ich werde es später noch mal versuchen.«

Dennis nickte nachsichtig. Denn was immer auch die Wahrheit hinter Severins konspirativem Treffen in dem Einkaufscenter gewesen sein mochte, es verhieß mit größter Wahrscheinlichkeit nichts Gutes. Dennis selbst hätte seinen Vorgesetzten nicht darauf ansprechen wollen, und so konnte er auch von seiner Kollegin nichts anderes erwarten. Ein Gedanke drängte sich ihm jedoch auf.

»Hast du mal versucht, die Buchstaben auf den Zetteln irgendwie mit diesem Video in Verbindung zu bringen?«

Der Automat hatte noch immer keine Flasche ausgeworfen. Olivia betätigte die Rückgabetaste, doch auch das Geld wurde nicht erstattet. Sie betätigte daher einfach einen anderen Knopf, um anstelle des Wassers eine Flasche Apfelschorle zu ziehen.

»Klar«, gestand sie, »du doch sicher auch. Weißt du, ich habe ein ganz mieses Gefühl. So, als ob ich ihm nachspioniert hätte. Aber weißt du, was mich an der Sache stört?«

Dennis zuckte mit den Schultern.

»Severin gibt sich, als ob überhaupt nichts sei. Kein Geheimnis, keine Leiche im Keller. Ich meine, wenn diese Geschichte in dem Einkaufscenter wirklich mit dem Fall hier zu tun hätte, dann wäre ihm das doch klar.«

»Und du meinst, dann würde er sich anders verhalten? Weil er befürchten würde, dass sein dunkles Geheimnis auffliegt?«

Noch immer hatte Olivia kein Getränk aus dem Automaten erhalten.

»Ich sage dir, was ich glauben *will:* Er lässt sich einfach deswegen nichts anmerken, weil er nun mal nichts zu verbergen hat.«

Dennis atmete jetzt flacher und presste seine Lippen angespannt aufeinander.

»Und welche Erklärung möchtest du *nicht* glauben?«, traute er sich dann zu fragen.

Olivia fühlte sich unwohl dabei, den Gedanken zu formulieren. Doch schließlich fasste sie sich ein Herz. Sie kam sich beinahe wie eine Verräterin vor, als sie antwortete: »Er lässt sich nichts anmerken, weil er einfach davon ausgeht, dass es nicht rauskommen wird.«

»Das glaubst du aber doch nicht im Ernst?«, fragte Dennis in einem Tonfall, der erkennen ließ, dass er selbst diese Möglichkeit bereits in Betracht gezogen hatte.

Olivia hatte Severin zu schätzen gelernt, und sie spürte, dass er ihr seit seinem Wechsel nach Berlin so weit zum Freund geworden war, wie ein Mann wie er eben ein Freund sein konnte.

»Ich glaube es ja selbst nicht, aber du musst schon zugeben, dass man zumindest mal daran gedacht haben sollte, oder?«

Dennis konnte nicht widersprechen.

»Wir gehen immer noch davon aus, dass das Video ein großes Missverständnis ist«, sprach er sich und Olivia Mut zu. »Aber wenn nicht, dann sähe es doch so aus: Bevor Severin zulassen würde, dass Ismael sein dunkles Geheimnis lüftet, behauptet er doch vermutlich lieber, dass er den Fall nicht lösen kann.«

Erst als sich Olivia zu einem missmutigen Nicken durchrang, entlud sich Dennis' Anspannung in einem gewaltigen Schlag gegen den Automaten, auf den hin nicht nur das Wasser, sondern auch noch die Apfelschorle ausgegeben wurde, bevor mit einem Klimpern Olivias Geld in den Rückgabeschlitz fiel. Ohne dem Aufmerksamkeit zu widmen, fügte Holzmann hinzu: »Und das dann schon zum zweiten Mal.«

KAPITEL 17

OESTRICH-WINKEL, RHEINGAU.
SECHZEHN JAHRE ZUVOR.

Jetzt komm doch endlich wieder ins Bett«, drängte Leonore und warf demonstrativ Severins Decke auf.

Es war mitten in der Nacht, doch Boesherz lief schon seit Stunden unablässig im Erdgeschoss des Hauses auf und ab, das seine Eltern ihm nach Abschluss der Polizeiausbildung als Vorerbe geschenkt hatten.

»Es ist ein Kreis, verdammt!«, rief er immer wieder quer durch den Flur.

Leonore kapitulierte schließlich, stand ebenfalls aus dem Bett auf, warf sich ihren Bademantel über und ging zu Severin ins Erdgeschoss hinunter.

»Alles, was ich sehe, bildet einen Zirkel!«, wiederholte der Kommissar, nachdem seine Lebensgefährtin das Licht eingeschaltet und mit einem Glas Milch auf dem Fernsehsessel Platz genommen hatte.

»Ich weiß, ihr habt ihn alle gemocht«, bestärkte Leonore ihren Partner in ruhigem Ton. »Er war sicher ein guter Arzt und ein ehrlicher Mann. Aber sein Tod sollte dich nicht so fertig machen. Du hast seit dem Mord kaum noch Zeit für mich.«

Leonore Klee war eine Frau, hinter deren scheinbar belanglosem Äußeren eine Schönheit verborgen lag, die sich ihrem Betrachter erst erschloss, wenn er sich die Mühe machte, ihr Aufmerksamkeit zu widmen. Ihre Haare trug sie meist zu einem Zopf gebunden, und wenn sie sich schminkte, dann so dezent, dass man es kaum bemerkte. Severin hatte Leonore ohnehin niemals nach ihrem Äußeren beurteilt. Das, was zwischen ihnen beiden war, spielte sich jenseits von Schönheit und Alter ab.

»Es geht hier nicht um Amthauer«, hielt der noch junge Kommissar seiner Partnerin entgegen. »Es geht um seinen Mörder. Das kann einfach alles nicht sein! Egal, was ich von ihm sehe, egal, welche Spur er hinterlässt, welche Schlüsse er mir ermöglicht, es führt immer wieder zum Ausgangspunkt zurück. Ganz klar, der Täter war ein Bekannter, sonst hätte Amthauer ihn nicht privat empfangen, ohne seine Versicherungskarte einzulesen. Der Mord ist im Affekt passiert, sonst hätte der Täter eine andere Waffe gewählt. Die Sektion lief gekonnt ab, die wenigen Fehler waren klein und vermutlich der Affektsituation geschuldet. Der Täter war also ein Mediziner oder ein Medizinstudent. Amthauer hat mit vielen Studenten gearbeitet, die haben aber alle Alibis oder kommen aus anderen Gründen nicht infrage. Die Leiche so herzurichten dauert eine Weile. Wer bringt diese Ruhe auf? Wer erschlägt einen Menschen im Affekt und entscheidet dann, ihn auszuweiden? Und warum spießt er die Organe mit Haken auf und hängt sie dann in ein Skelett? Und inszeniert diese Sprechzimmersituation? Und nimmt dann noch den kleinen Finger als Trophäe mit? Erniedrigung der Leiche? Belehrung der Lebenden? Das alles deutet auf Vorsatz! Wer begeht einen vorsätzlichen Mord im Affekt?«

Leonore stand von ihrem Sessel auf, streckte sich und ging zu der Musikanlage hinüber, die an einer Position im Raum aufgebaut war, an der die meisten Menschen vermutlich ihren Fernseher platziert hätten. Sie schaltete die Aufnahme der Oper *Fidelio* ein, die Boesherz erst am Abend eingelegt hatte.

»Das ist Beethovens einzige Oper«, erklärte Severin, während sein Blick dabei ins Leere ging und er einige Sekunden lang andächtig der Arie *Gott welch' Dunkel hier* lauschte.

»Hast du Angst davor?«, fragte Leonore, trat an ihren Freund heran und nahm ihn von hinten in die Arme.

»Dass Amthauer mein einziger ungelöster Fall wird?«

»Warum sonst *Fidelio?*«

Boesherz löste sich daraufhin etwas zu ruppig aus der Umarmung, ging zur Musikanlage und schaltete sie wieder aus.

»Es ist, als ob mich der Mörder provozieren will. Als ob der Tatort keine andere Funktion hat, als die, mich zu verspotten!«

Leonore senkte ihren Blick. Seit Severin sie Tage zuvor inmitten der Weinreben nahe der Loreley auf der Parkbank zurückgelassen hatte, war es kaum noch zu einem vertrauten Moment zwischen den beiden gekommen.

»Mein Vater wird morgen nach Oestrich kommen«, kündigte sie nun zu Severins Überraschung an. »Und er bringt meine Nichte mit.«

Boesherz sah Leonore unverwandt an.

Heinz Klee, ein ehemaliger Religionslehrer aus dem Saarland, hatte es stets abgelehnt, Severin und Leonore im Rheingau zu besuchen. Aus seiner Abneigung gegen den ebenso ehrgeizigen wie eigenwilligen Kommissar hatte der stolze Mann nie einen Hehl gemacht. Dass er nun offenbar seinen Besuch angekündigt hatte – noch dazu in Begleitung von Jessica – kam Boesherz fast schon wie eine Drohung vor. Jessica, die dreizehnjährige Tochter von Leonores Bruder, war das einzige Mitglied der Familie Klee, von dem Leonore freiwillig und gern erzählte. Es war offensichtlich, dass das angekündigte Beisein des aufgeweckten Mädchens allein dem Zweck dienen sollte, den Standpunkt von Leonores Vater emotional zu unterstützen. Und Boesherz war sich voll und ganz darüber im Klaren, wie ernst es Klee mit seinen Plänen für Leonore war.

»Ist es schon so weit?«, fragte er daher, während er die CD von *Fidelio* in ihre Hülle zurücklegte. »Kommt er dich jetzt holen, um seine Pläne mit Gewalt durchzusetzen? Du weißt, was das für uns bedeuten würde?«

»Das hier wird allmählich zur Bewährungsprobe«, gestand Leonore. »Deine Arbeit wird langsam wichtiger für dich als ich.«

Boesherz verschlug es für einen Augenblick die Sprache. Dann legte er die CD in seiner Hand auf der Musikanlage ab und ging zu seiner Partnerin hinüber.

»Ich glaube, es ist an der Zeit, etwas zu tun, das ich schon am Tag unseres Kennenlernens hätte tun sollen«, verkündete er.

Dann ging er vor Leonore in die Knie.

»Severin«, reagierte diese überrascht. »Mach jetzt bitte nichts …«

»Dummes? Nein, das ist nichts Dummes. Genau genommen ist es sogar das Klügste, was ich je getan habe.«

Damit nahm er Leonores Hand und sah ihr tief in die Augen.

»Die Menschen werden immer sagen, dass wir beide kein Paar sein sollten. Aber sie wissen eben nicht das, was wir wissen. Und sie sehen nicht, was wir sehen. Leonore Klee, willst du mich schlecht gekleideten Klugscheißer heiraten?«

Die junge Frau brachte zunächst keine Antwort hervor.

»Ach, Süßer«, erwiderte sie schließlich. »Natürlich will ich das!«

Dann löste sie ihre Hand aus Severins Griff und strich ihm zärtlich über den Hinterkopf. Genau an der Stelle, von der sie herausgefunden hatte, dass er es dort am liebsten hatte.

»Wir werden Eltern sein und glücklich werden. Und nichts wird uns daran hindern.«

KAPITEL 18

Nicht weit vom LKA entfernt lag das *Cochon Bourgeois.* Ein kleines französisches Restaurant, das zu den wenigen gastronomischen Perlen der Hauptstadt zählte, die selbst den kulinarischen Ansprüchen von Severin Boesherz gerecht werden konnten. Die Einrichtung war eher minimalistisch gehalten, und die Architektur ließ vermuten, dass es sich bei den Räumen ursprünglich um Zimmer einer Erdgeschosswohnung gehandelt hatte. Genau dies verlieh dem Restaurant im Szenebezirk *Kreuzberg* jedoch seinen ganz besonderen Charme.

»Als ich zuletzt mit einem Franzosen beschäftigt war, befand ich mich in einer Lagerhalle in Reinickendorf«, erinnerte sich Severin an das erste Opfer einer Mordserie, die er einige Monate zuvor aufgeklärt hatte.

»Worum ging es denn da?«, erkundigte sich Estelle Bepoldin, die ihren Laptop zwar bereits aufgeklappt, ihn jedoch noch nicht eingeschaltet hatte.

»Um Gänsestopfleber«, antwortete der Kommissar und ergänzte, nachdem er sein Gegenüber ein weiteres Mal auf die ihm eigene Weise betrachtet hatte: »Deren Herstellung ist dem guten Mann – sagen wir mal – nicht bekommen. Ersparen wir uns die Details.«

Estelle blickte plötzlich drein, als schäme sie sich.

»Diese Tierquälerei ist mir wirklich peinlich! Eine Schande für unser schönes Land. Frankreich hat das brutale Stopfen von Gänsen einfach zum *Kulturerbe* erklärt, dadurch greifen nämlich die Tierschutzgesetze nicht mehr. Denken Sie bitte nicht, dass wir das alle gut finden!«

Boesherz winkte mit einer generösen Geste ab.

»Armselige Menschen hat es schon immer gegeben. Und glauben Sie mir, jemand, der gewaltsam Gänse mästet, ist keinen Deut besser als einer, der das Produkt, das dadurch entsteht, dann auch noch kauft. Immerhin, mit dem Export seiner Dechiffrierungsexpertinnen macht die *Grande Nation* ja so einiges wieder gut.«

Estelle errötete leicht und konnte es sich nicht verkneifen, wie ein Schulmädchen zu lächeln. In einer Übersprunghandlung schlug sie die Speisekarte auf und begann, die Auswahl der Köstlichkeiten zu überfliegen, die im *Cochon Bourgeois* stets aus frischen Produkten der Saison hergestellt wurden.

»Das ist heute übrigens schon mein zweiter Versuch, mit einer schönen Frau zu essen«, berichtete Boesherz. »Leider musste ich beim ersten Mal überstürzt aufbrechen.«

»So gehen Sie also mit schönen Frauen um?«, wunderte sich Estelle. »Dann wundert es mich nicht, dass Sie noch ledig sind.«

»Ich verspreche Ihnen, dass ich *Sie* nicht sitzen lassen werde«, verteidigte sich Boesherz galant.

»Und wenn doch?«

»Dann werde ich zur Wiedergutmachung einen ganzen Tag lang im Napoleonkostüm durchs LKA laufen!«

Beide lachten angesichts der grotesken Vorstellung, bevor sie sich der Speisekarte widmeten.

»Das sieht ja wirklich alles sehr köstlich aus«, bemerkte Bepoldin. »Aber ist das nicht ein bisschen übertrieben für ein einfaches Mittagessen?«

Severin räusperte sich auffällig.

»Ich habe ja immerhin einiges gutzumachen«, entgegnete er dann gelassen. »Meinetwegen hatten Sie einen frustrierenden Start in den Tag.«

»Ich knacke diesen Code noch vor Ihnen, Severin. Das verspreche ich!«

Boesherz genoss es, dass Estelle seinen Vornamen stets französisch aussprach.

»Woher können Sie eigentlich so gut Deutsch?«, erkundigte er sich nun.

»Ich stamme aus dem Elsass, da kann das fast jeder.«

Boesherz winkte nun mit einem freundlichen Lächeln den Kellner an den Tisch, bevor er schließlich auf die Botschaften zu sprechen kam, die es zu entschlüsseln galt.

»3SGINDIMPFA«, wiederholte er. »Sehen wir das jetzt mal mit den Augen von Ismael. Er nimmt an, dass ich diese Nachricht entschlüssele, und zwar weder zu schnell noch zu langsam. Sein Rätsel soll nämlich in erster Linie eines erreichen: Es soll mich aufhalten. Wofür benötigt er wohl die Zeit, die er dadurch gewinnt?«

Bepoldin war dem eigenwilligen Ermittler an diesem Tag zum ersten Mal begegnet. Dennoch hatte sie schnell erkannt, dass die Art, auf die er Fragen stellte, eher ein Spiel für ihn war. Die Antworten darauf kannte er ohnehin schon längst.

»Um zu entkommen?«, riet sie unsicher.

Boesherz schmunzelte wie ein Vater, dessen Tochter eine Antwort gegeben hatte, die zwar niedlich, aber falsch gewesen war.

»Entkommen ist er mir schon vor sechzehn Jahren. Nein, er hält mich auf, weil ihn interessiert, was ich tue, solange ich nicht weiß, was er noch alles plant. Und, weil er sein Spiel auskosten will. Er hat schließlich sehr lange darauf gewartet, da wäre es doch schade, wenn es zu schnell wieder vorbei wäre.«

Der Ober war nun an den Tisch getreten. Ein eleganter Herr in tadelloser Kellneruniform, der ebenso wie Bepoldin mit französischem Akzent sprach.

»Möchten Sie als Aperitif ein Glas Crémant oder Champagner?«, fragte er höflich.

»Das geht leider nicht, wir sind beide im Dienst«, gab Estelle mit einer Note von Enttäuschung zur Antwort, doch Boesherz winkte ab.

»Ich leite die Ermittlung. Und Champagner ist kein Alkohol, er ist eher, wie soll ich sagen, eine Inspirationsquelle! Zwei Gläser bitte!«

Der Ober nickte zuvorkommend und zog sich wieder an den Tresen zurück, der unmittelbar im Eingangsbereich des Restaurants installiert war.

»Ich merke, Sie sind ein Freund von gutem Wein. Wie stehen Sie denn zu unseren Gewächsen aus dem Elsass?«, fragte Bepoldin nun.

»Bei den Gewürztraminern sind überragende dabei!«

»Und wie sieht es mit unseren Bränden aus? Cognac, Calvados, Armagnac?«

»Ehrlich gesagt sind hochprozentige Getränke nichts für mich. Ich habe aber natürlich trotzdem eine Auswahl davon zu Hause. Whisky, Cognac und andere schöne Sachen. Teilweise über zwanzig Jahre alt! Ich trinke halt nur niemals einen Schluck davon. Ich befürchte, ein paar wirklich erstklassige Tropfen sind vollkommen unschuldig lebenslang in einem Schrank in meinem Weinkeller eingesperrt.«

»Was für ein Jammer. Aber vielleicht bieten Sie *mir* ja mal einen Schluck davon an?«

»Warum nicht?«, entgegnete Boesherz galant. »Wenn ich den Schlüssel für den Schrank noch finde.«

Estelle lächelte mehrdeutig und schaltete dann schließlich ihren Laptop ein. Sie rief die verschlüsselten Nachrichten auf.

»Es kommt normalerweise nicht vor, dass Codierungen zwischen Gegnern eingesetzt werden«, berichtete sie. »Sie dienen eher dem Informationsaustausch unter Verbündeten.«

Während Boesherz mit dem rosa gebratenen Lammkarree

mit Ratatouille und Pommes paysanne liebäugelte, entgegnete er: »Was, glauben Sie, war das Erste, worüber Castella und Carl vom Stein nachgedacht haben, nachdem ich Praetorius gefunden hatte?«

»Severin«, erwiderte Estelle und machte dabei große Kinderaugen, während sie sich vorbeugte und ihre Fingerspitzen an den Kerzenständer legte. »Ich entschlüssele Codes anhand kryptografischer Erkenntnisse und mathematischer Berechnungen. Menschliches Denken und Handeln sind nicht mein Fachgebiet.«

Der Ober trat jetzt an den Tisch und servierte den Champagner. Boesherz bat ihn hinsichtlich der weiteren Bestellung noch um etwas Geduld, bevor er seiner Begleiterin erklärte: »Die beiden werden darüber nachgedacht haben, mich gar nicht mit dem Fall zu beschäftigen. Es scheint offensichtlich, dass ich persönlich betroffen bin, und es wäre nur logisch, mich deswegen aus der Ermittlung herauszuhalten.«

Jetzt hatte Bepoldin verstanden. Sie hob lächelnd ihr Glas und stieß mit ihrem Begleiter an.

»Wenn nur Sie diesen Code entschlüsseln können, dann müssen Sie auch an dem Fall arbeiten«, erkannte sie.

»So ist es. Ismael baut diese Hürden ein, um sicherzustellen, dass man mich nicht von der Ermittlung abziehen kann.«

Während sie fasziniert das Spiel der Farben und der aufsteigenden Luftbläschen in ihrem Glas beobachtete, fragte Estelle schließlich: »Wenn also niemand außer Ihnen diese Zettel lesen kann, warum bin ich dann hier? Halte ich Sie unter diesen Umständen nicht eher vom Denken ab?«

»Das ist bisher noch keinem gelungen«, beruhigte Boesherz die aparte Französin. »Ich kann ein Buch lesen und parallel ein anderes von einer CD hören. Das ist oft nützlich, aber manchmal auch eine Last.«

»Ich mag kluge Männer«, behauptete Estelle nun mit einem Zwinkern, bevor sie erneut an ihrem Champagner nippte. »Es gibt nämlich nicht so viele davon.«

»Vielleicht nicht in Frankreich«, konterte Boesherz die kleine Provokation, woraufhin beide lachen mussten. Dann erinnerte sich Severin an eine Begebenheit aus seiner Jugend: »Wissen Sie, wir hatten damals so ein Lexikon in mehreren Bänden zu Hause. Wenn ich nichts anderes zu tun hatte, habe ich es Seite für Seite durchgeblättert und fotografisch abgespeichert.«

»Sie haben ein komplettes Lexikon auswendig gelernt?«

»Nicht auswendig gelernt. Nur *fotografiert*. Wenn ich dann etwas wissen wollte, konnte ich einfach in meinen Gedanken zur jeweiligen Seite blättern und nachlesen, was da stand.«

Bepoldin blickte ungläubig drein. Mit dem Eifer eines Kindes überprüfte sie die Behauptung des Kommissars.

»Was wissen Sie über *Jacques Necker?*«

Boesherz lächelte geschmeichelt und nahm die Herausforderung an. Er schloss seine Augen, konzentrierte sich einen Augenblick lang und erklärte nach wenigen Sekunden: »Geboren am dreißigsten September 1732, ein Schweizer Bankier. Französischer Finanzminister unter Ludwig XVI.«

Estelle klatschte vergnügt in die Hände.

»Und wann hat Britney Spears Geburtstag?«, setzte sie nach.

»Meine liebe Estelle. Das Lexikon stammte aus den Sechzigerjahren. Frau Spears war noch nicht darin aufgeführt.«

»Monsieur Boesherz, ich glaube, mit Ihnen könnte ich mich stundenlang unterhalten!«, gestand Estelle und griff nach der Speisekarte, um sich endlich für ein Hauptgericht zu entscheiden. »Was haben Sie denn damals noch alles getan, um ihren Verstand zu beschäftigen? Die Zahl Pi bis zur hunderttausendsten Nachkommastelle auswendig gelernt?«

Während Bepoldin nun in der Karte zu lesen begann, stellte

sie nach einigen Sekunden fest, dass Boesherz ihr noch immer nicht geantwortet hatte. Verwundert sah sie zu ihm hinüber und bemerkte dabei, dass er gedanklich plötzlich gar nicht mehr bei ihr zu sein schien. Severins Blick ging vielmehr ins Leere, und sein Gesichtsausdruck wirkte mit einem Mal wie versteinert.

»Ist alles in Ordnung?«, fragte sie besorgt.

Als habe sie ihn dadurch aufgeweckt, zuckte der Kommissar zusammen. Bekümmert sah er zu seiner Kollegin hinüber, griff dann nach seinem Portemonnaie, legte einen Geldschein auf den Tisch, erhob sich und sagte: »Nehmen Sie es mir bitte nicht übel, aber ich muss sofort nach Hause!«

»Was ist denn passiert?«

Boesherz warf hastig seinen Kaschmirmantel über, sah auf seine silberne Taschenuhr und antwortete:

»Ich brauche jetzt Ruhe, Quercus und *Fidelio*. Und, so leid es mir tut, ein Napoleonkostüm.«

KAPITEL 19

Möchten Sie lieber Wasser oder Apfelschorle?«, fragte Olivia, während sie vorsichtig in den schmalen Raum trat, den man Rupert Schirlo hastig zu einem behelfsmäßigen Büro umgebaut hatte.

»Sie geben einen aus?«, wunderte sich dieser, während er zum wiederholten Male seinen Stuhl auf eine neue Position schob, von der aus er hoffte, wenigstens einen kleinen Blick durch das schmale und viel zu hoch liegende Fenster zu erhaschen.

»Die Runde geht auf Dennis«, scherzte Olivia und fügte nüchtern an: »Gemütlich haben Sie es hier!«

Das kümmerliche Büro des Kripobeamten war eigentlich ein Abstellraum. Mit seinen wenigen Quadratmetern bot dieser gerade genug Platz, um einen der schmalen Tische aus der Kantine des LKA darin unterzubringen, auf dem ein Rechner stand, der nur mühsam mit dem WLAN aus einem der Nebenräume verbunden war. Ein Besucherstuhl hatte nicht mehr in den Raum gepasst, weswegen Schirlo sich nun erhob, um Olivia seinen quietschenden Sessel anzubieten, den der Hausmeister noch im Keller gefunden hatte.

»Wollen wir nicht lieber in den Konferenzraum rüber?«, schlug Holzmann vor.

Schirlo winkte ab.

»Gefällt es Ihnen denn nicht bei mir? Ich meine, es ist nicht gerade ein Palast, aber immerhin habe ich ein paar Monate vor meiner Pensionierung noch den Sprung zum LKA geschafft! Meine Frau würde garantiert zurückkommen, wenn sie mich hier so sehen könnte.«

Olivia war überrascht, dass Schirlo so offen die Bemerkung aufgriff, mit der Boesherz ihn am Tag zuvor bloßgestellt hatte.

»Dann lag Severin also richtig mit seiner Bemerkung?«, traute sie sich vorsichtig nachzufragen.

Schirlo legte bedächtig seinen Kopf schräg, bevor er in väterlichem Ton erwiderte: »Lag er das denn jemals nicht?«

»Um ehrlich zu sein, genau darüber wollte ich mit Ihnen sprechen.«

Überraschend sprang die Tür auf, und eine Mitarbeiterin des Reinigungsservice stand erschrocken im Raum.

»Oh, ich nicht wussten«, entschuldigte sie sich in gebrochenem Deutsch. »Diese nicht Putzmittel?«

Olivia sah Schirlo feixend an, der seinerseits auf den Boden blicken musste, um nicht laut aufzulachen.

»Normalerweise schon«, beruhigte der Kommissar die Reinigungsfrau, nachdem er sich wieder gefasst hatte. »Aber im Moment säubern wir hier nur die Straßen von bösen Buben.«

Sichtlich überfordert verließ die Angesprochene daraufhin den Raum, in dem sie üblicherweise ihre Reinigungsmaterialien vorfand. Olivia und Schirlo warteten noch einen kurzen Augenblick, bevor sie lachten. Die an der Situation vollkommen unschuldige Putzfrau sollte sich nicht verspottet fühlen.

»Das war heute schon das vierte Mal!«, bekundete Schirlo, nachdem sich beide wieder beruhigt hatten. Dann wurde er wieder ernster. »Also, worüber wollten Sie mit mir reden?«

»Über Severin. Und über damals. Ich meine, wie kann es sein, dass jemand einen Mord begeht, den *er* nicht aufklären kann? Wir kennen ihn doch beide.«

»Vergessen Sie bitte nicht, dass der Rest des Teams den Mord auch nicht aufklären konnte. Auch die Kripo in Hessen ist nicht auf den Kopf gefallen!«

»Sie wissen doch, wie ich das meine. Severin macht nun mal nicht gerade besonders viele Fehler, und mit einem Täter, der allein schon mit der Ausgestaltung seines Tatortes so viel von sich preisgibt, sollte er doch eigentlich fertigwerden.«

Noch immer standen die beiden wie verloren in dem kleinen, stickigen Raum.

»Was halten Sie davon, wenn wir das bei einer kleinen Stadtrundfahrt besprechen?«, schlug Schirlo kurzerhand vor.

Olivia sah ihn fragend an.

»Ich muss noch mal in mein Hotel, um ein paar Unterlagen zu holen. Das ist am *Checkpoint Charlie*. Sie könnten doch einfach schnell mitkommen, dann können wir im Auto reden.«

»Der Checkpoint ist drei Kilometer von hier entfernt«, dachte Olivia laut nach. »Das heißt, um diese Zeit brauchen wir beim Berliner Straßenverkehr etwa, nun ja – dreißig Minuten.«

Schirlo schmunzelte und griff nach seiner Jacke.

»Machen Sie sich keine falschen Hoffnungen«, mahnte er. »Für Severins Vergangenheit reichen alle Staus Berlins nicht aus!«

KAPITEL 20

Boesherz hatte *Fidelio* nicht mehr aufgelegt, seit die Ermittlungen um den Mord an Dr. Amthauer nach über einem Jahr ergebnisloser Arbeit schließlich eingestellt worden waren. Jetzt, nachdem er in seiner Wohnung angekommen war, ertönte die Musik aber wieder in vollem Klang aus den Boxen seiner Bose-Anlage. Der Kommissar hatte seinen Anzug abgelegt, um sich nur mit einer schlichten Trainingshose und einem weißem T-Shirt bekleidet so bequem wie möglich auf seine graue Stoffcouch setzen zu können. Er hatte eine Flasche Quercus aus seinem Weinkeller geholt, sich einen guten Schluck daraus eingegossen und im Anschluss daran alle Telefone ausgeschaltet. Nur in den Duft des edlen Rotweines und die Klänge der Musik eingetaucht, ließ Boesherz seinen Gedanken jetzt freien Lauf.

1DUPERFA. Was haben Sie denn damals noch alles getan, um Ihren Verstand zu beschäftigen? 1 DU PERF A. Die Zahl Pi bis zur hunderttausendsten Nachkommastelle auswendig gelernt? 2SGOPTA. 2 SG OPT A.

Wie von ferne her schien der Duft des Quercus zu Severin hinüberzuwehen, und sobald sich seine Geruchswahrnehmung mit der Musik vermischte, verknüpften sich Erkenntnisse vor Severins innerem Auge, die bislang keinen Sinn ergeben hatten.

Die Wohnungseinrichtung des Kommissars folgte einem strengen Konzept, in dessen Mittelpunkt der Gedanke des Minimalismus stand. Was auch immer offen in der neunzig Quadratmeter großen Maisonette zu sehen war, diente allein der Dekoration, während nützliche Gegenstände vor den Blicken des Kommissars und seiner gelegentlichen Gäste hinter Schranktüren verborgen blieben. Es gab keine bunten Farben, die Wohnung war ausschließlich in Weiß, Schwarz und hellem Holz gehalten. Lediglich einige wohlplatzierte Accessoires in Gold setzten optische Akzente.

1SGIMPA. Mir ein banales Anagramm zu verstecken wäre in jedem Fall unter Ismaels Würde. 1 SG IMP A.

»Nicht schlecht«, flüsterte Boesherz kaum hörbar vor sich hin, während der Raum für ihn voll und ganz in die Klänge der Berliner Philharmoniker eingetaucht zu sein schien. Er nahm noch einen kleinen Schluck von dem Rotwein und saugte dann so lange Luft an, bis die Aromen darin seinen ganzen Rachenraum ausgefüllt hatten.

3SGINDIMPFA. Also, wenn wir uns mit den Hinterteilen unserer Gäste, purer Langeweile oder überraschend aufgefundenen Gipsen befassen möchten, dann sollten wir das in unserer Freizeit tun. 3 SG IND IMPF A. Ich soll seine Botschaften zusammensetzen, und das ist nicht einfach eine kindische Zusatzhürde – es ist wesentlicher Bestandteil des Rätsels!

»Gerissen wie eh und je, das muss ich dir lassen«, erkannte Severin, während Beethovens *Fidelio* die wirr durch seinen Verstand fliegenden Gedankenfetzen nun immer schneller und sicherer in die richtige Richtung zu treiben schien.

Nach etwa zwanzig Minuten erhob er sich dann ohne jede Hektik, um zu dem Regal hinüberzugehen, das über seiner Musikanlage angebracht war. Er öffnete die Tür, hinter der eine Reihe von Büchern zum Vorschein kam. Er blätterte konzentriert durch die Seiten eines seiner Nachschlagewerke, bis er nach einigen Minuten alles darin gefunden hatte, was er benötigte. Dann ging er zügig in sein Schlafzimmer, bekleidete sich wieder mit seinem Anzug, band seine Krawatte in Rekordgeschwindigkeit mit einem tadellosen Windsorknoten um, legte seine Manschettenknöpfe an und steckte seine silberne Taschenuhr in die Weste zurück. Erst jetzt aktivierte er wieder sein Handy, wählte eine Nummer und schaltete parallel dazu die Musik aus.

»Hallo, Severin!«, meldete sich Dennis. »Was gibt es denn?«

»Checke bitte sofort die Patientenkartei von Dr. Praetorius. Und seine privaten Kontakte!«

»Okay, und wonach suche ich?«

»Nach einem Namen.«

Boesherz griff seinen Mantel, warf die Wohnungstür hinter sich zu und ergänzte, während er bereits auf dem Weg zu seinem Phaeton war: »Wir suchen jemanden, der *Matthai* heißt. Ma-t-t-h-ai!«

KAPITEL 21

Es war ja nicht so, dass wir damals nur auf eine von Severins Eingaben gewartet hätten. Wir haben ermittelt wie verrückt, die Akten zu dem Fall haben Schränke gefüllt. Das Problem war ein anderes.«

Der berüchtigte Berliner Stadtverkehr war an diesem Tag glücklicherweise nicht ganz so zermürbend wie normalerweise um diese Zeit. Einige der zahllosen Baustellen, Absperrungen und Fahrbahnverengungen, die in Verbindung mit destruktiv geschalteten Ampelphasen regelmäßig jeglichen Verkehrsfluss in der Hauptstadt unmöglich machten, waren abgebaut worden. Es würde gut und gerne noch ein oder zwei Tage dauern, bis man dazu übergehen würde, die nächsten Hindernisse zu errichten. Rupert Schirlo hatte trotz Olivias Anwesenheit das Navigationsgerät seines Dienstwagens programmiert, damit er sich ungestört mit seiner Kollegin unterhalten konnte, ohne sie immer wieder nach dem Weg fragen zu müssen.

»Dr. Amthauer war ja nicht nur Chirurg, er hat auch als Allgemeinmediziner praktiziert«, berichtete er weiter. »So ziemlich jeder in der Umgebung war sein Patient, deswegen haben wir natürlich auch von halb Oestrich-Winkel und Umgebung DNA gefunden. Sogar von Severin, mir und den meisten anderen Kollegen. Wir haben so gut wie jeden Patienten überprüft, Alibis gecheckt, Telefonverbindungen, Kontoauszüge, Überwachungskameras und was nicht sonst noch alles. Das hat alles nicht eine einzige wirklich heiße Spur gebracht.«

Irgendwo in der Kolonne der Fahrzeuge, die sich von einer roten Ampel zur nächsten schoben, hupte jemand. Während Schirlo unwillkürlich in den Rückspiegel sah, nahm Olivia das Geräusch nicht einmal mehr wahr.

»Lassen wir das mal außen vor«, hakte sie stattdessen nach. »Wie war das denn nun mit Severins Eingaben? Zu welchen Schlüssen ist er gekommen? Ich meine die Schlüsse, zu denen *nur* er gekommen ist.«

Die beiden überquerten gerade die Brücke am Tempelhofer Ufer und würden in wenigen Minuten die Friedrichstraße erreicht haben, an der Schirlos Hotel lag.

»Er hat immer nur von einem Kreis geredet.«

»Wie hat er das gemeint?«

»Alles, was er erkennen konnte, hat seine Schlussfolgerungen gerade so weit getragen, bis er gegen einen Widerspruch gestoßen ist. Und wenn er ab diesem Punkt neu gedacht hat, ist er wieder zurück zu seinem Ausgangsgedanken gekommen. Er ist darüber fast verzweifelt.«

Olivia war sich unsicher, wie sie sich an ihr eigentliches Anliegen herantasten sollte. Schirlo hatte viele Jahre lang mit Boesherz zusammengearbeitet, und niemand, den sie kannte, wusste mehr über ihren Kollegen und dessen Vergangenheit als er. Wie weit sie sich ihrem Gesprächspartner aber genau anvertrauen konnte, war für sie noch immer nicht verlässlich einzuschätzen.

»Er war ja nun damals mit dieser Leonore zusammen«, begann sie daher vorsichtig.

»Eine wunderbare Frau, sehr geheimnisvoll. Und sie hat ihn tatsächlich so geliebt, wie er war.«

»Aber irgendwann hat sie ihn verlassen.«

Schirlo wählte seine Worte jetzt bedächtiger.

»Er wurde launisch«, berichtete er. »Wir alle haben uns langsam damit abgefunden, dass wir den Täter nicht finden würden, aber Severin konnte das nicht. Ich hatte damals schon das Gefühl, dass es ihm nie um den ermordeten Arzt gegangen ist, sondern immer nur um sein Ego. Er war kaum noch zu Hause, hat sich gehen lassen, wurde immer ungepflegter.«

»Kaum vorzustellen«, entgegnete Olivia und wandte ihren Blick dabei aus dem Fenster. »Es hat ihn wohl einfach nicht losgelassen. Wie ein Schmerz, der niemals enden will. Warum hat er eigentlich nie erzählt, woher er Leonore kannte?«

»Vielleicht war es ihm unangenehm. Sie könnte seine Therapeutin gewesen sein. Oder sonst irgendwas, das er nicht erzählen wollte. Ich habe mitbekommen, dass ihre Familie ganz und gar nicht mit der Beziehung einverstanden war. Sie ist wohl damals Hals über Kopf für Severin nach Oestrich gezogen, außer ihm hatte sie keine Freunde. Sie war sehr scheu, ist kaum mal allein aus dem Haus gegangen. Meine Frau hat sie mal in einem Geschäft getroffen und spontan zum Kaffee eingeladen. Aber Leonore hat sich rausgeredet. Sie hat niemals echten Kontakt zu irgendwem anderen als Severin gesucht.«

»Wer Severin lieben und verstehen kann, der versteht *normale* Menschen vielleicht nicht«, dachte Olivia laut nach. »Sie schien ja ziemlich abhängig von ihm gewesen zu sein. Eine einsame Seele?«

»Gut möglich. Aber wie es eben so ist mit einsamen Seelen. Sie lassen sich irgendwann nicht mehr aus ihrer Einsamkeit befreien. Ich glaube, sie hatte einfach Angst, dass der Fall ihm wirklich wichtiger war als sie. Ich meine, die beiden waren fast ein Jahr lang zusammen. Den Mord an Amthauer hat die Beziehung dann aber nur noch ein paar Wochen lang überlebt.«

In der Ferne war nun der *Checkpoint Charlie* zu sehen. An der Stelle, wo jetzt die Friedrichstraße vom Bezirk Kreuzberg in den Bezirk Mitte überging, war während der Zeit des Kalten Krieges ein Grenzübergang gewesen, an dem der amerikanische Sektor in den russischen übergegangen war. Im Oktober 1961 hatten sich dort noch einsatzbereite Panzer beider Seiten gegenübergestanden. Heute dagegen bummelten Berliner und Touristen unbeschwert über den Boulevard, der längst zu einer der bekanntesten Einkaufsstraßen der Hauptstadt geworden war.

»Wissen Sie denn, was genau zum Bruch der Beziehung geführt hat?«, fragte Olivia weiter. »Gab es ein ausschlaggebendes Ereignis?«

»Er hat nie so richtig darüber geredet. Bis heute nicht. Und ich will ehrlich sein, diese Sache war auch der Grund, aus dem Severin und ich uns zerstritten haben. Er hat diese wunderbare Frau am Ende sehr lieblos und ungerecht behandelt. Ich glaube, dass er in dieser Situation seinen wahren Charakter gezeigt hat. Und mit so einem Menschen wollte ich dann wirklich nichts mehr zu tun haben. Und daran hat sich bis heute nichts geändert.«

Olivia glaubte sich langsam ein Bild machen zu können.

»Was ist denn aus Leonore geworden?«, fragte sie schließlich. »Severin redet nicht darüber.«

Schirlo schwieg so demonstrativ, dass es eine Antwort beinahe ersetzte.

»Es ging sehr traurig aus«, ließ er sich dann doch noch ein. »Und mehr sage ich auch nicht dazu. Sie sind ja offenbar Freunde. Das muss er schon selbst machen.«

Olivia sah zu Schirlo hinüber. In seinem Gesicht war deutliche Anspannung zu lesen, und sie erkannte, dass sie an diesem Punkt tatsächlich nicht weiter nachhaken sollte. Stattdessen wartete sie schweigend noch einige Sekunden ab, bevor sie sich weiter an ihr ursprüngliches Anliegen herantastete.

»Können Sie sich vorstellen, dass auch etwas anderes als der ungelöste Fall der Auslöser für die Trennung gewesen sein könnte?«

Schirlo sah Olivia verwundert an.

»Severin kannte damals genau drei Dinge«, erklärte er. »Leonore, seine Arbeit und sich selbst. Ich könnte mir beim besten Willen nicht vorstellen, was da noch eine Rolle gespielt haben sollte. Warum wollen Sie das wissen?«

»Nur so ein Gedanke. Dann hat also der einzige Fall, den Severin nicht lösen konnte, ihm das Wichtigste genommen, das er im Leben hatte.«

Endlich hatten die beiden das Hotel erreicht.

»Wäre der Mord an Amthauer damals nicht passiert, dann wäre er heute vermutlich ein glücklich verheirateter Familienvater«, spekulierte Schirlo, während er seinen Wagen in einer Seitenstraße parkte.

»Ich weiß leider sehr gut, wie es sich anfühlt, den einzigen Menschen zu verlieren, den man wirklich geliebt hat«, gestand Olivia mit brüchiger Stimme und starrte dabei abwesend auf das Armaturenbrett von Schirlos Dienstwagen. »Das akzeptiert man nie.«

»Wissen Sie, wenn Severin den Fall dieses Mal wieder nicht lösen kann, dann weiß ich nicht, was er tun wird. Meine Sorge ist aber eigentlich eine ganz andere.«

Olivia konnte sich vorstellen, worauf Schirlo hinauswollte.

»Sie haben Angst davor, was er tut, wenn er ihn löst? Wenn er den Mann in die Finger bekommt, der ihn seine Frau gekostet hat?«

Schirlo nickte bedächtig. Zum ersten Mal klang aufrichtige Anteilnahme in seiner Stimme, als er hinzufügte: »Wer immer dieser Ismael ist, er hat es geschafft, Severins Leben vollkommen aus den Fugen zu reißen. Ich möchte mir nicht vorstellen, wozu er imstande ist, wenn er mit diesem Typen allein ist.«

KAPITEL 22

Eine Schnitzeljagd mit Leichen. Das hast du dir also ausgedacht«, bemerkte Boesherz regungslos, während er die Leiche von Paul Matthai betrachtete. Noch einmal atmete er vorsichtig ein, bevor er sich dann zu seinen Kollegen umwandte: »Vielleicht sollte mal jemand ein Fenster öffnen!«

Matthais Wohnung lag, nur wenige Kilometer von Praetorius' Praxis entfernt, in einem Ortsteil von Spandau. Siemensstadt, wie die Siedlung hieß, war zu Beginn des zwanzigsten Jahrhunderts vom namensgebenden Konzern erbaut worden. Dank der Konzentration seiner Unternehmungen auf den Nordwesten der Hauptstadt war seinerzeit ein enormer Bedarf an Wohnraum für die Mitarbeiter des Industrieriesen entstanden, der durch die so geschaffenen Werkswohnungen gedeckt werden konnte. Mittlerweile bewohnten jedoch nicht mehr ausschließlich Angehörige des noch immer in Spandau angesiedelten Unternehmens die Häuser.

»Wie lange ist er schon tot?«, erkundigte sich Dennis bei Adrian Homann, der so schnell wie möglich aus dem Institut für Rechtsmedizin in Berlin-Moabit gekommen war.

»Er hat durch die Verstümmelungen sehr viel Blut verloren, genau wie Praetorius. Aber allein schon dem Geruch nach zu urteilen könnten es etwa zwei Tage sein.«

»Ist er *vor* Praetorius gestorben oder erst nach ihm?«, erkundigte sich Boesherz, während er die Wohnung des Realschullehrers näher inspizierte.

»Tut mir leid«, winkte Homann ab. »Da musst du das Zielfoto abwarten. Und wenn du Pech hast, liegen die Todeszeitpunkte so nah beieinander, dass ich es gar nicht mehr genau bestimmen kann.«

Paul Matthai war im Schlafzimmer seiner Wohnung mit einem stumpfen Gegenstand erschlagen und danach auf seinem Bett für die Inszenierung präpariert worden, die sein Mörder ihm zugedacht hatte. Mit Angelschnur hatte der Täter ihn im Anschluss daran im Wohnzimmer an einem Stuhl fixiert, der am Esstisch aufgestellt war. Bei dem Toten war dieses Mal jedoch kein Skelett platziert worden. Der gegenüberliegende Stuhl war leer, jedoch mit Bedacht so positioniert worden, als sitze jemand darauf. Eines der Lehrbücher, aus denen Matthai seine Schüler in Biologie unterrichtet hatte, lag dem Toten aufgeschlagen gegenüber, die abgesägten Unterarme des Lehrers daneben. Einer davon lag zur Hälfte auf dem Buch, und zwischen die Finger an der Hand des anderen hatte der Täter einen Kugelschreiber gesteckt. Zudem war auch Matthai einer seiner kleinen Finger entfernt worden, den der Täter offenbar mitgenommen hatte. Darüber hinaus lag die herausgeschnittene Zunge des Opfers direkt auf dem Papier der Buchseiten und bildete so den grausigen Höhepunkt des makabren Bildes.

»Ein Lehrer, der sich selbst unterrichtet«, analysierte Boesherz die Szene. »Langsam wird es heller im Dunkel.«

»Du meinst, er erzählt uns eine Geschichte?«, fragte Dennis, während um ihn herum immer neue Kriminalisten in die kleine Wohnung traten.

»Auch. Aber vor allem wissen wir jetzt, was er eigentlich vorhat.« Boesherz sah Dennis zu keinem Zeitpunkt des Gespräches an. Unaufhörlich nahm er stattdessen die Wohnung in Augenschein. »Er hinterlässt mir Rätsel, die zu seinem nächsten Opfer führen. Hätte ich die Zettel in dem Buch schneller gefunden und die Botschaften darin schneller entschlüsselt …«

»Fang gar nicht damit an!«, unterbrach Dennis. »Du hättest Matthai nicht retten können!«

»Ich weiß«, entgegnete Boesherz nüchtern. »Für Ismael sind Menschenleben nicht wichtig. Sie retten zu wollen hält er nicht für eine ausreichende Motivation. Das wäre für ihn viel zu gewöhnlich, regelrecht profan.«

Anstatt unmittelbar darauf zu antworten, zog es Dennis vor, zunächst zum mittlerweile geöffneten Fenster zu gehen, um frische Luft zu atmen. Das kupferne Aroma von geronnenem Blut zog aus dem Schlafzimmer her zu den Ermittlern, und die beginnende Verwesung des Toten trug ihr Übriges zur Geruchskulisse in der kleinen Wohnung bei.

»Und worauf wolltest du dann hinaus?«, fragte Dennis schließlich nach.

»Wenn ich die Botschaft schneller gefunden hätte, dann wüssten wir jetzt bereits, wer das dritte Opfer ist.«

»Du meinst, Ismael wollte Matthai mit seinem Rätsel gar keine Überlebenschance geben, sondern einfach nur sicherstellen, dass du seine Leiche nicht zu schnell entdeckst?«

»Genau«, lobte Boesherz seinen Kollegen. »Und ab jetzt werden die Rätsel leichter. Er verlagert das Gewicht seines Spiels jetzt in eine andere Richtung, weil er sonst ein Problem bekommt. Er hat alle seine Opfer nämlich an nur einem Tag getötet, und wenn ich zu lange benötige, um sie zu finden, dann beginnen die Leichen in ihren Wohnungen zu stinken. In dem Fall melden sich dann Nachbarn bei der Schutzpolizei, und Ismaels Spaß wäre verdorben. Das riskiert er nicht.«

Dr. Homann hatte die Leichenschau mittlerweile abgeschlossen. Er zog seine verschmutzten Gummihandschuhe aus und ersetzte sie durch frische, um keine zusätzlichen Spuren am Tatort zu verursachen. Dann trat er an Boesherz heran.

»Für das hier hat er viel weniger Zeit benötigt als bei Praetorius«, berichtete er. »Die Unterarme musste er nur absägen, das geht schnell und macht nicht so eine Sauerei wie das Entfernen von Organen. Die Säge hat er auf dem Bett nebenan liegen lassen, die scheint aus der Praxis von Praetorius zu sein. Jedenfalls ist es eine chirurgische Säge.«

»Und die Zunge?«

»Um die zu entfernen, hat er spezielle Klemmchen verwendet, die hat er uns auch hiergelassen. Damit hat er sie, so weit es ging, aus dem Mund des Opfers gezogen und sie dann mit einem geraden Stich herausgeschnitten. Übrigens sehr gekonnt! Der kleine Finger, na ja, das wissen wir ja. Eine Sache von Sekunden …«

Boesherz äußerte sich nicht weiter dazu, stattdessen rief er in die Runde seiner Kollegen: »Was meint ihr, wie viele Kapitel seine Geschichte noch hat? Der Arzt behandelt sich selbst, der Lehrer unterrichtet sich selbst. Was kommt jetzt?«

Sowohl Dennis als auch die meisten seiner Kollegen senkten ihre Blicke und verstummten betreten.

»Hast du denn schon was entdeckt?«, brach schließlich Dennis das Schweigen. »Einen Hinweis auf das nächste Rätsel?«

»Ich brauche mehr Details. Was war Matthai denn? Ein Patient oder ein privater Bekannter von Praetorius?«

Dennis war nach dem Anruf seines Vorgesetzten unverzüglich zu den Kollegen der EDV gegangen und hatte die Daten auf dem Rechner von Praetorius nach dem Namen *Matthai* durchsucht.

»Er war ein Patient. Schon ziemlich lange. Wie bist du eigentlich …«

»Ich brauche sofort Matthais Krankenakte und alles, was ihr über ihn in Erfahrung bringen könnt. Wenn Ismael bei seinem Vorgehen bleibt, dann versteckt er sein Rätsel mit einem Widerspruch. Um zu sehen, was nicht in diese Wohnung passt, muss ich also alles über Matthai wissen, was ihr rausfinden könnt, okay?«

»Ich lege sofort los«, antwortete Dennis, nickte einen Gruß in Homanns Richtung und verließ dann zügig den Tatort, um die geforderten Unterlagen zusammenzustellen.

Die Gegenwart von Toten, noch dazu, wenn die Opfer gewaltsam aus dem Leben gerissen worden waren, hatte auf Boesherz schon immer eine besondere Wirkung gehabt. Als Kind hatte er sich vorgestellt, eine Leiche wäre etwas Gruseliges, vielleicht auch ekelhaft. Tatsächlich erzeugten Tote jedoch lediglich Respekt in ihm. Ein Gefühl von Hochachtung, das er für Lebende nur selten empfand und das allein durch die Konfrontation mit der Endlichkeit ausgelöst wurde.

Nachdem die Leiche schließlich abtransportiert und Dennis gegangen war, betrachtete Severin nun einige Minuten lang Matthais Wohnung. Er öffnete dabei sämtliche Schränke, nahm herumliegende Briefe in Augenschein und las Notizen, die überall in der Wohnung verstreut zu finden waren. Matthai hatte offenbar gern fotografiert, eine teure Kamera und verschiedene Objektive befanden sich in der Wohnung. Es war aber vor allem ein seltsamer schwarzer Kasten unter dem Fernseher des Opfers, der Boesherz' Interesse weckte. Bevor er sich jedoch weiter mit diesem befassen konnte, riss ihn eine wohlvertraute Stimme aus seinen Gedanken.

»Du hast den Code also geknackt?«, rief Olivia, die soeben in Begleitung von Schirlo die Wohnung betreten hatte.

Severin hatte seine Kollegin etwa eine halbe Stunde zuvor telefonisch über die neue Entwicklung informiert.

»Genau genommen war er ganz simpel«, entgegnete er. »Und dann auch wieder unfassbar kompliziert. Aber egal, das ist Vergangenheit, mich interessiert jetzt Ismaels nächstes Rätsel.«

»Hast du schon eine Idee dazu?«, fragte Schirlo.

»Was ist das für ein Kasten unter dem Fernseher?«, entgegnete Boesherz darauf und deutete auf den TV-Tisch.

»Das fragst du mich? Bei meinem Verständnis von Technik?«, antwortete Schirlo kühl und löste sich dann von seinen Kollegen, um das Gerät in Augenschein zu nehmen.

»Dieses Mal also ein Lehrer«, stellte Olivia mit einem Unterton fest, der Boesherz aufhorchen ließ. »Was für Schüler hat er denn unterrichtet?«

»Realschüler.«

Olivia nahm die Antwort mit einem vieldeutigen Nicken zur Kenntnis.

»Also die jüngeren«, stellte sie fest.

Boesherz hatte nicht vergessen, dass Olivia ihn beim Frühstück bereits auf irgendetwas Geheimnisvolles hatte ansprechen wollen.

»Was ist denn los mit dir? Was soll dieses Getue?«, fragte er seine Kollegin daher.

»Also gut«, kapitulierte Olivia. »Man kann vor dir sowieso nichts verbergen, also bringe ich es jetzt lieber gleich hinter mich.«

Boesherz erkannte eine Mischung aus Sorge und Zweifel in Olivias Blick, die ihn beunruhigte. Das Treiben in der Wohnung und der noch immer präsente Leichengeruch waren für ihn in diesem Augenblick vergessen.

»Raus damit«, forderte er seine Kollegin schließlich auf.

Olivia zögerte noch kurz, griff dann nach Severins Unterarm und zog ihn daran kurzerhand in den Hausflur.

»Okay«, flüsterte sie. »Aber nicht hier!«

KAPITEL 23

Die Architektur von Siemensstadt war sicher nicht die malerischste, die Berlin zu bieten hatte. Dennoch versprühte auch die industriell geprägte Lage ihren ganz eigenen Charme. Nicht weit vom Eingang des großen Wohnkomplexes, in dem Matthai gelebt hatte, stand Boesherz' Wagen geparkt. Mit Olivia hatte er inzwischen darin Platz genommen, eine Aufnahme der Oper *Otello* von Giuseppe Verdi eingeschaltet, die Massagefunktion seines Sitzes aktiviert und die Lehne ein wenig nach hinten gefahren, um seinen Rücken stärker in die Massagerollen fallen zu lassen. Der Kommissar musste gähnen. Er hatte in der Nacht kaum Schlaf gefunden.

»Erst mal vorweg, du kannst natürlich machen, was du willst«, begann Olivia, die weit weniger entspannt auf ihrem Sitz kauerte als Severin.

Dieser betrachtete noch immer ruhig und gedankenversunken das Haus, in dem Paul Matthai ermordet worden war, während Olivia ihr iPhone aus der Tasche nahm und die Bilder aufrief, die sie sich von Dennis hatte schicken lassen. Während das *Ave Maria* der Desdemona aus den Boxen erklang, sagte sie: »Ich habe dich damals im Sterncenter gesehen, und es tut mir leid, dass ich dich nicht angesprochen habe. Aber ich hatte das Gefühl, dass du das nicht gewollt hättest. Ich habe bis heute zu der Sache geschwiegen, aber jetzt geht das nicht mehr.«

Olivia hatte mit Dennis vereinbart, dass sie sich Suzis Beobachtung selbst zuschreiben würde, um Severin das Gefühl zu vermitteln, dass nur sie allein von den Vorfällen in dem Einkaufscenter wusste.

Boesherz schwieg noch immer. Anstatt sich für Olivias Handy und die angekündigten Bilder zu interessieren, schloss er die Augen und begann, mit der rechten Hand zu Verdis Musik zu dirigieren, während seine Lippen dabei synchron die Worte der Desdemona nachformten.

»Das hat dich irritiert, oder? Du möchtest gern wissen, was da los war«, äußerte er schließlich, die Augen noch immer geschlossen.

»Das kannst du dir ja sicher vorstellen.«

Die Arie war verklungen. Einen Moment lang hing eine fast schon selige Stille im Raum, als Olivia ihrem Kollegen schließlich das Display ihres Handys zeigte. Dieser öffnete nur kurz die Augen, um einen flüchtigen Blick auf das Foto zu werfen.

»Und ich hatte so gut aufgepasst, dass uns niemand zusammen sehen würde«, stellte er so nüchtern fest, dass es Olivia fast unheimlich war.

Die Bilder zeigten den bis zur Unkenntlichkeit verkleideten Severin, wie er mit einem Jungen zu Mittag aß. Mit seiner Zahnspange, der modischen Frisur, der leichten Akne im Gesicht und der viel zu weiten Kleidung am hageren Körper wirkte der Teenager so jung, dass Olivia dessen Alter kaum zu schätzen wagte.

»Das ist doch fast noch ein Kind«, stellte sie fest. »Dreizehn?«

Boesherz schmunzelte undurchschaubar.

»Als das Bild da entstanden ist, war er vierzehn. Inzwischen fünfzehn.«

Die Selbstverständlichkeit, mit der Boesherz auf Olivias Fragen antwortete, gab ihrer Hoffnung Nahrung, dass sie die Situation möglicherweise doch falsch interpretierte. Auch wenn ihr dies äußerst unwahrscheinlich vorkam.

»Und wer ist der Junge?«

Die nächste Arie erklang, als Boesherz die Memoryfunktion an seinem Sitz aktivierte. Dieser wurde daraufhin automatisch auf eine von ihm abgespeicherte Position eingestellt. Durch Betätigung des Startknopfes zündete er den Motor seines Phaetons und fuhr dann ohne eine Ankündigung los.

»Was nimmst du denn an, wer der Junge ist?«, fragte er schließlich.

»Der Sohn von Freunden?«

Boesherz fuhr auffallend schnell. Bald war er auf die Stadtautobahn gefahren und drückte das Gaspedal dabei deutlich tiefer durch, als er es angesichts der Geschwindigkeitsbeschränkung hätte tun dürfen.

»Das würde ich meiner Nachbarin möglicherweise erzählen können«, räumte er ein. »Ich befürchte aber, dass du zu schlau für eine solche Ausrede bist. Komm schon, was habe ich dir über Deduktion beigebracht?«

In langen Gesprächen hatte Boesherz mit Olivia bei einigen Flaschen Quercus über die Kunst gesprochen, aus tatsächlichen Gegebenheiten Rückschlüsse darüber zu ziehen, welche Ursachen ihnen logischerweise zugrunde liegen mussten. Severin war sich bewusst darüber, dass Olivia diese Schlüsse längst gezogen hatte.

»Es tut mir leid«, entschuldigte sie sich vorab, während Boesherz immer wieder in riskanten Manövern an Fahrzeugen vorbeiraste, die sich an die vorgegebene Geschwindigkeit hielten.

»Ist schon gut«, erwiderte dieser. »Ich hätte mich halt nicht erwischen lassen dürfen. Also?«

Olivia kontrollierte unweigerlich den Sitz ihres Gurtes, bevor sie die Frage ihres Kollegen so aufrichtig beantwortete, wie es ihr möglich war.

»Du bist offensichtlich verkleidet, also wolltest du unentdeckt bleiben. Das lässt darauf schließen, dass du etwas getan hast, das du nicht offen tun konntest oder wolltest. Da nichts Unehrenhaftes daran wäre, auf den Sohn von Freunden aufzupassen, scheidet das also aus. Du hast auch keine Kinder und keine Neffen, abgesehen davon, dass du dich mit denen auch nicht heimlich in Potsdam hättest treffen müssen. Deine Körpersprache und deine Mimik drücken aus, dass du dem Jungen emotional zugetan bist. Dazu kommt dein offensichtlich gestörtes Verhältnis zu Frauen.«

»Offensichtlich?«, wiederholte Boesherz, als habe Olivia einen Scherz gemacht.

»Wann hast du denn zuletzt mal eine nicht beim zweiten oder dritten Treffen wieder abgeschossen?«

Boesherz schwieg dazu. Stattdessen legte er den Daumen auf den Lautstärkeregler an seinem Multifunktionslenkrad und stellte *Otello* etwas leiser ein.

»Und aus all diesen Schlussfolgerungen ergibt sich welche Erkenntnis?«, fragte er dann.

Olivia wurde es schwindelig. Nicht nur die Situation überforderte sie, zudem war ihr auch nicht bewusst, aus welchem Grund Boesherz in dieser Geschwindigkeit über die Autobahn raste.

»Severin, wenn du schwul bist, dann interessiert das niemanden«, brachte sie schließlich hervor. »Aber ein Vierzehnjähriger? Da mache ich nicht mit, das geht nicht! Der ist noch ein Kind!«

»Du nimmst also an, ich habe eine Vorliebe für Knaben?«

Olivia wehrte sich noch immer gegen diese Erkenntnis. Wie, so dachte sie, hätte Severin dieses Geheimnis so lange vor ihr verbergen können?

»Wenn es einen anderen Grund für dieses Treffen gegeben hat, dann sag' es mir!«

»Wer außer dir, Dennis und Suzi weiß noch davon?«

»Wie bitte?«

»An dem Tag, als ich mich mit dem Jungen getroffen habe, hattest du Dienst. Zu der Zeit, als dieses Bild entstanden ist, hast du gerade einen Bericht geschrieben. Ich kann dir sogar sagen, wo er abgeheftet ist. Dennis war zwar auch im Dienst, aber seine Frau kann mich in Potsdam gesehen haben. Soweit ich weiß, hatte sie zu der Zeit Besuch von ihrer Familie – wollte sie denen nicht Sanssouci zeigen? Das läge auf dem Weg.«

Olivia gab auf.

»Also gut, Suzi hat dich gesehen. Aber außer uns weiß es keiner. Und jetzt raus damit: Wer war der Junge?«

Severin winkte ab.

»Es gibt Antworten, die man nicht geben möchte«, begann er. »Und welche, die man nicht geben *kann.*«

»Und was für eine wäre das hier?«

»Ich befürchte, eine ungesunde Mischung aus beidem.«

Severins entwaffnende Offenheit stieß Olivia fast schon vor den Kopf.

»Severin, wenn du ein Verhältnis mit dem Jungen hast, dann riskierst du deinen Job!«

»Darum geht es dir?«, entgegnete Boesherz spöttisch. »Um meinen Beamtenstatus? Oder ist es nicht eher die Mutter, die du nie warst, die Angst davor hat, dass ihr Kleiner, den sie nicht hat, erwachsen wird und sich den bösen Wolf als Spielgefährten sucht?«

»Das passt doch alles gar nicht zu dir«, wehrte sich Olivia gegen die immer offensichtlicher werdende Erkenntnis.

»Was passt nicht zu mir? Dass ich verliebt bin?«

»Das ist kein Witz, Severin! Du repräsentierst nun mal das Gesetz. Was wäre denn, wenn dein Sohn einen Freund hätte, der vierunddreißig Jahre älter ist?«

Boesherz raste unbeirrt weiter über die Stadtautobahn.

»Du traust mir also einen jungen, knackigen Loverboy zu?

Das ist ja fast schon schmeichelhaft.« Dann wurde Boesherz ernster: »Was muss ich tun, damit ihr drei über eure Beobachtung schweigt?«

»Mir zunächst mal erzählen, was wir da eigentlich beobachtet haben.«

»Das geht nicht«, insistierte Boesherz. »Aber warum kommst du eigentlich erst jetzt mit dieser Geschichte? Das Treffen hat vor fast einem halben Jahr stattgefunden. Ich meine, das lässt doch wohl nur eine Schlussfolgerung zu.«

»Die da wäre?«

»Du hast Angst, dass Ismaels Auftauchen damit zusammenhängen könnte, dass dein Kollege Severin gern Spaß mit kleinen Jungs hat. Dass er mein kleines Geheimnis kennt und jetzt der ganzen Welt zeigen möchte, was der Herr Hauptkommissar für böse Dinge anstellt.«

»Du hast gesagt, Ismael sei damals zu jung für den Mord an Amthauer gewesen.«

»Du nimmst an, er war damals vielleicht einer meiner Toyboys, dessen Hausarzt herausgefunden hat, was er so treibt, wenn Mama nicht dabei ist? Dass er Amthauer deswegen aus dem Weg geräumt hat? Um ein Geheimnis zu schützen, das seine Mutti nicht stolz gemacht hätte?«

Olivia konnte nicht leugnen, dass sie darüber nachgedacht hatte. Auch wenn ihr der Gedanke zutiefst widerstrebte.

»Ist es so?«, fragte sie mutig und voller Angst vor der Antwort.

Erst jetzt schaltete Boesherz die Musik aus.

»In diesem Fall hätte ich Ismael wiedererkannt. Völlig egal, wie viel älter er seit damals geworden wäre. Und ich würde wissen, wie er heißt und wie ich ihn finden kann. Ich weiß nicht, was du auf diesen Bildern siehst. Und wenn ich dir auch nicht sagen werde, was es damit auf sich hat, dann sage ich dir doch zumindest eines: Ich habe Leonore geliebt!«

»Und warum ist jetzt auch noch ausgerechnet ein Lehrer tot, der Teenager unterrichtet hat?«

Severin konnte nicht von der Hand weisen, dass dies in Olivias Augen verdächtig aussehen musste.

»Matthai ist nur aus einem einzigen, äußerst tragischen Grund gestorben«, erklärte er deshalb. »Weil er *Matthai* heißt! Der Junge, mit dem Suzi mich gesehen hat, steht in keinem Zusammenhang mit diesem Fall. Und mehr als das werde ich dir nicht erzählen.«

Boesherz wandte seine Augen kurz von der Fahrbahn ab und sah Olivia mit einem Blick an, der ihr das Gefühl vermittelte, dass er vollkommen aufrichtig war. In vielen gemeinsamen Gesprächen hatte sie diesen Blick bei ihm bemerkt und niemals hatte ihre Einschätzung sie dabei getrogen.

»Wir müssen uns jetzt auf etwas Wichtiges einigen«, erklärte sie ihrem Freund daher. »Diese Sache hier bleibt erst mal unser Geheimnis. Aber wir beide werden mit Dennis jedes Ereignis in unserem Fall daraufhin prüfen, ob nicht doch ein Zusammenhang bestehen könnte. Besteht dieser Zusammenhang wirklich nicht, dann lösche ich die Fotos und alles ist gut. Nur eins sollst du wissen: Ich respektiere deine Gefühle, und ich unterschätze nicht, wie reif Teenager heutzutage schon sind. Aber ich werde nicht tatenlos zusehen, wie du dein Leben für einen Schüler mit Zahnspange ruinierst!«

»Also gut«, willigte Boesherz ein. »Das erscheint mir fair.«

Olivia nahm jetzt wahr, dass sie Berlin zwischenzeitlich in Richtung Süden verlassen hatten.

»Wo, verdammt noch mal, fahren wir eigentlich die ganze Zeit über hin?«, wollte sie schließlich wissen.

»Nach Dresden. Ich will herausfinden, wo Ismael seinen Phaeton herhatte.«

Olivia verstand die Welt nicht mehr.

»Ich glaube schon, dass man dir die Liste auch zumailen würde!«

»Aber dann hätten wir keine Gelegenheit, im Restaurant in der Gläsernen Manufaktur zu essen. Ich musste wegen Ismael heute schon zwei Dinner abbrechen. So langsam bekomme ich Hunger!«

Olivia versuchte, den augenscheinlich unsinnigen Plan ihres Kollegen einzuschätzen.

»Nach Dresden brauchen wir locker zwei Stunden«, überschlug sie.

Boesherz schmunzelte und trat das Gaspedal noch etwas weiter durch. Dann erwiderte er: »Nicht mit meinem Auto.«

KAPITEL 24

BAD LAUTERBERG, HARZ.

Warum musst du denn das Spiel unbedingt im Stadion sehen?«, fragte Gabriele Wehde ihren Sohn verständnislos. »Das kannst du doch am Fernseher viel besser.«

Ferdinand schüttelte nur den Kopf.

»So was kann echt nur eine Frau sagen!«, erwiderte er dann entrüstet. »Da kannst du mich auch gleich fragen, warum ich eigentlich esse, obwohl ich mir auch das Foto von einem Schnitzel angucken könnte.«

»Und was ist das überhaupt für ein Freund?«, legte Wehde nach.

»Mann, hörst du mir auch mal zu? Ich schreibe seit über zwei Monaten mit dem! Und außerdem ist seine Mutter ja auch dabei. Willst du sie anrufen?«

Ferdinand Wehde war ein gut aussehender Junge. Blond, groß und von schlanker Gestalt. Seine Kleidung wählte er fast immer deutlich zu weit für seine Statur, seine Haare waren stets nach der aktuellen Mode frisiert und der Blick aus seinen graublauen Augen wirkte zwar kühl, dabei jedoch sensibel und aufmerksam.

»Damit ich mir dann wieder anhören kann, wie peinlich ich bin?«, versuchte seine Mutter zu dem Fünfzehnjährigen vorzudringen.

»Es geht ja nur um morgen und Samstag, Sonntagnachmittag komme ich wieder zurück. Das sind VIP-Karten fürs Olympiastadion! An die komme ich nie wieder ran! Und die Bahnfahrt bezahle ich selbst.«

»Ach, ich weiß nicht, das kommt mir alles zu kurzfristig. Und diesen Tarek kenne ich auch nicht«, widersetzte sich Wehde noch immer, wenn auch bereits etwas weniger entschlossen.

Ferdinand hatte seiner Mutter acht Wochen zuvor zum ersten Mal von Tarek Krüger erzählt. Er habe den gleichaltrigen Jungen aus Berlin über eine Fangruppe des Fußballvereins Hertha BSC auf Facebook kennengelernt. In immer längeren Chats habe er dabei festgestellt, dass er mit dem Schüler aus der Hauptstadt sehr viele Gemeinsamkeiten habe. Jetzt sei Tarek an VIP-Karten für das bevorstehende Bundesligaduell gegen den FC Bayern München gekommen und habe Ferdinand nach Berlin eingeladen, um das Spiel mit ihm gemeinsam zu sehen. Allein den Segen seiner Eltern benötige dieser noch dafür.

»Warum glaubst du eigentlich immer, dass man im Internet nur Faker und Psychos kennenlernt? Du musst echt aufhören, diese bescheuerten Fernsehmagazine zu gucken«, raunte der Schüler verärgert, bevor er seinen Laptop aufklappte und Tareks Profilseite aufrief. »Hier, du kannst unsere Chats lesen, wenn du willst. Und das ist die Nummer seiner Mutter, die kannst du anrufen.«

Mit diesen Worten knallte Ferdinand einen Zettel auf den Tisch, auf dem eine Berliner Festnetznummer notiert war. Dann überließ er seiner Mutter den Rechner und zog sich mit demonstrativem Unmut auf sein Zimmer zurück. Sofort erklang lautstark die Musik der Gruppe *Daft Punk*, womit eine Fortsetzung des Gespräches nicht mehr möglich war.

Gabriele Wehde war sich nicht sicher, wie sie sich verhalten sollte. Ferdinand war ein guter Schüler, der sich in verschiedenen AGs auch außerschulisch engagierte. Wie allen Teenagern machte natürlich auch ihm die Pubertät zu schaffen; der beständige Kampf um die Abnabelung von der Autorität seiner Eltern war fester Bestandteil des familiären Miteinanders. Andererseits konnten die Wehdes sich aber auch nicht darüber beklagen, dass es Ferdinand bei seinem Streben nach Unabhängigkeit allzu sehr an dem gebotenen Respekt gegenüber seinen Eltern fehlen ließ. Zudem würde ihr Sohn vermutlich auch wirklich nicht so bald wieder die Gelegenheit bekommen, einem Spiel seiner Lieblingsmannschaft aus der VIP-Lounge heraus zuzusehen. Schließlich entschied seine Mutter, das Profil von Tarek Krüger zumindest oberflächlich zu überprüfen. Bald stellte sie dabei fest, dass es an dessen Angaben, Bildern, Postings und Kommentaren nichts zu beanstanden gab. Einen Augenblick lang war sie unsicher, ob sie auch noch die Telefonnummer wählen sollte.

»Also, ich rufe die Mutter jetzt mal an, und wenn sie kein Problem damit hat, kannst du von mir aus fahren«, rief sie, so laut sie konnte, in Richtung des Zimmers ihres Sohnes.

Als *Daft Punk* daraufhin wie zum Zeichen der Bestätigung noch lauter erklang, griff sie schließlich nach ihrem Handy, zog sich in die Küche zurück und wählte die Berliner Nummer.

»Krüjer?«, meldete sich eine Frau mit starkem Berliner Dialekt.

Gabriele Wehde stellte sich freundlich vor und legte mit kurzen Worten den Grund ihres Anrufes dar.

»Ach so«, erklärte die Frau am anderen Ende der Leitung. »Ja, da machen Se sisch ma keene Sorjen! Ick mach Ihr'm Jung' wat Orntlischet zu essen, und pennen kann der bei meem Kleen' uff de Couch. Allet jut!«

Wehde empfand den Klang der Stimme am anderen Ende der Leitung als beruhigend. Sie klärte noch ein paar weitere Details und erklärte ihrer Gesprächspartnerin schließlich, dass sie dem Besuch ihres Sohnes unter den gegebenen Umständen zustimmen werde.

»Kannst du das mal ausmachen?«, forderte sie Ferdinand auf, nachdem sie darauf zu ihm ins Zimmer gekommen war.

Der Junge lag mit Schuhen auf seinem Bett, das mit Wäsche aus dem Fanshop von Hertha BSC bezogen war. Er tat dabei so, als lese er in einer Jugendzeitschrift. Ohne seine Mutter anzusehen, griff er nach der Fernbedienung seiner Anlage und stellte die Musik leiser.

»Ich habe mit Tareks Mutter telefoniert. Also, wenn du dich vorher noch um die Wäsche kümmerst und den Geschirrspüler ausräumst, kannst du von mir aus nach Berlin. Aber du kommst Sonntag zurück und rufst jeden Tag an!«

Ohne seine Mutter auch nur eines Blickes zu würdigen, erwiderte Ferdinand ausdruckslos: »Ein Wunder ist geschehen!«

Nachdem Gabriele Wehde zurück ins Wohnzimmer gegangen war, ließ der Teenager zunächst noch einige Minuten verstreichen. Erst dann nahm er sein Handy und gab eine Nachricht ein.

hat alles geklappt tarek funktioniert nummer auch komme freitag hauptbahnhof an treffen wann und wo ?? 😘 ferdi

Und kaum, dass er die Nachricht versandt hatte, löschte er sie auch schon wieder aus dem Postausgang seines Mobiltelefons.

KAPITEL 25

Castellas Gesichtsausdruck war wie eingefroren. Seit über einer Minute starrte sie bereits regungslos auf das verstörende Foto des Lehrers Matthai, der seinen abgetrennten Körperteilen gegenübersaß. Weder Rupert Schirlo noch Fabian Kleeberg von der Abteilung Kriminaltechnik wollte der Erste sein, der die Stille brechen würde.

»Also gut«, setzte Castella schließlich an, nachdem sie weitere zwanzig Sekunden auf das Foto gestarrt hatte. »Was haben wir?«

Schirlo ergriff nun das Wort.

»Ismael ist sehr bedacht an die Sache herangegangen«, erklärte er. »Er hat es wieder geschafft, dass es keine Zeugen gibt. Wir vermuten, dass er den Mord gestern sehr früh begangen hat. Matthais Zahnbürste war trocken, seine Post lag noch im Briefkasten und die Kaffeemaschine war unbenutzt. Wir denken, sein Mörder hat ihn vor dem Aufstehen überrascht.«

»Spuren?«, erkundigte sich Castella und sah zu Kleeberg hinüber.

»Es sieht nicht so schlecht aus«, antwortete dieser optimistisch. »Der Täter hat Matthai auf dessen Bett, nun ja, *behandelt.*«

»Zerlegt trifft es wohl besser.«

Kleeberg konnte nicht widersprechen.

»Jedenfalls hat er sich dazu einen Stuhl an das Bett gezogen und sich daraufgesetzt. Wir haben an der Rückenlehne Fasern von einem Kleidungsstück gefunden, das nicht in der Wohnung war.«

Castella machte eine halbe Umdrehung auf ihrem Sessel und breitete dabei kraftlos die Arme aus.

»Ein paar Textilfasern also. Was haben wir noch?«

Schirlo hatte nach dem überstürzten Aufbruch von Severin und Olivia noch einige Zeit am Tatort zugebracht und versucht, Parallelen zum Mord an Dr. Amthauer zu erkennen.

»Die Szene, die wir vorgefunden haben, scheint eine Fortsetzung des Mordes an Praetorius zu sein. So, als ob er uns eine Geschichte in mehreren Kapiteln erzählen möchte.«

Castella schien nicht zu verstehen, was Schirlo damit sagen wollte.

»Na ja, nachdem sich der Arzt behandelt hat, unterrichtet sich nun der Lehrer. Zuerst kommt die Diagnose, danach folgt die Belehrung. Die Frage ist nur, was kommt jetzt?«

»Hat Ismael denn wieder ein Rätsel am Tatort versteckt?«, erkundigte sich Castella, ohne auf die Spekulationen einzugehen.

»Das wissen wir noch nicht. Severin hat den Tatort überraschend verlassen und sich seitdem nicht mehr gemeldet.«

»Und ohne ihn können Sie nichts finden?«

Schirlo hielt kurz inne, unsicher, was er erwidern sollte. Schließlich erlöste Castella ihn.

»Schon gut, ich weiß ja, wie Sie es meinen. Aber wo wir schon dabei sind: Wie, um alles in der Welt, ist Severin überhaupt auf Paul Matthai gekommen? Was hat dieser Lehrer denn mit den Zetteln zu tun?«

Schirlo musste die gewünschte Erklärung schuldig bleiben.

»Soweit ich weiß, hat Severin das noch niemandem erzählt«, berichtete er.

»Das erfahren wir dann wohl erst, wenn er aus Dresden zurückkommt.«

»Dresden?«, wunderte sich Kleeberg.

Castella nickte.

»Severin hat mich vorhin aus dem Auto angerufen. Er ist mit Frau Holzmann nach Sachsen gefahren. Näheres wird er uns wohl später berichten.«

Rupert Schirlo versuchte erst gar nicht, die Information zu hinterfragen.

»Also, Dennis fasst gerade alles zusammen, was es über Matthai zu wissen gibt«, berichtete er stattdessen. »Polizeiliches Führungszeugnis, Personalakte, Kontobewegungen, Krankenakte – einfach alles.«

»Und dann macht Severin wieder seinen kleinen Zauberkasten auf und sagt *Abrakadabra*, woraufhin wir zum Schauplatz des dritten Teils unserer kleinen Horrorgeschichte fahren dürfen. Ohne die leiseste Ahnung davon, wie er das wieder alles herausgefunden hat«, prophezeite Castella. »Warum, zum Teufel, haben wir diesen Ismael eigentlich immer noch nicht gefunden?«

»Ich befürchte, den Zeitpunkt, zu dem wir ihn finden, bestimmt er selbst.«

»Und damit kommt er durch? Gegen den gesamten Ermittlungsapparat von Berlin? Wer ist der Typ? Die Nummer eins der meistgesuchten Verbrecher aller Zeiten? Ein Jahrhundertgenie?«

Schirlo verschränkte seine Arme vor der Brust, während er ohne besondere Gemütsbewegung antwortete: »Jedenfalls schafft er es ziemlich überzeugend, uns alt aussehen zu lassen.«

»Dann sollten wir vielleicht schon mal unsere Kapitulationsbedingungen vorbereiten?«

Schirlo winkte ab.

»Ich befürchte, Ismael geht es nicht um Kapitulation. Eher um Vernichtung!«

KAPITEL 26

DRESDEN.

Schon aus der Ferne war der runde Turm mit den bodentiefen Glasfronten zu sehen, in dem die fertiggestellten Phaetons darauf warteten, an ihre neuen Besitzer ausgeliefert zu werden. Auf mehreren Etagen hatten Besucher in der Dresdener Automobilmanufaktur Gelegenheit, die Laufbänder zu besichtigen, auf denen die komfortablen Fahrzeuge von einer Station zur nächsten transportiert und dabei Schritt für Schritt von Fachleuten der verschiedensten Gewerke zusammengesetzt wurden. Waren am Beginn des Umlaufes noch lediglich Chassis zu sehen, konnte der interessierte Besucher bei einem Rundgang daran teilhaben, wie diese nach und nach ausgekleidet, verkabelt und bei der sogenannten Hochzeit mit dem Motor verbunden wurden. Das Ende der Produktionskette bildete schließlich die Station, an der ein eigens dafür geschulter Mitarbeiter mit Argusaugen kontrollierte, dass an den fertiggestellten Oberklassefahrzeugen auch nicht der kleinste Verarbeitungsfehler zu finden war.

Severin und Olivia waren von einem leitenden Mitarbeiter des Hauses empfangen worden, der seine Gäste aus Berlin nicht nur auf einen privaten Rundgang durch die Gläserne Manufaktur eingeladen, sondern zuvor auch die schnellstmögliche Bearbeitung von Boesherz' Anliegen eingeleitet hatte. Während die Erstellung einer Liste von Fahrzeugen in Arbeit war, die eben dem entsprachen, das Ismael gefahren hatte, waren die beiden Ermittler nun im Restaurant *Lesage* empfangen worden. Dieses lud im Herzen der Manufaktur in futuristischer Umgebung seine anspruchsvollen Gäste zu Köstlichkeiten der gehobenen Küche ein.

»Jetzt erzähl es schon endlich!«, forderte Olivia ihren Kollegen ein weiteres Mal auf.

Boesherz hatte sich während der Fahrt in die sächsische Landeshauptstadt darauf beschränkt, über allgemeine Fakten zum Mord an Dr. Amthauer zu sprechen. Zudem hatte er einen Großteil der Zeit darauf verwendet, Olivia mit seinen Lieblingsarien aus Opern verschiedener Epochen vertraut zu machen. Weitere Nachfragen zu den Hintergründen seiner Trennung von Leonore oder dem Tod von Paul Matthai hatte er dagegen zurückgewiesen.

»Wenn du nicht erzählst, wie du den Code geknackt hast, enthältst du den Kollegen wichtige Ermittlungsergebnisse vor. Mann, Severin, die müssen doch wissen, was dahintersteckt!«

»Eben nicht«, erwiderte Boesherz endlich. »Es würde euch alle nur verwirren und auf unsinnige Fährten umlenken. So, wie Ismael es sich wünscht.«

Mit diesen Worten legte er das Vorspeisenbesteck auf seinem Teller ab und säuberte sich die Mundwinkel mit seiner Serviette, bevor er genüsslich einen Schluck Wein trank.

Umgeben von luxuriösen Autos bot das Restaurant *Lesage* seinen Gästen eine der meistgelobten Küchen der Region. Boesherz hatte schon oft dort gegessen; nicht selten hatte er sogar eigens deswegen die gut zweistündige Fahrt nach Dresden auf sich genommen. Köche und Servicepersonal des Restaurants, das vom Hotel Kempinski betrieben wurde, kannten den Rheingauer inzwischen gut.

»Ismael führt mir einfach noch mal vor, wie viel er von mir weiß. Damit will er mich entweder einschüchtern oder sich beliebt bei mir machen«, fuhr Boesherz fort, während Olivia in der

Speisekarte blätterte, um nach dem ersten Gang nun eine Hauptspeise auszuwählen.

»Du hast gesagt, dass Matthai nur wegen seines Namens gestorben ist«, wiederholte sie dabei. »*3SGINDIMPFA*. Was hat das mit einem Namen zu tun?«

»3SGINDIMPFA ist ein *t*. Ismael hat mir mit seinen Zettelchen den Namen seines nächsten Opfers buchstabiert.«

Olivia sah verwundert von der Speisekarte auf.

»Das ist doch nicht dein Ernst?«

Der Oberkellner, ein freundlicher Rheinländer, trat nun an den Tisch.

»Herr Boesherz, wie schön, Sie wiederzusehen«, grüßte er seinen Stammgast. »Ich hoffe, meine Mitarbeiter haben Sie und Ihre Begleitung bisher gut versorgt. Was führt Sie denn dieses Mal nach Dresden? Ist etwa schon wieder ein neuer Phaeton fällig?«

»Erst wieder im kommenden Jahr«, antwortete der Kommissar. »Dieses Mal führt mich Ihr Ibéricoschwein her. Und auch ein kleines bisschen Arbeit.«

»Mit welchem Salz darf unser Küchenchef Ihnen denn den Hauptgang würzen?«

»Haben Sie noch von dem hawaiianischen?«

»Selbstverständlich. Oder möchten Sie es mal mit schwarzer Olive versuchen?«

»Eine hervorragende Idee!«

Der Oberkellner lächelte mit aufrichtiger Freude und wandte sich dann Olivia zu.

»Und für die Dame? Was dürfen wir Ihnen denn als Hauptgang zubereiten?«

Olivia sah ihr Gegenüber mit fragendem Blick an.

»Welches Salz empfehlen Sie denn zu der rosa gebratenen Ente?«

Der Angesprochene strahlte erneut, bevor er antwortete: »Versuchen Sie es mal mit Hibiskusblüte!«

Olivia stimmte zu.

»Das mit dem Salz war noch gar nichts!«, kündigte Boesherz seiner Kollegin voll Vorfreude an und zwinkerte dem Oberkellner dabei zu. »Warte erst mal auf den Espresso! Dann kommt er mit einer Kiste, in der zehn verschiedene Zuckersorten sind!«

»Es sind nur sieben!«, senkte der Ober die Erwartung, nickte höflich und wandte sich dann ab, um die Bestellung an den Chefkoch weiterzuleiten.

Während Boesherz ihm dabei nachsah, wie er in den Küchenbereich verschwand, kam Olivia auf die mysteriösen Zettel zurück.

»Also, wenn 3SGINDIMPFA für *t* steht, was bedeutet dann 1SGIMPA?«

»Das steht für *ai*.«

Olivia lehnte sich demonstrativ zurück, verschränkte die Arme und ließ mit einem kritischen Blick erkennen, dass sie nun endgültig wissen wolle, was ihr Kollege herausgefunden hatte.

»Also gut«, öffnete sich dieser schließlich. »3SGINDIMPFA bedeutet: *dritte Person, Singular, Indikativ, Imperfekt, Aktiv. 1SGIMPA* heißt: *erste Person, Singular, Imperfekt, Aktiv*. 1DUPERFA meint: *erste Person, Dual, Perfekt, Aktiv*.«

Olivia hatte nun zwar eine grobe Vorstellung davon, was ihr Kollege meinte. Sie fühlte sich jedoch meilenweit davon entfernt, daraus eine sinnvolle Erkenntnis herleiten zu können.

»Dann ist also 3SGAORA die *dritte Person, Singular*, äh …«

»… *Aorist, Aktiv*. Genau! Bleibt noch 2SGOPTA – das ist *zweite Person, Singular, Optativ, Aktiv*.«

Olivia, die noch nie zuvor Begriffe wie *Optativ* oder *Aorist* gehört hatte, war sprachlos.

»Es geht hier um exotische grammatikalische Konstruktionen, um Endungen von Verben«, führte Boesherz nun aus, als sei es die selbstverständlichste Sache der Welt. »Beugt man ein Verb in der zweiten Person, Singular, Optativ, Aktiv, dann endet es mit *-h*. Die anderen Formen lassen Verben mit *-ma*, *-t* oder *-ai* enden, wobei wir das *-t* zweimal in verschiedenen Formen haben. Setzt man jetzt diese Endungen zusammen, dann kann man daraus den Namen *Matthai* bilden.«

»Man kann daraus aber auch *Hai matt* machen«, dachte Olivia laut nach.

Boesherz schmunzelte süffisant, als er entgegnete: »Genau. Deswegen habe ich parallel zu der Suche nach einem Menschen namens *Matthai* auch noch Ermittlungen unter Schach spielenden Meeresbiologen eingeleitet.«

Olivia ging nicht darauf ein. Ihr übereilter Einwand war ihr jetzt selbst unangenehm.

»Das kann doch unmöglich dein Ernst sein«, entgegnete sie stattdessen, nachdem sie das Gewirr von grammatikalischen Fachbegriffen trotz aller Bemühungen mittlerweile gedanklich überforderte. »Wie soll man denn darauf kommen?«

Boesherz erinnerte sich an seine Jugendzeit.

»Früher, wenn mir langweilig war, habe ich mich manchmal damit beschäftigt, Endungen von Verben in verschiedenen Sprachen zu bilden.«

»Natürlich«, reagierte Olivia hämisch. »Das mache ich auch jeden Tag. Oft kommen Freunde zu Besuch, gemeinsam macht es schließlich mehr Spaß.«

Boesherz sah seine Kollegin verständnisvoll an.

»Ich gebe ja zu, dass das vielleicht ein bisschen eigentümlich wirkt, aber irgendwie muss man seinen Verstand ja schließlich wach halten. Möchtest du nicht wissen, wie ich darauf gekommen bin, *in welcher Sprache* ich die passenden Endungen suchen musste?«

»Nicht Deutsch?«, antwortete Olivia verdutzt.

»Ach, Olivia«, entfuhr es Severin fast schon liebevoll. »Im Deutschen gibt es keinen *Optativ*. Der kommt im Finnischen vor oder im Türkischen. Und noch in einer Reihe anderer Sprachen. Ismaels Konstruktionen beziehen sich allerdings auf das Sanskrit, das ist eine altindische Sprache. Das Ganze war übrigens nicht ganz unkompliziert. Ich muss zugeben, er hat wirklich was drauf.«

»Und woher wusstest du, dass es um Sanskrit ging? Oder bist du etwa alle Sprachen durchgegangen, in denen der Optativ vorkommt?«

»Das hätte offen gestanden etwas länger gedauert«, gab Boesherz zu. »Erinnere dich doch mal an Dennis' Frage.«

»Du meinst, warum Ismael dir die Zettel so hinterlassen hat, dass du sie noch zusammensetzen musst?«

»Ganz genau!« Boesherz leerte sein Glas, als er bemerkte, dass der Oberkellner mittlerweile am Klimaschrank stand und den Wein für den Hauptgang öffnete. »*Sanskrit* heißt auf Deutsch: *das Zusammengefügte*. Durch die einzelnen Zettel hat er mir also die Sprache mitgeteilt, in der ich suchen musste.«

Olivia kapitulierte. Während sie mittlerweile nicht einmal mehr imstande war, sich daran zu erinnern, welches Salz sie wenige Minuten zuvor bestellt hatte, warf sie Boesherz mit schelmischem Lächeln entgegen: »Soll ich dir mal was sagen?«

Severin strahle Olivia erwartungsfreudig an.

»Typen wie dich haben wir früher auf dem Schulhof vermöbelt!«

KAPITEL 27

Tick, tack, tick, tack. Hörst du, wie die Zeit abläuft?

So viele Jahre musste ich warten. Es sollte ja schließlich perfekt werden. Und du bist nun wirklich kein Mensch, dem man mit einem unausgereiften Plan entgegentreten sollte!

Ist es schwer für dich, dein Geheimnis zu bewahren? Oder hast du dich daran gewöhnt, in Lügen zu leben? Du machst es schließlich schon seit Ewigkeiten. Und das auch wirklich gut, das muss ich zugeben.

Lass es dir noch ein paar Stunden lang in deinem unsäglichen Leben gut gehen. Genieße das einfache Leben, die Musik und den Wein, mit dem du deine Sorgen betäubst. Du weißt doch, was das Problem mit dieser Welt ist. Aber hab keine Angst.

Bald hast du es ja überstanden.

KAPITEL 28

»Haben Sie die Informationen schon erhalten?«, eröffnete Castella die vertrauliche Unterredung.

Boesherz hatte seine Vorgesetzte auf Olivias Drängen hin telefonisch über das Geheimnis der verschlüsselten Botschaften informiert. Daraufhin hatte die Dezernatsleiterin Schirlo und Carl vom Stein zu einem Sechsaugentreffen auf die Berliner Siegessäule gebeten. Hoch oben auf den insgesamt vier Segmenten des Turmes thronte eines der bedeutendsten Wahrzeichen Berlins, die vergoldete Siegesgöttin Viktoria. Sie streckte einen Lorbeerkranz in ihrer rechten Hand in den Himmel, trug einen adlergeschmückten Helm und hielt zudem ein Feldzeichen mit Eisernem Kreuz in ihrer Linken. Im Volksmund der Berliner hatte die stolze Viktoria jedoch schon bald einen Spitznamen gefunden, der sich so erfolgreich verbreitet hatte, dass viele Hauptstädter nicht einmal mehr deren echten Namen kannten: Goldelse.

»Sanskrit also«, antwortete Schirlo.

»Ziemlich abwegig, oder?«, warf Castella in die Runde und sah dabei unwillkürlich auf den Kreisverkehr am Großen Stern hinunter, in dessen Mitte die Siegessäule errichtet war.

»Sie meinen, möglicherweise etwas *zu* abwegig?«, mutmaßte Carl vom Stein.

Allein die Tatsache, dass Castella zu einem konspirativen Treffen außerhalb des LKA geladen hatte, sprach in seinen Augen Bände.

»Ich frage mich vor allem, warum das alles gerade jetzt passiert. Sechzehn Jahre später. Wer hat den schlafenden Hund geweckt? Und womit?«

»Und da komme dann wohl ich ins Spiel«, stellte nun Schirlo fest. »Ich darf ja wohl nicht annehmen, dass Sie mich nur zu Ihrer Besprechung gebeten haben, damit ich mal aus meiner Abstellkammer rauskomme?«

»Sie kennen Boesherz besser als wir«, räumte Castella ein. »In seiner Personalakte steht nichts, was uns in diesem Punkt weiterhelfen könnte.«

»Uns gehen langsam die Optionen aus«, fügte vom Stein hinzu und behielt Schirlo dabei fest im Blick.

»Ich frage Sie das jetzt ganz klar und deutlich«, fuhr Castella unverblümt fort. »Wer könnte Severin möglicherweise erpressen? Und womit?«

Rupert Schirlo schien von der Frage weniger überrascht zu sein, als seine Gesprächspartner es erwartet hatten.

»Also, ich fühle mich offen gestanden nicht gerade wohl dabei, über so was nachzudenken«, begann er zögerlich. »Aber gut, wir müssen jede Möglichkeit in Betracht ziehen. Severins Familie genießt im Rheingau hohes Ansehen, da gibt es, soweit ich weiß, keine Leichen im Keller. Er hat keine Kinder oder sonst irgendjemanden, den man bedrohen könnte. Finanziell ist er unabhängig, und dass er früher mal Selbsthilfegruppen besucht hat, posaunt er zwar nicht in der Gegend herum, aber wirklich geheim ist das auch nicht.«

Carl vom Stein rührte sich nicht, während Castella ihren Blick weiterhin scheinbar teilnahmslos nach unten auf den Kreisverkehr richtete und Schirlo dabei aufmerksam zuhörte.

»Also gut, er hat Gesprächsrunden für sozialschwache Genies besucht«, fasste sie zusammen. »Kann er da irgendjemandem was erzählt haben, das er besser für sich behalten hätte?«

Schirlo zögerte einen Augenblick zu lange mit seiner Antwort. Dies rief den Staatsanwalt auf den Plan.

»Man hört ja gelegentlich, dass Menschen, die unter der Last ihrer Genialität zusammenzubrechen drohen, sich Erleichterung mit gewissen Substanzen verschaffen. Könnte Boesherz vielleicht in diesem Punkt etwas auf dem Kerbholz haben?«

»Er wirkt ja eigentlich immer so, als hätte er gerade irgendwas eingenommen. Aber so lange ich ihn kenne, trinkt er immer nur Wein, um seine Gedanken zu beeinflussen«, berichtete Schirlo. »Warum befürchten Sie denn eigentlich, dass ihn jemand unter Druck setzt?«

»Weil ein Mensch, der Verben in Sanskrit konjugieren kann, üblicherweise keine Morde unaufgeklärt lässt«, erklärte Castella mit schonungsloser Offenheit. »Ich habe ihm gewisse Freiheiten in dieser Ermittlung eingeräumt. Zum einen, weil Severin ohnehin kein guter Teamplayer ist. Zum anderen aber auch, weil es manchmal sinnvoll sein kann, seinen Hund von der Leine zu lassen. Nur so kann man herausfinden, wo er dann hinläuft. Wir müssen uns nicht vormachen, dass Sie große Sympathien für ihn haben, deshalb sind Sie einer der wenigen, von denen ich eine ehrliche Einschätzung erwarten kann.«

Schirlo dachte noch einmal angestrengt nach, ob ihm nicht doch noch etwas einfiel, das in Boesherz' Vergangenheit unregelmäßig verlaufen war.

»Also, ich weiß nicht, ob uns das weiterbringt«, begann er plötzlich. »Es war nämlich nicht im Rheingau und außerdem auch eine ganze Weile *nach* dem Mord an Amthauer.«

»Und doch werfen Sie es ein«, stellte vom Stein mit mehrdeutigem Schmunzeln fest.

»Na ja«, druckste Schirlo. »Nicht, weil es was mit dem Tod von Amthauer zu tun gehabt hätte, sondern einfach nur, weil es etwas sehr Ungewöhnliches war. Das zweite Mal, dass …«

Im Kreisverkehr um die Siegessäule herrschte reger Verkehr, und auf dem Bürgersteig waren zahlreiche Touristen damit beschäftigt, Fotos von der Säule mit der vergoldeten Statue auf deren Spitze zu machen.

»Wir hören«, setzte Castella nach.

»Also, der Mord an Dr. Amthauer ist zwar Severins einziger ungeklärter *Mord*. Es ist aber nicht sein einziger ungeklärter *Fall*.«

Carl vom Stein hob den Blick mit der größtmöglichen Note von Verwunderung, zu der er sich hinreißen lassen konnte. Er stützte seine Ellenbogen auf das vergitterte Geländer der Aussichtsplattform und hauchte voller Erwartung: »Na, dann erzählen Sie mal.«

KAPITEL 29

Es wurden nur drei Phaetons mit der Ausstattung gebaut, nach der wir suchen«, gab Boesherz Dennis telefonisch durch, während er mit Olivia auf dem Rückweg nach Berlin über die Autobahn fuhr.

Es war mittlerweile Abend geworden, und nachdem Holzmann sich mit dem köstlichen Wein im *Lesage* zurückgehalten hatte, war sie es nun, die Severins Wagen steuerte. Dieser hatte es sich auf dem Beifahrersitz bequem gemacht und rekelte sich dabei zum wiederholten Mal. Er gähnte immer öfter, und Olivia bemerkte, dass Severin Probleme damit hatte, seine Augen offen zu halten.

»Einer davon gehört einer Vermietung für Luxusautos in der Nähe von Berlin. Ich wette, dass Ismael ihn sich da geholt hat«, berichtete Boesherz weiter.

»Und ich wette, dass er bar bezahlt hat!«, fügte Dennis hinzu.

»Die vermieten kein Auto im Wert von hundertfünfzigtausend Euro, ohne sich irgendwas zeigen zu lassen. Führerschein, Personalausweis, irgendeine Spur hat er uns dagelassen! Fahr da bitte morgen gleich als Erstes vorbei.«

»Klar, gern. Ich bin morgen sowieso unterwegs, um Praxen von Chirurgen abzuklappern. Dann mache ich das gleich noch mit. Hast du die Unterlagen zu Paul Matthai bekommen?«

»Wo hast du sie hingeschickt?«

»An deine Mailadresse.«

»Dann müsste ich sie auf meinem iPad haben, ich gucke sofort nach. Gibt es sonst noch irgendwas?«

»Ja«, antwortete Dennis. »Estelle Bepoldin war nicht besonders glücklich, dass du sie nicht angerufen hast, nachdem du den Code geknackt hast. Hast du sie wirklich im Restaurant sitzen lassen?«

Boesherz fasste sich an den Kopf.

»Jetzt ist mir das schon wieder passiert ... Sag ihr bitte, ich melde mich morgen bei ihr!«

»Das kannst du ihr selbst sagen, sie sitzt nebenan. Soll ich sie dir geben?«

»Denk an die Prioritäten!«, wehrte Boesherz ab. »Ich checke jetzt erst mal deine Unterlagen und finde dabei hoffentlich Ismaels nächste Botschaft. Bis später!«

Damit beendete Boesherz das Gespräch. Er hatte es über seine Freisprecheinrichtung geführt, sodass Olivia jedes Wort mitangehört hatte.

»Lass uns doch einfach mal zusammen in eine schöne Bar gehen, wenn wir das hier alles hinter uns gebracht haben«, schlug sie vor. »Ich kenne ein paar Läden, in denen du vielleicht jemanden Nettes kennenlernst, den du nicht gleich beim ersten Treffen sitzen lässt. Und die sind da auch alle über achtzehn.«

Während Olivia gespannt auf Severins Erwiderung wartete, zog dieser nur wortlos seinen Tabletcomputer aus dem Handschuhfach und rief die Nachricht auf, die Dennis ihm zwischenzeitlich geschickt hatte. Im Anhang befanden sich alle relevanten Informationen zu Paul Matthai, die Dennis seit dem Mittag hatte zusammentragen können.

»Vergiss diese Sache einfach«, antwortete Boesherz schließlich, während er parallel dazu die Informationen aus den Unterlagen mit den Bildern aus der Wohnung des Opfers abglich.

»Du kannst doch machen, was du willst. Aber warum müssen die denn so jung sein? Solche Teenager sind dir doch in jeder Hinsicht total unterlegen. Das muss dich doch selbst wahnsinnig machen?«

Es war Boesherz anzumerken, dass ihn das Thema innerlich aufwühlte. Während er unbeirrt die Anhänge von Dennis' Nachricht durchging, suchte er nach einer Antwort, mit der er Olivia zufriedenstellen konnte.

»Also gut, wir gehen in eine Bar«, räumte er ein. »Aber nur, wenn du jetzt damit aufhörst.«

»Na gut«, gab Holzmann nach. »Und da gibt es dann …«

»Nussmüsli!«

Nur im Licht des Displays von Severins iPad konnte Olivia den zufriedenen Ausdruck im Gesicht ihres Kollegen erkennen.

»Ich nehme an, du beziehst dich damit nicht auf …?«, stotterte sie unsicher.

»Der nächste Hinweis ist in dem Nussmüsli, das in Matthais Speisekammer steht!«

»Und wie …«, setzte sie an, doch Severin unterbrach sofort.

»Streng dich mal an! Das errätst du selbst.«

Holzmann nahm die Herausforderung an. Bereits nach kurzem Überlegen schlug sie vor:

»In der Krankenakte steht, dass er allergisch gegen Nüsse war?«

Boesherz lachte vergnügt auf.

»Treffer, versenkt!«, bestätigte er und griff nach seinem Handy.

Gerade wollte er Dennis' Nummer wählen, als er sah, dass während seines Aufenthaltes in der Gläsernen Manufaktur eine Nachricht für ihn eingegangen war. Er schielte zu Olivia hinüber und wägte ab, ob er diese sofort oder doch lieber erst später lesen sollte.

Als ob du es so lange aushalten könntest …

Schließlich rief er die Kurzmitteilung auf und las, was Ferdinand ihm geschrieben hatte.

»Was Wichtiges?«, erkundigte sich Olivia, die bemerkt hatte, dass Boesherz das Lesen einer Nachricht dem wichtigen Anruf vorgezogen hatte.

»Ein Termin für morgen«, erwiderter dieser lapidar, während er unauffällig begann, eine Antwort zu verfassen.

Abbruch! Komm auf keinen Fall, es ist im Moment zu gefährlich. Ich melde mich, wenn ich alles wieder im Griff habe.

Und noch bevor er Dennis schließlich über seine entscheidende Erkenntnis informierte, löschte er den Text wieder und verschickte stattdessen einen anderen.

Es ist zwar zurzeit etwas heikel, aber okay: Morgen, 12 Uhr, Dungeon *Berlin. Pass auf, dass dir keiner folgt!*

KAPITEL 30

Das war damals ein absoluter Zufall. Von Severins Anwesenheit hätte vorher niemand etwas ahnen können«, erinnerte sich Schirlo an die Ereignisse vor fünfzehn Jahren. »Das war wohl irgendwo in der Nähe von Kiel, er war privat da. Aus einer Wohnung war Verbrennungsgeruch gekommen, die Nachbarn hatten die Feuerwehr gerufen.«

Während Castella Schirlo mit wachen Augen ansah, war der Blick von Carl vom Stein wie abwesend auf das Brandenburger Tor gerichtet, das man von der Aussichtsplattform der Siegessäule aus gut erkennen konnte.

»Severin hatte wohl gegenüber von dem Haus in einem Café gesessen und mitbekommen, dass da irgendwas los war. Er ist dann rübergelaufen, um seine Hilfe anzubieten.«

»Sie waren also nicht dabei?«, stellte vom Stein klar, der trotz seines abwesenden Blickes aufmerksam zuhörte.

»Nein, wie gesagt, das war in Severins Urlaub. Ich gebe nur weiter, was er damals erzählt hat.«

»Also gut, in der Wohnung war also Feuer ausgebrochen?«

»Nein, es war zum Glück nur irgendwas in einem Topf angebrannt.«

»Ein angebranntes Essen in einem Topf in der Nähe von Kiel?«, fasste Castella zusammen, bevor sie klarstellte: »Sollte diese Geschichte jetzt keine spektakuläre Wendung nehmen, dann denken Sie sich lieber noch schnell eine aus!«

Schirlo bemühte sich, so viele Informationen wie möglich in

seine Erinnerung zurückzurufen. Kollegen hatten ihm damals von dem Vorfall berichtet. Er selbst hatte zu dieser Zeit schon kaum noch privat mit Severin gesprochen und wenn, dann meist voll Feindseligkeit.

»Es ging um eine ältere Frau. Sie war gestorben, nachdem sie das Essen aufgesetzt hatte«, berichtete er nun weiter.

»Ein natürlicher Tod?«

»Ja, soviel ich weiß, schon. Während der Notarzt versucht hat, die Frau zu reanimieren, hat sich Severin die Wohnung angeguckt. Und dabei hat er es dann gefunden.«

Eine Kolonne von schwarzen Limousinen fuhr, von Polizeimotorrädern geleitet, durch den Kreisverkehr. Am Großen Stern, ganz in der Nähe des Regierungsviertels und von Schloss Bellevue, war es an der Tagesordnung, dass wichtige politische Persönlichkeiten durch den Verkehr eskortiert wurden.

»Es war ein kleines Mädchen, etwa ein Jahr alt«, berichtete Schirlo weiter.

Carl vom Stein verbarg die Hände in den Taschen seines Mantels. Er zuckte nur mit den Schultern, als er sagte: »Die Frau hat auf ihre Enkeltochter aufgepasst. Was war so besonders daran?«

»Das Besondere war, dass die Frau gar keine Enkeltochter hatte. Sie war über siebzig, seit Jahren Witwe, und ihr einziger Sohn war kinderlos. Es gab in der ganzen Familie kein kleines Mädchen.«

Allmählich begann Castella zu verstehen, worauf die Geschichte hinauslief.

»Das Kind war also einfach nur da?«, schlussfolgerte sie. »Und niemand wusste, zu wem es gehörte?«

»Es gab keine Entführung, keine Vermisstenanzeige. Niemand hatte auch nur die geringste Ahnung, woher das Kind gekommen sein konnte. Es lag einfach in der Wohnung einer toten Frau.«

»Wie sah die Wohnung denn aus? Gab es ein Kinderbett, Spielzeug oder Babynahrung?«, wollte vom Stein wissen.

»So genau weiß ich das nicht«, gestand Schirlo. »Wie gesagt, das war in Schleswig-Holstein, ich habe das nur aus Erzählungen mitbekommen.«

»Was ist denn mit dem Kind passiert?«

»Severin hat sich damals sehr engagiert. Er hatte offiziell ja nichts mit dem Fall zu tun, aber er hat sich wohl irgendwie verantwortlich gefühlt. Er hat wochenlang versucht, irgendwas herauszufinden. Aber es ist ihm nicht gelungen. Die Kleine wurde dem Jugendamt übergeben und später dann an Pflegeeltern. Soweit ich weiß, haben die das Mädchen dann später adoptiert.«

Castella dachte angespannt nach.

»Und das war lange nach dem Mord an Amthauer?«

»Ja«, bestätigte Schirlo. »Es ist mir halt nur deswegen eingefallen, weil Severin nie herausfinden konnte, wo das Mädchen hergekommen ist.«

»Und, Daniela?«, forderte vom Stein die Dezernatsleiterin jetzt heraus. »Sollten wir dieser Angelegenheit Beachtung schenken?«

»Ich werde ihn morgen mal darauf ansprechen.«

Der Wind hoch oben auf der Siegessäule wurde zunehmend rauer. Castella stellte den Kragen ihrer Jacke auf, während sie fortfuhr: »Wir behalten ein Auge auf Boesherz. Ich halte es für möglich, dass er mehr weiß, als er uns erzählt. Und sobald einer von uns den Eindruck gewinnt, dass er etwas verschleppt oder vertuscht, werden wir eingreifen.«

»Sie befürchten, die Geister seiner Vergangenheit beeinträchtigen seine Urteilskraft?«, folgerte Schirlo.

Castella schüttelte energisch den Kopf.

»Was wissen wir schon über Severins Urteilskraft? Behalten

Sie ihn einfach kritisch im Blick und melden Sie mir alles, was Ihnen seltsam erscheint.«

Rupert Schirlo ließ seinen Blick noch einmal über die Weite des Tiergartens streifen. Dann verzog er sein Gesicht so, dass es fast schon diabolisch wirkte.

»Unter uns«, entgegnete er, »es wird mir ein Vergnügen sein!«

KAPITEL 31

Dennis war erst kurz vor Boesherz und Olivia eingetroffen. Angesichts des Verwesungsgeruches in Matthais Wohnung hatte er für die Wartezeit jedoch eine Kneipe in der Nähe des Tatortes vorgezogen. Ungeduldig saß er mit einem alkoholfreien Bier an dem Glücksspielautomaten des verrauchten Lokals, das außer ihm noch von verschiedenen Anwohnern der Siemensstadt besucht war.

»Ich hoffe, ich unterbreche nicht gerade deine Glückssträhne«, grüßte Severin seinen Kollegen, nachdem er die Kneipe betreten hatte.

»Glückssträhnen hast nur du«, erhielt er zur Antwort, bevor Dennis einen Plastikbeutel aus seiner Innentasche hervorzog, in dem sich ein Stück Papier befand. »Das war im Müsli versteckt, wie du gesagt hast.«

Boesherz betrachtete die Umgebung. Die meisten Besucher der Kneipe saßen still auf ihren Stühlen oder Barhockern, einige sahen mehr oder weniger desinteressiert auf den kleinen Monitor, der über dem Tresen angebracht war. Andere saßen an Tischen und unterhielten sich oder spielten Karten.

»Wir sollten zurück in die Wohnung gehen«, schlug Boesherz vor. »Ismael hat sicher nicht vorgesehen, dass wir seine Botschaft hier lesen.«

»Also los«, setzte Boesherz an, nachdem er mit seinen Kollegen Matthais Wohnzimmer betreten hatte.

Die Spuren am Tatort waren zwar mittlerweile gesichert, die

Wohnung war jedoch noch nicht wieder freigegeben worden. Es würde noch ein paar Tage dauern, bis die Hinterbliebenen des ermordeten Lehrers einen Tatortreiniger damit würden beauftragen können, die Wohnung zu säubern. Im Augenblick war das Schlafzimmer noch mit schwarz geronnenem Blut verkrustet und der Tisch, an dem der Tote fixiert gewesen war, zog zahlreiche Insekten an. Vor dieser Kulisse öffnete Boesherz nun den Plastikbeutel und entnahm ihm mit seinen Gummihandschuhen vorsichtig den Zettel, den Dennis in der Müslipackung gefunden hatte.

»*V000LC4BT8*«, las er vor.

»Und was ist das jetzt wieder?«, fragte Olivia. »Eine quantenphysikalische Erörterung auf Altisländisch?«

»Viel simpler«, antwortete Boesherz stolz und begann erneut, sich im Raum umzusehen. »Zu diesem Zeitpunkt des Spiels weiß Ismael, dass wir verstanden haben, worum es ihm geht. Diese Botschaft führt zu seinem nächsten Opfer. Er rechnet damit, dass ich jetzt weniger Zeit für das Lösen seiner Rätsel benötigen werde, deswegen verlagert er den Schwerpunkt seines Spiels auf etwas anderes.«

Während Boesherz in Gedanken verschiedene Lösungsansätze durchspielte, ging er langsam und besonnen durch den Raum, in dem er den Toten am Morgen vorgefunden hatte.

»Die Kombination ist zehnstellig. Zahlen und Buchstaben, alles großgeschrieben«, fasste er zusammen.

»Ein Passwort?«, spekulierte Dennis.

»Dann wäre mindestens einer der Buchstaben klein geschrieben«, nahm Boesherz an. »Und jetzt noch mal zu diesem schwarzen Kasten unter dem Fernseher.« Boesherz deutete erneut auf das Gerät, das ihn bereits am Morgen interessiert hatte. »Was ist das? Ein Empfänger?«

Dennis musste nicht lange überlegen.

»Damit ruft man Filme ab«, antwortete er. »Ist zwar viel teurer, als sie sich aus der Videothek zu holen, aber dafür muss man seinen Hintern nicht mehr von der Couch bewegen.«

»Dann glaube ich zu wissen, was hier los ist«, erwiderte Boesherz. »Wenn Matthai seine Filme über das Fernsehkabel abgerufen hat, wozu hat er dann *die da* gebraucht?«

Severin deutete auf Matthais Bücherregal, in dem unter anderem einige Spielfilm-DVDs standen.

»Vielleicht hat er die Box ja erst seit Kurzem?«, überlegte Olivia. »Oder die Filme kann man nicht abrufen, man bekommt ja nicht *jeden* Film im Download.«

»Ich wüsste aber nicht, womit er die abspielen sollte«, setzte Boesherz nach und deutete auf den Fernseher, in dessen Nähe tatsächlich kein DVD-Player zu finden war.

»Auf dem Laptop?«, überlegte Dennis.

»Macbook Air«, wiegelte Boesherz ab. »Das hat keinen DVD-Schlitz.«

»Okay«, kürzte Dennis ab, der genau wie seine Kollegen einen langen Arbeitstag hinter sich hatte. »Worauf willst du hinaus?«

»So wie jedes Buch eine Nummer hat, die ISBN, so hat auch jeder Film eine Kennung, die sogenannte ASIN. Die vergibt dieser große Onlinehändler, der auch so ziemlich alle Bücher im Sortiment hat.«

»Ach so, dann ist es kein Wunder, dass ich die Abkürzung ASIN nicht kenne«, antwortete Olivia. »Ich kaufe meine Bücher nur in der Buchhandlung um die Ecke. Da werde ich persönlich beraten und bekomme besseren Service.«

»Gut so«, entgegnete Boesherz und zog sein Smartphone hervor. »Trotzdem werde ich diese Nummer jetzt mal darauf überprüfen, ob sie uns nicht vielleicht auf einen Film hinweisen möchte.«

Kurzerhand gab Severin die Kombination aus Zahlen und Buchstaben in die Leiste seiner Suchmaschine ein. Es dauerte nicht lange, bis das Ergebnis vorlag.

»*Träumereien und andere Lebensweisheiten*«, las er vor. »Ein deutscher Film, drei Jahre alt.«

Unverzüglich trat Olivia an das Regal, in dem die DVDs standen. Um keine Spuren zu verursachen, verzichtete sie aber darauf, die Filme zu berühren.

»Da steht er!«, verkündete sie nach wenigen Sekunden. »Ich habe noch nie von dem Film gehört.«

»Scheint auch nicht der größte Wurf zu sein«, berichtete Boesherz, der unterdessen die Artikelbeschreibung der DVD überflogen hatte. »Hier steht, dass er von ein paar Fans als Kultfilm verehrt wird. Soll ganz schön dämlich sein, unfreiwillig komisch.«

Mit diesen Worten trat nun auch Severin an das Regal und zog den Film vorsichtig heraus. Er öffnete die Hülle und durchsuchte sie zunächst nach möglichen weiteren Hinweisen. Nachdem sich keine gefunden hatten, legte er die DVD samt Umschlag in einen Plastikbeutel und übergab ihn Dennis.

»Sei bitte so nett und bring das noch im LKA vorbei, bevor du nach Hause fährst. Die sollen erst mal den ganzen Laborkram damit machen.«

Dennis sah Boesherz ungläubig an.

»Meinst du nicht, dass der nächste Hinweis eher was mit dem Film an sich zu tun hat?«, fragte er. »Wenn darin wirklich ein Anhaltspunkt auf das nächste Opfer vorkommt, dann sollten wir lieber nicht bis morgen warten!«

»So ungern ich es sage, aber zu wem immer uns diese Sache hier auch führt, wir retten ihn nicht mehr«, erklärte Severin darauf. »Aber um dich zu beruhigen, ich werde mir den Film jetzt natürlich noch in der Videothek besorgen und ihn mir gleich zu Hause angucken. Falls ich mich wach halten kann. Was könnte es schließlich Schöneres geben, als sich den Feierband mit Träumereien zu versüßen? Und mit anderen Lebensweisheiten.«

KAPITEL 32

Boesherz hatte drei Videotheken ansteuern müssen, bevor er schließlich eine Kopie des Filmes gefunden hatte. *Träumereien und andere Lebensweisheiten* war alles andere als ein Blockbuster gewesen, und selbst gut sortierte Verleiher hatten die drei Jahre alte Produktion aus Deutschland nur in den wenigsten Fällen im Sortiment. Mit geringem Budget verfilmt, war die Adaption eines eher weniger originellen Romans um eine unerfüllte Jugendliebe zwar zunächst für die Kinoleinwand geplant, aufgrund mangelnden Interesses dann aber doch direkt auf DVD veröffentlicht worden. Die Hauptrollen waren durchweg mit Nachwuchsschauspielern besetzt, die nicht nur etwas zu alt für ihre Rollen, sondern auch erkennbar überambitioniert an ihre Aufgabe herangegangen waren. Auch die Regie hatte diesem Umstand offensichtlich keinen Einhalt geboten. Ironischerweise kam Boesherz nach etwa zwanzig Minuten des zweifelhaften Filmvergnügens jedoch etwas anderes viel absurder vor: Sobald eine Nebenrolle, etwa die des spanischen Mädchens, das dem Protagonisten Ablenkung von dessen unglücklicher Liebe verschaffen sollte, nicht indiskutabel schlecht verkörpert war, erschien dem Kommissar gerade dieses kurze Aufblitzen von Talent im Gesamtkontext erst als wirklich störend.

Während Boesherz nun vor seinem Fernseher saß, gingen ihm aber noch ganz andere Dinge durch den Kopf. Ferdinand hatte zum ersten Mal die Telefonnummer genutzt, die dessen Mutter im Fall eines Kontrollanrufes mittels Umleitung mit einer Studentin verband, die in die Rolle der Mutter von Tarek Krüger eingewiesen war. Die junge Frau, die gar nicht in Berlin lebte, war instruiert, diese gegen Bezahlung jederzeit glaubwürdig zu verkörpern.

Ferdinand selbst hatte einige Wochen nach Severins Umzug nach Berlin damit begonnen, seinen Eltern Schritt für Schritt die Wandlung vom Fan des Erstligisten Eintracht Frankfurt zum Berliner Club Hertha BSC glaubhaft zu machen, um auf diese Weise den Wunsch nach gelegentlichen Wochenendreisen in die Hauptstadt plausibel begründen zu können. Dies war ihm zuvor auch zweimal gelungen. Irgendwann hatten seine Eltern jedoch damit begonnen, sich um die Sicherheit ihres Sohnes zu sorgen, wenn er bei seinen Kurztrips in die Hauptstadt zusammen mit älteren Fußballfans in Jugendhostels wohnte. Insbesondere, nachdem sie in den Nachrichten von einem Überfall auf eine Gruppe Jugendlicher in einem solchen Hostel gehört hatten. Durch diesen unglücklichen Umstand war für Ferdinand die plausible Erfindung einer Privatunterkunft erforderlich geworden. Diese musste jedoch durch ein überzeugendes Nutzerprofil auf Facebook sowie durch selbst verfasste Chats über viele Wochen hinweg zunächst wirklichkeitsnah etabliert werden. Boesherz hatte dem Jungen dabei kaum zur Seite stehen können. Die Kommunikation der beiden außerhalb ihrer persönlichen Treffen beschränkte sich nur auf das Wesentlichste, und selbst dies erforderte äußerste Vorsicht und die Einhaltung strenger Regeln.

»Sehnsucht? Was ist Sehnsucht?«, fragte der Protagonist des Liebesfilmes, nachdem Severin gerade zum wiederholten Mal die Augen zugefallen waren.

»Du hast doch keine Ahnung«, antwortete der Kommissar flüsternd, bevor er sich wieder aufrecht hinsetzte, um seiner immer stärker werdenden Müdigkeit entgegenzuwirken.

Boesherz konnte beim besten Willen nicht erkennen, aus welchem Grund Matthais Mörder ihn auf diesen Film hingewiesen haben sollte. Die Ausstattung, die Kulissen, die Fahrzeuge – einfach nichts in diesem Machwerk erregte seine Aufmerksamkeit. Bislang war ihm keine einzige Sequenz des Filmes als irgendeine wie auch immer zu deutende Botschaft vorgekommen.

»Da ist was, ich weiß es«, machte er sich selbst Mut, bevor er sich wieder gähnend in seinen Sessel sinken ließ.

Erneut drifteten seine Gedanken zu Ferdinand ab, während die Handlung auf dem Bildschirm weiter dahinplätscherte. Der Junge war daran gewöhnt, seine Treffen mit Severin unter höchster Verschwiegenheit abzuhalten. Boesherz verließ sich dabei voll und ganz auf den Jungen, der äußerst aufgeweckt und für sein Alter auch bemerkenswert verlässlich war. Das *Berlin Dungeon* erschien dem Kommissar als idealer Treffpunkt. Nicht nur, dass er diese Attraktion in der Hauptstadt mit Ferdinand schon lange hatte besuchen wollen, sie bot den beiden darüber hinaus auch eine gewisse Abgeschiedenheit.

»Ich gehe jetzt in die Sakristei«, kündigte der Hauptdarsteller des Filmes gerade an, als Boesherz zu seinem Unbehagen bemerkte, dass er seine Augen erneut geschlossen hatte, ohne es zu wollen.

Bleib wach!, befahl er sich selbst, doch die Strapazen des vergangenen Tages hatten ihn zu viel Kraft gekostet.

Einige Minuten lang konnte er noch gegen seine Müdigkeit ankämpfen. Doch kurz bevor die Hauptdarsteller des Filmes einen irischen Pub betraten, versank Severin, ohne es selbst zu bemerken, schließlich doch in einen tiefen Schlaf.

KAPITEL 33

RHEINGAU.
SECHZEHN JAHRE ZUVOR.

Boesherz hatte wieder einmal nicht schlafen können. Leonores Vater und ihre Nichte waren, wie angekündigt, im Rheingau erschienen. Einige Tage würden sie bleiben, und es war offensichtlich, dass die beiden nicht daran interessiert waren, allzu viel Zeit mit Leonores Partner zu verbringen. Im Gegenteil, dass Boesherz seit dem Mord an Dr. Amthauer kaum noch zu Hause war, kam den beiden sogar zupass.

Wie schon viele Male zuvor war der Kommissar mitten in der Nacht in sein Büro gefahren und hatte sich wieder und wieder Akten und Tatortfotos angesehen. Irgendeinen Fehler musste der Täter einfach gemacht haben, davon war Boesherz überzeugt. Doch trotz dieser Gewissheit hatte er ihn noch immer nicht erkennen können. Egal, wie sehr er es auch versuchte.

»Du vernachlässigst sie, und das hat sie nicht verdient«, versuchte Schirlo zu Severin vorzudringen, als er ihn schon wieder viel zu früh an dessen Schreibtisch angetroffen hatte. »Eine Frau wie Leonore findest du nie wieder. Vielleicht findest du sogar nie wieder eine Frau.«

Die Wochen nach dem Mord an Dr. Amthauer waren die härtesten gewesen, die Boesherz in seiner beruflichen Laufbahn erlebt hatte. Bis zu dem Morgen, an dem die Sprechstundenhilfe ihren ausgeweideten Chef in dessen Sprechzimmer vorgefunden hatte, war die Karriere des Kommissars steil nach oben verlaufen. In Rekordzeit hatte er die Polizeifachschule mit Bestnoten abgeschlossen, und egal, vor welche Herausforderung ihn sein Beruf gestellt hatte, er hatte sie ohne nennenswerte Anstrengungen meistern können. Man hatte Boesherz eine große Karriere als Kriminalist vorausgesagt, in der sich ihm auf dem Weg von der Kripo zum LKA nichts und niemand würde in den Weg stellen können.

»Sie versteht mich«, verteidigte sich Severin, doch Schirlo ließ sich nicht darauf ein.

»Sie *erträgt* dich. Verständnis reicht weiter als Geduld.«

»Und wie weit reicht Liebe?«

Schirlo hatte seinem besten Mitarbeiter noch nicht erzählt, dass die hessische Staatsanwaltschaft ihm erst eine Stunde zuvor mitgeteilt hatte, dass die Ermittlungen um den Mord an Amthauer aufgrund anhaltender Erfolglosigkeit zurückgefahren werden würden.

»Liebe erträgt fast alles«, antwortete er. »Sogar einen Misserfolg. Sie hat viel für dich aufgegeben. Meinst du nicht, du kannst jetzt auch mal für sie etwas aufgeben?«

Boesherz erhob sich und kratzte sich dabei nervös an seinem Handgelenk, obwohl es gar nicht juckte. Er war leger mit einem blauen T-Shirt und ausgebleichter Jeans gekleidet.

»Den Fall? Aufgeben?«, zischte er ungläubig. »Damit dieser Kerl gewonnen hat?«

Severin sah auf die Weinberge hinaus, die sich den Rhein entlang erstreckten und in denen schon bald die Lese beginnen würde.

»Wir werden uns jetzt verstärkt um andere Fälle kümmern«, tastete sich Schirlo vor, dem klar war, welche Reaktion die Entscheidung des Staatsanwaltes bei seinem Mitarbeiter auslösen würde.

Zu seiner Überraschung reagierte Boesherz jedoch gelassen.

»Was auch sonst?«, fragte er und drehte sich wieder zu seinem Vorgesetzten um. »Die zahllosen schweren Verbrechen, mit denen uns das Leben zwischen Riesling und Spätburgunder konfrontiert, können schließlich nicht auf einen Kerl warten, der arglose Menschen in ihre Einzelteile zerlegt.«

»Die Ermittlungen sind ja nicht eingestellt. Aber wir müssen die Priorität reduzieren. Und seien wir mal ehrlich: Wenn wir den Kerl bis jetzt noch nicht haben, dann …«

»… du meinst, wenn *ich* ihn bis jetzt noch nicht habe?«

Schirlo überlegte sehr genau, wie er darauf antworten würde. Er hatte Severin schon einige Einzelgänge durchgehen lassen, und auch seine Kollegen respektierten dessen Eigenarten mittlerweile. Letztlich musste Boesherz aber auch lernen, die Entscheidungen seiner Vorgesetzten zu akzeptieren.

»Also gut«, lenkte Schirlo dennoch ein. »Ich lasse dich noch ein bisschen an dem Fall dran. Aber bitte denk an Leonore. Ich bin davon überzeugt, dass sie das Beste ist, was dir überhaupt passieren konnte. Und dieser Fall ist dabei, sie dir zu nehmen!«

Boesherz nickte verständnisvoll.

»Du hast ja recht«, gab er zu und schloss demonstrativ den Ordner mit den Tatortfotos. »Wenn ich Leonore verliere, dann könnte nichts mehr jemals wieder so sein, wie es war.«

»Du musst zu uns zurückkommen, dieser Mann wird dich ins Verderben reißen«, beschwor Heinz Klee seine Tochter.

Der knochige Pensionär mit den weißen Haaren, die er sich seitlich über den Kopf gekämmt hatte, starrte Leonore mit festem Blick aus seinen grauen Augen an. Er hatte sich mit seiner Tochter und deren Nichte Jessica in ein Restaurant im Touristenzentrum von Rüdesheim gesetzt, das nur wenige Kilometer von Oestrich-Winkel entfernt lag.

»Das wird er nicht«, wehrte sich Leonore. »Ich weiß, wo du

mich gern sehen möchtest. Aber das kannst du vergessen. Mit Severin wird alles anders sein, als es bisher war.«

»Großer Gott!« Heinz Klee musste sich beherrschen, um nicht mit der Faust auf den Tisch zu schlagen. »Er hat dich vollkommen von sich abhängig gemacht. Und jetzt kann er mit dir anstellen, was er will.«

»Mit mir anstellen, was er will?«, wiederholte Leonore, während sich direkt hinter ihrem Rücken unablässig Horden von Touristen durch die engen Gassen der Altstadt zwängten. »Du meinst wohl, das steht nur dir zu?«

»Du bist kein kleines Mädchen mehr«, widersprach Klee. »Für solche Bemerkungen ist die Lage zu ernst. Du weißt, was ich mit Mutter durchgemacht habe. Ihr konnte ich nicht mehr helfen, aber dir. Und das gebe ich nicht auf!«

Leonores Blick wanderte nun zu Jessica, die von ihrem Eisbecher aß und dabei so tat, als könne sie den Streit nicht hören. Die Teenagerin konnte jedoch nicht verbergen, wie nah auch ihr der Konflikt ging.

»Was sagst du denn dazu, Süße?«, brachte Leonore das Mädchen mit den ordentlich gebundenen Zöpfen nun ins Gespräch, während sich vor dem Lokal immer neue Touristen scharenweise durch die engen Gassen nahe dem Rhein schoben.

»Ich will, dass alles wieder wird, wie es war«, gab Jessica zur Antwort, ohne dabei von ihrem Eisbecher aufzusehen. »Komm wieder zurück, dann bin ich immer in deiner Nähe. Wir vermissen dich!«

Boesherz hatte bislang nicht viel Zeit mit Heinz und Jessica Klee verbracht. Die beiden Gäste hatten sich in einem kleinen Hotel in der Nähe von dessen Haus einquartiert und seit ihrem Eintreffen insgesamt nicht mehr als eine Stunde in Severins Beisein verbracht. Dieser war ohnehin mittlerweile fast rund um die Uhr damit beschäftigt, die Widersprüche und Denkkreise zu entwirren, die Amthauers Mörder hinterlassen hatte. Darüber, wie die Familie seiner Leonore über deren Beziehung dachte, machte er sich ohnehin keine Illusionen. Er hatte, dessen war er sich sicher, ohnehin nichts zu befürchten. Nicht jetzt, da hinter dem Rücken von Leonores Familie bereits die Hochzeitsvorbereitungen liefen.

»Jessimaus, ich vermisse euch ja auch«, ging Leonore auf ihre Nichte ein. »Aber ich habe mich nun mal entschieden. Hier ist mein neues Zuhause, und Severin ist mein Partner. Ich glaube ganz fest, dass Gott uns zusammengeführt hat.«

»Lass Gott da raus!«, fuhr Heinz Klee dazwischen.

Leonore überging den Einwurf.

»Ihr meint es sicher gut, aber ich werde nicht zurück ins Saarland kommen«, stellte sie stattdessen klar.

»Du hast alles für ihn aufgegeben«, mahnte ihr Vater zornig. »Deine Arbeit, deine Wohnung und, na ja, eben auch deine Familie.«

»Das habe ich nicht«, wehrte sich Leonore, auch wenn sie wusste, dass ihr Vater nicht ganz unrecht hatte.

»Wenn es wieder so schlimm wie damals mit dir wird, was wird dein Severin dann machen? Er hat nicht durchgemacht, was ich mit deiner Mutter durchgemacht habe.«

»Du kannst doch bei uns einziehen!«, fügte Jessica hinzu, deren Vater sich bereit erklärt hatte, seine Schwester im Fall einer Rückkehr ins Saarland für einige Zeit bei sich wohnen zu lassen.

»Meine schweren Zeiten sind überstanden«, versuchte Leonore die beiden noch immer zu beschwichtigen.

»Kind, das werden sie nie sein. Und du weißt das auch«, widersprach ihr Vater mit bebender Stimme. »Dieser Mann wird dein Untergang sein. Und das sage ich nicht, weil ich ihn nicht mag. Ich sage es, weil jeder Mann wie er dein Untergang wäre.«

Leonore schwieg dazu. Stattdessen sah sie Jessica an, deren

Selbstbeherrschung für ein Kind ihres Alters bemerkenswert ausgeprägt war.

»Süße, ich vermisse dich ja auch«, gestand sie dem Mädchen. »Aber es ist besser, wenn ich nicht in eurer Nähe bin. Wenn ich nicht in *deiner* Nähe bin.«

»Red doch keinen Müll«, platzte es nun aus dem Mädchen heraus.

Sie schob ihren Eisbecher so entschlossen von sich, als sei er ein Symbol ihrer kindlichen Naivität, stand von ihrem Stuhl auf und stützte sich wild entschlossen auf die Tischplatte, bevor sie hinzufügte:

»Und damit das klar ist – wenn er dir wehtut, dann bringe ich ihn um!«

KAPITEL 34

Olivia gähnte, als sie das Büro betrat. Wortlos schenkte sie sich einen großen Becher von dem Kaffee ein, den im LKA zwar niemand gern trank, der aber dennoch täglich literweise konsumiert wurde. Erst dann grüßte sie ihre Kollegen, die bereits mit Neuigkeiten auf sie gewartet hatten.

»Wir haben die Disc durchgecheckt«, berichtete Justin Hassenberg, der für die EDV zuständig war. »Eine stinknormale Kauf-DVD, keine geheimen Daten gespeichert. Auf dem Ding ist nichts drauf, was nicht drauf sein sollte.«

»Und Spuren?«, wandte sich Holzmann an Kleeberg von der Kriminaltechnik.

»Blitzblank poliert, kein einziger Fingerabdruck, kein Haar, keine Fluse. Nichts!«

»Dann müssen wir uns das Kunstwerk jetzt wohl ansehen, oder?«, stellte Olivia fest und fuhr das DVD-Fach ihres Rechners aus. »Oder hat sich Severin schon gemeldet? Der wollte sich den Film doch gestern noch angucken.«

Holzmann blickte in ratlose Gesichter.

»Na gut, also dann«, ergriff sie die Initiative. »Einer muss mit gucken, gibt es einen Freiwilligen?«

In der Runde, die bis auf Olivia ausschließlich aus Herren bestand, mochte sich keiner so recht dazu bereit erklären, einen vermutlich sentimentalen Liebesfilm anzusehen.

»Okay«, verkündete Olivia daher spontan. »Dann lassen wir den Zufall entscheiden. Der Nächste aus unserem Team, der zur

Tür reinkommt, muss mit gucken. Ist in drei Minuten noch keiner reingekommen, muss Dennis ran.«

»Vergiss es, ich muss zu der Autovermietung«, wehrte sich dieser eilig. »Und dann klappere ich noch fünf Praxen von Chirurgen ab. Wie lange dauert denn der Schinken?«

»Keine anderthalb Stunden«, beschwichtigte Olivia ihren Kollegen, zog einen zweiten Stuhl vor ihren Monitor und sah auf die Uhr. »Noch zwei Minuten. Gieß dir besser schon mal Kaffee ein!«

»Worauf willst du denn überhaupt achten?«

»Auf die Handlung. Ob es Parallelen zu unserem Fall gibt. Oder irgendwelche Textpassagen, die auffällig sind.«

Dennis schmunzelte milde.

»Laut Klappentext geht es in dem Film um eine unerfüllte Liebe«, hielt er seiner Kollegin entgegen. »Du solltest weder allzu viel Handlung noch wichtige Dialoge erwarten.«

Olivia sah erneut zu der Uhr, die über der Eingangstür aufgehängt war. Schmunzelnd stellte sie fest: »Noch eine Minute!«

»Na gut«, kapitulierte Dennis. »Dann hau den blöden Film schon …«

Weiter kam er nicht. Mit einem Ruck, der von Energie und Tatendrang zeugte, wurde von außen die Tür geöffnet, und Rupert Schirlo betrat das Großraumbüro.

»Rupert! Schön, Sie zu sehen!«, rief Dennis ihm strahlend entgegen, sprang von seinem Stuhl auf, zog seine Jacke über und griff sich die Liste mit den Adressen, die er nun aufsuchen wollte.

»Ist was Besonderes passiert?«, entgegnete dieser verwundert.

Dennis klopfte ihm mit einem Zwinkern auf die Schulter.

»Allerdings. Ein Junge ist unglücklich in seine Klassenkameradin verliebt.«

»Dann sollten wir wohl besser schnell eine Sonderkommission ins Leben rufen«, spottete Schirlo, der keine Ahnung hatte, worum es ging.

Dennis lachte.

»Das haben wir schon«, antwortete er.

Und bevor er schließlich das Büro verließ, drehte er sich noch einmal um. Feixend wiederholte er:

»Das haben wir schon!«

KAPITEL 35

Das Summen des Weckers auf seinem Nachttisch hatte Boesherz vom Wohnzimmer aus nicht hören können. Noch immer lag er so, wie er in der Nacht zuvor eingeschlafen war, auf seiner Couch. Auf dem Bildschirm seines Fernsehers war schon lange nur noch das Startmenü des Filmes zu sehen, vor dem er Stunden zuvor eingeschlafen war.

»Es ist viel zu gefährlich, Hase«, flüsterte er im Halbschlaf vor sich hin. »Du musst zu Hause bleiben.«

Noch hatte keiner seiner Kollegen bei Boesherz angerufen, um sich zu erkundigen, wo er steckte. Die Teambesprechung war erst für den frühen Nachmittag angesetzt, und aufgrund seiner Position als Leiter der Ermittlungen bestand zunächst für niemanden ein Anlass, wegen der Abwesenheit des Kommissars besorgt zu sein.

»Wenn es erledigt ist, kannst du zu mir kommen, Süßer.«

Draußen vor dem Fenster bellte ein Hund. Einen kurzen Moment lang öffnete Severin seine Augen und blickte matt und verwirrt durch die große Fensterfront seines Balkons auf die Straße hinaus.

Wie spät ist es?, schoss es ihm durch den Kopf.

»Wie viele Menschen sind eigentlich an der Entstehung eines Filmes beteiligt?«, fragte Schirlo Olivia, nachdem die beiden bereits zwei Drittel von *Träumereien und andere Lebensweisheiten* gesehen hatten. »Das kann doch nicht sein, dass kein einziger

Beteiligter während der gesamten Entstehung dieses Blödsinns bemerkt hat, dass das alles Mist ist.«

»Vermutlich stecken da einfach viel zu viele Entscheider mit drin«, spekulierte Olivia. »Wenn du eine gute Idee zerstören willst, dann lass ein Gremium darüber beraten …«

Frei von Überraschungen schleppte sich der Film dahin. Anfangs hatten die beiden Kommissare sich noch über die unfreiwillige Komik amüsiert, bald war ihnen aber auch dieses Lachen im Halse stecken geblieben.

»Was sagt Severin denn zu dem Kunstwerk?«, erkundigte sich Schirlo beiläufig.

»Er hat sich noch nicht gemeldet. Aber ich bin mir sicher, dass wir es als Erste erfahren, wenn er was rausfindet.«

Schirlo verzog missmutig seine Mundwinkel, bevor er antwortete: »Da seien Sie sich mal nicht so sicher …«

Boesherz war aufgesprungen, hatte seine Gedanken gesammelt und war eilig ins Badezimmer gelaufen. Es war bereits nach zehn Uhr, und wenn er pünktlich im *Berlin Dungeon* sein wollte, konnte er vorher unmöglich noch ins LKA fahren. Andererseits stand die Auflösung des nächsten Rätsels unmittelbar bevor, und es erschien ihm kaum denkbar, dass seine Kollegen diese ohne seine Beteiligung würden bewerkstelligen können.

Ferdi muss schon auf dem Weg sein, überlegte er, während er hastig Shampoo in seine Haare einmassierte. *Ich habe den Film nicht zu Ende gesehen, schaffe ich das noch?*

Gegenüber der gläsernen Duschkabine hatte Boesherz ein goldenes Wandtattoo befestigt, das eine Uhr darstellte, in deren Mitte echte Zeiger angebracht waren.

Verdammt, entweder gucke ich mir den Film an oder ich treffe Ferdi, erkannte er, nachdem er festgestellt hatte, dass beides innerhalb der kurzen Zeit nicht mehr möglich war.

Dann stieg er aus der Dusche, warf seinen Bademantel über und öffnete den Wandschrank, in dem die Gegenstände verstaut waren, die nicht allein der Dekoration des Raumes dienten. Er betrachtete seine Auswahl an edlen Herrendüften.

»Das magst du doch am liebsten, Ferdimaus«, entschied Boesherz schließlich und sprühte sich mit *Antaeus* von Chanel ein.

»Und warum gehen die jetzt in den Pub?«, versuchte Olivia noch immer tapfer der Handlung zu folgen.

Weder ihr noch Schirlo war bislang etwas Besonderes an dem Film aufgefallen. Zeitweilig hatten sie sogar vergessen, dass sie nicht auf die zahlreichen Logik- oder Anschlussfehler, sondern auf relevante Passagen zu ihrem Mordfall achten sollten.

»Ich glaube, das ist eine alte Tradition von den Jungs«, bemühte sich Schirlo darum, am Ball zu bleiben.

»Die waren doch erst einmal zuvor in Irland. Wie kann denn nach einem Jahr eine *Tradition* entstanden sein?«

Anstatt sich darum zu bemühen, eine Antwort darauf zu finden, stand Schirlo auf und ging zum mittlerweile dritten Mal zum Kaffeeautomaten.

»Moment mal!«, rief Holzmann plötzlich.

Schirlo drehte sich überrascht um. Er hatte mittlerweile kaum noch damit gerechnet, dass die Sichtung des Filmes tatsächlich zu irgendetwas führen würde.

»Da war was!«, berichtete Olivia, nachdem ihr Kollege eilig wieder Platz genommen hatte. »Ich spule noch mal zurück!«

Üblicherweise wäre Boesherz durch die Eingangstür seines Wohnhauses nach vorn zur Straße gelaufen, hätte das Garagentor geöffnet und wäre mit seinem Phaeton losgefahren. An diesem Tag jedoch hatte er zunächst sein Haus verlassen und war nach wenigen Metern in das Nachbarhaus gegangen, um von dort aus unbemerkt in die Tiefgarage zu gelangen. Aus dem Kofferraum seines Autos hatte er dann eine beige Flanellhose, den grauen Rollkragenpullover und dunkle Turnschuhe genommen und sich damit bekleidet. Danach hatte er sich eine Mütze und eine Brille ohne Sehstärke aufgesetzt, bevor er schließlich vorsichtig die Garage verließ, um durch den Garten des Hauses unbemerkt vom Grundstück zu gelangen. Es waren nur wenige Hundert Meter bis zum S-Bahnhof Schlachtensee, doch Boesherz achtete genau darauf, dass ihm niemand folgte. In etwa einer halben Stunde würde er den Fernsehturm in Berlin-Mitte erreicht haben, in dessen Laufnähe sich das *Berlin Dungeon* befand.

»Verdammt, was ist das?«, wunderte sich Schirlo, nachdem sie sich die Szene in dem Pub bereits zum fünften Mal angesehen hatten.

»Merken Sie es also auch?«

»Ja, irgendwas kommt mir bekannt vor. Ganz komisch.«

Olivia stand auf, sah in die Runde der eifrig arbeitenden Kollegen und rief ihnen zu: »Kommt mal alle her! Das müsst ihr euch angucken!«

Weitere drei Male sahen sich die anwesenden Teammitglieder den Ausschnitt an. Dann plötzlich, wie aus heiterem Himmel, schlug Rupert Schirlo sich die flache Hand gegen die Stirn.

»Das kann doch nicht wahr sein!«, rief er aus. »Ich brauche sofort die Nummer der Produktionsfirma!«

Und während Olivia und ihre Kollegen noch immer nicht verstanden hatten, was an der Filmsequenz letztlich entscheidend gewesen war, griff Schirlo auch schon zum Hörer. Bevor er die gesuchte Nummer im Internet schließlich herausgefunden hatte, versprach er in die Runde: »Wenn das stimmt, was ich glaube, dann sind wir gerade auf eine echte Sensation gestoßen!«

KAPITEL 36

Oh Gott, ich habe die Pest!«, entfuhr es Ferdinand, während er mit dramatischem Augenspiel auf den Zettel in seiner Hand sah. »Und du?«

Boesherz trat demonstrativ einen Schritt von dem Jungen zurück und griff mit furchterfülltem Blick in seine Hosentasche, um ihr eine Münze zu entnehmen. Dann rubbelte er damit die entscheidende Fläche auf dem Zettel frei, den man ihm an der Kasse ausgehändigt hatte. Nach einigen Sekunden atmete er erleichtert auf und zeigte seinem jugendlichen Begleiter das Feld, auf dem deutlich *NICHT INFIZIERT!* zu lesen war.

»Was sollen wir jetzt tun?«, scherzte Boesherz mit weinerlichem Ausdruck. »Soll ich dich zurücklassen, so lange es noch möglich ist? Oder gemeinsam mit dir in den sicheren Tod gehen?«

Ferdinand griff den Impuls auf und senkte seinen Kopf demütig, bevor er antwortete: »Lass mich zurück, ich halte dich doch nur auf!«

Das *Berlin Dungeon* befand sich zwischen dem Fernsehturm am Alexanderplatz und dem Hackeschen Markt. Schon von außen warnte es seine Besucher vor einer bevorstehenden Zeitreise durch Hunderte Jahre voll furchtbarer Kapitel der Berliner Geschichte, beginnend mit dem Ausbruch der Pest, welche die Hälfte aller Besucher bereits vor ihrem Eintritt in die Verliese befallen würde. Die Zettel, denen Boesherz und Ferdinand ihre entsprechenden Diagnosen entnommen hatten, würden Einfluss auf den weiteren Verlauf haben, in dem die Besucher ebenso stimmungs- wie effektvoll zum Gruseln und Lachen gleichermaßen gebracht werden würden.

»So, dann kommen Sie doch bitte mal her, wir müssten da noch etwas machen«, bat eine Mitarbeiterin Boesherz und dessen Begleiter.

Damit führte sie die beiden zu einem Fotopoint, an dem die Gäste vor ihrem Eintritt in die Welt des Grauens Gelegenheit hatten, ein originelles Bild von sich anfertigen zu lassen. Vor der Kulisse eines mittelalterlichen Kerkers mit blutverschmierten Beilen an der Wand konnte ein Gast seinen Kopf auf einem Balken ablegen, während dessen Begleiter mit einer Axt aus Kunststoff dahinter posierte, als stehe er unmittelbar davor, sein vermeintliches Opfer zu enthaupten. Im Anschluss an den Besuch hatten die Gäste dann Gelegenheit, diese Aufnahme zu erstehen, was viele Besucher auch gern in Anspruch nahmen. Boesherz hingegen reagierte vollkommen anders, als es die Mitarbeiterin gewohnt war.

»Kein Foto!«, entfuhr es ihm zwar nicht unfreundlich, aber doch etwas zu hastig, als dass es unauffällig gewesen wäre.

Ferdinand, dem die überraschte Reaktion der Mitarbeiterin nicht entgangen war, sprang ihm sofort zur Seite.

»So ist er halt«, erklärte er mit einem schelmischen Strahlen, das für einen Moment seine Zahnspange aufblitzen ließ. »Wenn die Haare nicht sitzen, geht er nicht mal an einem Spiegel vorbei …«

»Ich verstehe«, lenkte die Fotografin schmunzelnd ein, ließ von ihrem Vorhaben ab und bat die nächsten Besucher zum Fotoshooting.

»Wir sind gesehen worden«, gestand Boesherz Ferdinand jetzt, nachdem sie wieder unter vier Augen miteinander sprechen konnten. »Ich wollte dir schon mitteilen, dass du erst mal nicht mehr zu mir kommen kannst.«

Die Bemerkung traf Ferdinand vollkommen unerwartet. Überrascht fragte er: »Wie kann das denn passieren? Wir passen doch auf wie die Blöden.«

»Ein dummer Zufall!«

»Fuck, das kann doch nicht sein! Du sagst doch selbst immer, dass von allen möglichen Erklärungen der Zufall immer die mit Abstand unwahrscheinlichste ist.«

Boesherz konnte nicht widersprechen.

»Einmal musste das ja passieren«, resignierte er.

»Und haben wir jetzt ein Problem?«

Ferdinands Stirn war in tiefe Falten gelegt.

»Nein, keine Angst, ich habe alles unter Kontrolle. Hoffentlich.«

Genau in diesem Moment öffnete sich die Eingangspforte zum *Dungeon,* und ein unheimlicher Hofnarr nahm die Gruppe der Besucher mit unterhaltsamer Theatralik in Empfang.

Zunächst wurden die Gäste anhand ihrer Loskarten in *Gesunde* und *Infizierte* unterteilt, was zur Folge hatte, dass Boesherz und Ferdinand sich nach der Einleitung des Hofnarren für einen Augenblick trennen mussten. Die beiden Gruppen wurden nämlich in unterschiedlichen Fahrstühlen, begleitet von Licht- und Toneffekten, stimmungsvoll in die Tiefen der Welt des Schreckens befördert, die der Narr ihnen auf bedrohliche Weise angekündigt hatte.

»Und dir ist heute garantiert niemand gefolgt?«, flüsterte Boesherz Ferdinand ins Ohr, als sich die beiden Gruppen nach dem Ausstieg aus dem Fahrstuhl wieder zusammengefunden hatten.

»Nein«, flüsterte der Junge.

»Gut. Die Leute hier sind auch alle sauber.«

Boesherz hatte während seiner Fahrt nach Berlin-Mitte so viel Umsicht walten lassen, wie er nur konnte. Er musste sich zunächst absolut sicher sein, dass ihm niemand gefolgt war, bevor er Ferdinand, der vor dem Eingang des *Dungeon* auf ihn gewartet hatte, schließlich begrüßte. Zunächst hatte Boesherz daher jeden, der sich für die anstehende Führung durch das Verlies angemeldet hatte, genau unter die Lupe genommen. Dabei war er zu dem Schluss gekommen, dass sein Treffen mit dem eher unauffälligen Teenager auch dieses Mal unbemerkt bleiben würde.

Ferdinand hatte mit einer Reaktion auf Boesherz' Eintreffen ebenfalls zunächst abgewartet. Zwischen den beiden war klar vereinbart, dass der Junge den Kommissar erst dann zur Kenntnis nehmen durfte, wenn dieser ihn offiziell begrüßt hatte. Wäre Boesherz auch nur der leiseste Verdacht gekommen, man könne ihn verfolgt oder in eine Falle gelockt haben, wäre er scheinbar gleichgültig in Richtung Hackescher Markt weitergegangen. Ferdinand hätte daraufhin noch etwa eine Viertelstunde abgewartet, bevor er mit gespielter Teilnahmslosigkeit in die entgegengesetzte Richtung zum Alexanderplatz verschwunden wäre. Die beiden hatten diese Regeln schon vor einiger Zeit festgelegt, und jeder von ihnen hatte sie stets minutiös befolgt.

Nachdem im Verlies zunächst ein furchterregender Mönch unheilschwanger über die Geschichte Berlins im vierzehnten Jahrhundert berichtet hatte, waren die Gäste von einer scheinbar mit der Pest infizierten Schauspielerin mittels einer inszenierten Floßfahrt über die Spree *in Sicherheit* gebracht worden. Ein Versprechen, das sich als trügerisch entpuppen sollte, fanden die erstaunten Besucher sich doch kurz darauf in einer Arztpraxis wieder. Die Behandlung würde jedoch nicht von dem angekündigten Pestdoktor durchgeführt werden. Dieser lag nämlich – selbst von der tödlichen Seuche dahingerafft – tot und ausgeweidet auf seinem eigenen Behandlungstisch.

»Sieht verdammt echt aus«, bestätigte Severin, während Ferdinand interessiert die hochwertige Wachsnachbildung des toten Arztes betrachtete. »Trotzdem würde ich gern mal wieder in eine Arztpraxis gehen, in der kein ausgeweideter Doktor liegt.«

Ferdinand griff die Bemerkung auf.

»Musst du heute gar nicht arbeiten?«

Severin zögerte einen Sekundenbruchteil zu lange mit seiner Antwort. Unverzüglich packte Ferdinand ihn am Handgelenk und flüsterte ihm eindringlich zu: »Du kannst dich doch nicht in deiner Arbeitszeit mit mir treffen? Was willst du denen denn erzählen, wo du warst?«

Boesherz atmete tief durch.

»Ich muss immer arbeiten. Und du weißt ganz genau, dass ich lieber einen Mörder zwei Tage länger frei rumlaufen lasse, als ein Treffen mit dir abzusagen.«

Noch bevor Ferdinand eine Anmerkung dazu machen konnte, begann nun eine weitere Schauspielerin damit, den vermeintlich toten Arzt unter den Augen der ebenso ängstlichen wie vergnügten Gäste äußerst grobmotorisch zu sezieren.

»Verdammt, wo steckt er denn?«, fluchte Rupert Schirlo, der bereits zum zehnten Mal versuchte, Boesherz auf dessen Handy zu erreichen. »Hat heute überhaupt schon jemand mit ihm gesprochen?«

Unverzüglich nach ihrer Entdeckung hatten Olivia und Schirlo alles Erforderliche in die Wege geleitet. Castella hatte den Staatsanwalt kontaktiert, und ein Sondereinsatzkommando war gebildet worden. Parallel wurde die Anschrift des Darstellers, der den Barmann in dem irischen Pub gespielt hatte, ermittelt. Der Einsatz stand unmittelbar bevor.

»Er hatte gestern einen harten Tag«, versuchte Olivia Severin in Schutz zu nehmen. »Vielleicht ist er ja auch irgendwo hingefahren. Ich weiß es nicht. Jedenfalls würde er sich sofort melden, wenn er etwas rausgefunden hätte.«

»Das ist mir jetzt auch egal«, kürzte Schirlo ab. »Er hat uns schon genug Zeit gekostet!«

Olivia versuchte daraufhin ebenfalls noch einmal, Boesherz telefonisch zu erreichen. Als sie keinen Erfolg damit hatte, zog sie schließlich ihre kugelsichere Weste über, kontrollierte das Magazin ihrer Dienstwaffe und folgte ihren Kollegen dann zu den Einsatzfahrzeugen.

Severin und Ferdinand hatten sowohl die Qualen der Folterkammer als auch die wenig objektiv, dafür aber umso unterhaltsamer geführte Verhandlung des Scharfrichters überstanden. Im Anschluss daran waren sie durch ein Spiegelkabinett hindurch in einen Raum geführt worden, in dem alle Besucher auf Särgen Platz nehmen mussten. Es stellte sich heraus, dass es sich um eine originalgetreue Kopie der Gruft unter dem Berliner Dom handelte. In deren Mitte stand eine Nachbildung des Sarges von Friedrich Ludwig, welcher der Sohn des Soldatenkönigs Friedrich Wilhelm I. gewesen war.

»Wann kommst du denn heute ins Hotel?«, fragte Ferdinand leise, während die Gruppe angespannt auf den nächsten Schauer wartete.

»So bald ich kann …«

Während der Junge aufmerksam den Raum daraufhin überprüfte, welche Schrecken angesichts der technischen Gegebenheiten wohl als Nächstes zu erwarten sein würden, berichtete er stolz: »Meine Mutter schnallt echt gar nichts. Unsere Tarnung ist perfekt!«

Boesherz senkte den Kopf.

»Mach dich nicht über sie lustig. Was wir hier abziehen, ist ziemlich unfair, und wenn sie das irgendwann rausfindet, kann es ihr Vertrauen zu dir schwer beschädigen.«

Ferdinand zuckte nur mit den Schultern.

»Dann findet sie es eben nicht raus.«

In diesem Moment betrat ein düsterer Herr die Gruft, der sogleich damit begann, die Geschichte der *weißen Frau* zu erzählen. Im siebzehnten Jahrhundert habe der Geist der Verzweifelten nach deren schrecklichem Tod zu spuken begonnen, und wann immer man seither die weiße Frau gesichtet habe, sei der Tod ihr auf den Fersen gefolgt. Ein Aufschrei ging durch das Publikum, als sich der Kerzenleuchter auf dem Sarg Friedrich Ludwigs wie von Geisterhand zu bewegen begann und plötzlich mit ungeahnter Wucht ein Luftzug durch die Gruft fuhr, dem absolute Dunkelheit folgte.

»Ich bin da«, flüsterte Severin und griff Ferdinands Hand.

Der Junge erwiderte den Druck, und noch bevor ein weiteres Wort möglich war, fuhr ein Blitz durch die Gruft, in dessen Licht eine in Weiß gekleidete Frau zu erkennen war, die mit schrecklicher Fratze inmitten der Besucher stand, obwohl sich nirgendwo im Raum eine Tür geöffnet hatte. Während die Besucher vor Schreck zusammenfuhren, erlosch das Licht wieder und kaum, dass ein paar Sekunden vergangen waren, wurde es wieder hell in der Gruft. Die weiße Frau war auf so unerklärliche Weise wieder verschwunden, wie sie zuvor erschienen war.

»Glaubst du eigentlich an so was?«, fragte Ferdinand, nachdem der Gruftwächter die Besucher auf den Weg zur letzten Station des *Dungeon* geschickt hatte.

»An Gespenster?«

»Daran, dass die Seelen der Toten nicht ruhen können, solange sie noch keinen Frieden gefunden haben.«

Boesherz schmunzelte und legte seinen Arm um Ferdinand.

»Ich glaube, dass es eher die Seelen der Lebenden sind, denen das nicht gelingt.«

Ferdinand behielt seinen Kommentar dazu für sich.

»Jetzt kommen wir in die Metzgerei von Carl Grossmann«, kündigte er stattdessen an.

»Den hat es wirklich gegeben«, wusste Boesherz zu berichten. »Ein Serienmörder, der bis zu hundert Frauen umgebracht und dann vermutlich zu Wurst verarbeitet hat.«

»Vermutlich?«

»Na, unsere heutigen kriminaltechnischen Möglichkeiten hatten die Berliner im neunzehnten Jahrhundert noch nicht. Genanalysen waren nicht möglich.«

Ferdinand schmunzelte spitzbübisch.

»Aber man hätte doch den Geschmacksvergleich machen können«, schlug er vor.

»Ich mache gleich den Geschmacksvergleich mit dir, du Nase!«, antwortete Severin und tat so, als wolle er Ferdinand in den Nacken beißen.

Der Junge sprang lachend zurück und rempelte dabei einen stämmigen Herrn an. Er entschuldigte sich höflich bei dem Mann, bevor die Besucher schließlich in die Metzgerei des Serienmörders geführt wurden. Dort, so hieß es, werde ihnen der grausame Schlächter möglicherweise persönlich begegnen.

»Meinst du, du hättest diesen Grossmann damals geschnappt?«, fragte Ferdinand, als bald darauf die bedrohlich erscheinende Silhouette des Mörders hinter dem Fenster auftauchte und sich auf die Eingangstür zubewegte.

»Mit Sicherheit«, erhielt er zur Antwort. »Aber wenn seine Würste gut geschmeckt hätten, hätte ich ihn vielleicht wieder laufen lassen. Das Essen in Berlin lässt nämlich stark zu wünschen übrig.«

Weiter kam Boesherz nicht, denn plötzlich ging ein weiteres

Mal das Licht aus und die Stimme von Carl Grossmann, der vor fast hundert Jahren in seiner Berliner Gefängniszelle Selbstmord begangen hatte, schien den beiden direkt ins Ohr zu flüstern. Als der unheimliche Mörder scheinbar direkt hinter Ferdinand stand, griff dieser im Dunkel erneut nach Severins Hand.

»Bist du jetzt auch noch da?«, fragte er leise.

Boesherz lächelte zufrieden und erwiderte den Druck. Dann flüsterte er: »Ich bin immer für dich da.«

KAPITEL 37

Dennis' Blicke konnten sich kaum von den Fahrzeugen lösen, die auf dem Hof des Unternehmers abgestellt waren. Neben einem klassischen Rolls-Royce Silver Spirit aus den Achtzigerjahren und einem nur wenige Jahre alten Maybach parkte eine Lincoln Stretchlimousine, die in ihrem Fond bequemen Platz für acht Personen bot. Die meisten Luxuswagen aus dem Angebot des Vermieters waren gerade auf den Straßen von Berlin und Brandenburg unterwegs, doch allein schon die noch vorhandenen acht Fahrzeuge fesselten den jungen Kommissar so sehr, dass er fast sein eigentliches Anliegen vergessen hätte.

»Sie haben in Ihrem Bestand einen Volkswagen Phaeton?«, erkundigte er sich bei Wolfgang Lenz, dem Inhaber der Luxuswagenvermietung.

»Ja, die Langversion. Sehr schönes Fahrzeug, aber leider im Moment vermietet.«

Das Gelände des Unternehmers befand sich in Ludwigsfelde, das zwar in der Nähe Berlins lag, jedoch zu Brandenburg gehörte. Castella hatte mit ihrem Kollegen aus dem benachbarten Bundesland ein kurzes, freundliches Telefonat geführt, in dem dieser ihr zugesagt hatte, im Falle auftretender Schwierigkeiten einen seiner Mitarbeiter mit offiziellen polizeilichen Befugnissen an Dennis' Seite zu stellen. Bislang war dies jedoch nicht erforderlich geworden.

»Deswegen bin ich hier«, fuhr Dennis Baum fort und zeigte

diskret seine Dienstmarke vor. »Ich würde gern wissen, wer den Wagen gemietet hat. Und wann.«

Lenz sah seinen Gesprächspartner besorgt an.

»Ist was passiert?«

»Möglicherweise schon, aber keine Angst, mit Ihrem Wagen ist alles in Ordnung. Wir interessieren uns für den Mieter.«

Sichtlich erleichtert entspannte sich Lenz wieder und forderte den Kommissar auf, ihm in sein Büro zu folgen. Dennis hatte dabei Schwierigkeiten, seine Aufmerksamkeit von den Fahrzeugen abzuwenden, von denen er jedes einzelne am liebsten unverzüglich mitgenommen hätte.

»So, dann sehen wir mal«, kündigte Lenz an, während er auf seinem Rechner die Daten zu dem Phaeton aufrief. »Ah, da haben wir ihn ja.«

Dennis war zeitlich angespannt, denn er hatte noch eine lange Liste von Adressen abzuarbeiten, an denen er sich Aufschlüsse über Ismaels Identität erhoffte.

»Ja, der Phaeton ist noch bis morgen Abend vermietet«, berichtete Lenz. »Abgeholt wurde er vorgestern früh.«

»Und wer ist der Mieter?«, drängte Dennis, während er dabei unwillkürlich durch das Fenster auf die Figur *Spirit of Ecstasy* auf der Kühlerhaube des Rolls-Royce blickte, die im Volksmund oft fälschlicherweise als *Emily* bezeichnet wurde.

»Sie wissen schon, dass ich nicht so einfach Auskunft über die Daten meiner Kunden geben kann?«

Dennis kniff für einen kurzen Moment die Augen zusammen. Würde Lenz sich weigern, die Information freiwillig herauszugeben, müsste er tatsächlich die Amtshilfe seiner Brandenburger Kollegen anfordern, was wertvolle Zeit kosten würde.

»Wir vermuten, dass der Mieter mit Ihrem Fahrzeug ein Verbrechen plant«, improvisierte er daher. »Es wäre denkbar, dass er den Wagen in der Innenstadt in die Luft sprengt.«

Dennis' List zeigte unverzüglich Wirkung. Die Vorstellung, seinen voll ausgestatteten Phaeton nur noch in Einzelteilen zurückzubekommen, veranlasste Lenz dazu, den Namen des Mieters preiszugeben.

»Also gut, der Wagen ist bei einem Herrn Matthai. Paul Matthai.«

Dennis war zwar nicht davon überrascht, dass ihn der Mietwagen nicht auf direktem Weg zu Ismael führte, dennoch konnte er eine gewisse Enttäuschung nicht verleugnen. Anscheinend hatte Ismael dem zuvor von ihm ermordeten Matthai die erforderlichen Unterlagen zur Anmietung eines Fahrzeuges abgenommen und diese – was Dennis besonders perfide erschien – im Anschluss daran wieder bei dem Toten deponiert. Schließlich waren alle persönlichen Papiere des Lehrers in dessen Wohnung vorgefunden worden. Immerhin, so erkannte Dennis, war es Ismael auf diese Weise zwar gelungen, seine Identität zu verheimlichen. Dennoch musste es jemanden gegeben haben, der dem Fahrzeugvermieter persönlich gegenübergetreten war.

»Wie hat der Mann denn ausgesehen?«, erkundigte er sich daher.

Lenz musste passen.

»Ich war nicht da, als der Wagen abgeholt worden ist«, berichtete er. »Glauben Sie wirklich, der Mieter ist ein Terrorist? So eine Publicity könnte ich wirklich gar nicht gebrauchen. Was meinen Sie, was ich für meinen Fuhrpark an Krediten laufen habe?«

»Wer hat den Phaeton denn übergeben?«

»Das war meine Frau, sie war vorgestern den ganzen Tag mit dem Laden allein.«

»Ich muss bitte mit ihr sprechen, vielleicht kann sie den Mieter ja beschreiben.«

Lenz musste nicht lange überlegen, bevor er zum Hörer griff

und seine Frau anrief. Er erklärte ihr in knappen Worten die Situation und übergab den Hörer dann an den Kommissar.

»Wissen Sie noch, wie der Kunde ausgesehen hat?«, erkundigte sich Dennis bei seiner Gesprächspartnerin.

»Allerdings«, erwiderte diese zu Dennis' Erleichterung. »Ich treffe in meinem Beruf ja viele auffällige Menschen. Immerhin vermieten wir ja hauptsächlich für Hochzeiten, Galas oder Promiveranstaltungen. Aber dieser Matthai war schon sehr ausgefallen.«

»Was war denn so Besonderes an ihm?«, drängte Dennis und drehte sich dabei so herum, dass er nun weder die luxuriösen Fahrzeuge noch den nervös hinter seinem Schreibtisch auf und ab gehenden Lenz im Blickfeld hatte.

»Also, am auffälligsten war seine Kleidung«, begann die Frau so selbstbewusst, dass Dennis geneigt war, ihrer Beschreibung zu glauben.

Und mit jedem Wort, das sie von nun an sprach, wuchs die Anspannung des jungen Ermittlers weiter an. So lange, bis sie sich schließlich in nur einem einzigen Wort entlud.

»Unfassbar!«

KAPITEL 38

»Wo hast du denn die ganze Zeit gesteckt?!«

Etwas war anders als sonst, und Severin wusste es sofort. Olivia hatte ungeduldig etwa hundert Meter vom Wohnhaus des Schauspielers entfernt am Straßenrand auf Boesherz gewartet. Es war offensichtlich, dass sie beabsichtigte, ihn abzufangen, bevor er Rupert Schirlo in die Arme laufen würde.

Unmittelbar nachdem er mit Ferdinand das *Berlin Dungeon* verlassen und sein Handy wieder aktiviert hatte, waren dem Kommissar die zahlreichen entgangenen Anrufe angezeigt worden. Die Tour durch das mittelalterliche Berlin hatte etwa eine Stunde beansprucht, doch genau während dieser Zeit schien sich im Fall Ismael etwas Entscheidendes getan zu haben. Sofort hatte Boesherz Ferdinand hundert Euro in die Hand gedrückt und ihn aufgefordert, sich bis zum Abend allein in Berlin zu beschäftigen. Später, so hatten sie besprochen, würde er den Jungen dann in dessen Hotel aufsuchen, wo sie ihre Pläne für den kommenden Tag besprechen und anschließend essen gehen wollten.

»Ihr dachtet, ihr verhaftet jemanden, aber ihr habt nur eine Leiche gefunden«, stellte Boesherz fest, bevor Olivia auch nur ein Wort sagen konnte. »Die Einsatzfahrzeuge sind zwar die, die zu einer Verhaftung ausrücken würden. Aber der Leichenwagen verkündet etwas anderes. Es hätte natürlich eine missglückte Verhaftung mit Todesopfer gewesen sein können, aber dann wären wir beide jetzt nicht hier, sondern im Krankenhaus oder im

LKA. Wir haben da drinnen also wieder etwas Unerwartetes, oder?«

Olivia schien die Worte ihres Kollegen gar nicht wahrgenommen zu haben.

»Severin«, bereitete sie ihn stattdessen auf die bevorstehende Sichtung des Tatorts vor. »Hast du dir diesen Film denn gestern nicht angeguckt?«

»Nur zum Teil. Dann bin ich eingeschlafen, er war …«

»… total blöd und langweilig, ja, ich weiß. Aber trotzdem, wir haben etwas darin gefunden. Ist dir denn wirklich nichts aufgefallen?«

Anstatt die Frage zu beantworten, betrachtete Boesherz die Lage noch etwas genauer. Hier, im Stadtteil Schöneberg, gab es eine Vielzahl wenig attraktiver Betonbauten, in denen zahlreiche Sozialwohnungen den weniger erfolgreichen Menschen in der Hauptstadt Unterkunft boten. Wer immer in dem Haus, das fast vollständig mit Graffiti besprüht war und vor dem es nach einer Mischung aus Urin und Hundekot roch, gelebt hatte, war kein Mitglied der Berliner High Society gewesen.

»Also gut, warum wartest du vor dem Haus auf mich?«, wollte Boesherz nun wissen. »Worauf muss ich vorbereitet sein, bevor ich da reingehe?«

»Du hast wirklich keine Vorstellung, oder?«

»Wir haben einen Toten, der in einer bizarren Situation inszeniert ist, und eine Wohnung, die ein Rätsel versteckt, das uns zu einem neuen Hinweis führt. Aber wen habt ihr geglaubt da drinnen zu verhaften?«

Olivia atmete tief aus.

»Das kannst du nicht kombinieren? Severin, gibt es irgendwas, dass du mir vielleicht sagen möchtest?«

Boesherz wurde unruhiger. Ging es Olivia am Ende gar nicht um den Toten in der Sozialwohnung? Konnte es vielmehr sein, dass sein Treffen mit Ferdinand trotz aller Sicherheitsvorkehrungen bemerkt worden war? Zudem: Wie wollte er schlüssig begründen, dass er bis in den frühen Nachmittag hinein nicht erreichbar gewesen war? Immerhin hatte er nach dem Besuch im *Dungeon* zunächst noch im Taxi nach Hause fahren müssen, um sich dort umzuziehen und erst im Anschluss daran in gewohnter Bekleidung zum Tatort zu fahren.

»Lass die Spiele«, forderte er seine Kollegin daher auf. »Wenn es um das geht, was wir im *Lesage* besprochen haben, dann mach dir bitte keine Sorgen.«

»Dafür ist es zu spät«, erhielt er zur Antwort. »Ich mache mir schon welche. Geh da jetzt bitte rein, aber sei vorbereitet, dass es dich umhauen wird.«

Noch immer war Boesherz nicht imstande, aus Olivias Verhalten einen Hinweis darauf herauszulesen, womit er in diesem Haus gleich konfrontiert werden sollte.

»Also gut«, lenkte er daher ein und zupfte dabei an seinen Manschetten herum. »Habe ich denn ein Problem?«

»Schirlo hat es entdeckt. Nicht du. Ist das Problem genug?«

»Möchtest du mir noch irgendwas sagen?«

»Wo hast du gesteckt? Wir konnten dich nicht erreichen. Und im LKA warst du heute auch noch nicht.«

Boesherz holte zu einer Antwort aus, doch Olivia drückte ihm den rechten Zeigefinger auf die Lippen.

»Mir musst du keine Rechenschaft ablegen«, erklärte sie. »Aber Rupert wird es wissen wollen. Und danach wird es Castella wissen wollen. Und der Staatsanwalt. Wenn du also lieber einen kleinen blonden Jungen getroffen hast, anstatt dir dieses Video anzusehen, dann denk dir besser eine gute Erklärung aus. Du leitest diese Ermittlung, und du warst nicht zu erreichen, als wir *das da* vorgefunden haben. Und, unter uns: Da hast du Scheiße gebaut!«

Boesherz antwortete nicht darauf. Er nickte nur stumm, verneigte sich mit unterwürfiger Geste und ging erst dann zum Hauseingang. Olivia folgte nicht sofort. Es sollte nicht allzu offensichtlich werden, dass sie Severin vorgewarnt hatte.

»Wie schön, dass du es einrichten konntest!«, empfing Schirlo seinen Kollegen im Hausflur vor der kleinen Wohnung.

Da die meisten Bewohner des Gebäudes Muslime waren, standen mehrere Paar Schuhe vor fast jeder Wohnungstür. Zudem erfüllten orientalische Düfte die Flure und türkische Musik war hinter vielen der Wohnungstüren zu hören. Zahlreiche Kinder, aber auch einige Erwachsene säumten mittlerweile lauthals durcheinanderplappernd den schmalen Flur und mussten von Kollegen der Schutzpolizei daran gehindert werden, in die Wohnung zu blicken, in der die Leiche aufgefunden worden war. Boesherz zwängte sich mit seinem Dienstausweis durch die Menge der Schaulustigen hindurch und sah dann zunächst auf das Klingelschild der Wohnung, in der das neue Opfer gefunden worden war. Der Name Grevesmühl wies darauf hin, dass der Tote zu den Hausbewohnern ohne Migrationshintergrund zählte.

»Wie es aussieht, scheinst du ja auch ohne mich mal was ermittelt zu haben«, konterte der Kommissar nun und schob sich an Schirlo vorbei in die kleine Wohnung.

Das Apartment war noch kärglicher, als es das von Paul Matthai gewesen war, und der Leichengeruch hatte ebenfalls bereits eine kritische Intensität angenommen. So wie Boesherz es vermutet hatte, wäre es wohl nur noch eine Frage von maximal vierundzwanzig Stunden gewesen, bis Nachbarn den Geruch aus der Wohnung bemerkt und die Polizei informiert hätten.

»Überall hängen Plakate von Theateraufführungen in kleinen, nicht subventionierten Häusern. Kein einziger Name auf einem der Plakate ist bekannt. Außerdem sehe ich auf dem Tisch da vorn einen Stapel mit Mahnungen. Anstelle von Kartoffelchips oder Bier auf dem Fernsehtisch sehe ich Reiscracker und stilles Wasser. Er hat ein Faxgerät und die Kleidung an der Garderobe ist zwar billig, sieht aber teuer aus. Das Opfer war Schauspieler.«

Schirlo klatschte in die Hände, bevor er laut in den Raum rief:

»Hauptkommissar Boesherz hat es möglich gemacht, persönlich zu erscheinen! Er möchte die Leiche sehen – als Letzter!«

Kleeberg vom Erkennungsdienst trat daraufhin aus dem Schlafzimmer, das Boesherz vom Eingang der Wohnung aus nicht einsehen konnte.

»Hallo, Severin«, grüßte er nicht unfreundlich, jedoch etwas zurückhaltend. »Dann komm mal her.«

Noch bevor Boesherz Gelegenheit hatte, der Aufforderung zu folgen, trat nun auch Dr. Homann aus dem Nebenraum.

»Für die Show da drinnen hat er nicht viel Zeit benötigt«, nahm er vorweg.

Erneut brachte sich daraufhin Schirlo ein.

»Wer ist denn *er?*«, fragte er in einem Ton nach, der selbst Homann erkennen ließ, dass die Frage nicht an ihn gerichtet war, sondern an Boesherz. »Etwa *Ismael?*«

Schließlich riss Boesherz der Geduldsfaden. Ohne weiter abzuwarten, ließ er Kleeberg und Homann Platz machen, damit er sich die Leiche im Schlafzimmer endlich ansehen konnte. Er trat zügig, wenn auch mit der gebotenen Umsicht, in den kleinen Raum, warf einen Blick auf die Leiche – und erstarrte.

Der Tote war, wiederum mit Angelschnur, an einen alten Sessel gebunden, der entweder vom Flohmarkt, vom Sperrmüll oder aus dem Familienbesitz des Toten stammen musste. Die Leiche war in ein Bühnenkostüm gekleidet, das Boesherz an die altmodischen Shakespeare-Inszenierungen erinnerte, die er sich während seiner Kindheit oft mit seinen Eltern angesehen hatte.

Der rechte Arm des Toten schien nach oben gestreckt, indem er mit einem Seilzug fixiert war, den der Täter über die Deckenlampe gewunden hatte. Auf der Handfläche des Opfers war mittels Sekundenkleber ein Einweckglas fixiert. Das Glas war mit Formalin gefüllt, einer wässrigen Formaldehyd-Lösung, die in der Medizin zum Fixieren von Gewebe Verwendung fand. Doch das Formalin war nicht der einzige Inhalt des Glases. Zudem trieben in der Flüssigkeit noch die Augäpfel des Toten, die der Mörder diesem zuvor gewaltsam aus den Augenhöhlen entfernt hatte. Und auch der kleine Finger der linken Hand war dem Toten abgeschnitten worden.

Ein Schauspieler, der sich selbst zusieht.

»Er ist nicht ganz so lange tot wie die beiden anderen«, berichtete Adrian Homann aus dem Hintergrund, während Boesherz nicht aufhören konnte, fassungslos auf die Leiche zu starren.

»Jetzt wird die Geschichte langsam spannend, oder?«, fügte Schirlo hinzu, dem Boesherz' Reaktion auf den überraschenden Anblick nicht entgangen war. »Kannst *du* uns das vielleicht erklären? Wir sind nämlich alle zu dumm dafür.«

Boesherz vernahm die Worte. Er bemerkte auch das Treiben seiner Kollegen, den Leichengeruch, die grausame Inszenierung des Mordes. Er sah die Bilder, Gegenstände, den Teppich, das Bettzeug. Sogar den Tumult im Hausflur bemerkte er. Ihm entging nichts. Und doch war es nur eine einzige fundamentale Erkenntnis, die ihn in diesem Augenblick einnahm.

»Ich verstehe, was du meinst, Rupert«, räumte er anerkennend ein, als er das Opfer eindeutig als Ismael identifizierte.

KAPITEL 39

Carl vom Stein hatte die Neuigkeit bereits erfahren.

Die hohen Decken des altehrwürdigen Kriminalgerichts Moabit in der Turmstraße, in dem die Berliner Staatsanwaltschaft ihren Sitz hatte, strahlten sowohl Kälte als auch Würde und Erhabenheit aus. Jeder Schritt, der auf den großen Fluren mit dem imposanten Treppenaufgang gemacht wurde, hallte durch den Bau und klang dabei nach, als besitze er ebenso viel Bedeutung wie die Entscheidungen, die täglich hinter diesen hohen Steinwänden getroffen wurden.

Vom Stein war jetzt allein in seinem Arbeitszimmer. Der Sessel, der bereits seinem Großvater gehört hatte, war mit robustem Leder bezogen und im Kolonialherrenstil gefertigt. Er zeigte bereits eine deutliche Patina, war aufgrund seiner hohen Qualität jedoch noch immer in einem bemerkenswert guten Zustand. Und das nach den vielen Jahren, in denen vom Stein und seine Vorfahren darin gesessen und über die verschiedensten Schwierigkeiten nachgesonnen hatten. Jetzt, angesichts der mehr als überraschenden Entwicklung, ließ der Staatsanwalt sich das Gespräch noch einmal durch den Kopf gehen, das er mit Castella und Schirlo auf der Siegessäule geführt hatte.

»Warum nicht, es kann ja nicht schaden«, befand er schließlich und kontaktierte seine Assistentin über seine Gegensprechanlage, die zwar etwas altertümlich, aber noch vollkommen intakt war.

»Frau Aporius, verbinden Sie mich doch bitte mit den Kollegen in Kiel.«

»Gern, Herr Staatsanwalt«, klang es blechern zurück. »Worum geht es denn?«

»Um eine etwas ältere Geschichte. Es liegt circa fünfzehn Jahre zurück.«

Einen Augenblick lang herrschte Stille. Aporius, die bereits seit mehr als zehn Jahren für Carl vom Stein arbeitete, suchte bereits die entsprechende Telefonnummer heraus. Der Staatsanwalt mit der Narbe im Gesicht, die von einer der Mensuren seiner studentischen Burschenschaft herrührte, betätigte die Gegensprechanlage noch ein weiteres Mal:

»Sagen Sie dem Kollegen bitte, dass es um ein elternlos aufgefundenes Mädchen geht. Und dass ein hessischer Kripobeamter in den Fall verwickelt war. Er heißt Boesherz. Severin Boesherz.«

KAPITEL 40

Boesherz und Schirlo hatten sich auf die Straße vor dem Haus zurückgezogen, um nun in Ruhe über die Konsequenzen der neuen Entwicklung sprechen zu können.

Der Schauspieler Levin Grevesmühl, von dem alle bislang nur als Ismael gesprochen hatten, hatte in *Träumereien und andere Lebensweisheiten* die Nebenrolle des Barmanns gespielt. Das Phantombild, das dank der Angaben Severins tatsächlich annähernd die Qualität eines Fotos besessen hatte, war seit Tagen in Olivias Büro aufgehängt gewesen. Nachdem Schirlo am Vormittag schließlich aufgegangen war, was ihm und Olivia in der Barszene des Filmes so vertraut vorgekommen war, hatte er die Anschrift von Grevesmühl über die Produktionsfirma des Filmes herausgefunden.

»Levin war nicht besonders erfolgreich in seinem Beruf, das kann keiner behaupten«, begann Schirlo die Unterredung.

Über dessen Schauspielagentur hatte er sich zwischenzeitlich Informationen über die mehr als kläglich verlaufene Karriere des meist arbeitslosen Schauspielers eingeholt.

»Und doch war er talentiert genug, um mich in die Irre zu führen«, fügte Boesherz hinzu, dem die Ereignisse des Tages ebenso mitgespielt hatten wie seinem früheren Vorgesetzten.

»Ein arbeitsloser Schauspieler holt dich also am Schlachtensee in einem Auto ab, für das er sich nicht mal die Miete für drei Stunden leisten könnte«, fasste Schirlo zusammen, während er dabei mit auf dem Rücken verschränkten Armen so über den holperigen Bürgersteig ging, wie Boesherz es üblicherweise während seiner Teambesprechungen machte. »Er fährt dich an den Tatort des Mordes an Dr. Praetorius und setzt dich dort ab. Zu diesem Zeitpunkt ist bereits ein weiterer Mord geschehen, nämlich der an Paul Matthai. Jetzt fährt unser Levin zu sich nach Hause, wo er kurz darauf selbst ermordet wird. Das Auto bleibt verschwunden.«

Olivia trat an die beiden heran. Ohne dass Schirlo es hätte sehen können, zwinkerte sie Boesherz ermutigend zu und ließ sich dann kurz auf den Stand der Besprechung bringen.

»Ich lasse die Kollegen nach dem Navigationssystem suchen. In dem Phaeton steckt so viel Satellitentechnik, dass er sich möglicherweise darüber finden lässt«, schlug sie vor, doch Boesherz gab zu bedenken: »Nur, wenn sie aktiv ist. Wenn der Wagen ausgeschaltet irgendwo in einer Tiefgarage steht oder auf dem Grund der Spree liegt, finden wir ihn auf die Art nicht.«

»Wir sollten jetzt nicht über Kriminaltechnik sprechen«, fuhr Schirlo dazwischen. »Mich interessiert im Moment viel mehr die Psychologie hinter dieser absurden Geschichte.«

Mit diesen Worten drehte er sich zu Boesherz um und beugte sich so nah zu ihm vor, dass dieser das Rasierwasser riechen konnte, das Schirlo am Morgen benutzt hatte.

»Du hast uns doch bestimmt ein paar Schlussfolgerungen zu bieten, oder nicht?«

»Die wichtigste Erkenntnis ist, dass ich es nicht bemerkt habe. Einen Schauspieler erkennt man normalerweise sofort.«

»Normalerweise?«

»Schauspieler, zumindest die gewissenhafteren, besuchen Schauspielschulen. Ein paar von ihnen sind so begabt, dass sie an staatlichen Schulen aufgenommen werden. Die weitaus meisten sind dagegen weniger talentiert und behelfen sich mit Privatschulen. An denen werden sie zwar aufgenommen, aber viel zu oft nicht wegen ihres Talentes, sondern wegen der monatlichen Schecks, die sie der Schule ausstellen.«

Schirlo wich einen Schritt von Boesherz zurück und stützte sich lässig gegen einen Absperrpfosten, der ungebetene Autofahrer an der Durchfahrt auf einen der Hinterhöfe des Gebäudekomplexes hinderte. Olivias Blick ging ins Leere, immer wieder schloss sie ihre Augen für einige Sekunden.

»Natürlich werden die ambitionierten Schauspielschüler alle mit den gleichen Techniken ausgestattet«, fuhr Boesherz fort. »Und diese Techniken gehen ihnen dann so sehr in Fleisch und Blut über, dass sie, sobald sie etwas nur spielen, auch so *aussehen*, als ob sie es nur spielen. Gesten, Blicke, Sprache – das wirkt immer ein bisschen überzogen. Es hat eine Spielebene, eine andere Dimension, die das Vorgetäuschte vom Echten unterscheidet.«

»Und Grevesmühl hatte diese Spielebene nicht?«

»Sein Auftritt war theatralisch, ganz sicher. Aber er wirkte nicht auswendig gelernt.«

»Und das ist alles? Dass du nicht bemerkt hast, dass er dir nur etwas vorspielt?«

»Nicht nur das. Es war einfach so, dass er mir durch nichts verraten hat, worum es bei seiner Aktion ging. Nicht durch Worte, nicht durch seine Kleidung, nicht durch Gesten oder Blicke. Er hatte ein paar rätselhafte Andeutungen parat, aber über das, was wirklich hinter unserem Ausflug gesteckt hat, hat er nichts gesagt. Und ich habe es ihm auch nicht anmerken können. Ich muss seit Tagen darüber nachdenken, warum ich das alles nicht bemerken konnte. Jetzt weiß ich es!«

Auch Olivia horchte nun auf.

»Ich konnte es ihm deswegen nicht anmerken, weil er es selbst nicht wusste! Grevesmühl war genau so ein Opfer wie Praetorius und Matthai. Nichts weiter als eine Figur in einem perversen Spiel. Wer immer hinter den Morden steckt, hat Grevesmühl angeworben, um mir die Rolle des undurchsichtigen *Ismael* vorzuspielen und mich nach Spandau zu fahren. Was mag er dem armen Levin wohl erzählt haben? Dass er mich zu einer Überraschungsparty fährt? Dass ich Teil eines Live-Rollenspiels bin? Dass meine Freunde mich mal so richtig veräppeln wollen? In jedem Fall hat er nicht geahnt, dass er mich an den Tatort eines realen Mordes fährt. Nachdem er mich abgesetzt hatte, war seine Rolle gespielt. Er hat sich, natürlich vollkommen unwissend, mit dem Mörder getroffen, ihm wieder den Phaeton übergeben, vielleicht noch Geld bekommen, und bevor er sich versehen konnte, war er auch schon tot. Ein beseitigter Mitwisser und das nächste Kapitel in einem Spiel, das immer undurchschaubarer wird. Zwei Fliegen mit einer Klappe.«

»Und seine Kleidung?«, fragte Olivia nach. »Warum hast du nicht bemerkt, dass es nicht seine war?«

Auch über diese Frage hatte sich Boesherz inzwischen Gedanken gemacht.

»Aus demselben Grund, aus dem auch nur ich die geheimen Botschaften finden und entschlüsseln konnte«, erklärte er gelassen. »Weil der echte Mörder weiß, wie ich ticke. Er wusste also auch, mit welchen Mitteln er es schaffen kann, meine Kombinationsgabe auszutricksen. Er hat Grevesmühl exakt so ausgestattet, dass ich damit nichts anfangen konnte.«

Sowohl Schirlo als auch Olivia mussten ihrem Kollegen zustimmen.

»Und was machen wir jetzt?«, fragte Olivia unsicher. »Der Tod von Grevesmühl hat uns zurückgeworfen. Nach wem suchen wir denn jetzt?«

»Es würde mich wundern, wenn wir dazu keinen Hinweis in Levins Wohnung finden könnten«, stellte Boesherz fest.

»Das sehe ich auch so«, bestätigte Schirlo. »Lass uns wieder raufgehen und danach suchen.«

»Vielleicht müssen wir das gar nicht«, widersprach Boesherz und bat sich dann einen Augenblick Ruhe aus.

Er legte seinen Kopf in den Nacken und sah in den Himmel hinauf. Nur wenige Wolken verdeckten das strahlende Blau, das über den Hochhäusern zu sehen war. Boesherz ließ nun seine Eindrücke der vergangenen Stunde noch einmal Revue passieren. Sein im Grunde nicht zu rechtfertigender Privatausflug mit Ferdinand, Olivias Warnungen, die offene Häme Schirlos und der Anblick der bestialisch zugerichteten Leiche Ismaels hatten ihn beeindruckt. Ebenfalls Adrian Homanns Erläuterungen dazu, wie der Täter seinem Opfer mit einer krummen chirurgischen Nadel durch die Augäpfel gestochen haben musste, um diese danach mit einiger Kraft aus den Augenhöhlen hervorziehen zu können. Und auch die Tatsache, dass der Täter danach mit einer krummen Schere durch die Augenhöhlen in den Schädel des Toten hatte eindringen müssen, um an die Augenmuskulatur zu gelangen. Nicht zuletzt noch die Vorstellung, wie er diese durchtrennt hatte, bevor er schließlich die herausgelösten Augäpfel von der krummen Nadel befreien und in Formalin einlegen konnte.

Den Blick in den Himmel gerichtet, ließ der Kommissar diese Eindrücke sacken und nutzte die Entspannung, um sich zum ersten Mal die Wohnung von Levin Grevesmühl vor seinem inneren Auge genau anzusehen.

Es muss einfach sein. Du erhöhst das Tempo mit jedem deiner Züge, das vergrößert unseren Stress und macht uns anfälliger für Fehler. Mit Ismaels Leiche hast du genug Verwirrung gestiftet. Was immer du auch in seiner Wohnung hinterlassen hast, es muss …

»Wartet mal!«, rief Olivia nun überraschend aus. »Ich glaube, ich habe es!«

Ihre Kollegen sahen sie verwundert an.

»Was hast du?«, fragte Schirlo schließlich nach.

Olivia konnte einen gewissen Stolz nicht unterdrücken, als sie antwortete.

»Ich wette, wir finden den nächsten Hinweis in Levins Telefonbuch!«

KAPITEL 41

Ohne weitere Worte zu machen, hatte sich Olivia auf dem Absatz umgedreht und war durch die immer größer werdende Gruppe neugieriger Anwohner hindurch ins Treppenhaus gelaufen, um so schnell wie möglich in Grevesmühls Appartement zu gelangen. Ohne Anstrengungen nahm sie dabei mehrere Stufen gleichzeitig und war noch nicht einmal außer Atem, als sie an ihren überraschten Kollegen vorbei erneut den Tatort betrat. Die Leiche des Schauspielers war zwischenzeitlich abtransportiert worden.

»Da steht es!«, rief sie erwartungsfreudig und deutete auf das Berliner Telefonbuch unter dem Fernsehtisch.

Während der inzwischen nachgeeilte Schirlo dem Geschehen noch ratlos folgte, erstrahlte Boesherz bereits voll Stolz auf seine Kollegin.

»Sehr gut, Olivia!«, lobte er sie.

Während Holzmann sich Gummihandschuhe überstreifte, richtete Boesherz das Wort an seinen älteren Kollegen.

»Grevesmühl hat einer anderen Generation angehört als wir. Er war ein *Digital Native*, die erste Generation von Kindern, die mit dem Internet und Handys groß geworden sind. Es ist absolut unwahrscheinlich, dass er sich in einer Postfiliale ein physisches Telefonbuch abgeholt hat. Telefonnummern sucht man längst im Internet.«

»Verstehe«, räumte Schirlo ein. »Im Telefonbuch nachschlagen tun also nur so alte Säcke wie ich, die nichts von moderner Technik verstehen?«

»Seht es mal positiv, Jungs«, warf Olivia im Eifer ihrer Entdeckung ein. »Dafür können wir alten Säcke auch noch einen ganzen Abend mit einem Menschen verbringen, ohne dabei auch nur einmal auf unser Handy gucken zu müssen.«

Mit diesen Worten nahm Olivia das Telefonbuch nun vorsichtig in die Hände und öffnete es bedächtig. Auf den ersten Blick war nichts anderes festzustellen, als dass das dicke Nachschlagewerk offenbar unbenutzt war. Der Buchrücken war unversehrt und die Seiten waren glatt und ohne Spuren von Abnutzung. Zudem duftete es noch nach frischem Papier und einem Hauch von Druckerschwärze.

»Keine Schnipsel mit Sanskrit-Codes?«, fragte Schirlo hämisch nach, als Olivia noch immer keinen möglichen Hinweis auf ein neues Opfer in dem Buch hatte finden können.

Noch bevor einer der Beteiligten etwas dazu sagen konnte, bemerkten die drei auch schon, dass auf einer der Seiten, die Olivia zügig durchblätterte, etwas zu erkennen gewesen war. Irgendetwas war mit rotem Stift markiert worden.

»Moment, ich blättere zurück!«, rief Olivia aus und suchte nach der entsprechenden Stelle.

»Die Adresse des nächsten Opfers?«, spekulierte Schirlo. »Sollte es jetzt wirklich *so* einfach sein?«

Olivia benötigte nur Sekunden, um den markierten Eintrag zu finden. Eilig las sie, wessen Telefonnummer der Täter eingekreist hatte. Sowohl Boesherz als auch Schirlo bemerkten, dass Olivias Stimmung daraufhin mit einem Schlag gekippt war.

»Was ist denn? Ist es etwa einer von uns?«, wollte Schirlo wissen.

»Nein, das nicht.«

Erst jetzt zeigte Holzmann ihren Kollegen, wessen Name mit einem dicken roten Filzstift umrahmt worden war. Schirlo las den Eintrag laut vor.

»Dr. Friedemann Praetorius. Arzt für Chirurgie und Allgemeinmedizin.«

Boesherz nickte nur still, bevor er sich von seinen Kollegen abwandte, mit versteinerter Miene einige Schritte in den Raum hineintrat und schließlich das betretene Schweigen seiner Mitarbeiter mit den Worten durchbrach:

»Wir sind wieder zurück am Ausgangspunkt. Es ist ein Kreis!«

KAPITEL 42

War heute ein guter Tag für dich? Eher nicht so sehr, oder? Das muss dich doch alles ziemlich mitgenommen haben.

Weißt du, wir hätten das alles viel leichter haben können. Wenn du nur nicht so stur wärst. Aber manchmal benötigt man eben länger, um zu sehen, was das Richtige ist. Was soll's, die Dinge sind gekommen, wie sie gekommen sind, und alles andere zählt jetzt nicht mehr.

Wie lange wird es noch dauern, bis du es endlich verstehst? Du hast es doch noch nicht verstanden, oder? Nein, ganz sicher nicht. Weil dir eine entscheidende Fähigkeit dazu fehlt: Du bist nicht kreativ!

Deine Logik ist brillant, aber du interpretierst einfach nicht gut. Du siehst die Fakten, aber du tappst dabei immer wieder in dieselbe Falle. Du kannst dich einfach nicht in Menschen hineinversetzen, die diese Fakten nicht sehen. Denn wer keine Logik hat, der muss eben interpretieren. Ja, die Menschen sind dumm. Zu dumm, um zu sehen, was du siehst.

Aber wie es scheint, ist genau diese Tatsache wiederum ziemlich dumm für dich …

KAPITEL 43

Bärbel genoss die Ruhe, die an ihrem Imbiss eingekehrt war, nachdem die meisten Mitarbeiter des LKA Feierabend gemacht hatten. Es war ein guter Geschäftstag für sie gewesen, und so erneuerte die Wirtin nun das Fett ihrer Fritteusen, als die Stimme von Dennis Baum sie aufhorchen ließ.

»Haben Sie auch Alkohol?«, fragte er so sachlich und gezielt, dass Bärbel sich den Scherz, der ihr dazu normalerweise über die Lippen gekommen wäre, verkniff.

»Wat'n, so schlimm?«, fragte sie stattdessen und sah den Kommissar, der seit Jahren zu ihren Stammgästen zählte, besorgt an.

Dennis hatte es sich nicht leicht gemacht. Nach dem Telefonat mit der Ehefrau des Fahrzeugvermieters hatte er noch die Arztpraxen von seiner Liste aufgesucht. Die Information, dass der ursprünglich gesuchte Ismael zwischenzeitlich tot aufgefunden worden war, hatte man ihm unverzüglich per Handy mitgeteilt. Diese Erkenntnis hatte für den Ermittler jedoch kaum noch Relevanz besessen. Nicht mehr zu diesem Zeitpunkt.

»Was würden Sie machen, wenn Sie etwas herausgefunden hätten, das einfach nicht wahr sein kann?«, fragte er Bärbel, während er dabei auf den Kühlschrank deutete, in dem sich einige Flaschen der beiden wichtigsten Biersorten befanden, die in Berlin gebraut wurden.

Bärbel nahm eine heraus, öffnete sie und reichte sie Dennis, der sofort einen großen Schluck davon trank.

»Ick würde et noch mal jenau überprüfen«, gab sie dabei zur Antwort.

»Habe ich gemacht. Den ganzen Tag lang«, erwiderte Dennis, wischte sich den Mund ab und drehte sich dann am Tresen zu ihr herum, während er erneut auf seine Armbanduhr sah. »Und mit jedem Schritt ist es nur immer noch schlimmer geworden.«

Bärbel nickte verständnisvoll und sah ebenfalls auf ihre Digitaluhr, die so fest um ihr Handgelenk gebunden war, dass sie bereits eine Furche in der Haut verursachte.

»Schon janz schön spät«, stellte sie fest. »Müssen Se heute noch beichten, oder hat dit bis morjen Zeit?«

Dennis trank erneut von seinem Bier. Mit nur zwei Schlucken hatte er bereits die halbe Flasche geleert.

»Ich bin jetzt schon zu spät«, stellte er fest und sah dabei an der Fensterfront des LKA-Hauptgebäudes hoch. In Castellas Büro brannte noch Licht. »In spätestens zehn Minuten muss ich meine Ermittlungsergebnisse präsentieren.«

»Dit jeht um wat Persönlichet, wa?«, hakte Bärbel nach, die Dennis gegenüber noch nie so sanftmütig und verständnisvoll aufgetreten war.

»Eigentlich weiß ich schon seit Monaten, dass irgendwas nicht stimmt.«

»Aber Se wollten dit nich wahrhaben.«

»Weil nicht sein kann, was nicht sein darf …«

Jetzt erst wandte sich Dennis wieder zu Bärbel um und nahm dabei noch einen weiteren Schluck, dieses Mal jedoch nur einen kleinen.

»Mein bester Freund ist vor ein paar Tagen nach Wiesbaden gegangen«, erzählte er dann. »Ich dachte, da mache ich kein großes Ding draus, ist ja nur für ein Jahr. Aber jetzt, nach dem, was ich heute rausgefunden habe, wünschte ich mir, dass er hier wäre.«

Bärbel griff kommentarlos in die Tasche ihres Hauswirtschaftanzuges und zog ihr Handy hervor.

»Rufen Se Ihren Julius doch einfach an«, sagte sie und reichte ihrem Kunden das Telefon.

Dennis schmunzelte verlegen.

»Sie bekommen hier auch alles mit, oder?«

»Wat denken Se denn? Die stehen kurz davor, ne Serie mit mir zu drehen: *Bärbel – die Wurschtfrau ermittelt!*«

Dennis schob das Handy seiner Gesprächspartnerin sanft zurück und bedeutete ihr damit, dass sie es wieder einstecken solle.

»Der kann mir jetzt auch nicht helfen.«

»Ick weeß nich, wat los is«, setzte Bärbel nun an. »Aber ick weeß eens: Noch nüscht is besser jeworden, weil man's verschoben hat.« Damit nahm sie Dennis die Bierflasche aus der Hand und fügte hinzu: »Dit Bier jeht uffs Haus. Und wenn Se da oben fertig sind, denn komm' Se noch mal her.«

Dennis versuchte sich ein Lächeln abzuringen.

»Sicher?«, fragte er kleinlaut.

»Janz sicher«, bestätigte Bärbel. »Und denn trinken wa noch'n Schnaps zusamm'. Keene Widerrede!«

Dennis verbarg seine zitternden Hände in den Taschen seiner Jacke, als er entgegnete: »Den werde ich auch brauchen!«

KAPITEL 44

»Wir müssen uns was einfallen lassen. Es geht so nicht weiter.« Boesherz hatte harte Stunden hinter sich. Das Gespräch mit Castella war unangenehm gewesen, doch es war ihm am Ende gelungen, seine Vorgesetzte milde zu stimmen. Er hatte sich darauf berufen, dass diese ihm selbst zugestanden hatte, auch außerhalb des Üblichen ermitteln zu können. Doch auch, wenn er es geschafft hatte, sich zunächst vor weiteren Unannehmlichkeiten zu bewahren, änderte dies nichts daran, dass die Luft für seine Ermittlungen dünner geworden war. Indem der Hinweis am Tatort des letzten Opfers wieder auf das erste zurückverwiesen hatte, stand Severin in den Augen seiner Vorgesetzten schließlich wieder genau an dem Punkt, an dem er bereits im Rheingau gescheitert war.

»Ich werde bald sechzehn, dann darf ich viel mehr«, wandte Ferdinand ein, der noch im Bad seines Hotelzimmers stand und durch die halb geöffnete Tür hindurch mit Severin sprach.

Der Kommissar seinerseits hatte seine Turnschuhe ausgezogen und den Kapuzenpullover abgelegt, mit dem er sein Gesicht während der Fahrt zu Ferdinand vor den Blicken möglicher Verfolger verborgen hatte. Er lag mit hinter dem Kopf verschränkten Armen auf dem Bett des Jungen und dachte laut darüber nach, wie es nun für die beiden weitergehen solle.

»Mein Fall ist mir heute um die Ohren geflogen«, berichtete er. »Unter uns, ich stehe ziemlich dumm da.«

Jetzt trat Ferdinand aus dem Badezimmer. Sein blondes Haar

war frisch gewaschen und fiel wild zu allen Seiten. Er trug den Bademantel, den das Hotel ihm zur Verfügung gestellt hatte, und zog eine Duftspur von seinem Duschgel hinter sich her, während er in Pantoffeln durch den Raum ging.

»Das Zeug hat dir deine Mutter geschenkt«, stellte Severin fest, nachdem er erkannt hatte, dass es sich nicht um den Geruch des Hotelduschgels handelte. »Ein Duft, den man einem Teenager schenken würde, den man auch als Teenager sieht. Der Teenager selbst würde sich aber eher als Erwachsenen betrachten und einen herberen Duft wählen. Ein außenstehender Schenker scheidet aus, weil der Duft dafür zu teuer ist. So was schenken Mütter.«

Ferdinand warf einen Blick in den Spiegel, setzte dabei unwillkürlich einen Blick auf, den er für besonders männlich hielt, und ließ sich dann neben Boesherz auf das Bett fallen.

»Das Duschgel habe ich bei einer Tombola gewonnen«, entgegnete er.

Boesherz schlug demonstrativ die Hände über seinem Kopf zusammen.

»Wie es scheint, verliere ich langsam meine Superkräfte«, beteuerte er sorgenvoll und wandte den Blick dann zu dem Jungen. »Magst du mich auch noch, wenn ich nicht mehr jeden Fall löse und immer älter und unfähiger werde?«

Ferdinand erkannte, dass Boesherz nicht scherzte, sondern von ernsthaften Sorgen geplagt war.

»Ich mag dich auch noch, wenn du im Supermarkt jedes Stück Butter passend bezahlen musst und minutenlang in deinen Münzen rumkramst. Und wenn du dich bei der Redaktion deiner Fernsehzeitung beschwerst, dass man Filme nicht verstehen kann, weil die Musik im Hintergrund immer zu laut ist. Und ich mag dich auch noch, wenn du technischen Fortschritt nicht mehr verstehst und dauernd erzählst, dass früher alles besser war, obwohl früher so gut wie gar nichts besser war.«

Boesherz lächelte Ferdinand liebevoll zu.

»Und pflegst du mich dann auch?«, fragte er. »Wenn ich dement werde?«

»Klar pflege ich dich, aber wenn du dement wirst, dann senkt das deinen Verstand ja gerade mal auf das Niveau meines Mathelehrers«, behauptete der Junge selbstsicher. »Außerdem muss es doch wohl einer machen. Und du hast ja sonst niemanden.«

Boesherz wandte seinen Blick daraufhin wieder zur Zimmerdecke. Ferdinand bemerkte, dass er sich offenbar in seiner Wortwahl vergriffen hatte.

»Man lebt sehr einsam, wenn man so ist wie ich«, begann Severin nun zu erzählen, ohne dass es wie ein Vorwurf klang. »Wenn ich einen Menschen sehe, dann erkenne ich innerhalb kürzester Zeit alles, was in seinem Leben passiert ist. Ich sehe seine Stärken, seine Schwächen, seine Abgründe.«

Ferdinand drehte sich dabei auf die Seite und sah Boesherz nun direkt an, während dieser weitersprach.

»Wenn ich dich dagegen sehe, dann erkenne ich nichts anderes als ein beinahe unbeschriebenes Blatt. Alles, was ich an dir erkennen kann, sind deine Träume, Hoffnungen, Chancen und Ziele. Wenn du so willst, dann sind es deine Reinheit und die Unschuld in deinen Augen, die es mir erlauben, mich vollkommen auf dich einzulassen.«

»Aber ich werde älter«, bemerkte Ferdinand in ruhigem Ton. »Und abgesehen davon, dass ich so unbeschrieben und unschuldig nun auch wieder nicht bin, werde ich dich immer mehr enttäuschen. Mit jedem Erlebnis, das mich formt, und mit jedem Abgrund, in den ich blicken werde.«

Einen Augenblick lang herrschte Stille im Raum. Dann drehte sich Boesherz wieder zu Ferdinand um und sah ihm tief in die graublauen Augen.

»Ich verspreche dir jetzt etwas«, kündigte er an. »Ich werde niemals enttäuscht von dir sein. Und ich werde dich niemals enttäuschen. Jedenfalls nicht, wenn ich es verhindern kann. Ich werde dich nicht im Stich lassen, deine Träume erkennen, dir dabei zur Seite stehen, wenn du sie dir erfüllen willst, und ganz egal, was auch immer du in deinem Leben noch tun wirst – ich werde hinter dir stehen und dir den Rücken stärken.«

Ferdinand war beeindruckt. Sicher, Severin war ihm immer voll Achtung begegnet. Die Ernsthaftigkeit, mit der er jetzt aber zu ihm sprach, besorgte ihn.

»Du hast echte Probleme, oder? Kann ich dir irgendwie helfen?«

»Das ist nicht so einfach. Dieser Fall, an dem ich arbeite, hat Staub aufgewirbelt. Und ich kann einfach keinen Schritt mehr unternehmen, ohne dass die Fallhöhe für mich größer wird. Wir sind beobachtet worden, das hätte nicht passieren dürfen. Und dann geschieht dieser Mord. Und egal, was ich erkenne, es führt mich nur immer wieder an den Ausgangspunkt zurück.«

Ferdinand schwieg dazu. Anders, als man es von einem Jungen seines Alters erwarten würde, schien er mit der Ernsthaftigkeit der Situation aber nicht überfordert zu sein.

»Wir müssten normalerweise reinen Tisch machen«, fuhr Severin fort. »Aber wenn wir das täten, dann könnte das unabsehbare Folgen haben. Für uns beide.«

»Immer noch? Nach so langer Zeit?«, fragte Ferdinand voll Zweifel, doch Boesherz ließ sich nicht beirren.

»Du weißt nicht alles«, gestand er. »Keiner tut das. Und dieser Fall …«

Boesherz sprach nicht weiter. Seine Stimme wurde brüchig, sein Blick trübte sich und eine Träne stieg ihm ins Auge.

»Ich rede mit meiner Mutter«, versprach Ferdinand daraufhin. »Gleich, wenn ich Sonntag wieder zu Hause bin.«

»Sie wird es nicht verstehen. Keiner versteht es. Es könnte eine Riesenkatastrophe geben.«

Ferdinand setzte sich jetzt aufrecht auf das Bett. Dann verschränkte er entschlossen die Arme und widersprach: »Jetzt komm mal wieder runter! Du tust ja so, als ob wir Schwerverbrecher wären.«

»Wir? Ich befürchte, *ich* bin einer.«

Spontan griff Ferdinand das erstbeste Kissen, das er zu fassen bekam, und warf es Boesherz gegen den Kopf. Dieser zuckte zusammen, packte den Jungen dann und warf sich mit einem Kampfschrei auf ihn. Die beiden rangelten einige Sekunden lang, bevor Boesherz sich schließlich als Erster wieder fasste und vom Bett aufstand.

»Was folgt auf einen Arzt, der sich selbst behandelt, einen Lehrer, der sich selbst belehrt und einen Schauspieler, der sich selbst etwas vorspielt?«, fragte er dann zu Ferdinands Verwunderung.

Der Junge rückte seinen Bademantel wieder zurecht, ging sich durch die Haare und erwiderte: »Ein Mann in einem weißen Kittel, der dich abholen kommt?«

Boesherz nickte leicht, bevor er antwortete: »Damit hast du möglicherweise gar nicht mal so unrecht.«

Ferdinand bemerkte, dass sich etwas bei Severin verändert hatte. Normalerweise, wenn die beiden sich trafen, war dessen Aufmerksamkeit ungeteilt bei ihm. Jedes Wort, jeder Blick, jeder Gedanke Severins schien allein um Ferdinand zu kreisen. Nicht aber in diesem Augenblick.

»Und? Was folgt jetzt darauf?«, erkundigte sich der Schüler daher mit sorgenvollem Blick.

Anstatt die Frage zu beantworten, begann Boesherz, seine Schuhe wieder anzuziehen.

»Ich muss nach Hause«, erklärte er.

»Aber wir wollten doch …«

»Ich weiß, aber es geht nicht anders. Ich melde mich morgen früh. Mach dir einfach allein einen schönen Abend.«

»Ich bin aber nicht hergekommen, um allein …«

»Bitte, Ferdi! Ich werde es dir irgendwann erklären, aber im Augenblick geht das nicht. Du musst mir jetzt einfach vertrauen.«

Ferdinand insistierte nicht weiter. Er hatte Boesherz nie zuvor in einem solchen Zustand erlebt. Bevor Severin das Hotelzimmer verließ, kontrollierte er im Spiegel noch einmal seine Kostümierung. Dann ging er auf Ferdinand zu, der inzwischen ebenfalls vom Bett aufgestanden war, und nahm ihn wortlos in die Arme. Dann erst drehte er sich um und ging zur Zimmertür.

»Severin!«, hielt Ferdinand ihn noch auf. »Das war übrigens ein Scherz gerade. Ich wollte dich nur ein bisschen ärgern.«

Boesherz nickte, und zum ersten Mal seit mehr als zehn Minuten huschte wieder ein kleines Lächeln über seine Lippen, als er fragte: »Das Duschgel hat dir doch deine Mutter geschenkt, oder?«

Ferdinand strich sich verlegen durchs Haar, bevor er mit lausbübischem Augenaufschlag zugab: »Natürlich!«

KAPITEL 45

Es war spät geworden, und Ruhe war in den Straßen rund um den Schlachtensee eingekehrt. Die Menschen hatten sich in ihre Häuser zurückgezogen; selbst die Hundebesitzer hatten ihre letzten Spaziergänge des Tages mit den Tieren bereits gemacht. Das Geräusch seiner eigenen Schritte war das Einzige, was Boesherz vernahm, während er ohne Hektik vom S-Bahnhof zu seinem Wohnhaus ging. Sein Blick war gesenkt und die Turnschuhe, die Teil seiner Tarnung waren, fühlten sich für ihn noch immer wie Fremdkörper an. Boesherz hatte Ferdinand nicht gern zurückgelassen, doch die offenkundige Antwort auf seine Frage würden bald auch andere erkennen. Daran hatte Severin keine Zweifel.

Ich werde ihn nicht mehr sehen. Vielleicht sogar nie wieder.

In einigen seiner Nachbarwohnungen brannte noch Licht, und das Flackern von Fernsehern war durch die Fenster zu erkennen, als Boesherz an seinem Haus entlangging. Das Leben fand in dem ruhigen, gutbürgerlichen Ortsteil des Bezirkes Zehlendorf um diese Zeit meist hinter geschlossenen Türen statt. Gerade wollte Boesherz seinen Wohnungsschlüssel aus der Tasche seines Trainingsanzugs nehmen, als er etwas bemerkte. Direkt vor seinem Wohnhaus stand ein Phaeton am Straßenrand. Doch es handelte sich dabei nicht um ein beliebiges Fahrzeug des exklusiven Modells. Es war exakt der Phaeton, mit dem Boesherz wenige Tage zuvor von Levin Grevesmühl am Schlachtensee aufgelesen und zur Leiche von Dr. Praetorius gefahren worden war. Eine Person, von der nur eine Silhouette zu erkennen war, saß hinter dem Lenkrad und wartete offenbar darauf, dass Boesherz nach Hause kommen würde.

Du kannst es nicht mehr erwarten, oder?

Der Kommissar blieb stehen, zog seine Kapuze vom Kopf, nahm die Brille ab und sah dann demonstrativ zu dem Wagen hinüber, dessen Scheinwerfer kurz darauf für eine Sekunde aufleuchteten. Nachdem er seine Tarnung somit freiwillig aufgegeben hatte, ging Boesherz auf das Fahrzeug zu und öffnete die Beifahrertür. Ohne eine Aufforderung abzuwarten, stieg er ein.

»Chapeau!«, sagte er und sah der Person am Steuer voll aufrichtig empfundener Hochachtung in die Augen. »Das war wirklich gut.«

»Du warst aber auch nicht schlecht«, erhielt er zur Antwort.

Boesherz winkte bescheiden ab. Dabei bemerkte er, dass das Navigationssystem des Fahrzeugs ausgebaut worden war. »Dafür, dass du nichts von dem ganzen Technikkram verstehst, kennst du dich aber gut mit Satellitenortungen aus«, stellte er fest.

»Gelegentlich lerne auch ich noch was dazu«, parierte sein Gegenüber mit einem Schmunzeln.

»Ich muss dich wirklich loben«, gestand Boesherz jetzt. »Ich bin deinem Plan wie ein Trottel hinterhergelaufen!«

»Unsinn«, wurde er korrigiert. »Du bist dem Plan nicht hinterhergelaufen. Du *warst* der Plan. Mit *Du warst aber auch nicht schlecht* habe ich nicht die letzten Tage gemeint. Es ging um die letzten Jahre! Eine echte Glanzleistung, niemand hat was bemerkt.«

»Du hast alles versucht, oder?«

»Natürlich. Aber du hast dich auf mich eingestellt. So schlecht bist du gar nicht, ich habe wirklich schlaflose Nächte deinetwegen gehabt. Was sollte das denn damals? Du weißt doch selbst, dass man seinem Schicksal nicht entkommen kann.«

Boesherz war absolut ruhig.

»So langsam fange ich an, das auch zu glauben«, gestand er, bevor er schließlich zum Punkt kam: »Also, wie geht es jetzt weiter?«

Ein trockenes Lachen entfuhr seinem Gegenüber. Dann lehnte sich die Gestalt mit einer souveränen Bewegung in ihren Sitz zurück, griff einen Gegenstand aus der Hosentasche und antwortete genussvoll:

»Diese Entscheidung liegt jetzt ganz allein bei dir!«

KAPITEL 46

Wenn Sie mich fragen, wie ich darüber denke, dann werde ich Ihnen antworten, dass es sich dabei um einen Irrtum handeln muss«, erklärte Kleeberg, während er Daniela Castella die Ergebnisse seiner Laboranalysen vorlegte. »Ich befürchte aber, dass uns die Wissenschaft in diesem Fall keinen großen Spielraum für Irrtümer lässt.«

Castella schwieg. Mit versteinerter Miene schlug sie den Ordner auf und nahm sich die Zeit, in Ruhe zu lesen, was die Untersuchungen des kriminaltechnischen Labors ergeben hatten.

Neben Castella und Kleeberg befand sich auch noch Dennis im Raum. Er saß schweigend im hinteren Bereich des Büros. So, als sei er der machtlose Zeuge eines furchtbaren Tribunals. Castella hatte entschieden, dass niemand, der bislang an dieser Unterredung beteiligt gewesen war, ihr Büro verlassen durfte. Nicht, bevor alle erforderlichen Erkenntnisse zusammengetragen waren.

»Es passt ins Bild«, konstatierte sie dann.

»*Das* passt in Ihr Bild?«, entfuhr es Kleeberg.

»Hätten Sie mir das gestern gezeigt, hätte ich das noch nicht gesagt«, bestätigte Castella. »Aber die Dinge haben sich geändert.«

Ihr Blick wanderte nun zu Dennis Baum, der dem Geschehen wortlos und mit angespannter Körperhaltung folgte. Der Laboranalytiker folgte Castellas Blick intuitiv. Als er sich herumdrehte, sah er in Dennis' glanzlose Augen.

»Hast du etwa auch …?«, fragte er.

»Ja, habe ich«, bestätigte Dennis tonlos.

Kleeberg war offenkundig verunsichert, wandte sich dann verlegen von Dennis ab und sah nun wieder zu Castella. Nach einigen weiteren Sekunden des angespannten Schweigens griff diese schließlich zu ihrem Telefonhörer.

»Ich nehme an, Sie haben nichts dagegen, wenn ich Frau Holzmann zu ihm schicke?«, fragte sie in die Runde.

Niemand widersprach.

»Also dann.«

»Daniela?«, meldete sich Olivia verwundert. »Sie rufen persönlich an? Um diese Zeit? Was ist denn passiert?«

Castella fasste in wenigen Worten zusammen, welche Entwicklung der Fall genommen hatte und welche Rolle Holzmann dabei spielen würde. Schon nach wenigen Minuten beendete sie das Gespräch, bevor sie den Blick wieder in die Runde ihrer Mitarbeiter warf.

»Es ist wohl selbstverständlich, dass Sie hierüber so lange Stillschweigen bewahren, bis er festgenommen wurde. Dennis, schicken Sie schon mal eine Zivilstreife in seine Straße, um auszukundschaften, ob er zu Hause ist.«

Dennis und Kleeberg brachten kaum ein Wort hervor. Beide hatten einen trockenen Mund und einen deutlich erhöhten Pulsschlag.

»Dann wollen wir mal hoffen, dass sich das alles als großer Irrtum herausstellt«, schloss Castella darauf die Besprechung. »Die Hoffnung stirbt schließlich zuletzt.«

KAPITEL 47

OESTRICH-WINKEL, RHEINGAU.
FÜNFZEHN JAHRE ZUVOR.

Severin Boesherz saß allein in der Straußwirtschaft des Weingutes Allendorf, das nur wenige Hundert Meter von seinem Haus entfernt lag. Er zog sich oft dorthin zurück, wenn ihm seine Gedanken wieder einmal so wirr und scheinbar unbezwingbar im Kopf herumschwirrten, dass es ihm fast schon körperliche Schmerzen bereitete.

»Schlechte Neuigkeiten?«, fragte Franz Allendorf, der das Weingut gemeinsam mit seiner Schwester betrieb.

»Schlecht?«, wiederholte der Kommissar, bevor er noch einmal lustlos an seinem Riesling nippte. »Weißt du, dass meine Ermittlungen eingestellt worden sind, war eine *schlechte* Nachricht. Was ich heute erfahren habe, ist keine schlechte Nachricht – es ist eine Katastrophe!«

Allendorf erkannte sofort, dass etwas Außergewöhnliches geschehen sein musste. Boesherz war kein Mann, der schnell den Kopf hängen ließ. Schon gar nicht, wenn er auf seinem Lieblingsweingut war. Normalerweise probierte er dort die neuesten Tropfen der jüngsten Jahrgänge und philosophierte mit jedem Glas, das er getrunken hatte, lieber und tiefgründiger über die Kunst des Weinbaus. Er aß, lachte und schien die Welt um sich herum wenigstens für eine kurze Zeit vergessen zu können.

»Ist es wegen Leonore?«, traute sich der Winzer zu fragen, während er sich nun zu Boesherz setzte.

Der Kommissar war schon seit Langem nicht mehr mit seiner

Partnerin gesehen worden. Im Gegenteil, Leonore schien von einem Tag auf den anderen plötzlich vom Erdboden verschluckt worden zu sein.

»Sie ist weg«, bestätigte Boesherz schließlich, was ohnehin schon jeder im Ort zu wissen meinte. »Und sie wird auch nicht mehr wiederkommen.«

Damit leerte er sein Glas in einem Zug, obwohl es noch fast voll gewesen war.

»Ich wusste die ganze Zeit über von ihren Problemen. Ihre Familie hat mich gewarnt, aber ich habe Leonore trotzdem vernachlässigt.«

»Was denn für Probleme?«

Niemand in Oestrich-Winkel hatte jemals einen Zugang zu Severins Partnerin gefunden. Sie hatte sich meist allein im Haus aufgehalten, und wann immer sie es verlassen hatte, war ihr kaum mehr als ein kurzer Gruß zu entlocken gewesen. Es war kein Geheimnis, dass Leonore sich keiner besonderen Beliebtheit in Oestrich-Winkel erfreut hatte. Doch erst jetzt, nachdem Boesherz dem Anschein nach keinen Grund mehr dafür sah, ihre Geheimnisse zu verbergen, öffnete er sich seinem alten Bekannten endlich. Die beiden hatten schon als Schüler gemeinsam im Weinberg gestanden und bei der Lese geholfen.

»Sie hat vor vielen Jahren versucht, sich das Leben zu nehmen. Ihr Vater und ihre Nichte haben ihr danach Halt gegeben, aber das war ihr bald auch nicht mehr genug. Sie hat sehr viele Medikamente genommen, aber irgendwann hat sie die dann einfach abgesetzt. Ihre Familie wollte, dass sie bei ihnen im Saarland bleibt. Da, wo sie sich sicher fühlt, vertraute Menschen und Orte um sich hat. Aber dann hat sie mich kennengelernt. Und plötzlich war alles anders.«

Franz Allendorf winkte einen seiner Mitarbeiter an den Tisch und bedeutete ihm, dass er noch eine Flasche des Ersten Gewächses bringen solle, das im *Winkeler Jesuitengarten* gereift war.

»Bis du ihr dann auch nicht mehr helfen konntest?«, fragte er vorsichtig nach.

»Ich weiß nicht, ob das überhaupt jemand konnte. Aber ich habe sie immerhin eine Zeit lang von ihren Sorgen abgelenkt. Vielleicht, weil ich genug eigene hatte. Man ist ja immer besser darin, anderen Menschen zu helfen, als sich selbst.«

»Der Tod von Amthauer war das ausschlaggebende Ereignis, oder? Danach ist alles zusammengebrochen.«

Boesherz schloss die Augen und atmete tief durch, bevor er antwortete: »Dieser Fall hat sie von ihrer Wolke gestoßen. Sie hat zu sehen geglaubt, dass es immer etwas geben wird, das mir wichtiger sein würde als sie.«

Allendorf glaubte, verstanden zu haben.

»Deinen Beruf.«

»Das wäre noch nicht mal so schlimm gewesen«, wehrte Boesherz ab.

Der Kellner kam an den Tisch und schenkte von dem guten Wein nach. Boesherz nahm jedoch keine Notiz davon.

»Sie hat wohl eher erkannt, dass ich mir selbst wichtiger bin«, fuhr er stattdessen fort. »Und damit hatte sie vermutlich sogar recht. Meine Niederlage hat mich stärker verletzt, als ihre Liebe mich glücklich gemacht hat. Meinetwegen hat sie etwas fühlen müssen, das kein Partner jemals fühlen sollte. Machtlosigkeit …«

Es herrschte reger Betrieb in der Wirtschaft. Fast alle Tische und Bänke im Garten des Weingutes waren besetzt. Vom Grill zog der Duft gebratenen Fleisches herüber und der Wein floss ohne Unterbrechung. Die meisten Menschen kannten einander, und so wechselte man immer wieder gesellig die Tische, um mit seinen Nachbarn und Bekannten zwanglos zu plaudern oder über die neuesten Tropfen zu fachsimpeln. Einzig Severin Boesherz saß an diesem Abend allein an seinem Tisch.

»Ist sie jetzt wieder bei ihrer Familie?«, fragte Allendorf vorsichtig.

»Nein. Sie wollten, dass sie zurückkommt. Aber Leonore hat sie wieder nach Hause geschickt. Meinetwegen. *Severin ist die Liebe meines Lebens,* hat sie zu ihnen gesagt. *Und ohne Liebe ist auch kein Leben.*«

Allendorf schwieg betreten. Er verwendete jetzt keinen Gedanken mehr an seine anderen Gäste.

»Severin, was ist denn nun passiert?«, traute er sich schließlich zu fragen.

»Das habe ich doch gerade gesagt«, antwortete Boesherz und griff nach seinem Glas.

Er schwenkte den erstklassigen Riesling darin und inhalierte dessen Aroma so tief, dass ihm das Spiel der Düfte ein unerwartetes Lächeln auf die Lippen zauberte. Sofort wich es jedoch wieder dem Ausdruck der Verzweiflung, als er wiederholte: »*Ohne Liebe ist kein Leben.*«

Jetzt nahm er einen guten Schluck des Rieslings, ließ ihn über seine Zunge rollen und saugte dabei kaum hörbar Luft ein. Nachdem der Wein seine Kehle hinuntergeflossen war, fügte er hinzu: »Es ist alles vorbei. Leonore ist tot.«

KAPITEL 48

Severins Kollegen hatten sich alle Mühe gegeben, das Gebäude so zu sichern, dass keiner der Anwohner etwas von dessen Festnahme mitbekommen würde. Nachdem Boesherz zunächst sicherheitshalber noch von einem Kollegen abgetastet worden war, hatte Olivia ihn schließlich zur nächstgelegenen polizeilichen Gewahrsamszelle gebracht, wo er über Nacht bleiben sollte, bevor man ihn dann am darauffolgenden Tag dem Haftrichter vorführen würde.

Endlich herrschte Ruhe. Boesherz lag seit Stunden auf dem harten Bett mit der unbequemen Matratze und starrte auf die nackte Wand der Arrestzelle, die im Keller der Polizeistation lag. Die Vorwürfe, aufgrund derer der Staatsanwalt in wenigen Stunden die Erlassung eines Haftbefehls gegen ihn beantragen würde, konnten kaum schwerwiegender sein. Es erschien durchaus möglich, dass der hinter ihm liegende Tag der letzte gewesen war, den er jemals in Freiheit hatte verbringen können.

Wie lange kann es dauern, bis es passiert?

Boesherz spielte voll Sorge und Unbehagen immer wieder nur ein einziges Szenario in seinen Gedanken durch.

Ich kann hier unten nicht viel tun, aber das bedeutet nicht, dass ich gar nichts tun kann. So wie es aussieht, bleibt mir wohl nur eine einzige Chance.

Mit einer entschlossenen Bewegung erhob sich Boesherz von

seiner Liege und kniete sich dann auf den Fliesenboden vor die Toilette, die neben seiner Pritsche in der Arrestzelle stand.

»Hilfe!«, schrie er nun, so laut er konnte. »Das Wesen will mich umbringen!«

Erst als er die Geräusche eines herannahenden Polizeibeamten im Flur wahrnahm, schlug er seinen Kopf so fest, wie es ihm möglich war, auf die metallene Toilettenbrille.

KAPITEL 49

Damit helfen Sie weder sich noch uns«, erklärte die Amtsärztin, zu der man Boesherz gebracht hatte.

Es kam nicht selten vor, dass vorläufig Festgenommene unter dem Eindruck ihrer Verhaftung versuchten, sich in ihren Zellen zu verletzen oder gar das Leben zu nehmen. Aus diesem Grund war es auch üblich, Untersuchungshäftlinge zunächst psychologisch zu befragen, um eine Suizidgefahr nach Möglichkeit ausschließen zu können.

»Ich muss sofort mit meinem Anwalt telefonieren«, erklärte Boesherz, während die Ärztin ihm einen Verband um den Kopf wickelte.

Der Kommissar hatte sich eine Platzwunde an der Stirn zugezogen, die noch immer heftig blutete.

»Das können Sie morgen früh machen«, erhielt er zur Antwort. »Niemand führt Sie ohne Verteidiger dem Haftrichter vor, keine Sorge.«

»Jetzt passen Sie mal genau auf«, erklärte Boesherz der Ärztin daraufhin in einem Tonfall, der ihn auf unheimliche Weise manisch klingen ließ. »Ich bin gerade in meiner Zelle von einem Wesen angegriffen worden, das meinen Kopf auf die Toilette geschlagen hat. Dieses Ding ist durch die Wand gekommen und durch das Schlüsselloch wieder geflohen. Es ist Ihre verdammte Aufgabe, mich zu beschützen, und wenn ich jetzt nicht meinen Anwalt anrufen darf, dann erzähle ich Ihrem Vorgesetzten die Geheimnisse über Sie, die mir das Wesen anvertraut hat!«

Aus Sicherheitsgründen war während der Behandlung ein Polizeibeamter zugegen. Immer wieder versuchten Beschuldigte in ihrer Not, Polizisten oder Ärzte zu bedrohen. Auch der Versuch eines Inhaftierten, sich geisteskrank zu stellen, war für die Ärztin alles andere als neu.

»Herr Boesherz, bitte versuchen Sie einfach, noch ein paar Stunden zu schlafen, bis Sie morgen früh mit Ihrem Anwalt sprechen können«, bat die Medizinerin ihren Patienten daher nun in ruhigem Ton.

Dieser hatte die Situation im Behandlungszimmer längst erfasst.

Obwohl es eine Kaffeemaschine gibt, hat sie sich eine eigene Thermoskanne mitgebracht, auf der ausdrücklich ihr Name steht. In der Kanne könnte Tee sein, aber neben der Spüle steht ein Becher mit Kaffeeflecken daran, auf dem ebenfalls ihr Name steht. Die Namensschilder sollen verhindern, dass jemand versehentlich von ihrer mitgebrachten Mischung trinkt. Und warum ist sie bei der Arbeit mit Camouflage geschminkt? Um die roten Äderchen auf Nase und Wange zu verstecken? Außerdem riecht ihr Atem nach Pfefferminzbonbons.

»Sie trinken!«, rief Boesherz nun aus. »Das Wesen hat gesagt, dass Sie deswegen nicht mehr in einer richtigen Klinik arbeiten. Wenn Sie mich nicht mit meinem Anwalt telefonieren lassen, dann sage ich dem Wesen, dass Sie alkoholisiert Patienten behandeln. Dann kommt es Sie holen!«

»Lassen Sie das!«, herrschte der Polizeibeamte Boesherz daraufhin in bestimmtem Ton an.

Selbstverständlich war dem Polizisten bekannt, dass es sich bei seinem Inhaftierten um einen Hauptkommissar des LKA handelte, was Boesherz jedoch keinesfalls zugute kam. Der Beamte war ein kräftiger Mann mit starrem Blick und rasierter Glatze, der seit Jahrzehnten im Polizeidienst arbeitete. Ihm waren bei Weitem schon gefährlichere Männer als Boesherz untergekommen, und dem Vorwurf der Begünstigung eines Kollegen wollte er sich unter keinen Umständen aussetzen.

»Sie haben recht«, räumte der Kommissar kleinlaut ein und sah die Medizinerin mit großen Augen an. Dabei bemerkte er, dass ihr Blick unsicherer geworden war.

Sie hat Angst, dass es auffliegt. Also weiter: Sie hat ein Kinderpflaster am Handgelenk. In Rosa. Für eine Oma ist sie zu jung.

»Wenn Ihre kleine Tochter davon erfährt, wird sie sicher sehr enttäuscht sein. Das Wesen sagt …«

Gerade wollte der Beamte nach seinen Handschellen greifen und Boesherz abführen, als die Ärztin plötzlich verunsichert ausrief:

»Lassen Sie das! Meine Tochter spielt hier keine Rolle! Wenn Sie es darauf anlegen, Ihr Verfahren zu verzögern, dann sprechen Sie morgen mit einem Psychologen.«

»Ich! Will! Telefonieren! Mit meinem Anwalt!«, insistierte Boesherz unbeugsam. »Das Wesen sagt, Sie dürfen mir das nicht verbieten. Außerdem sagt das Wesen, dass Sie …«

»Es ist ja schon gut!«, lenkte die Ärztin schließlich ein.

Unter keinen Umständen wollte sie riskieren, dass Boesherz noch weitere unangenehme Wahrheiten über sie ausplauderte. Woher immer er diese auch kennen mochte. Während sie unsicher die Reaktion des Polizeibeamten auslotete, sagte die Medizinerin daher nun zu Boesherz:

»Jetzt rufen Sie in Gottes Namen Ihren Anwalt an. Bevor Sie sich deswegen noch weiter verletzen.«

Unter den verwunderten Blicken des Polizisten reichte die Ärztin Severin nun ihr Telefon. Dieser griff danach und wählte eilig eine Nummer. Es dauerte eine ganze Weile, bis sich jemand meldete.

»Jan Bittrich?«, rief Boesherz in den Hörer, nachdem sich der

Ressortleiter der Berliner Boulevardzeitung *Das Fadenkreuz* mit schläfriger Stimme gemeldet hatte. »Ich bin Hauptkommissar Boesherz vom LKA. Sie kennen mich. Ich weiß, dass es für die Druckversion Ihrer Zeitung zu spät ist, aber Sie müssen es sofort in die Online-Ausgabe bringen. Und geben Sie eine Meldung an Ihre Kollegen vom Fernsehen raus! Wenn Sie es hinbekommen, dass es morgen früh jeder weiß, bekommen Sie das erste Interview mit mir in der Zelle! Aber *nur* dann!«

Kaum, dass er diese Worte in den Hörer gerufen hatte, sprang auch schon der Polizeibeamte auf Severin zu und versuchte, diesem den Hörer aus der Hand zu reißen.

»So, jetzt ist Schluss mit den Spielchen!«, rief er wütend aus, während er vergeblich darum rang, das Telefon in seine Gewalt zu bringen.

»Interview in der Zelle? Was ist denn los?«, fragte Bittrich unterdessen verwirrt nach.

Nur eine Sekunde bevor es dem Polizisten schließlich gelang, den Hörer an sich zu reißen und das Telefonat zu beenden, gelang es Boesherz noch zu antworten.

»Ich werde angeklagt, mehrere Menschen ermordet zu haben! Hängen Sie es an die ganz große Glocke, aber sofort!«

KAPITEL 50

Das war wirklich nicht besonders klug von Ihnen. Was sollte das denn?«

Es war kurz nach neun, als Hartwig van Handel, Boesherz' Rechtsanwalt, die Arrestzelle seines Mandanten betreten hatte. Über die Vorgänge in der vergangenen Nacht hatte er sich zuvor durch Einsicht in die Akten sachkundig gemacht, und auch über den Zwischenfall bei der Ärztin war der Verteidiger bereits informiert.

»Ich habe meine Gründe«, antwortete Boesherz, dessen Wunde an der Stirn ihm noch immer pochende Schmerzen bereitete. »Ist es in den Medien? Wird darüber berichtet?«

Van Handel sah seinen Mandanten ratlos an.

Boesherz hatte mit dem Verteidiger bislang nur ein einziges Mal zu tun gehabt. Damals war es darum gegangen, den Immobilienmakler zu verklagen, der dem Kommissar die Wohnung am Schlachtensee zur Besichtigung aufgeschlossen hatte. Anhand einer Kinnspalte, die offenkundig genetisch vererbt war, hatte Boesherz herausgefunden, dass der Makler mit dem Eigentümer der Wohnung verwandt war und somit keinen Anspruch auf eine Vermittlungsprovision hatte. Van Handel hatte den Rechtsstreit problemlos für seinen Mandanten gewonnen.

»Ich habe heute noch keine Nachrichten gehört«, erwiderte der Jurist nun. »Stattdessen habe ich mich in Ihren Fall eingearbeitet, das war Beschäftigung genug!«

»Der Fall ist im Moment vollkommen egal!«, insistierte Boesherz. »Sie müssen sofort etwas für mich tun!«

»Was ist denn los mit Ihnen?«, wunderte sich der Rechtsanwalt. Dann senkte er leicht den Blick, und der Klang seiner Stimme änderte sich, als er fortfuhr: »Dieser Zwischenfall auf der Krankenstation verschlechtert Ihre Lage ernsthaft. Sie haben eine Ärztin bedroht und mit einem Polizeibeamten gekämpft. Und warum, um alles in der Welt, haben Sie diesen Journalisten angerufen?«

»Das erzähle ich Ihnen alles, wenn Sie für mich einen Anruf gemacht haben!«, drängte Severin unbeirrbar.

»Herr Boesherz, es geht hier nicht um einen Ladendiebstahl! Wenn Sie wollen, dass ich etwas für Sie tue, dann arbeiten Sie jetzt bitte mit mir zusammen!«

Der Kommissar musste einsehen, dass ihm keine andere Wahl blieb, als einzulenken. Sein Verteidiger würde aus der Arrestzelle heraus schon allein aufgrund des fehlenden Funknetzes nicht telefonieren können, und es war unter den gegebenen Umständen nicht zu erwarten, dass er die Besprechung mit seinem Mandanten unverrichteter Dinge abbrechen würde. Am schnellsten würde Boesherz also an sein Ziel gelangen, wenn er zunächst mit van Handel kooperierte.

»Also gut, dann aber schnell«, bat er daher.

Der Rechtsanwalt öffnete seinen Aktenkoffer und entnahm diesem Unterlagen, auf denen er die wichtigsten Anklagepunkte gegen Boesherz zusammengefasst hatte.

»Zurzeit wird Ihr Büro durchsucht und Ihr Computer am Arbeitsplatz überprüft. Außerdem Ihr Handy. Gegen Mittag steht dann die Hausdurchsuchung in Ihrer Privatwohnung an. Ich hoffe doch sehr, dass sich dabei keine abgetrennten Finger finden.«

Boesherz sah seinen Verteidiger nur entkräftet an.

»Also gut, problematisch ist, dass sich am Tatort des Mordes an Herrn Matthai Fasern Ihres Kaschmirmantels gefunden haben«, fuhr van Handel daher fort.

»Ich war ja auch in der Wohnung.«

»Aber Sie haben den Mantel an dem Tag nicht getragen, das sagen alle Zeugen übereinstimmend aus. Dafür hatten Sie ihn aber am Tag des Mordes an. Wir könnten vortragen, dass sich die Fasern an Ihrem Anzug befunden haben, weil Sie den Mantel normalerweise darüber tragen. Es hat Sie aber auch niemand auf dem Stuhl sitzen sehen, auf dem der Täter die Leiche verstümmelt hat. Und Sie waren zu keinem Zeitpunkt allein in der Wohnung, bevor die Fasern sichergestellt wurden. Also, wo kommen die her?«

Boesherz versuchte immer wieder, einen Blick auf die Armbanduhr seines Rechtsanwaltes zu erhaschen.

»Gut, Fasern also«, fasste er beiläufig zusammen. »Was gibt es noch?«

»Wir werden gleich zu einer Gegenüberstellung abgeholt. Die Frau, die den Phaeton an den mutmaßlichen Täter vermietet hat, hat eine Personenbeschreibung abgegeben, die deutlich auf Sie schließen lässt. Der Wagen wurde mit der Kreditkarte von Paul Matthai gemietet, der kurz zuvor ermordet wurde. Das ist wirklich sehr belastend!«, informierte van Handel Severin, während dieser unaufhörlich mit den Füßen wippte und sich immer wieder an den Verband um seinen Kopf fasste. »Außerdem konnte die Sprechstundenhilfe des getöteten Dr. Praetorius inzwischen befragt werden. Sie erinnert sich ebenfalls an einen Mann, der einige Tage vor dem Mord unter einem Vorwand in der Praxis gewesen ist. Ihre Beschreibung trifft wiederum auf Sie zu. Genauso die der Mitarbeiter mehrerer anderer Arztpraxen, die Ihr Kollege Dennis Baum gestern aufgesucht hat.«

»Man muss sich nur vernünftig anziehen, und schon sieht

man aus wie ich«, gab Boesherz zu bedenken. »Diese ganzen Menschen da draußen besitzen doch die Merkfähigkeit von Goldfischen. Die haben nicht *mich* beschrieben, sondern meinen Kleidungsstil.«

»Das werde ich auch dem Richter so vortragen«, versicherte der Verteidiger. »Zeugen sind für gewöhnlich sehr unzuverlässig, das weiß er auch. Abgesehen davon, dass Ihnen noch nicht unbedingt ein Mord bewiesen ist, weil Sie in Arztpraxen waren oder ein Auto gemietet haben. Aber der Richter wird das natürlich im Kontext bewerten.«

Boesherz ging nicht auf die Vorbehalte ein.

»Können wir nicht auf dem Weg zu der Gegenüberstellung weiterreden?«, fragte er stattdessen.

»Wir reden jetzt!«, stellte van Handel daraufhin klar. »Sie haben für keinen der Mordzeitpunkte ein Alibi. Oder doch?«

»Ich war mittags in der Fischerhütte am Schlachtensee essen. Da kennt man mich.«

Van Handel sah noch einmal in seine Aufzeichnungen.

»Die Morde wurden aber nicht mittags, sondern morgens beziehungsweise nachmittags begangen«, stellte er ernüchtert fest. »Was außerdem Eindruck auf den Richter machen wird, ist Ihre fast schon absurde Schilderung der Vorgänge. Hat Sie zum Beispiel jemand mit diesem Herrn, äh, Grevesmühl am Schlachtensee in das Auto steigen sehen?«

Boesherz schüttelte den Kopf. Dann erhob er sich und begann damit, in seiner Zelle auf und ab zu gehen wie ein Tiger im Käfig.

»Die Heckscheiben waren abgedunkelt, und er hat mich zu einem Zeitpunkt angesprochen, als niemand in der Nähe war. Aber warum sollte ich denn diesen ganzen Quatsch erzählt haben, wenn ich selbst der Mörder war? Ich bin Hauptkommissar beim Morddezernat. Glauben Sie nicht, ich hätte diesen Arzt raffinierter umbringen können?«

»Das führt zu der Frage, in welchem Zusammenhang die Morde, die man Ihnen anlastet, zu dem Tod des Arztes damals im Rheingau stehen. Es wird seit heute auch in Hessen gegen Sie ermittelt. Man prüft dort, ob sich Hinweise finden, die Sie auch in dem alten Mordfall belasten könnten.«

Boesherz zeigte kein Interesse an dieser Neuigkeit.

»Wann ist denn nun diese Gegenüberstellung?«, fragte er stattdessen ungeduldig.

»In einer Stunde. Danach geht es direkt zum Haftrichter.«

»Und wie sieht es aus? Reichen die Beweise für einen Haftbefehl?«

Der Rechtsanwalt wiegte seinen Kopf unschlüssig hin und her.

»Falls die Zeugen Sie identifizieren, wird es dünn. Gravierend sind natürlich auch die Spuren – dazu sollten wir besser noch eine gute Erklärung finden. Und auch dazu, woher Sie die Kreditkarte eines Mordopfers hatten, die sich dann später bei dessen Leiche wiedergefunden hat. Und dann ist da auch noch das fehlende Alibi. Und diese Geschichte mit dem, Moment, was war es noch – genau: Sanskrit.«

Boesherz sah seinen Verteidiger ratlos an.

»Na ja, das scheint doch sehr weit hergeholt«, führte dieser aus. »Der Richter könnte denken, dass Sie sich dieses Rätsel selbst ausgedacht haben.«

»Von mir aus«, tat Boesherz den Einwand lapidar ab. »Können Sie jetzt bitte endlich diesen Anruf für mich machen? Es geht um Leben und Tod!«

Hartwig van Handel atmete schwer aus.

»Einen Augenblick bitte noch«, entgegnete er. »Wir sind jetzt nämlich bei der wichtigsten Frage: Welches Motiv könnte man Ihnen unterstellen?«

Boesherz hielt nun inne, rieb sich mit beiden Händen das Gesicht und nahm dann wieder auf seiner Pritsche Platz.

»Das soll sich der Staatsanwalt ausdenken«, gab er gleichgültig zur Antwort.

Der Verteidiger schwieg dazu. Mit prüfenden Blicken musterte er stattdessen seinen Mandanten.

»Vielleicht sollten Sie beim Haftprüfungstermin einfach keine Angaben machen«, schlug er schließlich vor. »Mit ein bisschen Glück bekomme ich Sie auf freien Fuß. Solange ein überzeugendes Motiv fehlt, ein direkter Tatzeuge oder ein zwingender Beweis für Ihre Schuld, wird es schwer für den Richter. Andererseits ist der Vorwurf so gravierend, dass er Sie auch nicht ohne Weiteres laufen lassen kann. Wir sollten jetzt erst mal die Gegenüberstellung abwarten.«

»Bitte, von mir aus«, stöhnte Boesherz und griff sich dabei erneut an seine Wunde. »Können Sie dann jetzt bitte endlich für mich telefonieren?«

Der Verteidiger nickte nun endlich zum Zeichen seiner Zustimmung.

»Sie müssen jemandem von mir ausrichten, dass er unter gar keinen Umständen …«

»Herr Boesherz«, unterbrach der Anwalt. »Wenn es darum geht, mögliche Zeugen zu manipulieren …«

»Nein, darum geht es nicht«, verteidigte sich der Kommissar. »Sie müssen nur etwas ausrichten. Aber schnell!«

Es klopfte an die Zellentür. Dann wurde ein Schlüssel ins Schloss geführt, und ein Polizeibeamter trat in den Raum.

»Wir sind jetzt so weit für den Transfer«, erklärte er.

Boesherz sah seinen Rechtsanwalt mit flehendem Blick an. Dieser nickte daraufhin so leicht, dass es kaum wahrzunehmen war, und drehte sich dann zu dem Beamten um.

»Bitte kommen Sie in zwei Minuten wieder«, bat er sich aus. »Ich muss noch kurz etwas mit meinem Mandanten besprechen.«

KAPITEL 51

Ferdinand war schon kurz nach sieben Uhr in seinem Hotelbett wach geworden. Sein Schlafrhythmus war der eines Schülers, und selbst an den Wochenenden gelang es ihm nur selten, auszuschlafen. Er war zunächst noch eine Weile im Bett liegen geblieben und dann ins Badezimmer gegangen, um ausgiebig zu duschen. Danach hatte er sich angezogen, um den Frühstücksraum aufzusuchen.

Ferdinand hatte sich angewöhnt, sein Frühstück zunächst mit etwas Süßem zu beginnen. An diesem Morgen war es ein Crêpe mit frischen Früchten und Erdbeerquark gewesen, den er sich am Büfett zusammengestellt hatte. Erst dann hatte er aus einer Berliner Schrippe, mehreren kleinen Buletten, krossem Speck sowie viel Ketchup und Käse einen veritablen Cheeseburger zusammengestellt, den er zunächst mit seinem Handy fotografiert und gleich darauf genüsslich verspeist hatte. Nachdem er sich danach eine Weile in dem von Hotelgästen gesäumten Raum umgesehen hatte, griff er nun zum wiederholten Mal nach seinem Smartphone und sah auf dessen Display.

»Du pennst doch sonst nicht so lange«, sprach er dabei zu Severin, als könne dieser ihn hören.

Eine Kellnerin fragte den Jungen nun, ob er Kaffee trinken wolle. Dieser gab daraufhin einen heißen Kakao in Auftrag, griff dann erneut zu seinem Handy und rief eine Nummer an, die er unter seinen Favoriten gespeichert hatte.

»Ferdi, wie geht es euch denn?«, meldete sich seine Mutter.

»Super, Tarek und ich haben gestern das *Dungeon* gesehen, das ist total cool! Da müssen wir auch mal zusammen hin. Du musst einfach mal mitkommen, Berlin ist total krass!«

»Als ob du deine Mutter dabei haben möchtest …«, wiegelte Gabriele Wehde ab. »Wann geht denn das Fußballspiel heute los?«

»Um halb vier. Das wird total geil, wir sind hier alle schon voll in Siegerlaune! Heute machen wir die Bayern platt!«

Ferdinands Augen leuchteten, als glaube er selbst, was er seiner Mutter erzählte. Kurz musste er an das Gespräch denken, das er am Abend zuvor mit Boesherz geführt hatte. Für einen Augenblick durchfuhr ihn dabei ein Ansatz von schlechtem Gewissen, der aber sofort wieder von der Vorfreude auf den Tag mit Severin weggewischt wurde.

»So, ich muss jetzt auch wieder los, wir wollen vorher noch in den Hertha-Fanshop. Tarek hat doch echt noch nicht das neue Saisontrikot, das geht ja mal gar nicht in der VIP-Lounge …«

»Dann zieht ihr mal los und habt Spaß«, antwortete Wehde, bevor Ferdinand das Gespräch mit einem Gruß an seinen Vater beendete.

Noch einmal sah der Schüler danach auf sein Handydisplay. Es war noch immer keine Nachricht von Severin eingegangen.

Wenn in zehn Minuten nichts gekommen ist, dann schreibe ich ihm.

Severin und Ferdinand hatten strenge Regeln für ihre Kontaktaufnahmen. Keiner der beiden durfte die Nummer des anderen in seinem Telefon abspeichern oder auch nur auf einem Zettel notieren. Somit war Boesherz' Nummer in Zeiten digitaler Adressbücher auch die einzige, die Ferdinand auswendig kannte. Ein Telefonat miteinander durfte keiner der beiden von seinem Handy aus starten. Die Verbindung wäre vom jeweiligen Mobilfunkanbieter erfasst worden. Die einzige zulässige Form der Kommunikation über die eigenen Handys war der Versand von Kurznachrichten, die unverzüglich nach dem Senden beziehungsweise Empfangen wieder zu löschen waren.

Die Kellnerin erschien nun am Tisch und servierte Ferdinand den Kakao.

»Na, ganz allein in Berlin unterwegs?«, fragte sie den Schüler.

»Bei meinem Vater«, antwortete dieser und fügte kurz darauf hinzu: »Scheidungskind …«

Nachdem er einen verständnisvollen Blick geerntet hatte, goss er sich eine Tasse seines Kakaos ein und griff dann ein weiteres Mal zu seinem Handy. Noch einmal zögerte er. Dann gab er schließlich Boesherz' Nummer ein und begann damit, eine Nachricht an ihn zu verfassen.

»Habt ihr das mit dem Polizisten gehört, der die Leute umgebracht hat?«, fragte in diesem Augenblick ein Mann an einem der Nachbartische seine Begleiter. »War in den Nachrichten. Hier in Berlin. Den haben sie heute Nacht hopsgenommen.«

Ferdinand ließ daraufhin zunächst von seiner Nachricht ab. Interessiert lauschte er dem Mann am Nebentisch.

»Der hat wohl drei Leute kalt gemacht und so getan, als ob er den Mörder sucht. Clever eigentlich.«

»Na, so clever ja wohl auch nicht«, hielt dem Mann eine rüstige Rentnerin entgegen, die zu den anderen Personen am Tisch gehörte. »Sonst hätten sie ihn ja nicht geschnappt.«

»Ja, da ist er sich wohl zu schlau vorgekommen«, räumte der Mann ein. »Der Typ soll so ein Genie sein, die haben was über den erzählt.«

Ferdinand war verstört. Was immer dieser Fremde am Nebentisch auch in den Nachrichten gesehen zu haben glaubte, er musste unbedingt herausfinden, was es damit auf sich hatte. Er würde das Internet auf seinem Smartphone aufrufen und der Geschichte auf den Grund gehen. Doch zunächst wollte er die Nachricht an Severin versenden. Gerade als er den letzten Satz seiner Mitteilung tippen wollte, wurde er durch ein eingehendes Telefonat unterbrochen. Die Nummer des Anrufers kannte er nicht.

»Hallo?«, meldete sich der Teenager vorsichtig.

»Sind Sie Herr Ferdinand Wehde?«, erkundigte sich eine Stimme, die der Schüler noch nie zuvor gehört hatte.

»Worum geht es denn?«

»Ich habe eine Nachricht von Herrn Boesherz für Sie. Ich bin sein Rechtsanwalt.«

Mit einem Schlag schien alles um den Teenager herum wie ausgeblendet zu sein. Das Stimmengewirr, die Musik, das Treiben am Frühstücksbüfett. Sein Herz schien dem Jungen regelrecht in der Brust anzuschwellen und ihm dabei die Luft abzuschnüren.

»Was ist denn los?«, brachte er mit schlagartig ausgetrockneter Kehle hervor.

»Er sagt, Sie dürfen auf gar keinen Fall irgendwie Kontakt zu ihm aufnehmen. Unter gar keinen Umständen! Sie sollen Berlin sofort verlassen und sich so lange nicht melden, bis Sie von ihm hören. Es schien ihm sehr ernst zu sein, Sie sollten sich bitte unbedingt an diesen Rat halten.«

»Ist er etwa … also … das, was in den Nachrichten war?«, stotterte Ferdinand.

»Bitte«, insistierte van Handel daraufhin. »Herr Boesherz lässt Ihnen wörtlich ausrichten, dass schon eine einzige digitale Kontaktaufnahme eine Katastrophe auslösen würde, die – Entschuldigung, ich gebe wirklich nur weiter, was er gesagt hat! – Ihr Leben bedrohen würde. Herr Wehde, bitte folgen Sie dem Rat meines Mandanten!«

Ferdinand glaubte, der Boden drehe sich unter seinen Füßen, als er schwer atmend und wie unter Schock antwortete.

»Oh, Mann. Das kam jetzt aber keine Sekunde zu früh …«

KAPITEL 52

Das war's dann wohl. Wann reisen Sie ab?«

Olivia hatte, wie auch alle anderen Mitglieder der Sonderkommission, ihre Unterlagen für die Übergabe vervollständigt. Aufgrund des Tatverdachtes gegen Boesherz war das Team von Daniela Castella unverzüglich von der Ermittlung abgezogen und der Fall einer der anderen Mordkommissionen in Berlin übertragen worden. Holzmann stand nun in der Abstellkammer, die man notdürftig zu Rupert Schirlos Büro umgebaut hatte. Der Kollege aus dem Rheingau war gerade dabei, seine Sachen zusammenzupacken.

»Ich fahre heute Nachmittag zurück«, antwortete er. »Ich werde jetzt wieder im Rheingau gebraucht, der Fall Amthauer wird noch mal neu aufgerollt.«

Olivias Haar war struppig, ihr Gesicht ungeschminkt. Sie trug dieselbe Kleidung wie am Tag zuvor, und ihre Bewegungen waren ruhiger und bedächtiger als sonst.

»Was glauben Sie?«, fragte sie Schirlo, während dieser seine privaten Sachen in einer Ledertasche verstaute. »Kann das wirklich wahr sein? Trauen Sie Severin so was zu?«

»Was wollen Sie denn jetzt von mir hören? Er hat wegen eines Mordfalles die Liebe seines Lebens aufgegeben. Und den Fall hat er trotzdem nie geklärt. Das ist doch schon irgendwie seltsam, oder nicht?«

»Aber welches Motiv sollte er denn gehabt haben?«

»Amthauer war Severins Arzt. Er hat Dinge über ihn gewusst,

die sonst keiner wusste. Vielleicht hat Amthauer etwas rausgefunden, von dem Severin nicht zulassen wollte, dass Leonore es erfährt?«

Olivia wollte dem nicht zustimmen.

»Als Arzt hätte er ihr das doch gar nicht erzählen dürfen.«

»Sie sind gut«, lachte Schirlo auf. »Waren Sie mal bei uns im Rheingau? Nach zwei Flaschen Riesling in der Straußwirtschaft wird's gemütlich. Klar, auch unsere Ärzte halten sich an die Schweigepflicht, aber wie sicher kann man sich denn sein, wenn man etwas zu verheimlichen hat? Bei uns kennt jeder jeden, und Amthauer war der Hausarzt der halben Region.«

»Also gut, dann nehmen wir jetzt mal an, dass Amthauer etwas über Severin herausgefunden hat, das Leonore unter keinen Umständen wissen durfte. Was hätte das denn schon gewesen sein sollen?«

Schirlo schob seinen Bürostuhl unter den Kantinentisch und setzte sich dann leger auf die Tischplatte, während er seine Tasche verschloss. Sein provisorisches Büro hatte er nun vollständig aufgeräumt und war bereit, es wieder an das Reinigungsteam zu übergeben.

»Eine Erbkrankheit vielleicht?«, dachte er laut nach. »Er und Leonore hatten schon ihren Hochzeitstermin festgelegt, sie wollten eine Familie gründen. Was wäre denn, wenn Severin an die gemeinsamen Kinder irgendetwas Schlimmes vererbt hätte?«

»Er hätte mit Leonore darüber gesprochen! Und niemals hätte er leichtfertig eine Krankheit an seine Kinder weitergegeben.«

»Wir sprechen hier von einer anderen Zeit, das war vor sechzehn Jahren.«

»Wenn die beiden so verliebt waren, wie Sie erzählen, dann hätte sie das doch nur noch enger zusammengeschweißt«, hielt Olivia noch immer dagegen. »Meinen Marko hätte ich nicht mal verlassen, wenn er alle Krankheiten der Welt gehabt hätte.«

»Vielleicht hätte Leonore ihn ja auch nicht verlassen«, räumte Schirlo ein. »Aber wer sagt uns denn, dass sich Severin darüber im Klaren war? Vielleicht war er nicht in der Lage, sich so weit in ihre Gefühle hineinzuversetzen. Oder er wollte es einfach nicht riskieren. Es könnte zum Streit zwischen Severin und Amthauer gekommen sein. Und dann hat er ihn im Zorn niedergeschlagen. Und als er gesehen hat, dass Amthauer tot war, könnte er sich überlegt haben, wie er es anstellen musste, dass man ihn nicht überführen würde. Seine DNA war am Tatort, aber das war egal, weil die DNA der halben Region in der Praxis war. Und weil er nun mal verdammt schlau ist, hat er dann diese Szene entworfen und uns alle damit schachmatt gesetzt. Dann musste er nur noch den verzweifelten Kommissar spielen, der den Fall nicht lösen kann – und fertig war das perfekte Verbrechen.«

Olivia sträubte sich mit jeder Faser ihres Körpers gegen die Vorstellung, dass Schirlo mit seiner Theorie möglicherweise recht haben könnte. Sie wusste, dass sie ab sofort nicht mehr berechtigt sein würde, Einsicht in die Ermittlungsakte zu nehmen. Ebenso, wie ihr bewusst war, dass Castella sie schon bald einem anderen Fall zuteilen würde. Wieder und wieder hatte sie nach der Festnahme ihres Freundes über den unglaublichen Vorwurf nachgedacht; kein Auge hatte sie in der hinter ihr liegenden Nacht zugetan. Doch so sehr sie es auch versucht hatte – schlüssig widerlegen konnte sie die Vorwürfe nicht.

»Jetzt nehmen wir einfach mal an, dass Severin seinen Arzt damals wirklich ermordet hätte. Das ist sechzehn Jahre her, und alles andere als einen Totschlag könnte man ihm nicht nachweisen. Dafür bekäme er nach der langen Zeit vielleicht noch fünf Jahre, zwei davon auf Bewährung. Klar, seinen Beruf und sein Ansehen wäre er los. Aber er hat genug Geld und kann nach der Haft irgendwo hinziehen, wo ihn keiner kennt. Warum sollte er unter diesen Umständen jetzt plötzlich, so lange danach, drei vorsätzliche Morde begehen? Wenn man ihn *deswegen* jetzt nämlich schuldig spricht, dann kommt er nie wieder aus dem Gefängnis raus.«

Schirlo erhob sich von der Tischplatte, schulterte seine Tasche und deutete mit einer Geste an, dass er die Kammer verlassen wollte. Dabei antwortete er:

»Seien Sie mir bitte nicht böse, aber ich frage mich schon lange, ob Severin überhaupt noch weiß, was er tut.«

KAPITEL 53

»Könnte es doch nur auf jeder Wache so zugehen«, konstatierte Boesherz, während er zu seiner Gegenüberstellung geführt wurde. »Tadellos gekleidete Beamte, so weit das Auge reicht!«

Als Verdächtigem wurden dem Kommissar zu seiner Gegenüberstellung fünf vollkommen unbeteiligte Männer zur Seite gestellt. Diese hatten ihm in den Merkmalen, die von den Zeugen beschrieben worden waren, zu ähneln. Der Einfachheit halber waren sie unter den Mitarbeitern der Polizeidienststelle ausgewählt worden, auf der die Konfrontation nun stattfinden würde. Boesherz konnte sich eine gewisse Häme nicht verkneifen, denn folgerichtig waren auch die anderen fünf Herren mit Dreiteilern und Krawatte bekleidet.

»Die Scherze sollten Sie sich für den Richter aufheben«, antwortete der Beamte, der die Vorgänge überwachte.

Die Verletzung an Boesherz' Stirn war zwar nicht groß, sein Verteidiger hatte aber dennoch darauf bestanden, dass auch den anderen Männern im Raum Pflaster auf die Stirn geheftet werden mussten.

Boesherz selbst gab sich nun wesentlich gelassener als noch kurz zuvor in seiner Arrestzelle. Sein Rechtsanwalt hatte ihn darüber informiert, dass er Ferdinand gerade noch rechtzeitig davon hatte abhalten können, ihm eine Nachricht zu senden.

»Was für ein wunderbares Pflaster«, stellte Carl vom Stein trocken fest, als er die Verletzung des Kommissars betrachtete.

»Das war sehr gerissen von Ihrem Mandanten, noch schnell vor der Gegenüberstellung sein Aussehen zu verändern.«

Der Staatsanwalt hatte es sich nicht nehmen lassen, der Konfrontation persönlich beizuwohnen. Gemeinsam mit Hartwig van Handel und zwei Polizeibeamten stand er im Nebenraum hinter dem venezianischen Spiegel und wartete darauf, dass die Zeugen nacheinander hineingeführt werden würden.

»Mein Mandant befand sich gestern Nacht in einer seelischen Ausnahmesituation«, entgegnete van Handel. »Seine Selbstverletzung war eine Folge des Schocks, den er durch die Festnahme erlitten hat.«

»Von mir aus«, winkte vom Stein ab. »Ich suche hier nicht nach einem Sündenbock, sondern nach einem Täter.«

Damit nickte er einem der Beamten zu, woraufhin dieser Gisela Lenz in den Raum führte. Sie hatte den Phaeton vermietet, in dem Boesherz an den Tatort gebracht worden war.

»Sehen Sie sich die Männer bitte ganz in Ruhe an und sagen uns dann, ob Sie einen davon wiedererkennen«, bat der Staatsanwalt die Zeugin.

Diese ließ ihre Blicke ruhig und aufmerksam über die sechs Männer streifen, die mit Nummernzetteln in der Hand hinter dem einseitigen Spiegel standen.

»Also, die sehen ja schon alle recht ähnlich aus«, erklärte sie nach einigen Sekunden. »Aber es war auf jeden Fall die Nummer drei.«

Van Handel und der Staatsanwalt sahen einander schweigend an. Die Zeugin hatte Severin Boesherz benannt.

»Sind Sie sicher?«, hakte vom Stein nach.

»Ganz sicher«, bestätigte Lenz. »Dieser Stil! Wissen Sie, die anderen Männer haben ihre Anzüge einfach nur *an*. Aber der mit der Drei – der *trägt* ihn auch. Ich bin sicher, das war der Mann aus dem Fernsehen!«

Hartwig van Handel horchte auf.

»Aus dem Fernsehen?«, wiederholte er überdeutlich.

»Ja, die berichten doch heute schon die ganze Zeit darüber.«

Der Staatsanwalt senkte kaum merklich den Kopf.

»Gut, vielen Dank«, sagte er dann und verabschiedete die Zeugin.

Nachdem sie nun wieder unter sich waren, erklärte Carl vom Stein: »Wissen Sie, ich habe mich wirklich gefragt, warum Herr Boesherz gestern Nacht diese Show in seiner Zelle abgezogen hat. Aber das muss ich ihm lassen, er ist einfach ein Genie! Was meinen Sie, wie das für den Richter aussehen wird? Ein Verdächtiger, der kurz vor der Zeugenbefragung sein Gesicht in die Medien bringt, damit alle Befragten, die ihn womöglich identifiziert hätten, dastehen, als hätten sie sich durch das Fernsehen beeinflussen lassen.«

Van Handel hatte durchaus bereits ähnliche Überlegungen angestellt. Auch wenn er dies selbstverständlich niemals zugegeben hätte.

»Wie gesagt, mein Mandant war nicht Herr seiner Sinne, als er den Anruf getätigt hat. Kurz zuvor hatte er einen schweren Schlag auf den Kopf erlitten. Er ist unschuldig und hatte damit keinen Grund, irgendwelche Zeugen zu beeinflussen.«

»Erzählen Sie das nicht mir«, winkte vom Stein ab.

Dann trat er ganz nah an die Scheibe heran, hinter der Boesherz noch immer mit entspannter Miene in die Leere des Raumes blickte. Ganz leise hauchte er:

»Was verheimlichst du uns eigentlich noch alles? Und warum erzählst du Geschichten, die nicht wahr sind? Es hat niemals ein aufgefundenes Mädchen in Kiel gegeben …«

KAPITEL 54

Ferdinand saß bereits seit zwei Stunden vor dem Fernseher in seinem Hotelzimmer. Jan Bittrich vom *Fadenkreuz* hatte ganze Arbeit geleistet. Die Nachricht von dem exaltierten Hauptkommissar unter Mordverdacht hatte sich wie ein Lauffeuer verbreitet und war Thema auf allen Kanälen. Der Nachrichtensender, der ebenso wie die Zeitung *Das Fadenkreuz* zur Berliner Verlagsgruppe Adler gehörte, berichtete seit mehr als einer Stunde durchgehend über den Fall, von dem immer neue Einzelheiten an die Medien gelangten.

»Zum jetzigen Zeitpunkt können wir nur sagen, dass unsere Ermittlungen Hinweise ergeben haben, die eine Tatbeteiligung von Hauptkommissar Boesherz als möglich erscheinen lassen«, erklärte der Pressesprecher des LKA Berlin den Journalisten, die am Tempelhofer Damm Stellung bezogen hatten.

»Ist es wahr, dass Herr Boesherz die Ermittlungen in dem Fall selbst geleitet hat?«, wollte eine Reporterin wissen.

»Herr Boesherz war aufgrund seiner hohen Qualifikation leitend an der Untersuchung beteiligt, das ist wahr.«

»Halten Sie es für möglich, dass weitere Polizisten in diesen Fall verwickelt sind?«, fragte daraufhin ein anderer Reporter.

»Zurzeit wissen wir nicht einmal, ob Herr Boesherz in den Fall verwickelt ist. Es ist vollkommen überzogen und keinesfalls geboten, den Ermittlungsapparat infrage zu stellen. Das Landeskriminalamt Berlin arbeitet einwandfrei und verlässlich.«

Ferdinand griff nach der Fernbedienung und stellte den Ton

aus. Das Gespräch mit dem Pressesprecher wurde bereits zum dritten Mal ausgestrahlt, der Teenager hätte die Antworten bereits mitsprechen können.

»Fuck, was wollen die dir denn da anhängen?«, rief er wütend aus und schlug kräftig gegen sein Kopfkissen. »Du kannst ja nicht mal eine Mücke erschlagen, ohne ein schlechtes Gewissen zu haben.«

Ferdinand war hoch konzentriert. Er versuchte so rational, wie es ihm möglich war, zu überdenken, was er in seiner Lage tun konnte. Natürlich, Severins Rechtsanwalt hatte ihm ausgerichtet, er solle Berlin verlassen und sich so lange nicht mehr melden, bis Boesherz von sich aus an ihn herantreten würde. Ferdinand verstand durchaus, dass dies vermutlich das Sicherste für ihn sein würde. Doch würde es auch das Beste für Severin sein? Das Hotelzimmer war noch für den folgenden Tag bezahlt, und seine Mutter würde zudem unbequeme Fragen stellen, wenn er verfrüht von seinem Ausflug zu *Tarek* zurückkehren würde.

Ich muss dir doch irgendwie helfen können.

Als der Junge nun bemerkte, dass nach zahlreichen Wiederholungen endlich neues Material zu dem Fall gesendet wurde, schaltete er den Ton eilig wieder an. Die Moderatorin des Nachrichtensenders erklärte gerade sachlich: »Wie wir hören, wird Hauptkommissar Boesherz in etwa einer Stunde dem Haftrichter vorgeführt. Danach wird sich entscheiden, wie dringend die Verdachtsmomente gegen ihn sind. Am Telefon ist mir jetzt der ermittelnde Staatsanwalt zugeschaltet. Ich begrüße Carl vom Stein.«

In der unteren Bildecke wurde ein etwas älteres Foto des Staatsanwaltes eingeblendet, dessen Stimme nun blechern in das Studio eingespielt wurde.

»Herr Staatsanwalt, wie genau wird denn die Anklage lauten?«

»Zunächst einmal steht noch gar nicht fest, ob die Staatsanwaltschaft überhaupt Anklage erheben wird. Aufgrund der vorliegenden Beweise haben wir zunächst Antrag auf Erlass eines Haftbefehls gestellt, über das weitere Vorgehen werden wir in Zusammenarbeit mit der nun zuständigen Mordkommission entscheiden.«

»Wie lange konnte Kommissar Boesherz denn bereits an dem Fall arbeiten, in dem er jetzt selbst verdächtig ist? Oder anders gefragt: Wie viel Zeit hätte er denn gehabt, Spuren und Beweise zu vernichten?«

Vom Stein machte eine demonstrative Pause, bevor er antwortete:

»Die ersten beiden Morde wurden in den Morgenstunden des vergangenen Mittwochs begangen, der dritte dann in den Nachmittagsstunden desselben Tages. Herr Hauptkommissar Boesherz hat also drei Tage in der Sache ermittelt, bis …«

Ferdinand stutzte.

Mittwoch früh?

Der Schüler sprang ruckartig von seinem Bett auf.

Okay, bleib cool. Was machst du jetzt? Genau! Ich habe doch die Nummer von seinem Anwalt!

Sofort griff Ferdinand nach seinem Smartphone und rief den Verlauf der eingegangenen Anrufe auf. Die Nummer des Verteidigers wurde ganz oben angezeigt. Ohne weiter darüber nachzudenken, wählte er die Nummer. Erst nach einer Weile nahm Hartwig van Handel das Gespräch entgegen.

»Herr Boesherz ist nicht bei mir«, erklärte er Ferdinand, der danach verlangt hatte, mit Severin sprechen zu dürfen. »Er wird gerade in die Haftanstalt gefahren, da treffe ich ihn dann wieder. Es wird gleich über den Haftbefehl entschieden. Haben Sie Berlin denn schon verlassen?«

»Nein, und das habe ich auch nicht vor!«, erwiderte der Junge aufgeregt. »Der Richter hat also noch nichts entschieden?«

»Nein, der Termin ist …«

»Ich habe eine wichtige Information!«, unterbrach Ferdinand vollkommen außer sich.

»Was ist denn passiert?«

Der Schüler musste sich zunächst sammeln, um seine Gedanken ordnen zu können. Dann erst entgegnete er: »Seien Sie mal froh, dass ich noch nicht abgereist bin!«

KAPITEL 55

Herr Hauptkommissar Boesherz, Ihnen wird zur Last gelegt, Herrn Dr. Friedemann Praetorius, Herrn Paul Matthai sowie Herrn Levin Grevesmühl heimtückisch ermordet zu haben«, las der Haftrichter aus der Akte vor, die Carl vom Stein ihm kurz zuvor hatte zukommen lassen. »Die Staatsanwaltschaft hat gegen Sie einen Antrag auf Erlass eines Haftbefehls gestellt.«

Der Richter war ein freundlicher Mann, in dessen Art nichts Beunruhigendes lag. Er trug einen dunklen, abgetragenen Anzug mit einer blauen Krawatte, jedoch keine Robe. Mehrmals täglich hatte er im Untersuchungsgefängnis Berlin-Moabit in Vorführungsverhandlungen darüber zu entscheiden, ob die jeweiligen Beschuldigten in Haft genommen werden mussten oder auf freien Fuß gesetzt werden konnten. Sein Arbeitsalltag war dabei eher unspektakulär. Entscheidungen traf der Richter allein aufgrund der Aktenlage sowie seiner persönlichen Einschätzung des jeweiligen Beschuldigten.

»Sie müssen sich dazu nicht äußern«, erklärte er Boesherz routiniert. Dann sah er dessen Verteidiger an, der erst wenige Sekunden vor Beginn der Verhandlung in den Saal gehetzt war. »Wie ich lese, haben drei von vier Zeugen Herrn Boesherz bei einer Gegenüberstellung identifiziert.«

Van Handel holte noch einmal tief Luft, bevor er ausführte:

»In den Beschreibungen, die das LKA ermittelt hat, wurde die fragliche Person allein anhand von Kleidung und Frisur und anderen Äußerlichkeiten beschrieben. Nähere Ausführungen zu Details des Gesichtes finden sich in den Protokollen der Befragungen nicht.«

»Alle Teilnehmer der Gegenüberstellung waren in dem Stil bekleidet, den die Zeugen beschrieben haben«, hielt der Richter dem entgegen.

»Aber nur das Gesicht meines Mandanten wird seit den Morgenstunden in jeder Nachrichtensendung im Zusammenhang mit diesem Fall präsentiert.«

Der Haftrichter nahm die Erläuterung des Anwaltes zur Kenntnis. Dann wandte er sich wieder an Boesherz:

»Sie sind Kriminalhauptkommissar beim LKA Berlin. Sollten die Vorwürfe gegen Sie begründet sein, bestünde die Gefahr, dass Sie Ihre Kenntnisse, Verbindungen und Fähigkeiten dazu nutzen könnten, Ermittlungsergebnisse zu manipulieren oder Kollegen zu beeinflussen. Hinzu kommt, dass Sie vermögend sind und somit nicht ausgeschlossen werden kann, dass Sie sich aufgrund der Schwere der Tatvorwürfe einem Prozess durch Flucht entziehen. Sie sind nicht familiär gebunden. Der Tatvorwurf ist erheblich. Im Falle einer Verurteilung droht Ihnen lebenslange Haft mit anschließender Sicherungsverwahrung. Um es auf den Punkt zu bringen: Haftgründe sehe ich massenhaft. Mir bleibt also nur die Prüfung des dringenden Tatverdachts. Und da kann ich aufgrund der Aktenlage nicht viel Entlastendes für Sie sehen. Möchten Sie dazu etwas sagen?«

Boesherz, der regungslos auf seinem Stuhl kauerte, wirkte wie abwesend, dabei jedoch keinesfalls verzweifelt.

»An Ihrer Stelle würde ich Haftbefehl erlassen«, gab er dem Richter stoisch zur Antwort.

Dieser nickte nur stumm und wollte sich gerade der Protokollführerin zuwenden, als sich Hartwig van Handel überraschend erhob und, wenn auch eine Spur zu theatralisch, seine Arme ausbreitete.

»Herr Richter, bitte entschuldigen Sie, aber ich hatte noch keine Gelegenheit, mit meinem Mandanten zu sprechen. Es hat sich eine Wendung ergeben, von der ich erst kurz vor unserem Termin erfahren habe. Deswegen war ich auch so spät dran.«

»Eine Wendung?«, wiederholte der Haftrichter mit hochgezogener Augenbraue. »Na, dann lassen Sie mal hören.«

»Ich habe einen Zeugen sistiert, er wartet vor der Tür. Ich beantrage, ihn zu hören.«

Boesherz wandte sich überrascht zu seinem Rechtsanwalt um.

»Was denn für einen Zeugen?«, fragte er verblüfft.

Van Handel neigte sich an das Ohr seines Mandanten und flüsterte ihm zu: »Das ist Ihre einzige Chance. Bei *der* Beweislage *muss* der Haftbefehl ergehen ...«

Bevor Boesherz noch weitere Fragen stellen konnte, folgte der Richter dem Antrag des Verteidigers. Ein Wachtmeister öffnete die Tür zum Verhandlungsraum und bat den Zeugen, einzutreten.

»Sind Sie wahnsinnig geworden?«, raunte Boesherz seinen Anwalt ungehalten an, als Ferdinand daraufhin den Raum betrat.

»Ich bitte um Ruhe!«, brachte der Richter die Situation unter Kontrolle und forderte den Schüler dann auf, sich seinem Pult zu nähern. Mit ernstem Blick musterte er den Jungen eindringlich. »So, wen haben wir denn da?«

»Mein Name ist Ferdinand Wehde«, antwortete der Teenager eingeschüchtert und räusperte sich.

»Alter, Beruf?«

»Ich bin fünfzehn und gehe noch zur Schule. Ich komme aus Bad Lauterberg im Harz.«

So wie er es zuvor mit Boesherz' Verteidiger besprochen hatte, nahm der Junge seinen Personalausweis aus der Tasche und legte ihn dem Richter vor. Dieser übergab ihn seiner Protokollantin, die sofort alle Daten notierte.

»Bist du mit dem Beschuldigten verwandt oder verschwägert?«

»Nein.«

»Also, der Zeuge ist minderjährig, an der erforderlichen Verstandesreife scheint es dem Gericht nicht zu mangeln«, diktierte der Vorsitzende sachlich, bevor er sich wieder direkt an Ferdinand wendete. »Ich muss dich dazu ermahnen, hier die Wahrheit zu sagen. Falsche Aussagen werden bestraft! Also, junger Mann, was hast du uns zu erzählen?«

»Gar nichts!«, rief Boesherz aus und sah Ferdinand mit verzweifeltem Blick an. »Geh einfach nach Hause!«

»Das kann ich nicht«, entgegnete der Schüler. »Du kannst es gar nicht gewesen sein!«

Während van Handel sich seines Mandanten annahm, meldete sich erneut der Richter zu Wort.

»So, jetzt ist hier mal Ruhe! Das Wort hat der Zeuge. Auch wenn es hier um viel geht, muss ich Sie ermahnen, sich zusammenzureißen, Herr Boesherz.«

Nachdem der Kommissar sich kopfschüttelnd zurückgelehnt hatte, sprach Ferdinand schließlich weiter.

»Ich habe gehört, dass Severin, also Herr Boesherz, diese Leute Mittwoch morgens ermordet haben soll. Aber das geht gar nicht.«

»Und warum geht das nicht?«, hakte der Richter nach.

»Weil ich Mittwoch früh mit ihm gecamt habe. Meine Eltern waren arbeiten, und ich musste erst zur zweiten Stunde, das weiß ich noch genau.«

Der Richter legte interessiert den Kopf schräg.

»Also, *gecamt* im Sinne von *über Facetime gechattet*«, erweiterte Ferdinand seine Aussage in der Befürchtung, der Richter könne ihn nicht verstanden haben.

»Ja, die modernen Kommunikationsformen«, entgegnete dieser. »Ich bin darüber im Bilde. In welcher Zeit genau hast du denn mit dem Beschuldigten – wie sagtest du? – gecamt?«

Ferdinand zog sein Smartphone aus der Tasche und rief das Programm Facetime auf.

»Ab sieben Uhr achtzehn, über eine Stunde lang. Hier steht es.«

Damit reichte er dem Richter das Telefon.

»Das hast du nicht gelöscht?«, entfuhr es Boesherz fassungslos.

Ferdinand senkte verschämt sein blondes Haupt.

»Facetime habe ich vergessen. Weil wir sonst immer SMS schreiben. Da mache ich das schon automatisch, aber beim Camen ist das irgendwie noch nicht so drin …«

»Jetzt seien Sie doch froh!«, forderte Hartwig van Handel seinen Mandanten auf.

»Also gut«, ergriff jetzt wieder der Richter das Wort. »Aus den Daten in diesem Telefon geht hervor, dass zur Tatzeit eine entsprechende Verbindung bestanden hat. Ich kann aber nicht ersehen, an welchem Ort das Gespräch geführt wurde und wer tatsächlich am anderen Ende der Leitung war.«

»Severin war zu Hause, das war sein freier Tag«, beteuerte Ferdinand fast schon rührend besorgt.

Der Richter bat den Schüler, noch etwas näher an sein Pult zu treten. Noch einmal musterte er Ferdinand so ehrfurchteinflößend, wie er nur konnte.

»Du weißt schon, dass ein falsches Alibi schwerwiegende Folgen haben kann?«, fragte er mit tiefer Stimme und starrem Blick in die Augen des Teenagers. »Sollte sich im Lauf der Untersuchung herausstellen, dass der Beschuldigte der Täter war, bist du dadurch automatisch der Falschaussage überführt. Du würdest vor ein Jugendgericht gestellt werden und eine Vorstrafe einfahren, die deine ganze weitere Karriere zerstören könnte. Ist dir das klar, junger Mann?«

Ferdinand zuckte nicht einmal mit der Wimper, als er antwortete: »Ich sage die Wahrheit. Er war zu Hause. Er ist während des Chats durch seine Wohnung gelaufen, garantiert.«

»Nun, Ferdinand, wenn Hauptkommissar Boesherz in der fraglichen Zeit in seiner Wohnung war, dann kann er folglich nicht in der Wohnung des Opfers Matthai gewesen sein. Wenn ich mir die Strecke vorstelle, die er von seiner Wohnung bis zu der des Opfers zurücklegen müsste, zusammen mit den zeitaufwendigen Dingen, die dem Opfer angetan wurden, dann scheint mir das zeitlich nicht zu schaffen zu sein.«

»So sieht's aus!«, bestätigte der Schüler etwas zu flapsig.

»Also gut«, fasste der Richter daraufhin zusammen und diktierte seiner Gerichtsschreiberin dann: »Der Tatverdacht fußt hauptsächlich auf Faserspuren, die in der Wohnung des Opfers Matthai gefunden wurden, sowie auf der Tatsache, dass der Beschuldigte mit Papieren aus der Wohnung des Herrn Matthai ein Fahrzeug angemietet haben soll. Es liegt die Aussage des Zeugen Ferdinand Wehde vor, der zufolge der Beschuldigte den Mord an Herrn Matthai nicht begangen haben kann. Der Haftgrund des dringenden Tatverdachts besteht nicht, der Antrag der Staatsanwaltschaft auf Erlass eines Haftbefehls wird abgelehnt.«

Während Ferdinand und Hartwig van Handel erleichtert aufatmeten, war Boesherz offenkundig zutiefst unglücklich über den Verlauf des Haftprüfungstermins.

Noch einmal sah der Richter Ferdinand an.

»Eine Frage hätte ich noch«, kündigte er an. »In welchem Verhältnis stehst du denn eigentlich zu Herrn Boesherz?«

Ferdinand hatte mit dieser Frage gerechnet.

»Er ist … äh … also, wie soll ich sagen …«, stotterte er dennoch unsicher.

»Jetzt ist es auch egal!«, erlöste Boesherz ihn schließlich. Dann sah er den Haftrichter an und erklärte mit fester Stimme: »Ferdinand ist mein Freund. Wir lieben uns.«

KAPITEL 56

Was hast du dir denn dabei gedacht?«, fuhr Boesherz Ferdinand an, nachdem die Verhandlung geschlossen und der Richter nach nebenan verschwunden war.

»Dass ich dich aus dem Knast hole«, entgegnete der Junge verstimmt. »Soll ich mich dafür jetzt entschuldigen?«

Hartwig van Handel folgte dem Gespräch der beiden aufmerksam, brachte sich zunächst jedoch nicht ein.

»Warum hast du diese verdammten Daten nicht von deinem Handy gelöscht? Was bläue ich dir seit Ewigkeiten ein?«

»Ich habe doch über das Wi-Fi von dem Backshop in meiner Straße mit dir gefacetimed!«, verteidigte sich Ferdinand weiter. »Die Verbindung kann kein Mensch zu meinem Handy zurückverfolgen. Und außerdem – sei doch froh! Was willst du überhaupt?«

»Das würde mich offen gestanden auch interessieren«, erklärte van Handel jetzt und sah dabei zwischen dem Kommissar und dem Schüler hin und her. »Beziehungen zwischen Erwachsenen und Fünfzehnjährigen sind ja grundsätzlich erst mal nicht verboten. Okay, Ihrer Reputation als Hauptkommissar tut das sicher nicht besonders gut, aber Sie sind Beamter und wegen so was kann Ihnen keiner kündigen. Und selbst wenn, dann wäre das ja wohl allemal besser als eine Verurteilung wegen dreifachen Mordes. Was ist eigentlich Ihr Problem?« Der Rechtsanwalt vergewisserte sich, dass keiner der übrigen Anwesenden der Unterredung folgte, bevor er so leise wie möglich fragte: »Ist das Alibi etwa gelogen?«

»Im Zweifel werde ich das behaupten«, antwortete Boesherz und sah Ferdinand mit stechendem Blick an.

»Sie werden *was?*«

»Bevor ich zulasse, dass Ferdi vor Gericht aussagt, gestehe ich eher die Morde!«

Van Handel war vorübergehend sprachlos. Dann wandte er sich an Ferdinand, der offensichtlich mit der Situation überfordert war.

»Ich merke, dass Ihnen beiden sehr viel an der Geheimhaltung Ihrer Beziehung liegt, das kann ich auch verstehen. Aber unter keinen Umständen …«

»Ich muss meine Unschuld anders beweisen«, fuhr Boesherz seinem Verteidiger über den Mund. »Und noch was: Hat jemand Ferdi hier reinkommen sehen? Irgendeiner von den Journalisten, die draußen warten?«

»Wir sind durch den Hintereingang gekommen«, beruhigte der Anwalt seinen Mandanten.

»Wenigstens etwas«, atmete dieser auf. »Ferdinand muss genauso heimlich aus diesem Gebäude verschwinden, wie er reingekommen ist. Unter gar keinen Umständen darf seine Identität den Medien bekannt werden, das müssen Sie mir garantieren!«

»Der Junge ist minderjährig«, erklärte van Handel daraufhin. »Da gelten beim Persönlichkeitsrecht strenge Richtlinien. Das sollte also kein großes Ding werden. Ein größeres Problem sind aber wohl die Erziehungsberechtigten des jungen Mannes.« Der Verteidiger sah Ferdinand an. »Wissen Ihre Eltern von der Beziehung zu Herrn Boesherz?«

»Das weiß keiner«, antwortete der Schüler. »Also, zumindest bis heute.«

Hartwig van Handel glaubte, das Dilemma erfasst zu haben.

»Also gut«, schloss er ab. »Wir werden versuchen, den Tatverdacht noch mit anderen Mitteln auszuräumen. Davon abgesehen ist das hier auch kein besonders stabiles Alibi. Sobald neue belastende Beweise auftauchen, könnten dem Richter in der Hauptverhandlung Zweifel kommen. Gut, wir können eine Verbindung zwischen zwei Handys beweisen. Aber wenn alles über uns hereinbrechen sollte, dann könnte das am Ende zu dünn für einen Freispruch sein.«

»Es wird noch einiges hereinbrechen!«, kündigte Boesherz an. »Oder glauben Sie etwa, ich kann jetzt einfach nach Hause gehen und alles ist erledigt?«

»Wie meinst du das?«, fragte Ferdinand daraufhin sorgenvoll.

Boesherz trat an den Jungen heran und nahm ihn liebevoll in die Arme. Dann sagte er:

»Jemand lässt es sehr geschickt so aussehen, als ob ich ein Mörder sei. Was wird der wohl machen, wenn er mitbekommt, dass ich wieder draußen bin?«

KAPITEL 57

OESTRICH-WINKEL, RHEINGAU.
FÜNFZEHN JAHRE ZUVOR.

»Ich habe etwas ganz Besonderes für dich!«

Franz Allendorf hatte sich Zeit für Severin genommen. Die Mitarbeiter seiner Straußwirtschaft hatten sich um die Gäste gekümmert, während der Winzer seinem Nachbarn und Freund ungestört und ruhig zugehört hatte.

Severin hatte berichtet, dass ihn die Todesnachricht selbst erst Wochen nach dem Unfall seiner ehemaligen Lebenspartnerin erreicht hatte. Die Leiche sei in Portugal aufgefunden worden. Heinz Klee habe die sterblichen Überreste seiner Tochter dann zurück ins Saarland überführen lassen, wo diese in einem anonymen Grab beigesetzt worden sei. So, wie Leonore es in ihrem Testament verfügt habe.

Allendorf hatte in Severins Augen lesen können, wie viel Kraft es ihn gekostet haben musste, ohne erkennbare Gemütsregungen über den Tod seiner großen Liebe zu sprechen. Kurzerhand hatte er entschieden, seinem alten Freund, wenn er ihn schon nicht trösten konnte, doch zumindest eine kleine Freude zu bereiten. Er hatte ihn gebeten, ihm in den Keller des Weingutes zu folgen. Dort lagen neben den großen Stahltanks, in denen die neuen Weißweine reiften, einige kleine Eichenholzfässer, sogenannte Barriques.

»Das sind die beiden ersten Jahrgänge unseres neuen Rotweins«, erklärte Allendorf stolz. »Der erste kommt in ein paar Monaten auf die Flasche, der zweite liegt noch ein Jahr im Fass.«

Boesherz neigte sich zu den Behältern hinunter, deren Inhalt in dem kühlen, dunklen Keller ideale Bedingungen zum Reifen fand.

»Quercus«, las er vor. »Das bedeutet *Eiche*, oder?«

»Genau!«, bestätigte Allendorf und reichte Boesherz eins der beiden Degustiergläser, die er aus der Wirtschaft mit nach unten genommen hatte. »Und du bist der erste Außenstehende, der jetzt mit mir die Fassprobe machen darf!«

Damit zog Allendorf den Stöpsel aus dem Fass, der das Loch verschloss, durch das der Winzer während des Reifens immer wieder Proben des darin gelagerten Tropfens entnehmen konnte. Er tauchte einen Glaskolben in das Barrique und entnahm damit einige Zentiliter des Quercus, die er sogleich auf die beiden Gläser verteilte.

»Von dem ersten Jahrgang machen wir erst mal nur sechshundert Flaschen«, erklärte Franz Allendorf, bevor er sein Glas erhob und im Schein einer Kerze dessen Farbenspiel betrachtete.

Boesherz führte den Wein an seine Nase und sog das Aroma des Spätburgunders langsam und konzentriert ein.

»Das ist wirklich bemerkenswert«, schwärmte er, noch bevor er den ersten Schluck probiert hatte.

»Dann lass uns trinken«, schlug Allendorf vor. »Auf das Leben, die Liebe und den Wein!«

Boesherz nickte still. Dann stießen die beiden an und probierten den Quercus. Erst nach etwa zwanzig Sekunden brach Boesherz das Schweigen, das der Genuss des guten Tropfens auf fast schon magische Weise bewirkt hatte.

»Ich glaube, diesen Wein merke ich mir. Ein oder zwei Flaschen werde ich mir davon sicher mal irgendwann gönnen.«

Es war sehr spät geworden, als Boesherz endlich nach Hause kam. Er schaltete das Licht nicht ein; in seinem Haus fand er sich auch im Dunkeln zurecht. Kurz war er versucht gewesen, nach

Leonore zu rufen, deren Duft er noch in allen Räumen des Anwesens wahrzunehmen glaubte. Und das, obwohl sie bereits seit mehr als einem Jahr spurlos aus seinem Leben verschwunden war. Boesherz hatte seit ihrem Fortgang vieles an seinem Haus verändert, nur eines hatte er genau so in seinem Besitz behalten, wie Leonore es kurz vor ihrem Verschwinden zurückgelassen hatte. Den einzigen Gegenstand, der überhaupt noch davon zeugte, dass es seine große Liebe jemals gegeben hatte. Und es verging kein einziger Tag, an dem Severin vor dem Zubettgehen nicht noch an seinen Kleiderschrank getreten wäre und sich davon überzeugt hätte, dass Leonores letzter Gruß sich noch darin befand.

Für unsere Hochzeit! Damit du wenigstens einen Tag lang mal nicht so schlampig rumläufst, las er zum wiederholten Mal den handgeschriebenen Zettel von Leonore, der an einem im Schrank hängenden Beutel klebte. Dann zog er, wie fast immer, den Reißverschluss des Beutels auf und sah sich an, was seine große Liebe ihm zur Hochzeit hatte schenken wollen: einen edlen, maßgefertigten Dreiteiler mit Hemd, Krawatte, silberner Taschenuhr und Manschettenknöpfen.

»Ich hätte dich gern darin vor den Altar geführt«, flüsterte er wehmütig, bevor er den Beutel wieder verschloss.

KAPITEL 58

Ehrlich gesagt weiß ich nicht mehr, ob ich dich überhaupt noch kenne.«

Olivia hatte zwischenzeitlich erfahren, was sich vor dem Haftrichter abgespielt hatte. Sie hatte lange mit sich gerungen, bevor sie die Nummer ihres Kollegen, der sein Mobiltelefon zwischenzeitlich aus der Kriminaltechnik zurückerhalten hatte, schließlich wählte. Doch Olivia war nach reiflicher Überlegung zu dem Entschluss gekommen, dass Severin zumindest noch eine letzte Chance verdient hatte, sich ihr zu erklären.

»Das kann ich gut verstehen«, erhielt sie zur Antwort. »Es hat mir übrigens viel bedeutet, dass du mich festgenommen hast. Das meine ich ernst.«

»Schirlo hätte es lieber gemacht«, berichtete Olivia. »Und ich bin mir unsicher, ob ich das nicht mittlerweile sogar verstehen kann.«

Die beiden hatten sich in dem kleinen Café verabredet, das sich im Erdgeschoss des Hauses befand, in dem Olivia wohnte. Vor Severins Haus lauerte seit den Morgenstunden eine Horde von Journalisten, sodass der Kommissar nach seiner Haftentlassung erst gar nicht an den Schlachtensee gefahren war. So trug er auch noch immer die Kleidung, mit der er sich für seinen Besuch bei Ferdinand am Vortag verkleidet hatte. Seine Stirnwunde schmerzte inzwischen weniger. Olivia hatte sie mit frischem Pflaster und Desinfektionslösung aus ihrer Hausapotheke versorgt.

»Wer ermittelt denn jetzt?«, wollte der Kommissar wissen, während er sich zum wiederholten Mal nervös umsah.

»Die Kollegen aus der Keithstraße.«

In der Berliner Keithstraße befand sich das zweite Dienstgebäude des LKA Berlin.

»Was hast du dir bloß dabei gedacht, die Presse zu informieren?«

Boesherz betrachtete die Menschen, die hektisch vor dem Café entlanggingen, telefonierten oder planlos und unter Missachtung sämtlicher Verkehrsregeln auf Fahrrädern ihren Plänen nachhetzten.

»Das Schlimmste ist, dass ich diesem Bittrich jetzt ein Exklusivinterview schulde. Ich treffe ihn später noch.«

Olivia rührte unruhig ihren Tee um, obwohl sich der Kandiszucker darin längst aufgelöst hatte.

»Severin, was ist los? Alle Spuren laufen auf dich als Täter zu, die werden nachher noch deine Wohnung auf den Kopf stellen, dein ganzes Leben wird umgekrempelt, und du kommst mit einem kleinen Jungen um die Ecke, der dir ein Alibi gibt?«

Olivias Stimme wurde fester, ihr Tonfall schärfer. In jeder anderen deutschen Stadt hätten sich die anderen Gäste vermutlich zu den beiden umgedreht.

»Bist du überhaupt der Mensch, von dem ich dachte, dass ich ihn mag? Oder bist du vielleicht nur ein brutaler Killer, der auf kleine Jungs steht?«

Severin ließ sich kaum eine Gemütsregung anmerken. Er spielte lediglich am Ärmel seines Kapuzenpullovers herum.

»Es gibt Antworten, die ich dir nicht geben kann«, erwiderte er dann. »Meine Liebe zu Ferdinand musst du nicht akzeptieren, aber du kannst es, wenn du möchtest. Ob ich diese Menschen ermordet habe? Wenn es erforderlich wird, werde ich das gestehen.«

Olivia schlug mit der flachen Hand so kräftig auf den Tisch, dass Severins Mineralwasser dadurch aufsprudelte und überlief. »Ich kann es nicht mehr hören! Dein dämliches *In-Rätseln-Gerede* geht mir so was von auf die Nerven. Rupert macht auch nur salbungsvolle Andeutungen, und irgendwie habe ich das Gefühl, dass hier überhaupt nichts so ist, wie es scheint.«

»Rupert?«, wiederholte Boesherz mit schelmischem Schmunzeln. »Seid ihr schon privater miteinander geworden? Ich meine, er ist ja ein attraktiver Mann. Nicht besonders helle, aber immerhin wieder zu haben.«

»Na, du wirst ihn mir ja sicher nicht streitig machen«, erwiderte Olivia bissig. »Er ist dir ja mindestens fünfzig Jahre zu alt.«

»Du wolltest doch wissen, was mit Leonore passiert ist«, überging Boesherz die Spitze.

Olivia verstummte. Sie sah sie ihren Kollegen nur aufmerksam an.

»Sie hat geglaubt, keinen Ort mehr zu haben, an den sie gehen konnte. Mit ihrer Familie hatte sie sich meinetwegen überworfen. Die hätten ihr natürlich trotzdem geholfen, aber sie war einfach viel zu stolz, um bei denen wieder angekrochen zu kommen.«

»Und ihre Liebe zu dir ist gestorben?«

»Im Gegenteil. Du kennst das ja sicher: Wenn ein Partner weniger gibt, dann gleicht es der andere aus, indem er mehr tut. Je mehr mich dieser Mordfall runtergezogen hat, umso mehr hat sie versucht, mich wieder aufzubauen. Das Gleichgewicht hat nicht mehr gestimmt. Sie hat mich einfach nur immer mehr und mehr geliebt, und das so lange, bis es mir komplett die Luft abgeschnürt hat. Ich konnte es nicht mehr aushalten, es war unerträglich. Und immer wieder hat ihr Vater bei mir angerufen und mich beschimpft. Und ihre Nichte hat Leonore dauernd Bettelmails geschickt, mit niedlichen Fotos und kitschigen Texten.

Dass sie doch wieder nach Hause kommen soll, man wolle ihr verzeihen. Das hat sie dann natürlich noch weiter unter Druck gesetzt. Am Ende hatte sich das alles so hochgeschaukelt, dass keiner mehr in der Lage war, die Situation noch unter Kontrolle zu bringen.«

Boesherz senkte seinen Blick und zog, als wolle er sich dahinter verstecken, seine Kapuze über den Kopf.

»Und dann?«

»Tja, dann … Sie war einfach verschwunden. Von einem Tag auf den anderen. Ich kam aus dem Büro, wie immer erst mitten in der Nacht, und sie war nicht mehr da. Ihre Kleidung war weg, ihre Schuhe, einfach alles von ihr.«

»Hat sie dir nicht irgendwas hinterlassen? Einen Brief oder so?«

»Das war nicht nötig. Sie hatte mir alles erklärt, was ich wissen musste.«

Olivia verstand.

»Natürlich. Einem Severin Boesherz muss man keine Briefe schreiben. Er liest einfach alles aus der Position der Möbel und dem Zustand des Parkettbodens heraus.«

»Sie hatte sich gelöscht«, fuhr der Kommissar fort. »Das Haus sah aus, als sei sie niemals da gewesen. Sogar die Marmelade, die immer nur sie gegessen hat, war nicht mehr im Kühlschrank.«

»Und ihre Familie?«

»Von der habe ich ein paar Wochen später wieder gehört.«

Olivias ursprünglicher Zorn war inzwischen fast verflogen, als sie vorsichtig nachfragte: »Schlimm?«

Boesherz nahm einen Schluck von seinem Wasser.

»Sie hatten die Meldung aus Portugal bekommen.« Boesherz atmete tief durch, als er sich erinnerte. »Natürlich Portugal … Leonore hat das Land geliebt, den Klang der Sprache. Sie hat immer gesagt, dass sie irgendwann mit mir und unseren Kindern da leben will.«

»Sie hat doch nicht …?«

Boesherz nickte.

»Leonores Vater hat es von der örtlichen Polizei erfahren. Sie hat sich an einem Baum erhängt. Im Sonnenuntergang.«

Mit einem Mal war es still an dem kleinen Bistrotisch, während um die beiden Kommissare herum weiterhin reger Trubel herrschte. Menschen gingen ein und aus, bestellten Kaffee oder plauderten lautstark miteinander. Erst nach scheinbar endlosen dreißig Sekunden traf Boesherz eine Entscheidung.

»Ich treffe mich jetzt mit Ferdinand. Er ist alles, was mir noch geblieben ist.«

»Severin, das ist doch zum Scheitern verurteilt, du bist ein erwachsener Mann …«

»Bitte nicht!«, unterbrach Boesherz. »Es geht jetzt nicht um deine Vorstellung von Moral, sondern um Ferdinand und mich. Olivia, ich schätze dich sehr! Mehr als jeden anderen Menschen, den ich in Berlin kennengelernt habe. Aber manche Dinge kann ich einfach nicht ändern. Auch nicht dir zuliebe.«

Erst, als Boesherz den verunsicherten, fast schon traurigen Blick seiner Kollegin bemerkte, fügte er noch hinzu: »Keine Sorge, Olivia. Das *In-Rätseln-Reden* ist bald vorbei. Nicht mehr lange, dann beginnt die Zeit der Antworten.«

KAPITEL 59

Wir haben keine Verbindungsdaten mehr auf dem Handy von Boesherz gefunden«, erklärte Justus Dorn, der Leiter der Mordkommission, welche die Ermittlungen zwischenzeitlich übernommen hatte. »Dafür aber über das Netz des Backshops, von dem aus der Zeuge den Chat geführt haben will.«

»Wir wissen also, dass der Junge tatsächlich eine Facetimeverbindung mit dem Handy von Boesherz hatte. Wir wissen aber nicht, wo er sich dabei befunden hat, oder ob er überhaupt am anderen Ende der Leitung war«, fasste Carl vom Stein zusammen.

Der Staatsanwalt befand sich allein in seinem Büro. Er hatte die Füße auf seinen massiven Holzschreibtisch hochgelegt und die Augen geschlossen. Mit Dorn telefonierte er über die Freisprechanlage.

»Das ist korrekt.«

»Laden Sie den Jungen mit seinen Eltern zur Zeugenbefragung ein und lassen Sie sich detailliert erzählen, was er mit Boesherz in dem Chat besprochen haben will. Danach befragen Sie Boesherz und gucken, ob sich das deckt. Boesherz mag ja mit allen Wassern gewaschen sein, aber dieser Junge würde sich mit Sicherheit in Widersprüche verwickeln, wenn er lügt.«

»Wird heute noch veranlasst.«

»Gut. Was hat die Durchsuchung seines Büros ergeben?«

»Wir haben Boesherz' Kalender gecheckt. Zu keiner der Zeiten, zu denen die Zeugen aus den Arztpraxen und von der Autovermietung ihn gesehen haben wollen, waren Termine eingetragen. Es gibt auch keine Überschneidungen mit seinem Dienstplan.«

»Was ist mit den Kaschmirfasern?«

»Ganz eindeutig von seinem Mantel! Und noch was ist interessant: Der Schauspieler, Levin Grevesmühl, hat drei Tage vor seinem Tod einem Bekannten fünfhundert Euro zurückgezahlt. Und vier Tage vor Grevesmühls Tod hat Boesherz an einem Geldautomaten am Schlachtensee genau fünfhundert Euro in bar abgehoben.«

Carl vom Stein folgte den Ausführungen des Kriminalisten scheinbar ungerührt.

»Haben Sie den Phaeton schon gefunden?«, fragte er dann.

»Alle Versuche einer GPS-Peilung waren erfolglos«, berichtete Dorn.

»Was ist mit den Fingern?«

»Bisher negativ. Nach der Wohnungsdurchsuchung wissen wir mehr.«

»Wird Boesherz bei der Durchsuchung anwesend sein?«

»Ja, mit seinem Anwalt.«

»Gut. Welche weiteren Spuren verfolgen Sie?«

»Gesetzt den Fall, Boesherz war *nicht* der Täter. Dann muss es sich um jemanden handeln, der sich in seinem direkten Umfeld befindet. Aber wenn Sie mich fragen – das ergibt überhaupt keinen Sinn. Die Parallelen zu dem Mord damals im Rheingau sind so präzise, dass der Mörder diesen Fall sehr genau kennen muss. Das reduziert die Anzahl der alternativen Verdächtigen doch sehr.«

Vom Stein nahm jetzt seine Beine vom Schreibtisch und setzte sich wieder aufrecht in seinen Sessel.

»Also gut«, fasste er zusammen. »Suchen Sie weiter und informieren Sie mich bei jeder kleinsten Neuigkeit. Und knüpfen Sie sich diesen Schüler vor! Wir wollen uns ja schließlich nicht von einem Teenager mit Zahnspange vorführen lassen.«

KAPITEL 60

Du bist also wieder frei. Aber du weißt ja selbst, dass dir das nichts nützt.

Sie berichten viel über dich, ganz erstaunlich. Wer hätte gedacht, dass du so interessant für die Medien bist? Andererseits – warum auch nicht? Es ist sogar gut so! Es wirbelt Staub auf und erhöht den Druck.

Meine nächste kleine Überraschung wird dich ziemlich in Schwierigkeiten bringen. Aber sei unbesorgt, ich habe alles fest im Griff.

Du hast es doch sowieso die ganze Zeit über gewusst. Unserem Schicksal können wir eben alle nicht entkommen. Und warum sollten wir auch?

Das ist ja das Gute am Schicksal. Es irrt sich nicht.

KAPITEL 61

Hören Sie das Ticken?«, fragte Castella und deutete dabei auf die Uhr, die in ihrem Büro aufgehängt war.

»Nein«, erwiderte Rupert Schirlo. »Die Uhr tickt nicht.«

Castella saß nicht, wie sonst, an ihrem Schreibtisch. Die zierliche Frau stand geradewegs inmitten des Raumes und wirkte mit ihrer ungewohnt gelassenen Körperhaltung wie verloren auf ihren Gast.

»Sie sind ein guter Beobachter«, entgegnete sie. »Die Uhr macht wirklich keine Geräusche. Aber trotzdem. Können Sie hören, wie die Zeit verrinnt?«

Schirlo war in das Büro der Dezernatsleiterin gegangen, um sich von ihr zu verabschieden. Den Schlüssel für sein Dienstfahrzeug hatte er abgegeben, Kollegen sollten ihn zum Flughafen Tegel bringen. Von dort aus würde er zurück nach Frankfurt am Main fliegen.

»Ich frage mich, wessen Zeit Sie meinen«, erwiderte er nun. »Severins oder Ihre eigene?«

Castella blieb weiterhin reglos im Raum stehen.

»Wenn es so ist, wie es scheint, dann zieht diese Sache bald noch ganz andere Kreise«, erklärte sie. »Dann werden wir alle bald eine Menge Fragen zu beantworten haben. Und der Sumpf, in den man uns treibt, wird immer tiefer und schmutziger. Wissen Sie, was ich damals gedacht habe, als man Boesherz meiner Abteilung zugewiesen hat?«

Schirlo antwortete nicht. Er sah Castella nur aufmerksam an.

»Ich war glücklich. Aber nicht, weil ich so viel von seiner Art gehalten habe. Ich war glücklich, weil ich dachte, dass er mich mit einer hohen Aufklärungsquote in meiner Abteilung gut dastehen lassen würde. Ein zutiefst egoistischer Gedanke. Das wundert Sie, oder?«

Schirlo schmunzelte verständnisvoll.

»Eitelkeit? Nein, die wundert mich nicht. Severin hat schließlich auch seine Vorzüge. Obwohl er menschlich kaum zu ertragen ist.«

»Sie hatten viel länger das Vergnügen mit ihm als ich. Wissen Sie, wir verkaufen hier ja schließlich keine Eisbecher. Wir kämpfen gegen das Verbrechen an. Ich dachte mir damals, erst bekomme ich Kern, dann Boesherz – wer soll meine Abteilung jetzt noch aufhalten? Ganz schön opportunistisch, nicht wahr?«

Schirlo, der eigentlich nur auf ein Wort in das Büro der Dezernatsleiterin gekommen war, zog jetzt unaufgefordert einen Stuhl zu sich heran und nahm darauf Platz. Castella blieb dessen ungeachtet stehen.

»Sie sind müde geworden, oder?«, fragte er mit verständnisvollem Klang in der Stimme.

»Sie ahnen gar nicht, wie sehr«, gestand Castella und setzte sich ebenfalls.

»Wissen Sie, was ich meinen jungen Kollegen bei der Kripo immer sage, wenn sie darüber nachdenken, alles hinzuschmeißen?«

Castella zuckte mit den Schultern.

»Ich sage ihnen, dass es leicht ist, zu gehen. Aber die Stellung halten, obwohl es einem niemals jemand danken wird, das ist eine Kunst. Und nein, es gibt kein großes Finale, keinen Endgegner, nach dem man das Böse dann für immer besiegt hat. Es kommt keiner an und sagt: *Vielen Dank, dass Sie alle Kriminellen gefasst haben, die Welt ist jetzt verbrechensfrei. Sie können sich ab heute um ihren Garten kümmern.* Wir fallen einfach nur irgendwann tot um. Und zu diesem Zeitpunkt gibt es mit absoluter Gewissheit wesentlich mehr Verbrechen auf der Welt als zu dem Zeitpunkt, an dem wir mit unserem Kampf dagegen angefangen haben.«

»Wie recht Sie haben«, bestätigte Castella resignierend. »Und? Was lernen Ihre jungen Kollegen dann daraus?«

Schirlo erhob sich wieder. Die Zeit drängte.

»Sie lernen, dass es in ihrem Beruf nicht darum geht, einen Krieg zu gewinnen. Es geht darum, den wenigen kleinen Momenten nachzujagen, in denen man tatsächlich mal für ein paar Minuten das Gefühl hat, dass es vielleicht doch so etwas wie Gerechtigkeit geben könnte. Die kurzen Augenblicke, in denen sogar wir, die blöden Polizisten, mal zufrieden schmunzeln dürfen. Daniela, wenn Ihre Welt auch gerade zusammenzubrechen scheint, lassen Sie mich Ihnen, als der ältere von uns, trotzdem etwas versprechen: Je länger die Uhr tickt, umso näher kommt auch der nächste Sonnenaufgang. Und *Sie* haben ganz sicher noch nicht zum letzten Mal geschmunzelt!«

KAPITEL 62

»Lass uns das alles noch mal ganz in Ruhe besprechen. Papa und ich setzen uns gleich ins Auto und kommen nach Berlin«, versprach Gabriele Wehde ihrem Sohn.

Boesherz hatte Ferdinand allein mit seiner Mutter telefonieren lassen. Er hatte sich mittlerweile auf den Weg zu Jan Bittrich gemacht, dem er noch vor der Durchsuchung seiner Wohnung das versprochene Interview geben wollte. Nachdem der Junge daraufhin wieder allein auf seinem Hotelzimmer gewesen war, hatte er mit erstaunlicher Besonnenheit überlegt, wie er das längst überfällige Gespräch mit seiner Mutter angehen solle. Schließlich hatte er entschieden, es so kurz und schmerzlos wie möglich hinter sich zu bringen. Gabriele Wehde war von den Neuigkeiten, die der Junge ihr so schonend wie möglich beigebracht hatte, dann auch derart überrascht gewesen, dass sie noch nicht einmal Vorwürfe ausgesprochen hatte. Wie gelähmt hatte sie sich zunächst vollkommen ruhig und abgeklärt verhalten. Ihre Stimme war leiser als sonst gewesen, doch weder Enttäuschung noch Zorn hatten darin mitgeschwungen. Die Zeit der Vorhaltungen jedoch, darüber machte sich Ferdinand keine Illusionen, würde noch folgen. Wenn auch erst später, wenn die Sorge um ihren Sohn schließlich dem Groll darüber gewichen sein würde, jahrelang von ihm belogen worden zu sein.

»Ich warte auf euch«, versprach Ferdinand. »Und macht euch bitte keine Sorgen, es wird alles gut.«

Schließlich beendeten die beiden das Gespräch. Der Schüler

sah sich, immer noch unter dem Eindruck der Ereignisse der vergangenen Stunden, noch einmal in seinem Zimmer um. Sein Blick fiel dabei auf die Minibar. Da die Preise der darin befindlichen Getränke in den Augen eines Fünfzehnjährigen geradezu grotesk überzogen waren, hatte Ferdinand es noch nie in Betracht gezogen, dieses Angebot in Anspruch zu nehmen. Und das, obwohl Severin jederzeit für alle Kosten aufgekommen war, die dem Teenager im Zusammenhang mit dessen heimlichen Besuchen entstanden waren.

»Scheiß drauf«, entschied er nun aber und öffnete den kleinen Kühlschrank.

Zunächst griff er nach der darin befindlichen Colaflasche, doch gerade als er sie öffnen wollte, fiel sein Blick auf ein anderes Getränk.

Wie viel mehr Ärger kann ich denn jetzt überhaupt noch bekommen?, überlegte er, stellte die Cola wieder zurück und griff stattdessen nach der kleinen Champagnerflasche.

Ferdinand entfernte den Drahtkorb und drehte dann entschlossen den Korken heraus. Ein dezentes Ploppen erklang, und der Duft des edlen Tropfens drang an die Nase des Jungen vor. Mit dem Piccolo in der Hand stellte er sich dann direkt vor das große, bodentiefe Fenster seines Zimmers. Erneut genoss er die Weite des Blickes, die sich ihm vom achten Stockwerk aus bot.

»Na dann, prost!«, sprach er zu seiner Spiegelung in der Fensterscheibe und nahm einen Schluck von dem Champagner.

Von allen möglichen Erklärungen ist der Zufall immer die mit Abstand unwahrscheinlichste, schoss es Ferdinand plötzlich durch den Kopf.

Noch einmal führte er den Piccolo zum Mund, doch bevor er daraus trinken konnte, zuckte er plötzlich zusammen. So, als sei ein Blitz durch ihn gefahren. Die Flasche fiel zu Boden und schlug auf dem Teppich vor dem Bett auf. Während der schäumende Inhalt daraufhin auszulaufen begann, zuckte Ferdinand erneut zusammen. Intuitiv ging er zum Fernseher hinüber, schaltete von der TV-Funktion auf Radio um und wählte seinen Berliner Lieblingssender aus. Er drehte den Lautstärkeregler etwas höher und warf sich dann auf sein Bett. Konzentriert starrte er zur Zimmerdecke.

»Verdammt!«, rief er nach einigen Minuten schließlich aus.

Dann setzte er sich wieder auf, griff nach seinem Handy und rief den Internetbrowser auf. Es dauerte nicht lange, bis er die gesuchte Telefonnummer gefunden hatte.

»Was kann ich für Sie tun?«, meldete sich eine Stimme am anderen Ende der Leitung.

»Mein Name ist Ferdinand Wehde«, antwortete der Junge. »Ich habe was für Sie, das Sie sehr interessieren wird! Aber eins sage ich Ihnen gleich: Es wird nach meinen Regeln gespielt!«

KAPITEL 63

Sie enttäuschen mich, Herr Hauptkommissar. Sie hatten mir ein Gespräch im Gefängnis versprochen, nicht bei Kaffee und Kuchen!«

»Jetzt seien Sie doch nicht so ungeduldig. Die Ermittlungen gegen mich laufen ja noch.«

Jan Bittrich hatte es Boesherz freigestellt, an welchem Ort dieser das versprochene Exklusivinterview mit ihm führen wolle. Der Kommissar hatte sich für einen ruhigen, von den restlichen Journalisten unentdeckten Ort in der Nähe seiner Wohnung entschieden, sodass die beiden nun in der Nähe des S-Bahnhofes Schlachtensee im *Café Tayas* saßen. Boesherz hatte das kleine Lokal bereits wenige Wochen nach seinem Umzug nach Berlin entdeckt. Dessen Betreiberin fertigte in Handarbeit die besten Torten aus den hochwertigsten Zutaten an. Jede der angebotenen Köstlichkeiten aus der hauseigenen Backstube war wie ein kleines, naturbelassenes Kunstwerk. Boesherz gehörte längst zu den zahlreichen Stammgästen des *Tayas*.

»Ersparen wir uns die üblichen Fragen, kommen wir lieber gleich zu den wesentlichen Punkten«, kündigte Bittrich an, während Boesherz mit demonstrativer Ruhe von seiner Himbeertarte probierte. »Was haben Sie mit mir vor?«

»Sehr gut«, entgegnete der Kommissar anerkennend. »Natürlich nehmen Sie an, dass ich Sie nicht ohne Hintergedanken auf den Plan gerufen habe. Ich muss Sie aber leider noch ein weiteres Mal enttäuschen.«

»Sie wollen mir doch wohl nicht weismachen, dass Sie sich nichts davon versprechen, dass ich Ihre Geschichte heute zum Tagesthema gemacht habe?«

»Das wäre unter Ihrem Niveau. Nein, es ist viel einfacher: Sie haben Ihre Rolle schon gespielt! Ab jetzt begleiche ich nur noch meine Rechnung bei Ihnen.«

Bittrich schmunzelte, während er seinen Kugelschreiber betätigte, um dessen Mine wieder einzuziehen.

»Was denken Sie, rein aus Ihrer professionellen Sicht als Kriminalist?«, setzte er daraufhin an. »Wie viele Morde kann der intelligenteste Verbrecher unbemerkt begehen, bevor ihm seine eigene Schläue zum Verhängnis wird?«

»Diese Frage ist paradox«, antwortete Boesherz. »Wer es zulässt, dass ihm seine eigene Schläue zum Verhängnis wird, der wäre doch wohl kaum der intelligenteste Verbrecher.«

Bittrich gab sich überrascht.

»Sie flüchten sich in Rhetorik?«

»Wenn Ihnen meine Antworten nicht gefallen, dann stellen Sie doch einfach bessere Fragen.«

»Also gut«, nahm der Journalist die Herausforderung an. »Narzisstische Persönlichkeiten gehen oft sehr weit, um im Zentrum der Aufmerksamkeit zu stehen.«

»Sie spielen auf meine Kopfverletzung an?«

»Ich spiele darauf an, dass mittlerweile sogar schon im Ausland über den *mordenden Kommissar aus Germany* berichtet wird. Ist es nicht so, dass ein kluger, aber realistisch denkender Mörder seinen eigenen Untergang als notwendige Folge seiner Taten betrachtet? Dass also dieser Untergang, wenn er denn schon unvermeidlich ist, doch wenigstens noch groß und eindrucksvoll ablaufen soll?«

»In der Theorie vermutlich schon. Aber was erleben wir denn tatsächlich jeden Tag? Winselnde Weicheier, die vor Gericht alles abstreiten, dumme Ausreden erfinden und sich am Ende mit irgendwelchen halb garen Kompromissurteilen in die Bedeutungslosigkeit verabschieden. Nein, Herr Bittrich, wir sitzen hier nicht, weil ich mir einen großen Abgang wünsche.«

»Sie erhoffen sich also, Ihren Abgang durch mich verhindern zu können?«

»Die Dinge werden kommen, wie sie kommen müssen. Und ich werde mich ihnen stellen«, erklärte Boesherz, während gerade eine kleine Gruppe von Gästen den Marktplatz betrat, auf dem das *Tayas* in einem beschaulichen Pavillon untergebracht war. »Und wenn Sie gehofft haben zu erfahren, aus welchem Grund ich Sie angerufen habe, dann muss ich Sie enttäuschen.«

Bittrich, der gerade von seinem amerikanischen Carrot Cake probiert hatte, sah Boesherz kritisch an.

»So schnell hätte niemand von Ihrer Festnahme erfahren«, begann er zu spekulieren. »Der Innensenator hätte das so gut wie möglich unter Verschluss gehalten, so was ist schließlich verdammt peinlich für die Berliner Polizei. Mittlerweile ist ein mysteriöser Entlastungszeuge aufgetaucht, was bedeutet, dass die Vorwürfe gegen Sie noch nicht auf besonders stabilen Beinen stehen. Wenn Sie also trotzdem so schnell wie möglich die Medien informieren mussten, warum sollten Sie dann jetzt nicht über die Gründe dafür sprechen wollen?«

Boesherz' Handy vibrierte.

»Bitte entschuldigen Sie, ich bin heute ziemlich gefragt«, erklärte dieser und griff nach seinem Telefon.

»Schon gut, ich schreibe ja später sowieso, was ich will«, scherzte Bittrich und probierte ein weiteres Stück von seiner Torte.

Boesherz nahm das Telefonat entgegen.

»Hallo, Herr Kollege«, meldete sich Justus Dorn. »Wir sind gleich in Ihrer Wohnung. Ihr Rechtsanwalt wird der Durchsuchung als Zeuge beiwohnen. Er sagt, Sie möchten auch dabei sein. In dem Fall müssten Sie sich beeilen.«

»Warten Sie kurz«, antwortete Boesherz und wandte sich Jan Bittrich zu. »Ich muss nach Hause, das LKA schickt mir eine Putzkolonne. Die sollte ich lieber beaufsichtigen.«

»Gehen Sie ruhig«, entgegnete der Ressortleiter gelassen. »Wir führen unser Gespräch einfach weiter, wenn Sie das nächste Mal hinter Gittern sind.«

Jan Bittrich lehnte sich entspannt zurück, nachdem Boesherz das *Tayas* verlassen hatte. Das Wetter war mild, und die Gegend ruhig und idyllisch. Immer wieder flatterten Vögel auf die Terrasse, die gelernt hatten, dass sich vor dem Café oft Kuchenkrumen finden ließen.

»Unserem Boesherz werden die Späße schon noch vergehen«, sagte Bittrich leise zu sich selbst, nachdem er einen Schluck grünen Tee getrunken hatte.

Dann griff er zu seinem Handy und rief in der Redaktion an.

»Ist alles für das Interview mit dem Jungen bereit?«, erkundigte er sich.

»Hör bloß auf«, antwortete seine Mitarbeiterin. »Der Kleine ist schlimmer als jede Filmdiva! Der hat ganz konkrete Vorstellungen, wie das Gespräch gefilmt werden soll. Ziemlich abgefahren, wenn du mich fragst.«

KAPITEL 64

Vor dem Haus wartet eine Horde von Journalisten«, erklärte Justus Dorn seinem Kollegen Boesherz, den er zwar von Erzählungen her kannte, dem er zuvor jedoch noch nie persönlich begegnet war.

»Solange die nicht in meiner Wohnung sind, ist mir das egal.«

Das Team des LKA, das nun Boesherz' Wohnung durchsuchen würde, hatte in einer Seitenstraße gewartet. Das *Tayas* war nur einen Kilometer von Boesherz' Wohnung entfernt, sodass dieser innerhalb von weniger als zehn Minuten nach dem Anruf von Dorn eingetroffen war. Auch Hartwig van Handel war vor Ort, er wartete vor dem Einsatzfahrzeug.

»Dann wollen wir mal«, entschied Dorn schließlich und öffnete entschlossen die Tür des Wagens, aus dem er nun gemeinsam mit Boesherz und zwei Kollegen vom Erkennungsdienst ausstieg.

Die Gruppe bewegte sich festen Schrittes an den Reportern vorbei, ohne diese dabei anzusehen oder auf ihre eilig durcheinandergerufenen Fragen zu reagieren. Die Journalisten folgten den Beamten erwartungsgemäß bis unmittelbar vor die Haustür, ohne dabei jedoch irgendein Statement von einem der Beteiligten zu erhalten.

»Verfolgen Sie eigentlich auch noch andere Spuren?«, erkundigte sich Boesherz, nachdem sie sich nun endlich in seiner Wohnung befanden.

»Lieber Kollege, solange Sie suspendiert und – nebenbei bemerkt – Hauptverdächtiger sind, beschränken Sie Ihre Fragen doch lieber auf andere Bereiche«, entgegnete Dorn.

»Vielleicht erlauben Sie ja mir eine Frage«, brachte sich van Handel ins Gespräch ein. »Liegen zwischenzeitlich neue Beweise gegen meinen Mandanten vor?«

»Wir haben tatsächlich etwas Interessantes gefunden«, kündigte Dorn daraufhin an. »Eine mögliche Verbindung zwischen Dr. Praetorius, Paul Matthai und deren Mörder.«

Während Dorn und van Handel miteinander sprachen, begannen die Kollegen des Kommissars bereits mit der Wohnungsdurchsuchung. Im Gegensatz zu dem, was Laien oft befürchteten, beschädigten die Beamten die Wohnung dabei jedoch nicht. Die Hausdurchsuchung lief unter strengen gesetzlichen Vorgaben ab. Sie musste gerichtlich angeordnet und im Beisein eines Zeugen gewissenhaft durchgeführt werden. Weder war es dabei üblich, Schubladen auf dem Fußboden auszuleeren, noch, Wände aufzuklopfen oder Regale zu verwüsten, wie es in Filmproduktionen gern dargestellt wurde.

Während Boesherz sich in sein Schlafzimmer zurückzog, um wieder in seine gewohnte Kleidung zu schlüpfen, berichtete Dorn dem Verteidiger von der neuen Beweislage.

»Wir haben etwas Interessantes auf dem Macbook von Paul Matthai gefunden. Eine Datei, die er von dem Gerät aus an einen Mailserver geschickt hat, bevor er sie dann löschen wollte. Wir konnten das rekonstruieren, die Daten waren noch nicht überschrieben.«

Gespannt folgte van Handel den Ausführungen des Ermittlers.

»Es ging um Fotos, die Herr Matthai offenbar heimlich von der Straße aus gemacht hat. Dr. Praetorius hatte eine sehr attraktive Nachbarin, und die war auf den Bildern unbekleidet in ihrem Badezimmer zu sehen. Aufgenommen durch das Fenster.«

»Sie vermuten, dass Matthai ein Voyeur war?«, wunderte sich der Rechtsanwalt.

»Es sieht so aus. Aber viel interessanter ist, dass die Frau das Haus unmittelbar neben dem von Praetorius bewohnt. Die Bilder sind offenbar in den Morgenstunden entstanden, an welchem Tag wissen wir noch nicht.«

»Und was soll das mit meinem Mandanten zu tun haben?«

»Die Frage ist doch, aufgrund welcher Verbindung ausgerechnet Matthai in dieser Mordserie zum Opfer geworden ist. Jetzt unterstellen wir doch mal, dass er die attraktive Nachbarin seines Hausarztes schon öfter heimlich fotografiert hat. Was wäre denn, wenn er dabei zufällig auch noch jemand anderen abgelichtet hätte? Zum Beispiel den Mörder ihres Nachbarn?«

»Reine Spekulation«, tat van Handel die Ausführungen ab. »Haben Sie auch Bilder bei Herrn Matthai gefunden, die Herrn Boesherz zeigen?«

»Bisher noch nicht. Aber wir ermitteln ja auch erst seit ein paar Stunden.«

Jetzt kam Boesherz wieder aus seinem Schlafzimmer.

»Und, haben Sie schon ein paar Finger bei mir gefunden?«, erkundigte er sich.

Mit Unbehagen betrachtete er dabei seine Wohnung. Nicht, dass die Ermittler bei ihrer Arbeit eine große Unordnung schafften. Boesherz litt eher unter der Tatsache, dass sich keiner der Gegenstände, die er nach seinen ganz eigenen Vorstellungen millimetergenau an ihre jeweils vorgesehenen Plätze drapiert hatte, jetzt noch auf der Position befand, die er wohlweislich für sie vorgesehen hatte.

»Das Missliche für Serienmörder, die Teile ihrer Opfer als Souvenir mitnehmen, ist ja, dass Körperteile eine unangenehme Eigenheit besitzen«, entgegnete Dorn darauf. »Sobald sie erst mal vom Körper getrennt sind, beginnen sie zu verwesen.«

»Worauf wollen Sie hinaus?«, fragte van Handel.

»Ganz einfach: Wer Körperteile als Andenken mitnimmt, der will sie auch bei sich behalten. Verwesung kann man aber nur mit wenigen Methoden aufhalten. Einfrieren oder Konservieren funktionieren am besten. Möglich wäre auch noch trocknen, aber das wählen die wenigsten Psychopathen. Die schöne Trophäe verschrumpelt dabei viel zu sehr.«

Als wäre es abgesprochen gewesen, näherte sich jetzt einer der beiden Mitarbeiter des Erkennungsdienstes der Gruppe. Er hielt eine schwarze Flasche in der Hand, die mit Eis überzogen war.

»Möchten Sie einen Schluck?«, fragte er, bevor er Justus Dorn den Wodka reichte, der in Severins Tiefkühlfach gelegen hatte.

»Machen Sie ruhig«, ermutigte dieser seinen Kollegen. »Ich selbst trinke keine Spirituosen, ich besitze sie nur.«

Dorn öffnete die Flasche und stellte dabei fest, dass sie bereits angebrochen war.

»Hätten Sie mal einen Behälter, in den ich das hier umgießen kann?«, fragte er, während er die Flasche dabei gegen das Deckenlicht hielt. »*Absolut 100*, ein wirklich guter Wodka! Die Flasche ist aber leider nicht durchsichtig.«

Boesherz hatte längst verstanden, was sein Kollege vermutete.

»Alkohol und Kälte konservieren«, stellte er fest, während er ein Dekantiergefäß aus seinem Küchenschrank nahm. »Was für ein tolles Versteck für Leichenteile. Gerade wenn sie so klein sind, dass sie durch den Flaschenhals passen würden.«

Dorn ging darauf nicht ein. Stattdessen entleerte er nun den Inhalt der Flasche in den Glasbehälter. Hartwig van Handel atmete erleichtert auf, als sich herausstellte, dass sich tatsächlich nichts anderes als Wodka in der Flasche befunden hatte.

»Haben Sie sonst noch einen Wunsch?«, fragte Boesherz,

neigte sich zu dem Dekanter hinunter und roch an dem edlen schwedischen Brand.

»Wir sind gleich wieder weg«, besänftige Dorn seinen Kollegen. »Haben Sie noch mehr hochprozentige Flüssigkeiten im Haus? Oder Kühlschränke?«

»Im Weinkeller sind noch ein paar Spirituosen«, räumte Boesherz ein.

Ihm war bewusst, dass diese im Lauf der Durchsuchung ohnehin gefunden werden würden.

Gemeinsam stiegen die fünf Männer daraufhin die Treppe ins Souterrain hinab. Dort befand sich Boesherz' dreißig Quadratmeter großes Arbeitszimmer, das im Stil einer Lounge eingerichtet war. LEDs tauchten den großzügigen Raum in wechselnde Lichtstimmungen, und einem Schreibtisch mit schwarzer Glasplatte gegenüber stand eine Ledercouch, auf der Boesherz oft stundenlang lag und dabei seinen Gedanken nachging. Vom Arbeitszimmer aus führte schließlich eine massive Holztür in den gut gefüllten Weinkeller.

»Hätten Sie dann bitte mal die Schlüssel für uns?«

Boesherz hatte während seines missglückten Essens mit Estelle Bepoldin lediglich kokettiert. Selbstverständlich wusste er, wo die Schlüssel für den Weinkeller und den darin stehenden Schrank mit den Spirituosen waren. Er griff sie aus einer Schublade und schloss zunächst die Tür zum Weinkeller auf. Dann reichte er Dorn den Schlüssel für den Spirituosenschrank.

Während die Polizisten sich nun daran machten, die Flaschen zu sichten, sah Boesherz gelassen auf das Display seines iPhones. Eine Nachricht von Ferdinand war zwischenzeitlich eingegangen. Ohne darüber nachzudenken, rief er sie auf.

»Was ist das denn?«, fragte jetzt einer der Kollegen von Justus Dorn und hielt eine Flasche mit einer ausgewachsenen Frucht darin in die Luft.

»Ein österreichischer Birnenlikör«, antwortete Boesherz ohne hinzusehen. »Die Flasche wird über die Birne gestülpt, wenn die Frucht noch ganz klein ist. Dann wächst die Birne in der Flasche heran.«

Dann wandte sich Severin wieder Ferdinands Nachricht zu. Deren Inhalt verschlug ihm die Sprache:

> rede grade mit fadenkreuz alles gut habs durchschaut keine sorge alles im griff ferdi

Sofort löschte Boesherz die Nachricht, während der Polizist aus dem Weinkeller erneut eine Frage äußerte:

»Und wie wächst *das* in der Flasche, Herr Kollege?«

Gereizt sah Boesherz auf. Gerade wollte er die Frage beantworten, als er bemerkte, was der Beamte gerade in seiner Hand hielt.

»Stülpt man das kleinen Menschen über die Finger und lässt dann die Hand in der Flasche wachsen?«, fragte Dorn zynisch, während er dabei nach seinen Handschellen griff.

Auf dem Boden der Flasche mit dem zwanzig Jahre alten Cognac darin befand sich etwas, das sich bei näherem Hinsehen als ein abgetrennter Finger entpuppte.

»Sie sagen jetzt gar nichts mehr!«, riet van Handel, der schlagartig blass geworden war, seinem Mandanten unverzüglich.

»Also, das ist jetzt wirklich ein schlechtes Timing!«, entfuhr es Boesherz. Dann sah er seinen Kollegen an, der die Handschellen bereits geöffnet hatte.

»Kommen Sie bitte mit«, bat Dorn und trat näher.

»Es tut mir leid«, antwortete Severin darauf. »Ich habe gerade etwas erfahren, das mich in eine gewisse Zwangslage versetzt.«

Dorn schmunzelte bittersüß.

»So ein Zufall, ich nämlich auch. Sie sind vorläufig festgenommen!«

»Ich bedaure, aber Sie müssen das jetzt professionell sehen«, entgegnete Boesherz.

Damit entriss er Dorn schneller, als dieser reagieren konnte, die Handschellen, schlug die eine Hälfte um dessen Handgelenk, die andere um das seines Verteidigers und warf diesen dann mit einem geübten Judogriff zu Boden. Während van Handel im Fallen planmäßig auch den an ihn geketteten Justus Dorn zu Boden riss, warf Boesherz blitzschnell die Tür zum Weinkeller zu, in dem sich noch immer die beiden anderen Beamten befanden. Schnell verschloss er die schwere Tür.

»Um Himmels willen, tun Sie das nicht!«, rief van Handel, während er versuchte, sich wieder zu erheben.

Justus Dorn, der noch immer am Boden lag, griff umständlich nach seiner Waffe und richtete sie schließlich auf Boesherz. Die beiden Männer vom Erkennungsdienst rammten unterdessen mit aller Kraft von innen gegen die verschlossene Holztür.

»Schießen Sie lieber nicht auf mich«, erklärte Boesherz seinem Kollegen Dorn sachlich, bevor er hinzufügte: »Wer sollte diesen Fall denn lösen, wenn ich tot bin?«

KAPITEL 65

Was für wunderschöne Bilder es doch gibt, wenn ein Hauptkommissar des LKA mitten durch eine Meute von Journalisten hindurch vor seiner Verhaftung flieht«, stellte Carl vom Stein fest. »Er kann von Glück reden, dass niemand verletzt worden ist!«

Der Staatsanwalt hatte unverzüglich bei Daniela Castella angerufen, als er aus dem Fernsehen von Boesherz' Flucht erfahren hatte.

»Das war kein Glück«, entgegnete die Dezernatsleiterin selbstsicher. »Er hatte nicht die Absicht, jemandem zu schaden.«

»Außer sich selbst!«, entgegnete der Staatsanwalt.

Castella musste zustimmen.

»Ich befürchte auch, dass es nicht einfach werden wird, ihn zu finden«, spekulierte sie dann. »Er hat noch im Vorgarten sein Handy weggeworfen, und seinen Phaeton hat er auch stehen lassen. Mit Satellitenpeilung kriegen wir ihn also schon mal nicht.«

»Das ist doch irgendwie seltsam, oder?«, setzte vom Stein daraufhin an. »Da ist er gerissen genug, sechzehn Jahre lang mit einem Mord durchzukommen, und dann lässt er sich dabei erwischen, dass er das entscheidende Beweisstück direkt in seiner Wohnung aufbewahrt hat. Ich kann mir das nicht anders erklären als mit Hybris. Da hat er uns wohl alle für etwas *zu* dumm gehalten.«

Es wurden insgesamt vier kleine Finger in den Flaschen entdeckt, die sich in Boesherz' Weinkeller befunden hatten. Die

Genanalyse war zwar gerade erst gestartet worden, es bestand aber kein ernsthafter Zweifel daran, dass die Körperteile den Opfern der Mordserie würden zugeordnet werden können.

»Meinen Sie, er versucht ins Ausland zu flüchten?«, fragte vom Stein nun die Dezernatsleiterin.

»Ich würde ihm zumindest zutrauen, dass ihm das gelingt. Aber ich vermute eher, dass er in Berlin bleibt.«

Vom Stein teilte Castellas Annahme.

»Er wird zu Ende bringen wollen, was er angefangen hat«, spekulierte er. »Was hat er zu Hauptkommissar Dorn gesagt?«

»Dass er irgendwas erfahren hat, das ihn in eine Notlage versetzt.«

Diese Äußerung hatte Castella in den vergangenen Stunden sehr zu denken gegeben.

»Sie sind immer noch nicht hundertprozentig von seiner Schuld überzeugt, oder?«, fragte vom Stein, der den Zweifel in Castellas Stimme deutlich heraushören konnte.

»Ich will einfach die Hoffnung noch nicht aufgeben, dass ihn irgendjemand reinlegen will. Vielleicht ist die Flucht in seinen Augen ja auch die einzige Chance, den Fall noch zu lösen, bevor er keine Gelegenheit mehr dazu hat.«

»Die Hoffnung stirbt zuletzt«, entgegnete vom Stein darauf lapidar. »Aber wenn Ihr Supergenie nicht eine verdammt gute Erklärung für die Finger in seiner Wohnung findet, dann kann ihn auch das Alibi von diesem Kind nicht mehr retten.«

»Bitte halten Sie mich auf dem Laufenden, Carl«, beendete Castella das Gespräch schließlich.

Die Dezernatsleiterin, die bislang an ihre Fensterbank gelehnt gewesen war, ging nun zu ihrem Schreibtisch hinüber. Anstatt auf ihren Sessel setzte sie sich jedoch auf einen der Besucherstühle. Nachdenklich starrte sie auf ihren eigenen Arbeitsplatz, bevor jemand kurz darauf heftig an ihre Tür klopfte. Unmittelbar darauf trat Dennis ein, noch bevor seine Vorgesetzte ihn überhaupt dazu hätte auffordern können. Castella drehte sich überrascht zu ihm herum.

»Haben wir ihn?«, schoss es aus ihr heraus.

»Severin? Keine Ahnung«, keuchte Dennis. »Machen Sie schnell Ihren Rechner an!«

»Schlechte Neuigkeiten?«

Dennis war offensichtlich, so schnell er konnte, zu Castella gerannt.

»Es ist dieser Junge!«, antwortete er. »Der mit dem Alibi!«

Castella drehte eilig den Monitor ihres Rechners herum und zog die Tastatur zu sich heran. Dabei fiel das Bild ihres Mannes um, das mit einem Scheppern auf die Glastischplatte schlug.

»Was ist mit dem Jungen?«, wollte sie wissen, während sie den Livestream eines Nachrichtensenders aufrief.

»Ich habe keine Ahnung, wie die ihn gefunden haben. Aber er gibt ein Interview!«

Castella war ebenso überrascht, wie es Dennis gewesen war, als er Minuten zuvor davon erfahren hatte.

»Und was erzählt er?«, wollte sie wissen, während sie den Beitrag schließlich gefunden und angeklickt hatte.

»Das ist ja das Seltsame daran«, antwortete Dennis. »Er redet nur Mist!«

KAPITEL 66

Ferdinand saß allein in der Lobby seines Hotels und sah ungeduldig auf die Uhr, die sein Vater ihm zur Konfirmation geschenkt hatte. Er gehörte zu den wenigen Schülern auf seinem Gymnasium, die überhaupt noch eine Armbanduhr besaßen. Die meisten seiner Altersgenossen lasen die Zeit schlicht vom Display ihrer Mobiltelefone ab, auf die sie ohnehin wenigstens zehnmal in der Stunde blickten.

Die Menschen um den unscheinbaren Jungen herum nahmen keine Notiz von seiner Anwesenheit, und Ferdinand wirkte geradezu verloren auf der repräsentativen Couch, die im vorderen Bereich der Lobby stand.

Der Schüler hatte Bittrich und dessen Kollegen vom Fernsehen genaue Anweisungen zu den Umständen gegeben, unter denen er dazu bereit gewesen war, auch ohne Absprache mit seinen Eltern vor die Kamera zu treten. Das Gesicht des Minderjährigen hatte bereits aus rechtlichen Gründen nicht gezeigt werden dürfen, und auch seine Stimme musste technisch verändert werden. Darüber hinaus hatte Ferdinand jedoch darauf bestanden, dass das Bild vom Kameramann so eingerichtet werden musste, dass sowohl sein T-Shirt als auch seine Armbanduhr gut zu sehen sein würden. Auch bezüglich der Kameraausrichtung hatte der Schüler klare Anweisungen gegeben. Das Team hatte das Gespräch so zu filmen, dass im Hintergrund durch das Fenster seines Hotelzimmers hindurch ein leichter Anschnitt des Fernsehturms erkennbar war. Zudem musste auch die Lampe auf dem Schreibtisch wie zufällig mit im Bild sein.

Obwohl er davon ausging, dass man im Zuge der Fahndung nach Boesherz sehr bald auch damit beginnen würde, ihn zu observieren, schien Ferdinand frei von Hektik. Er erhob sich und verließ nun durch die große Drehtür hindurch das Hotel, um nach vorn auf die Hauptstraße hinauszugehen. Es war ihm längst in Fleisch und Blut übergegangen, instinktiv darauf zu achten, ob ihm jemand folgte oder ihm sonst irgendetwas in seiner Umgebung auffällig erschien. So wechselte er aufmerksam, aber seelenruhig auf die gegenüberliegende Seite der Fahrbahn. Es dauerte nicht lange, bis dem Jungen etwas auffiel. Ein dunkler Volkswagen Phaeton W12 in Berylliumgrau metallic mit verdunkelten Fondscheiben stand weiter vorn an der Straße direkt im absoluten Halteverbot. In der Nähe des Regierungsviertels waren Oberklassefahrzeuge im Stadtbild durchaus keine Seltenheit, doch Ferdinand hatte trotzdem keinen Zweifel daran, dass sich die Limousine in wenigen Augenblicken in seine Richtung in Bewegung setzen würde. Tatsächlich aktivierte die Gestalt hinter dem Lenkrad den Blinker und fädelte sich in den fließenden Verkehr ein, um bei der ersten sich bietenden Gelegenheit zu wenden. Von hinten fuhr der Wagen jetzt langsam an Ferdinand heran. Dieser ging ungeachtet dessen gemächlich und ohne sich vom Bordstein zu entfernen, weiter geradewegs die Straße entlang. Es dauerte keine Minute, bis der Phaeton schließlich neben ihm zum Stehen kam und die Scheibe des Beifahrerfensters heruntergefahren wurde.

»Entschuldige bitte«, erklang eine freundliche Stimme aus dem Wagen. »Ich glaube, wir sollten uns mal in Ruhe miteinander unterhalten.«

»Sprechen Sie immer fremde Männer am Straßenrand an?«

»Du kannst Severin dabei helfen, seine Unschuld zu beweisen«, überging die Person im Phaeton die Frage. »Und ich kann das auch. Wir sollten uns zusammentun!«

Damit streckte die auf seltsame Weise sympathische Gestalt etwas in die Luft, das sich bei näherem Hinsehen als ein Memorystick entpuppte. Ferdinand wandte sich daraufhin dem Wagen zu und trat einen Schritt näher an die geöffnete Scheibe heran.

»Ihre Playlist für die Fahrt?«, fragte er sich spöttisch.

»Viel besser! Auf diesem Stick sind Beweise für Severins Unschuld.«

Ferdinand schien misstrauisch.

»Und warum erzählen Sie das mir und nicht der Polizei?«

»Na ja«, erhielt er zur Antwort. »Weil mir Severin sehr nahe steht und ich möchte, dass er selbst mit diesen Beweisen zu seinen Kollegen geht.«

»Das klingt nicht besonders logisch.«

Ein anderes Fahrzeug hupte. Der Phaeton war zwar an den Straßenrand gefahren, dennoch behinderte er den fließenden Verkehr.

»Ich erkläre es dir gern«, versprach die Person hinter dem Steuer daraufhin und wirkte dabei durchaus vertrauenerweckend auf Ferdinand. »Aber nicht ohne Severin. Also, was ist, kommst du mit?«

Nur einen kurzen Augenblick lang zögerte der Teenager. Dann öffnete er schließlich die Beifahrertür, stieg in den Wagen ein und schnallte sich an.

»Also gut, dann fahren Sie erst mal los. Ich heiße übrigens Ferdinand.«

»Ferdinand«, wiederholte die Person mit einem fast schon verzauberten Klang in der Stimme. »Was für ein schöner Name.«

»Und Sie?«

»Wie unhöflich von mir«, entschuldigte sich die Angesprochene und streckte Ferdinand lächelnd die Hand entgegen. »Ich heiße Leonore!«

KAPITEL 67

Er ist einfach viel zu eitel, um sich helfen zu lassen. So war er früher schon«, erzählte Leonore, während Ferdinand die Massagerollen in seiner Rückenlehne aktivierte.

In Boesherz' Phaeton war er nur ein einziges Mal mitgefahren. Die beiden hatten es für zu gefährlich gehalten, sich zusammen in dem Fahrzeug sehen zu lassen.

»Woher kennen Sie Severin denn?«, wollte der Junge jetzt wissen.

»Wir waren ein Paar. Damals im Rheingau. Ist lange her. Wir wollten sogar heiraten.«

»Severin und heiraten?«, lachte der Junge auf. »Das war wirklich *vor* meiner Zeit! Also, was ist der Plan? Wie holen wir ihn aus seiner Lage raus?«

Leonore nickte anerkennend.

»Ein junger Mann mit klaren Zielen, sehr gut! Also, wir treffen uns erst mal an einem Ort mit Severin, an dem ihn die Fahnder nicht vermuten. Dann gebe ich ihm das entlastende Material.«

»Die Sache muss einen gewaltigen Haken haben! Sind Sie sicher, dass Sie keine Polizistin sind, die mich dazu benutzen will, Severin zu finden?«

»Du bist aber sehr misstrauisch«, stellte Leonore bewundernd fest. »Das gefällt mir!«

Ferdinand zögerte mit einer Antwort.

»Falls Sie mich für dumm halten, muss ich Sie enttäuschen«, erwiderte er schließlich.

Leonore reagierte ruhig. Sie stellte ihre Sitzheizung eine halbe Stufe tiefer ein und antwortete: »Im Gegenteil. Du bist ein sehr bemerkenswerter Mensch. Anders als die meisten Jungs in deinem Alter.«

»Die meisten Jungs in meinem Alter kennen ja auch Severin nicht.«

Leonore nickte verständig. Dann fragte sie:

»Er würde einiges für dich tun, oder?«

Ferdinand streckte seine Füße aus und sah scheinbar desinteressiert aus dem Fenster. Leonore steuerte den Wagen unterdessen immer weiter aus dem Stadtzentrum hinaus. Die Straßen wurden zusehends leerer, sie kamen immer schneller voran.

»Er hat jetzt schon sehr viel für mich getan. So viel, dass ich ihm jetzt auch mal was zurückgeben muss.«

»Deswegen das Interview? Und die Zeugenaussage?«

»Klar«, antwortete der Schüler und steckte sich einen Kaugummi in den Mund. »Also, was ist jetzt auf dem Stick?«

»Das zeige ich nur Severin. Das musst du verstehen.«

Mit etwas zu theatralischer Geste setzte sich der Teenager daraufhin aufrecht in seinen Sitz. Dann sah er Leonore aus seinen graublauen Augen mit sicherem Blick an.

»So läuft das nicht«, stellte er klar. »Da könnte ja jeder kommen! Und warum glauben Sie überhaupt, dass ich weiß, wo er ist?«

»Weil er dich liebt«, antwortete Leonore. »Mich hat er auch geliebt. Und ich wusste immer, wie ich ihn erreichen kann.«

Ferdinand blieb standhaft.

»Keine Beweise – kein Severin!«

Leonore gab nach.

»Also gut, du willst ihn beschützen, das verstehe ich. Das wollen wir beide, also warum nicht?«

Mit diesen Worten reichte sie Ferdinand den Stick und deutete dann auf die Rückbank, auf der neben zwei zusammengelegten Wolldecken auch ein Laptop lag. Der Schüler griff sich den Rechner und verband ihn mit dem Speichermedium. Er öffnete die entsprechende Datei und sah daraufhin, dass sich ein kompletter Ordner voll Videos und Bilder darin befand.

»Kann ich mir mal ein paar von den Filmen angucken?«, fragte Ferdinand. »Ob die auch wirklich was bringen?«

»Lass dir ruhig Zeit«, erwiderte Leonore. »Wir fahren sowieso noch ein bisschen. Hier in der City können wir Severin nicht treffen. Zu viel Polizei.«

Ferdinand tippte etwas auf dem Laptop und klickte dann eines der längeren Videos auf dem Speicherstick an.

Levin Grevesmühl war auf einem der Filme zu sehen, wie er vor einem Spiegel saß und gerade damit beschäftigt war, sich eine Perücke aufzusetzen. Zusammen mit seinem Dreiteiler sah er Boesherz mit der künstlichen Haarpracht zum Verwechseln ähnlich. Grevesmühl lachte und sagte irgendetwas in die Kamera, das darauf schließen ließ, dass er nun vorhabe, in seiner Kostümierung ein Auto anzumieten.

»Wo haben Sie das denn alles her?«, fragte Ferdinand beeindruckt, nachdem er sich in aller Ruhe noch einige weitere Videos angesehen hatte. »Diese Filme entlasten Severin ja tatsächlich komplett!«

Leonore streckte zunächst demonstrativ ihre Hand aus und wartete, bis Ferdinand ihr den Memorystick zurückgegeben hatte. Erst nachdem sie diesen wieder sicher in ihrer Tasche verstaut hatte, antwortete sie: »Also, *das* erzähle ich nun wirklich erst, wenn er bei uns ist.«

»Also gut, Sie haben mich überzeugt«, gestand der Junge und griff zu seinem Handy, das er sicherheitshalber ausgeschaltet hatte.

Er aktivierte es wieder und stellte dabei fest, dass zwischenzeitlich zahlreiche Anrufe seiner Mutter eingegangen waren. Ohne dem weitere Beachtung zu schenken, wählte er die Nummer des Mobiltelefons, das Boesherz kurz nach seiner Flucht für einen stattlichen Bargeldbetrag von einer Schülerin an einer Bushaltestelle ausgeliehen hatte. Er hatte dem Mädchen denselben Betrag bei Rückgabe versprochen, wenn sie das Telefon für mindesten einen Tag nicht sperren lassen würde. Ferdinand hoffte, dass das Mädchen sich an diese Vereinbarung gehalten hatte.

»Ich bin's«, meldete er sich erleichtert, als Boesherz den Anruf kurz darauf tatsächlich entgegennahm.

Mit knappen Worten fasste er die Situation zusammen.

»Du bist bei *wem?*«, entfuhr es Severin so laut, dass Leonore es selbst noch auf dem Fahrersitz hören konnte.

»Wir müssen uns treffen. Sie kann deine Unschuld beweisen!«

»Spatz, die Dinge geraten langsam außer Kontrolle. Ganz Berlin sucht nach mir, ich kann nicht einfach irgendwo hinkommen. Außerdem gibt es da auch noch einiges, das du nicht weißt!«

»Die Dinge sind schon längst außer Kontrolle geraten«, antwortete Ferdinand. »Und im Augenblick weiß ich genug, um dir zu raten, dich mit uns zu treffen!« Dann sah er Leonore an. »Wo soll er hinkommen?«

KAPITEL 68

Das ehemalige Krankenhaus *Oskar-Helene-Heim* in Berlin-Dahlem stand seit vielen Jahren leer. In naher Zukunft würde es abgerissen werden, damit auf dem frei werdenden Gelände Wohnhäuser entstehen konnten. Das verlassene Areal war zwar bewacht, doch am Wochenende konnte man die Mitarbeiter des Sicherheitsdienstes üblicherweise ohne große Mühen umgehen. Insbesondere jetzt, da das Spiel der Berliner Hertha gegen den FC Bayern soeben angepfiffen worden war.

Leonore hatte den Phaeton hinter dem Gelände abgestellt. Dann war sie mit Ferdinand unbemerkt in das Gebäude eingestiegen und hatte sich mit ihm in das ehemalige Leichenschauhaus zurückgezogen, in dem sie nun auf das Eintreffen von Boesherz warteten.

»Wo waren Sie denn die ganze Zeit? Ich meine, er hat nie von Ihnen erzählt«, erkundigte sich Ferdinand bei seiner Begleiterin, während er dabei neugierig an den Fächern entlangging, in denen früher die verstorbenen Patienten gelegen hatten.

»Ich musste weg«, begann Leonore daraufhin zu erzählen, die im Gegensatz zu ihrem jugendlichen Gesprächspartner ruhig, fast schon apathisch, auf einem Stuhl saß, den sie zuvor mit einem Stofftaschentuch vom Staub befreit hatte. »Warum hätte ich auch bleiben sollen? Severin hatte ich verloren, mein Vater hatte nichts Gutes mit mir vor und meine Nichte war so enttäuscht, dass ich ihr gar nicht mehr unter die Augen treten konnte.«

»Mir kommen gleich die Tränen«, entgegnete Ferdinand uncharmant und öffnete dann eines der Leichenfächer.

Es war schwergängig, und zu Ferdinands Enttäuschung befand sich dahinter nichts, was in irgendeiner Weise skurril oder gar gruselig gewesen wäre. Es war einfach nur ein leeres Fach. Keine Bahre, keine medizinischen Instrumente.

»Ich bin für lange Zeit nach Indien gegangen«, berichtete Leonore weiter. »Ein faszinierendes Land. Unglaublich groß, und sehr weit weg von Deutschland. Der ideale Rückzugsort.«

»Was haben Sie denn da gemacht?«

»Ich habe mich durchgeschlagen. In Indien braucht man nicht viel zum Überleben. Und die Menschen stellen weniger Fragen als hier. Ich habe meine Fähigkeiten und Kenntnisse weiterentwickelt und Abstand von meinem alten Leben gewonnen.«

»Und wenn es da so toll war, warum sind Sie dann wieder zurückgekommen?«

Ferdinand ließ jetzt von den Leichenfächern ab und ging zu Leonore hinüber. Es war dunkel in dem verlassenen Leichenkeller, nur das schwache Licht, das von der Treppe her aus dem oberen Stockwerk durchdrang, erhellte das kühle Untergeschoss ein wenig.

»Das hat wohl was mit dem Älterwerden zu tun. Man wird irgendwie sentimental und beginnt, sich nach den Orten zu sehnen, die einem früher viel bedeutet haben. Und nach den Menschen.«

»Sie halten mich für ziemlich blöd, oder?«

»Du fragst dich, was ich ausgerechnet *jetzt* in Berlin suche, wo Severin in Schwierigkeiten steckt? Und wie ich eigentlich an die entlastenden Beweise gekommen bin?«

Ferdinand verschränkte seine Arme vor der schmalen Brust.

»Severin sagt immer: Von allen möglichen Erklärungen ist der Zufall immer die mit Abstand unwahrscheinlichste.«

Leonore lachte auf.

»Oh ja, das hat er damals schon oft gesagt. Immer noch der Alte. Mein Gott, wie ich ihn vermisst habe ...«

Ferdinand ließ sich nicht ablenken.

»Also?«, fragte er nachdrücklich.

Die Luft war muffig, und es herrschte eine unheimliche Stille auf dem verlassenen Klinikgelände.

»Nein, ich bin natürlich nicht zufällig hier«, gab Leonore zu. »Ich habe meine Rückkehr sehr lange vorbereitet.«

»Ich muss schon sagen, Sie haben wirklich eine Menge Ähnlichkeit mit ihm! Nur, dass Sie irgendwie, wie soll ich sagen, seltsamer rüberkommen.«

»Du bist ja ein richtiger Charmeur«, entgegnete Leonore gelassen und zog die Augenbrauen hoch.

»Charmant bin ich, wenn ich es sein will«, entgegnete der Schüler. »Und gerade will ich nicht! Wo haben Sie beide sich denn damals kennengelernt?«

Leonore erhob sich.

»Wie früher«, stellte sie mit einem seligen Schmunzeln fest. »Diese Frage haben uns damals auch immer alle gestellt. Wir konnten das aber leider niemals irgendjemandem erzählen.«

»Und warum nicht?«

Leonore kam nicht dazu, eine Antwort darauf zu geben. Stattdessen tauchte nun ein Schatten hinter ihr auf, der von einer Person geworfen wurde, die vorsichtig die Treppe in den Keller hinabstieg. Kurz darauf stand Boesherz im Raum.

»Ich finde, wir können es Ferdinand sagen«, befand er gelassen. Dann strich er Leonore sanft durch ihr Haar und erklärte dabei: »Wir haben uns in einer Selbsthilfegruppe kennengelernt.«

»Wie bitte?«, entfuhr es Ferdinand.

»Es gibt nicht viele Orte, an denen sich Menschen wie wir kennenlernen können«, fügte Leonore hinzu.

»Ihr meint eine Selbsthilfegruppe für Genies?«, verstand Ferdinand und fragte Boesherz ungläubig: »Die soll auch so schlau sein wie du?«

Dieser schüttelte den Kopf.

»Das trifft es nicht«, widersprach er. »Leonore ist noch sehr viel klüger als ich.«

KAPITEL 69

Olivia hatte die Musik auf ihrem Smartphone so laut eingestellt, wie es nur möglich war. Sie joggte bereits seit über einer Dreiviertelstunde zu den Songs ihrer Lieblingsband *Billy Talent* über die Straßen und durch die Parkanlagen Berlins. Ihr Trainingsanzug war von Schweiß benetzt, ihr Atem ging immer flacher, doch ihre Füße wollten einfach nicht aufhören zu laufen.

Warum hast du das gemacht?, fragte sie sich wieder und wieder, doch eine Antwort wollte ihr einfach nicht in den Sinn kommen. *Du verdammter Vollidiot!*

Schließlich erreichte Olivia die Ampel an einer stark befahrenen Straßenkreuzung. Während sie selbst im Stand nicht damit aufhörte, ihre Beine in Bewegung zu halten, fiel ihr Blick auf einen älteren Mann. Dieser versuchte gerade vergeblich, ein schweres Tor zu öffnen, das zu den Hinterhöfen eines alten Wohnhauses führte. Es war keine besonders bemerkenswerte Begebenheit, ein Bild, wie es sich in Berlin täglich Tausende Male bot. Es dauerte auch nicht allzu lange, bis es dem alten Mann schließlich doch gelang, das Tor zu öffnen. Das Bild seiner Hilflosigkeit hatte Olivia aber dennoch berührt.

Was, wenn dich wirklich jemand reinlegen will?, überlegte sie. *Und selbst wenn du es wirklich warst. Warum hast du das getan?*

Die Fußgängerampel schaltete auf Grün um. Sofort setzte sich die Gruppe der Wartenden in Bewegung, um in einem breiten Strom von beiden Seiten her den Boulevard zu überqueren. Olivia jedoch blieb stehen und schaltete die Musik aus. Eine Gruppe von Schülern kam ihr entgegen, die offenbar auf dem Weg in den nahe gelegenen Park waren, in dem Olivia ihr Jogging fortsetzen wollte. Ihr Blick fiel auf einen Jungen in der Gruppe, der schlank und blond war.

Wenn ich Ferdinands Mutter wäre, würde ich wahnsinnig werden, kam es ihr in den Sinn.

Olivia wollte nach ihrem Telefon greifen, zog ihre Hand jedoch wieder zurück.

Warum tut er das denn nur? Ein Fünfzehnjähriger?

Ein Passant rempelte Olivia versehentlich an.

»Wat steh'n Se denn hier so blöd rum?«, pöbelte der kleine Mann mit Hut daraufhin los.

»Mir macht das Spaß«, entgegnete Olivia.

»Na, det is ja die Hauptsache!«, entgegnete der Passant, bevor er sich abwandte und die Straße überquerte.

Olivia wollte ihm gerade noch etwas nachrufen, doch plötzlich sie hielt inne.

Stimmt, dachte sie. *Das ist die Hauptsache.*

Entschlossen griff sie jetzt doch nach ihrem Telefon.

»Hast du es schon mitbekommen?«, fragte Dennis am anderen Ende der Leitung, bevor er Olivia auch nur grüßte. »Das Interview von diesem Jungen? Sag mal, kann es sein, dass das …«

»Ja, das war er«, kürzte Olivia ab. »Der Zeuge ist der Kleine aus dem Sterncenter. Und, ja, er hat eine Beziehung mit Severin.«

»Also doch? Krass!«, entgegnete Dennis.

Noch bevor er dazu kam, etwas hinzuzufügen, sprach Olivia weiter: »Ich finde das auch schlimm, aber soll ich dir was sagen? Wenn der Junge freiwillig mit Severin zusammen sein will, warum soll er es dann nicht dürfen? Weil wir beide ein Problem damit hätten, wenn es unser Sohn wäre?«

»Olivia, was ist denn mit dir los? Ich meine, ich würde das meinem Sohn …«

»… auch verbieten. Ich weiß. Aber was, wenn er es gern will?«

Dennis überlegte kurz. Es war offenkundig, dass Olivia nicht grundlos anrief.

»Okay, was ist los?«, fragte er daher ohne Umschweife.

»Ich kann nicht einfach weiter nichts tun. Severin steht gerade ganz allein im Regen, und keiner hilft ihm. Außer der Junge. Ich finde, wir sollten ihm jetzt irgendwie beistehen. Zumindest so lange, bis wir wissen, was wirklich passiert ist.«

»Aber es geht nicht«, antwortete Dennis. »Was sollen wir denn machen? Wir sind aus dem Fall raus. Wenn wir da jetzt rumpfuschen, noch dazu, um Severin zu helfen, dann riskieren wir unsere Ärsche!«

»Ich weiß«, bestätigte Olivia. »Aber trotzdem, ich kann so nicht weitermachen. Severin ist dabei, irgendwas verdammt Blödes zu tun. Sonst wäre er nicht abgehauen.«

»Da könntest du recht haben.«

»Was wäre denn, wenn einer von uns in dieser Lage wäre?«

»Wären wir nicht. Weil Severin uns schon entlastet hätte, bevor es überhaupt einen Haftbefehl gäbe.«

Olivia nickte, als könne Dennis es sehen.

»Pass auf«, sagte sie. »Ich habe eine Idee. Das ist reine Spekulation, aber vielleicht unsere einzige Chance.«

Dennis horchte auf.

»Okay, worum geht es?«, fragte er.

Die Menschen zogen noch immer an Olivia vorbei, ohne Notiz von der Frau im verschwitzten Trainingsanzug zu nehmen. Als die Ampel wieder auf Rot umschaltete, antwortete sie:

»Um etwas Illegales.«

KAPITEL 70

Es roch nach Staub und Schimmel in dem dunklen Raum. Nur langsam gewöhnten sich Boesherz' Augen an die Lichtverhältnisse.

»Möchtest du deinem kleinen Schatz nicht noch ein bisschen von uns erzählen? Er sagt, du hast mich ihm bisher komplett verschwiegen.«

Leonore hatte sich erhoben, Boesherz zur Begrüßung in die Arme genommen und ihn fast eine halbe Minuten lang festgehalten. Es hatte dabei nichts Bedrohliches in ihrer Art gelegen. Im Gegenteil, das Zusammentreffen schien sie geradezu mit Glück erfüllt zu haben.

»Warum hätte ich von dir erzählen sollen?«, fragte Boesherz, nachdem er sich aus der Umarmung gelöst hatte.

Dann ging er zu Ferdinand hinüber und nahm auch ihn in die Arme, wenn auch etwas kürzer als Leonore. Während diese in einem zerbrochenen Spiegel verlegen den Sitz ihrer Haare kontrollierte, fuhr Severin fort: »Weißt du, Ferdi, ich musste damals eine Entscheidung treffen. Es war von Anfang an schwer mit Leonore, weil wir so viele Geheimnisse vor den anderen hatten. Sie ist jede Woche extra vom Saarland aus nach Hessen gefahren, weil sie nicht in eine Selbsthilfegruppe in ihrer Gegend gehen wollte.«

»Dass mich in Hessen niemand gekannt hat, war aber nur am Anfang der Grund, so weit zu fahren«, warf Leonore ein. »Später habe ich das dann nur noch wegen Severin gemacht. Er war der erste Mensch, der mir jemals begegnet ist, der mir gedanklich folgen konnte.«

»Langsam wird es gruselig«, kommentierte Ferdinand die Situation, während er dabei stets in Severins Nähe blieb.

»Ich habe gemerkt, dass sie mir sehr ähnlich war«, fuhr der Kommissar fort. »Sie hat Dinge gesehen, die auch für mich absolut offensichtlich waren, die alle anderen aber einfach nicht bemerkt haben. Das war genau, wovon ich immer geträumt habe. Jemanden zu treffen, der vom selben Planeten stammt wie ich. Endlich hat jemand die Welt mit meinen Augen gesehen.«

»Wer hätte uns trennen sollen?«, setzte jetzt wieder Leonore an. »Wir mussten uns gegenseitig nichts erklären, nichts rechtfertigen. Es war einfach immer alles offensichtlich. Und dadurch, dass wir nicht andauernd irgendwem alles Augenscheinliche wie einem Kleinkind erklären mussten, konnten wir uns auf das Einzige beschränken, was wirklich wichtig war. Auf die eine große Erkenntnis.«

»Oh, *die eine große Erkenntnis*«, wiederholte Ferdinand spöttisch. »Kommt jetzt noch ein Geiger rein?«

»Ich fürchte, wenn wir nicht bald verschwinden, dann kommt eher ein Sondereinsatzkommando rein und nimmt mich fest«, antwortete Boesherz, bevor er fortfuhr: »Ja, die große Erkenntnis. Wie erkläre ich es dir am besten? Also, bevor wir uns kennengelernt haben, dachten wir immer, wir seien die einzigen Menschen auf der Welt, die alles um sich herum sehen und wahrnehmen können. Und, dass alle anderen mehr oder weniger blind und taub sind. Als wir dann aber zusammen waren, war es plötzlich anders. Die Welt hat zwar weiter genervt, aber plötzlich war uns das egal. Und dann, als wir endlich zusammengezogen sind, haben wir es gemerkt: Das Leben ist überhaupt kein bisschen kompliziert. Denn das Einzige, was man braucht, ist ein Partner, der einen versteht.«

Ferdinand war versucht, einen weiteren respektlosen Einwurf zu machen, doch die Eindringlichkeit, mit der Severin zu ihm sprach, beeindruckte ihn zu sehr.

»Das ist alles«, bestätigte Leonore. »Man braucht keine Zustimmung, keine Belehrungen. Man muss einfach nur verstanden werden. Und plötzlich hatten wir beide jemanden, der das getan hat. Und das hat es uns nach den langen Jahren der Einsamkeit endlich möglich gemacht, ganz normal zu leben.«

»Viele würden denken, dass Menschen wie Leonore und ich gemeinsam den ganzen Tag lang die Probleme der Welt lösen«, fuhr Boesherz fort. »Aber genau das Gegenteil ist der Fall! Wir haben es eben endlich *nicht* mehr machen müssen. Weil ja sowieso immer alles klar war. Wir konnten uns einfach zurücklehnen und füreinander da sein.«

Ferdinand wich unmerklich von Severins Seite ab. Immer öfter wichen seine Blicke nervös in alle Richtungen aus. Er lehnte sich mit dem Rücken gegen die Leichenfächer, als er fragte:

»Und warum habt ihr euch dann getrennt?«

»Dein kleiner Liebling stellt die richtigen Fragen«, hauchte Leonore Boesherz anerkennend zu, und ging dann elegant an ihm vorbei, um direkt vor dem Jungen stehen zu bleiben. Sie streichelte Ferdinand durch die blonde Mähne, bevor sie sich schließlich wieder Severin zuwandte: »Du hast allen erzählt, dass ich tot bin?«

Boesherz zuckte nicht einmal mit der Wimper. Selbstbewusst sah er Leonore in die Augen, als er entgegnete: »Manchmal muss man viele belügen, um einzelne zu schützen.«

»Häh?«, rief Ferdinand verwundert aus. »Warum sollte es deine Freundin denn schützen, wenn du erzählst, dass sie tot ist? Muss ich das verstehen?«

»Na komm schon, Severin. Sag es ihm«, ermutigte Leonore Boesherz und legte ihre Hand auf dessen Schulter.

»Irgendwas in mir wusste es damals die ganze Zeit«, erklärte dieser dem Teenager nun. »Ich wollte es halt einfach nicht sehen. Vielleicht habe ich es ja auch wirklich nicht gesehen. Objektiv gab es auch keinen einzigen Hinweis darauf.«

»Wovon redest du?«, hakte Ferdinand ungeduldig nach.

»Na ja«, gestand Boesherz. »Dr. Amthauer, unser gemeinsamer Arzt im Rheingau. Ich meine, wer hätte es denn schaffen sollen, einen Mord zu begehen, den *ich* nicht aufklären kann?«

Leonore umfasste jetzt mit beiden Händen den Kopf von Ferdinand und kam ihm dabei so nah, dass der Junge ihren Atem auf seinem Gesicht spüren konnte. Dann hauchte sie mit süßlichem Lächeln: »Ups …«

KAPITEL 71

RHEINGAU.
SECHZEHN JAHRE ZUVOR.

»Frau Klee, bitte setzen Sie sich doch.«

Dr. Amthauer hatte Leonore ausdrücklich darum gebeten, erst nach Praxisschließung zu ihm zu kommen. Sein Anliegen war, wie er angedeutet hatte, etwas prekär. Es war ihm wichtig, dass kein Dritter davon erfahren sollte, bevor er sich mit Leonore unter vier Augen besprochen hatte.

»Ich weiß nicht recht, wie ich es Ihnen erklären soll«, begann der Mediziner, doch weiter kam er nicht.

»Es ist ernst und Sie gehen davon aus, dass es eine Weile dauern wird«, warf seine Patientin ihm nüchtern an den Kopf. »Wir sind allein, die Vorhänge sind zugezogen, ihr Telefonhörer liegt neben dem Apparat und sie haben frischen Tee gemacht. Eine ganze Kanne voll. Ihren Kittel tragen Sie noch, aber keine Krawatte mehr. Es ist also schon etwas Medizinisches, aber sie wollen es mir in entspannter Atmosphäre beibringen. Ihr Rechner ist aus, dafür liegt eine Akte vor Ihnen. Sie haben es noch nicht in Ihr System eingegeben. Daraus ist zu schließen, dass Sie etwas getan haben, das nicht den Regeln Ihrer Zunft entsprochen hat. Weil ich privat versichert bin, geht es vermutlich um Abrechnungsbetrug. Ich habe mich bei Ihnen vorgestellt, weil ich unter anhaltender Müdigkeit leide. Sie hatten den Verdacht der Eisenmangel-Anämie, deswegen haben Sie mir Blut abgenommen. Ich vermute also, Sie haben die Probe entgegen den Gesetzen nicht nur auf Eisenmangel testen lassen, sondern einfach auf alles, was man auf dem Zettel für das Labor ankreuzen konnte. Mehr Tests, mehr Geld für Sie. Das wäre auch nie aufgefallen. Es sei denn, einer der Tests, die Sie illegal haben durchführen lassen, hätte etwas gezeigt, mit dem Sie nicht gerechnet haben.«

Mit einem Mal herrschte Stille im Besprechungsraum. Amthauer hatte sich den ganzen Tag lang überlegt, wie er seiner Patientin am besten erklären sollte, was er auf illegalem Weg herausgefunden hatte.

»Das, äh ...«, stotterte er nun, während Leonore keine Gemütsregung erkennen ließ. »Das ist, wie soll ich sagen? Das ist ... ähm ... korrekt.«

»Ich weiß«, entgegnete Leonore. »Ich leide also nicht unter Eisenmangel.«

Amthauer schlug daraufhin den Ordner auf, in dem er die Ergebnisse abgeheftet hatte, die das Labor dank eines Barcodes an der Blutprobe vollkommen anonym ermittelt hatte.

»Ich bin bislang der einzige Mensch, der davon weiß«, versicherte er. »Meine Arzthelferin sieht die Ergebnisse nicht, die kommen direkt zu mir.«

»Jetzt zeigen Sie schon her«, herrschte Leonore den Mediziner daraufhin ungeduldig an und streckte ihre Hand nach dem Bogen aus, auf dem zahlreiche Kreuze und Vermerke zu erkennen waren.

»Sie kennen sich damit aus?«, erkundigte sich der Arzt, während er den Bericht aus dem Ordner nahm.

»Was meinen Sie, womit ich mich alles auskenne? Das Leben ist ziemlich lang, da hat man viel Zeit, sich mit allem möglichen Kram zu beschäftigen.«

Amthauer nickte still. Er wusste als einer ihrer wenigen Vertrauten von der genialen Begabung seiner Patientin, die unter anderem in der Lage war, innerhalb weniger Wochen jede beliebige Fremdsprache auf Hochschulniveau zu erlernen. Mit zusammengepressten Lippen schob er den Zettel zu Leonore hinüber. Diese nahm ihn auf und überflog ihn mit schnellen Blicken. Dann nickte sie beiläufig.

»Und jetzt?«, fragte sie dann.

»Ich muss Ihnen ja sicher nicht sagen, was das für Sie bedeutet. Angesichts Ihrer medizinischen Vorgeschichte.«

Leonore verzog keine Miene.

»Was wird denn Ihr Partner dazu sagen? Sie wollen doch heiraten«, fragte Amthauer weiter.

»Der sollte es lieber nicht erfahren.«

Leonore sah sich im Raum um, ohne dabei ihren Blick von Amthauer abzuwenden. Das Bild in ihrem Gedächtnis reichte aus, um die Praxis genau unter die Lupe nehmen zu können.

»Das können Sie Herrn Boesherz nicht verheimlichen«, widersprach der Arzt. »Es sei denn, Sie hätten vor …«

»Ich werde ihn verlassen«, unterbrach Leonore. »Ganz einfach.«

Dr. Amthauer hatte in seiner jahrzehntelangen Berufslaufbahn unzählige unangenehme Patientengespräche führen müssen. Er wusste, wie unterschiedlich Menschen auf Nachrichten reagieren konnten, die ihr weiteres Leben beeinflussen würden. Leonores scheinbare Apathie erschien ihm daher auch nicht als besonders ungewöhnlich.

»Lassen Sie uns jetzt nichts überstürzen«, versuchte er seine Patientin zu beschwichtigen. Er erhob sich und ging zu der Teekanne hinüber, um seiner Patientin und sich eine Tasse davon einzugießen. »Schlafen Sie erst mal eine Nacht darüber, dann sehen wir weiter. Sie dürfen jetzt nichts übers Knie …«

Weiter kam er nicht.

In der Sekunde, in der Amthauer Leonore den Rücken zugewandt hatte, war sie vollkommen gelassen und konzentriert von ihrem Stuhl aufgestanden, hatte seelenruhig die Schreibtischlampe gegriffen, deren Kabel mit einem gezielten Ruck aus der Steckdose entfernt, war von hinten an ihren Arzt herangeschlichen und hatte den Mann mit einem einzigen gezielten Schlag auf den Hinterkopf niedergesteckt.

Du wirst es sehen, Severin. Es ist viel zu offensichtlich, ging es Leonore im leeren Besprechungszimmer durch den Kopf, nachdem sie Amthauer zuvor an den Füßen in dessen Operationsraum geschleift und auf die Liege gewuchtet hatte. *Aber ich habe ja noch etwas Zeit. Du bist doch im Grunde auch nur wie eine Fliege. Sogar, wenn man dir eine Tür öffnet, fliegst du immer wieder gegen das geschlossene Fenster. Ich muss nur dafür sorgen, dass das Fenster heller ist als die Tür. Sei nicht böse, mein Schatz. Früher oder später musste es ja passieren.*

Dann ging Leonore zurück in den Operationsraum, in dem Dr. Amthauer noch immer zuckend auf dem OP-Tisch lag. Die Inszenierung, die sie Severin und dessen Kollegen hinterlassen wollte, würde sie noch einige Zeit kosten. Ihren Zweck würde sie jedoch mit Gewissheit erfüllen.

KAPITEL 72

Ich bin mir ziemlich sicher, dass er nicht zu dem Jungen gehen wird. Da läuft er den Fahndern doch direkt in die Arme.«

Olivia hatte vor dem Hotel auf Dennis gewartet. Ihr war bewusst, dass Severin nicht aus Berlin fliehen würde, ohne sich früher oder später noch bei Ferdinand zu melden. Zudem stand das Eintreffen von dessen Eltern unmittelbar bevor, sodass sie guten Grund zu der Annahme hatte, dass sich der Schüler noch in seinem Hotelzimmer aufhalten würde. Jetzt, nachdem ihr Kollege endlich eingetroffen war, betraten die beiden gemeinsam die Lobby und gingen selbstsicher an die Rezeption. Der Tresen war nicht besetzt, sodass Olivia die Klingel betätigte.

»Die Presse scheint noch nicht rausgefunden zu haben, dass er hier wohnt«, stellte Dennis fest, dem das Fehlen von Journalisten aufgefallen war. »Woher weißt du das eigentlich?«

»Woher schon? Ich habe Bittrich angerufen. Der steht drauf, wenn das LKA ihm was schuldet. Apropos Bittrich, was sollte überhaupt dieses blödsinnige Interview von dem Jungen?«

Olivia hatte sich das Gespräch mit Ferdinand inzwischen ebenfalls im Internet angesehen. Der Schüler hatte im Wesentlichen nur darauf hingewiesen, dass er nichts zu der Mordserie sagen könne, derentwegen Boesherz verdächtigt wurde. Und, dass er diesem zwar ein Alibi für zwei der drei Morde geben könne, er aber aus diversen Gründen nicht erzählen wolle, um was für ein Alibi es sich dabei handelte. Insgesamt war aus dem

Teenager so gut wie keine wichtige Information herauszuholen gewesen. Olivia hatte sogar den Eindruck gehabt, der Schüler habe sich bewusst dumm gestellt.

»Ich kann es dir nicht sagen«, antwortete Dennis. »Warum verständigt der Junge die Presse, wenn er dann gar nichts erzählen will?«

Die Rezeptionistin trat nun an den Tresen und entschuldigte sich höflich dafür, dass sie die Gäste hatte warten lassen. Olivia und Dennis zeigten nun gleichzeitig ihre Dienstmarken vor.

»Keine Angst, es ist nichts Schlimmes«, besänftigte Olivia die Mitarbeiterin sofort, doch diese reagierte gelassen.

»Ihre Kollegen waren auch schon da«, berichtete sie. »Geht es noch mal um Herrn Wehde?«

»Wir würden ihn gern sprechen«, bestätigte Dennis.

»Ich bedaure, Herr Wehde befindet sich nicht im Haus. Ihre Kollegen haben ihn auch bereits gesucht, er ist nicht auf seinem Zimmer und auch nicht im Wellnessbereich. Wir haben ihn auch schon mehrmals ausrufen lassen.«

Olivia sah Dennis mit einem vielsagenden Blick an.

»Haben Sie irgendwelche Informationen darüber, wo er sein könnte? Oder wann er wiederkommt?«, fragte sie dann.

»Leider nicht, Herr Wehde hat nichts hinterlassen.«

Gerade wollte Dennis seine Kollegin dazu auffordern, sich mit ihm unter vier Augen zu bereden, als hinter den beiden eine Stimme erklang: »Wehde? Geht es um unseren Sohn?«

Während die Rezeptionistin nur freundlich lächelte, drehten sich die beiden Kommissare zu dem Ehepaar um, das soeben eingetroffen war.

»Sind Sie die Eltern von Ferdinand?«, erkundigte sich Olivia.

»Ja, und wer sind Sie?«, antwortete Harald Wehde, Ferdinands Vater.

Erneut wiesen sich die beiden Ermittler aus und legten in aller

Kürze dar, aus welchen Gründen sie den Schüler sprechen wollten.

»Ich rufe ihn jetzt mal an, weit kann er ja nicht sein.«

Gabriele Wehde griff nach ihrem Handy, doch Olivia reagierte blitzschnell:

»Nein, bloß nicht!«, rief sie. »Ich hoffe nämlich sehr, dass er wirklich gerade bei Severin ist.« Eindringlich sah Olivia nun die Wehdes an, bevor sie fragte: »Hat Sie schon jemand vom LKA nach Ferdinands Handynummer gefragt?«

»Wir sind ja gerade erst angekommen.«

»Läuft das Handy auf seinen Namen?«

Harald Wehde winkte ab.

»Er hat auf einem Prepaidhandy bestanden«, antwortete er.

»Das hat er garantiert so mit Severin abgesprochen. Wegen der ganzen Heimlichtuerei. Dann sind wir im Moment also die Einzigen, die Ferdis Handynummer kennen?«

Dennis sah seine Kollegin mit einem misstrauischen Blick an.

»Darum geht es dir also«, erkannte er. »Oh Mann, das gibt Ärger!«

KAPITEL 73

»Und du hast das die ganze Zeit über nicht rausgefunden?«, fragte Ferdinand ungläubig, nachdem Leonore sich wieder von ihm abgewandt hatte und zu ihrer Handtasche hinübergegangen war, die sie mitten im Raum auf dem Boden abgestellt hatte.

»Ich sollte es nicht rausfinden, also habe ich es auch nicht«, antwortete Boesherz. »Diese Geschichte mit den Organen und dem Skelett schien so ausgefeilt, dass ich niemals darauf gekommen wäre, dass das jemand nur improvisiert hat, um uns alle wie die Idioten in die falsche Richtung laufen zu lassen.«

»Severin ist eben einfach zu nett«, fügte Leonore hinzu. »Er hat zu viel Respekt vor dem Leben normaler Menschen.«

»Ich war so in Leonore verliebt, dass ich einfach nicht bemerkt habe, wie bösartig sie sein kann. Ich habe immer versucht, meine Fähigkeiten in den Dienst der Schwächeren zu stellen. Leonore dagegen betrachtet normale Menschen wie eine niedere Spezies. So wie Mücken, die man erschlägt, wenn sie einem auf die Nerven gehen.«

»Das ist doch alles total krank!«, stellte Ferdinand fassungslos fest.

Daraufhin schaltete sich Leonore wieder in das Gespräch ein. »Also, mein junger Freund, wenn du *das* schon krank findest, dann bin ich gespannt, was du hiervon hältst!«

Damit entnahm sie ihrer Handtasche eine mittelgroße Ampulle mit einer rötlichen Flüssigkeit.

Sie trat an den Jungen heran, der daraufhin instinktiv einen Schritt auf Severin zumachte.

»Trink das«, forderte sie Ferdinand auf und streckte ihm die Ampulle entgegen.

»Bist du bescheuert?«, reagierte der Junge fassungslos. »Deinen Scheiß kannst du selber trinken!«

Während Leonore nur milde schmunzelte, legte Boesherz seinen Arm um die Schulter des Jungen und sah ihn mit einem vertrauten Blick an.

»Das ist schon okay, Ferdi«, besänftigte er ihn. »Du kannst gehen, ich kläre das hier mit Leonore allein.«

»Aber sie hat Beweise …«, versuchte er zu erklären, doch Boesherz unterbrach ihn.

»Ich weiß. Sie hat sie mir gestern Abend vor meinem Haus gezeigt.«

Leonore rührte sich nicht. Noch immer hielt sie die Ampulle in der Hand.

»Soll das ein Witz sein? Sie hat dir den Stick gestern schon gezeigt? Warum hast du dich denn dann verhaften lassen?«

»Weil ich ihren Preis nicht zahlen wollte.«

Ferdinand schien die Welt nicht mehr zu verstehen. Aufgeregt wechselten seine Blicke zwischen Boesherz, Leonore und der Ampulle mit der geheimnisvollen Flüssigkeit darin hin und her.

»Was denn für einen Preis?«

»Es reicht«, fuhr Leonore dazwischen, zog eine Pistole aus ihrer Tasche und hielt sie Boesherz direkt gegen die Schläfe. »Du trinkst jetzt diese Ampulle aus, oder wir beenden die ganze Geschichte gleich hier.«

»Das würdest du nie machen!«, spekulierte Ferdinand, während er ängstlich auf die Waffe an Boesherz' Kopf sah. »Severin ist der Einzige, der dich versteht. Den bringst du nicht um.«

»Doch, Schatz, das tut sie«, widersprach Boesherz. »Leonore

ist irre. So wie viele Genies. Wenn deine Synapsen den ganzen Tag lang ein Feuerwerk nach dem anderen abbrennen, dann kann einen das wahnsinnig machen. Sie hat in den letzten Tagen drei Menschen ermordet, die absolut nichts mit mir und unserer Vergangenheit zu tun hatten. Einfach nur, um mich ganz genau in *diese* Lage hier zu bringen.«

»Mach das nicht so klein!«, verteidigte sich Leonore daraufhin mit fast schon kindlich wirkendem Zorn. »Hast du eine Ahnung, wie viel Arbeit das war? Ich musste monatelang deine Gewohnheiten ausspionieren. Wissen, wann du was tust. Die Geheimzahl deiner EC-Karte rausfinden, deinen Wohnungsschlüssel stehlen, einen Abdruck davon machen und ihn dir wieder in die Tasche schmuggeln. Fasern von deinem Mantel klauen, kontrollieren, wann du allein zu Hause warst, um genau in diesen Zeitfenstern deinen Doppelgänger loszuschicken. Und das alles auch noch so, dass du es nicht merkst.«

»Respekt«, warf Ferdinand ein. »Severin merkt nämlich immer alles!«

Leonore ignorierte den Kommentar. Stattdessen erzählte sie weiter.

»Ich musste den richtigen Arzt finden, sicherstellen, dass er sich allein mit mir trifft. Dann einen Patienten in der Kartei finden, dessen Name sich mit Sanskrit-Endungen schreiben lässt. Dem musste ich dann auch noch Fotos unterschieben, um eine Verbindung zu dem Fall zu konstruieren. Dieser eine Tag hat mich über ein Jahr Planung und Vorbereitung gekostet!«

Ferdinand dachte darüber nach, Leonore zu überwältigen, doch das Risiko, dass sich dabei ein Schuss lösen könnte, wollte er nicht eingehen.

»Am besten war dieser Schauspieler«, fuhr die noch immer erstaunlich ruhige Frau fort. »Ich habe ihm erzählt, dass wir dich zu deinem Dienstjubiläum überraschen wollen. Mit einem konstruierten Mordfall, den du anhand von Videos und Hinweisen lösen musst. Deswegen habe ich auch alles, was er gemacht hat, gefilmt. Ich habe ihm erzählt, dass wir dich reinlegen. Du sollst wie in einem Live-Rollenspiel einen Mörder suchen, bis du dann am Ende rausfindest, dass du selbst der Mörder warst. Die Idee fand er super!«

»Ich erinnere mich gut an die Kamera im Phaeton«, bestätigte Boesherz. »Dieser Grevesmühl war sehr überzeugend. Ich gebe zu, dass ich ihn für eine Art Auftragskiller gehalten habe.«

»Das war auch der Sinn der Sache«, bekundete Leonore. »Eigentlich schade um ihn. Es gibt so wenige talentierte Schauspieler.« Damit spannte sie den Hahn ihrer Waffe und herrschte Ferdinand an: »Trink das jetzt aus!«

»Und den Mord an mir schiebst du dann auch noch Severin in die Schuhe?«, fragte der Junge.

»Du kannst das ruhig trinken«, sprach Boesherz daraufhin beruhigend auf Ferdinand ein, der allem Anschein nach heillos mit der Situation überfordert war. »Ich kenne Leonore gut. Das ist nur ein Betäubungsmittel. Keine Angst, Schatz, ich bin für dich da!«

»Na gut«, gab Ferdinand schließlich auf. »Wenn die dann endlich aufhört, dich zu bedrohen.«

Widerwillig griff er nach der Ampulle, brach sie auf und schüttete sich deren Inhalt vollständig in den Mund. Er schluckte die bittere Flüssigkeit, schüttelte sich, steckte die leere Ampulle in seine Hosentasche und stützte sich dann auf dem Tisch ab, der vor den Leichenfächern seit Jahren vor sich hin rostete.

»Leg dich einfach auf den Boden«, empfahl Boesherz.

Ferdinand nickte benommen und folgte dem Ratschlag. Nur wenige Sekunden später war er in einen tiefen Schlaf gesunken.

»Trag du ihn bitte ins Auto, mir ist er zu schwer«, forderte Leonore Boesherz daraufhin auf.

»Aber der tote Praetorius war dir doch auch nicht zu schwer«, wunderte sich Severin.

»Ohne die Organe und das Blut war er leichter.«

Damit steckte Leonore ihre Waffe wieder ein und griff nach ihrer Handtasche.

»Der Leichenkeller also. Deinen Sinn für Dramatik hast du nicht verloren«, stellte Boesherz fest, während er sich ein weiteres Mal in dem dunklen Raum umsah. »Du hattest Angst, dass ich ein Mikrofon trage«, stellte er dann fest, während Leonore nach etwas Bestimmtem suchte. »Du hast den Keller als Treffpunkt ausgesucht, weil von hier unten keine Funksignale nach draußen gesendet werden können. Aber wie willst du aus diesem Verlies fliehen, falls draußen die Kavallerie steht?«

»Die kann da ruhig stehen.«

Mit diesen Worten zog Leonore den Memorystick aus ihrer Tasche. Eher beiläufig sagte sie:

»Die verhaften sicher nicht *mich*.«

Noch ehe Boesherz reagieren konnte, entnahm sie ihrer Tasche einen kleinen Hammer, mit dem sie unverzüglich auf den Stick zu schlagen begann, bis dieser vollkommen zerstört war.

»So, das war der letzte Datenträger, auf dem die Videos noch drauf waren«, erklärte sie ohne jede Häme. »Von dieser Sekunde an bist du allein der Mörder von Amthauer und allen anderen. Wir können die stupide Welt deiner geliebten Idiotenmenschen jetzt also getrost hinter uns lassen und endlich da weitermachen, wo wir damals aufgehört haben.«

»Weißt du, was mein Kollege Julius vor ein paar Tagen zu mir gesagt hat?«, fragte Boesherz nun überraschend gelassen. »Er hatte das Gefühl, dass ich für den Mörder von Praetorius die letzte Hoffnung bin. Wie recht er doch hatte!«

»Scheint ein kluger Kopf zu sein, dein Kollege.«

»Allerdings! Er hat auch erkannt, dass der Name *Ismael* eine

Bezugnahme auf Moby Dick war«, fügte Boesherz hinzu. »Ismael ist aber nicht die Hauptfigur.«

»Das sind Ahab und der weiße Wal«, bestätigte Leonore.

»Und?«, fragte Boesherz. »Wer von uns beiden ist der Wal?«

Leonore zuckte nur mit den Schultern.

»Etwas anderes«, setzte Boesherz daraufhin mit einem breiten Strahlen im Gesicht an.

Dann trat er einen Schritt von Leonore weg und posierte schließlich vor ihr, als befände er sich auf einem Laufsteg. Voll Stolz fragte er:

»Wie gefalle ich dir überhaupt? Ist mein Outfit jetzt besser als damals?«

Leonore wirkte verlegen.

»So hätte ich dich gern vor dem Alter gesehen«, gestand sie. »Ach, Schatz. Es ist kein Tag vergangen, an dem du mir nicht gefehlt hast.«

Boesherz schien ein schlechtes Gewissen zu haben.

»Wirklich? Nach allem, was war?«, fragte er besorgt.

Dann ging er wieder langsam auf Leonore zu. Diese strahlte ihn verliebt an, während sie eine weitere Ampulle mit rötlicher Flüssigkeit darin hervorzog.

»Du weißt, dass du auch eine trinken musst?«

»Selbstverständlich. Aber ein paar Minuten haben wir schon noch.«

Boesherz nahm Leonore jetzt so liebevoll und zärtlich in die Arme, wie er es damals immer getan hatte. Er strich ihr sanft über den Rücken, hauchte ihr leicht ins Ohr, leckte dann zärtlich ihren Nacken und streichelte ihr dabei durch die Haare.

»Und der Junge?«, wehrte sich Leonore noch halbherzig, während sie die Ampulle vorerst wieder in ihre Tasche zurücklegte.

»Der schläft«, entgegnete Boesherz mit vieldeutigem Unterton. »Ich bin ein Mörder, und du bist tot. Warum sollten wir es also noch eilig haben?«

Weiterer Worte bedurfte es nicht. Severin neigte sich zu Leonore vor und begann, sie leidenschaftlich zu küssen. Gegenseitig zogen sich die beiden aus, bevor sie auf dem ausgedienten Seziertisch so leidenschaftlich miteinander schliefen, wie sie es seit sechzehn Jahren nicht mehr getan hatten.

KAPITEL 74

Es ist, wie wir befürchtet haben«, berichtete Justus Dorn dem Staatsanwalt telefonisch. »Boesherz hat nur ein Mal Geld vom Automaten abgehoben, und das war noch in der Nähe seiner Wohnung. Danach verliert sich die Spur.«

»Er kann nicht ewig untertauchen«, erwiderte Carl vom Stein gelassen. »Setzen Sie doch Hunde ein.«

Speziell ausgebildete Spürhunde, sogenannte Mantrailer, waren in der Lage, eine flüchtende Person oft über kilometerweite Strecken allein anhand der Geruchsspur zu verfolgen, die diese unweigerlich hinterließen. Mantrailer waren dabei im Gegensatz zu anderen Hunden imstande, die Vielzahl der Geruchswahrnehmungen, die auf sie einwirkten, zu differenzieren. So gelang es ihnen selbst unter schwierigen Umständen, allein die eine bestimmte Spur zu verfolgen, die ihr Trainer ihnen vorgegeben hatte.

»Dafür ist es zu spät«, wehrte Dorn den Vorschlag jedoch ab. »Wir können ja nicht ganz Berlin absuchen.«

Plötzlich klopfte es an die Tür des Staatsanwaltes. Kurz darauf trat dessen Assistentin ein.

»Frau Aporius, was gibt es denn?«, fragte vom Stein interessiert.

Ihm war bewusst, dass seine Mitarbeiterin nicht grundlos unaufgefordert in sein Arbeitszimmer trat.

»Es geht um das Mädchen, das Kommissar Boesherz damals in Kiel gefunden haben soll, von dem aber keiner was weiß.«

»Also gut, Dorn«, beschloss vom Stein daraufhin kurzerhand die Besprechung mit dem Kommissar. »Melden Sie sich, wenn es was Neues gibt.«

Vom Stein legte sein Handy beiseite und erhob sich dann, um zu Aporius hinüberzugehen, die noch immer im Türrahmen stand.

»Was gibt es denn in der Sache?«, erkundigte er sich.

Aporius war anzumerken, dass sie eine wichtige Neuigkeit bereithielt.

»Diese Geschichte liegt ja schon ziemlich lange zurück. Und soweit ich mitbekommen habe, basiert das meiste ja nur auf Hörensagen unter Kollegen, die an dem Fall selbst nicht beteiligt waren«, begann die fachkundige Endfünfzigerin zu berichten.

»Und, weiter?«

»Also, ich dachte mir, ich frage einfach auch mal die Kollegen aus den anderen Bundesländern. Vielleicht hat sich damals ja einfach nur jemand bei der Stadt verhört.«

Carl vom Stein schmunzelte. Er wusste sehr gut, warum er schon seit Beginn seiner Laufbahn auf Aporius' Mitarbeit zählen konnte.

»Ein interessanter Gedanke«, räumte er ein. »Und ich vermute, dass Sie nicht vor mir stehen, weil Ihre Idee keine Früchte getragen hat.«

»Sie vermuten richtig, Herr Staatsanwalt. Hauptkommissar Boesherz war tatsächlich an der Auffindung eines unbekannten Kindes beteiligt. Und das war auch ziemlich genau vor fünfzehn Jahren. Aber nicht in Schleswig-Holstein, sondern in Niedersachsen.«

»Interessant. Erzählen Sie weiter.«

»Das Kind war damals nicht, wie es hieß, über ein Jahr alt. Es war ein Säugling.«

Carl vom Stein bemerkte selbst nicht, dass er sich nun gespannt seine Hand an den Mund führte. Als Staatsanwalt ließ er sich Anspannung üblicherweise nicht anmerken.

»Und haben Sie auch Informationen, was aus dem Mädchen geworden ist?«, fragte er dann.

»Also, auch in diesem Punkt wäre da noch was anzumerken«, berichtete Aporius. »Niemand von den Kollegen wusste was von einem Mädchen. Das Baby, das Boesherz damals gefunden hat, war ein Junge!«

KAPITEL 75

Als Ferdinand erwachte, fühlte sich sein Kopf entgegen seiner Erwartung leicht an. Die Decke, in die er sorgfältig eingehüllt war, wärmte ihn ebenso wie die Sitzheizung, die auf niedriger Stufe seit mehreren Stunden dafür sorgte, dass sein Schlaf so angenehm wie möglich verlaufen würde. Nach einer kurzen Phase der Orientierungslosigkeit erinnerte sich der Junge schließlich wieder an die Ereignisse, die sich zugetragen hatten, bevor er den Inhalt der Ampulle getrunken hatte. Ihm wurde auch bewusst, dass er sich in einem Auto befand. Aller Wahrscheinlichkeit nach in dem Phaeton, in dem Leonore ihn vor dem Hotel aufgelesen hatte.

»Sevi?«, flüsterte er behutsam.

Es war ganz still, und der Wagen bewegte sich nicht. Ferdinand konnte auch keine Stimmen vernehmen, nicht einmal aus der Ferne. Seine Lider fühlten sich schwer an, sodass er seine Augen noch immer nicht geöffnet hatte. Stattdessen konzentrierte er sich vollkommen auf sein Gehör. Doch erst, als er für einen Augenblick die Luft anhielt, bemerkte er die gleichmäßigen Atemgeräusche einer weiteren Person, die sich in seiner unmittelbaren Nähe befinden musste.

»Bist du das, Sevi?«, fragte er erneut.

Erst jetzt öffnete er schließlich die Augen und stellte dabei fest, dass er sich tatsächlich angeschnallt und eingehüllt auf der Rückbank des Phaetons befand. Zu seiner Erleichterung sah er schließlich auch Boesherz, der direkt neben ihm saß.

»Wie lange haben wir geschlafen?«, hauchte der Kommissar und öffnete ebenfalls die Augen.

»Es ist dunkel draußen«, stellte Ferdinand fest und richtete sich vorsichtig in seinem Sitz auf.

Er sah sich um. Außer ihm und Boesherz befand sich niemand in dem Wagen. Es war zu dunkel, als dass er hätte erkennen können, wo sie sich befanden, doch über eines machte er sich keine Illusionen: Leonore konnte nicht weit sein.

»Warum hast du dem Richter eigentlich erzählt, dass wir ein Paar sind?«, wollte der Schüler jetzt von Severin wissen.

»Weil du ihm sonst vielleicht die Wahrheit erzählt hättest. Und das hätte schlimme Folgen haben können. Manchmal muss man viele belügen, um Einzelne zu schützen.«

Auch Boesherz sah sich um. Es war düster und ruhig, und es gab keine Spur von Leonore. Vorsichtig versuchte er, seine Fahrzeugtür zu öffnen, doch sie war erwartungsgemäß elektronisch verriegelt.

»Schatz, ich muss dir was gestehen«, setzte Boesherz nun an und strich Ferdinand dabei liebevoll durchs Haar. »Ich habe dich auch belogen. Die ganze Zeit über.«

Zwei Jahre zuvor war Boesherz das erste Mal an Ferdinand herangetreten, um unter vier Augen mit ihm zu sprechen. Bis dahin hatte er das Schicksal des Jungen über viele Jahre hinweg lediglich aus der Ferne verfolgt. Jedenfalls, so gut es ihm möglich gewesen war. Informationen über den Werdegang des Kindes waren nämlich auch dem Hauptkommissar nicht ohne Weiteres zugänglich. Immer wieder war es ihm jedoch trotzdem gelungen, über Ferdinands Entwicklung auf dem Laufenden zu bleiben.

»Es war vor dreizehn Jahren«, hatte er dem Jungen berichtet, nachdem er sich vorgestellt und als Polizist ausgewiesen hatte. »Ich war im Harz unterwegs. In einer Wohnung war scheinbar Feuer ausgebrochen, und ich war gerade in der Nähe. Als die

Feuerwehr dann die Tür aufgebrochen hat, bin ich einfach hinterhergelaufen. Die waren ganz froh, dass gerade zufällig einer von der Kripo in der Nähe war. Es gab dann allerdings gar kein Feuer, da war nur was in einem Topf verbrannt. Aber die Bewohnerin war tot, ein Schlaganfall.«

Auffallend ruhig und verständnisvoll hatte Ferdinand damals zugehört.

»Die Feuerwehr hat dann Wiederbelebungsversuche unternommen. Ich bin in der Zeit ins Wohnzimmer gegangen. Na ja, und da lagst du.«

»Ich?«, hatte Ferdinand verunsichert nachgefragt.

»Deswegen bin ich heute hier. Um dir die Geschichte deiner Herkunft zu erzählen.«

Ferdinand hatte einen Augenblick benötigt, um die für ihn neuen Informationen zu verarbeiten.

»Ich wusste ja, dass ich adoptiert bin. Aber *die* Geschichte habe ich noch nie gehört!«

»Vielleicht wissen deine Eltern das selbst nicht«, hatte Boesherz vermutet. »Du warst noch ein Baby, und es war absolut unklar, wo du her warst. Du hattest jedenfalls absolut nichts mit der toten Frau in der Wohnung zu tun.«

»Aber das muss man doch rausfinden können.«

»Darüber wollte ich mit dir sprechen.« Boesherz hatte den Schüler mit großer Ernsthaftigkeit angesehen. »Du solltest unter keinen Umständen jemandem von dieser Sache erzählen. Ich habe in den vergangenen dreizehn Jahren alles Mögliche unternommen, damit niemand rausfindet, wer du bist und wo du jetzt lebst. Und ich erzähle dir das jetzt alles auch nur, weil ich der Meinung bin, dass du das Recht hast, es zu wissen.«

Ein durchschnittlicher Dreizehnjähriger wäre zweifellos mit der Situation überfordert gewesen. Ferdinand dagegen hatte besonnen reagiert.

»Sie meinen, es könnte irgendein Verbrechen dahintergesteckt haben?«, hatte der Junge spekuliert.

»Offen gestanden: ja. Ich vermute, dass du nicht ohne Grund in dieser Wohnung gelegen hast. Niemand hat dich als vermisst gemeldet, niemand hat sich bei den Behörden nach dir erkundigt. In der Wohnung hat nichts darauf hingewiesen, dass es dort jemals ein Baby gegeben hat.«

»Das heißt nichts Gutes, oder?«

Ferdinand war blass geworden, doch es gab kein Zurück mehr für Boesherz. So hatte er also weitergesprochen.

»Ich war mir sicher, dass du in Gefahr bist. Ein eilig verschlepptes Baby, das von niemandem offiziell gesucht worden ist. Das musste irgendwas Kriminelles gewesen sein. Irgendjemand würde zwangsläufig nach dir suchen. Aber wenn der das nicht offiziell über die Behörden gemacht hat, dann konnte das nur Unheil bedeuten. Deswegen habe ich meinen Kollegen damals dann auch eine veränderte Version der Geschichte erzählt. Ich habe im Rheingau behauptet, dass ich ein Mädchen gefunden hätte, das deutlich älter war. Und das Ganze dann auch angeblich in Kiel, nicht im Harz. Zur Sicherheit.«

Ferdinand hatte noch nicht ganz verstanden.

»Warum haben Sie Ihren Kollegen denn dann überhaupt davon erzählt?«

»Ich habe nach der Sache sehr viel mit allen möglichen Behörden telefoniert, und außerdem hat mich dein Fall auch persönlich sehr beschäftigt. Meine Kollegen haben das natürlich mitbekommen und Fragen gestellt.«

Ferdinand hatte verständnisvoll genickt.

»Und wie geht es jetzt weiter?«, hatte er dann gefragt.

»Ich weiß es nicht. Sag du es mir.«

Der Junge hatte daraufhin gelächelt und Boesherz zugezwinkert.

»Also, wie es aussieht, sind Sie wohl damals mein Retter gewesen. Ich würde gern mit Ihnen in Kontakt bleiben.«

Boesherz hatte mit einer Reaktion gezögert, und Ferdinand hatte es verstanden.

»Ja, ich weiß, das ist alles total geheim«, hatte er hinzufügt. »Dann treffen wir uns eben so, dass es keiner mitbekommt!«

»Du hast mir damals nicht die ganze Geschichte erzählt, oder?«, fragte Ferdinand Boesherz jetzt, während sich die Wirkung des Schlafmittels immer weiter abbaute und sowohl er als auch Severin langsam wieder zu Kräften kamen.

»Nein«, gab der Kommissar kleinlaut zu. »Um dich zu schützen. Aber wie es aussieht, ist das jetzt nicht mehr nötig. Alles, wovor ich dich dein Leben lang bewahren wollte, ist mittlerweile eingetreten.«

Ferdinand lockerte seine Decke etwas, um sich besser bewegen zu können.

»Von allen möglichen Erklärungen ist der Zufall immer die mit Abstand unwahrscheinlichste«, entgegnete er dann. »Du warst *zufällig* in der Nähe, als ein elternloses Baby in irgendeiner Wohnung gefunden worden ist? Komm schon, Sevi, das ist doch Unsinn.«

»Ich wusste schon, dass du mir das nicht ewig abkaufen würdest. Aber ich habe immer gehofft, dass ich den Moment der Wahrheit noch ein bisschen rauszögern könnte.«

»Vorhin im Hotel ist es mir klar geworden«, erzählte Ferdinand daraufhin. »Es war wie ein Blitz, der durch meinen Kopf geschossen ist.«

»Was ist dir klar geworden?«

»Im Grunde ist das doch alles ganz logisch: Ein Zufall war zu unwahrscheinlich, demnach musste es also Absicht gewesen sein. Den plötzlichen Tod dieser Frau in ihrer Wohnung konntest du nicht vorhergesehen haben, woraus folgt, dass dir diese

Geschichte zwar gelegen gekommen ist, sie aber nicht zu deinem Plan gehört hat. Der Plan hatte demnach nicht vorgesehen, *wo* ich zufällig gefunden werde. Er hat nur vorgesehen, *dass* ich zufällig gefunden werde. Wäre diese Frau damals also nicht gestorben, dann hätte man mich halt irgendwo anders gefunden. Damit war klar, dass mich nur ein einziger Mensch ausgesetzt haben konnte: du selbst! Warum solltest du das aber getan haben? Man geht ja generell davon aus, dass es immer etwas Böses ist, ein Kind auszusetzen. Nachdem du aber nicht böse bist, musste es andersherum gewesen sein. Dazu ist mir dann diese Geschichte aus dem Religionsunterricht eingefallen. Das ausgesetzte Kind im Weidenkörbchen.«

»Moses!«, ergänzte Boesherz.

»Genau. Die Mutter von Moses hat ihr Kind auch ausgesetzt. Aber nicht, weil sie ihm Böses wollte. Sie musste es verstecken, weil die Ägypter es sonst umgebracht hätten. Wenn nun also meine Aussetzung nicht bösartig war, sondern sie vielmehr dem Zweck gedient hat, mich vor irgendwas zu beschützen, dann stellt sich zwangsläufig die Frage, *wovor?* Die ganze Geheimhaltung, die wir jahrelang durchgezogen haben, war ja logisch betrachtet totaler Blödsinn. Ich wäre nach deiner Version der Geschichte vielleicht noch als Baby in Gefahr gewesen. In meinem jetzigen Alter und nach der Adoption hätte mich aber doch gar kein Mensch mehr finden können. Es sei denn, und jetzt wird es langsam spannend, über *dich*.«

Boesherz lauschte Ferdinands Schlussfolgerungen mit wachsender Anerkennung.

»Wenn derjenige, vor dem du mich die ganzen Jahre über schützen wolltest, also wissen würde, dass *du* mich versteckt hast, und er deswegen möglicherweise versuchen könnte, mich zu finden, indem er dich beobachtet und dir heimlich folgt, dann heißt das doch, dass du persönlich etwas mit dieser Person zu tun haben musstest. Es war also nicht der *große Unbekannte*, vor dem du mich schützen wolltest, sondern jemand ganz Bestimmtes. Demnach wusstest du also die ganze Zeit über sehr genau, vor wem du mich versteckt hast. Warum hast du dann aber nach so vielen Jahren plötzlich den Kontakt zu mir aufgenommen? Wenn du der einzige Mensch auf der Welt warst, über den man mich finden konnte, warum hast du dich dann nicht einfach von mir fern gehalten? Es gibt nur einen einzigen sinnvollen Grund: Weil du es nicht konntest! Das alles lässt nur eine Erkenntnis zu: Wer wäre wohl bereit dazu, heimlich mit einem Baby durch die Gegend zu reisen, nur mit dem einen Ziel, es bei passender Gelegenheit irgendwann irgendwo auszusetzen, um es dadurch vor etwas Bösem zu bewahren? Wer würde so etwas Außergewöhnliches tun?«

Ferdinand sah Boesherz jetzt mit einem Blick an, der keinen Zweifel daran zuließ, dass er die Antwort bereits kannte.

»Der Vater des Kindes!«

Selbst angesichts der beunruhigenden Umstände war Ferdinand in diesem Augenblick glücklich. Das tiefe Gefühl von Liebe und Zuneigung, das er von der ersten Sekunde an für Severin gespürt hatte, war untrüglich gewesen. Irgendwie, so musste er nun erkennen, hatte er es immer geahnt. In der Nähe keines anderen Menschen hatte er sich jemals geborgener und geliebter gefühlt. Boesherz selbst schwieg. Lediglich eine Träne lief ihm langsam die Wange hinunter.

»Und warum«, schloss Ferdinand nun ab zu berichten, was ihm Stunden zuvor im Hotelzimmer durch den Kopf geschossen war, »hättest du mir jahrelang verschweigen sollen, dass du mein Vater bist?«

Boesherz wischte sich die Träne von der Wange und richtete seinen Blick verschämt aus dem Fenster. Schließlich sprach er aus, was Ferdinand längst selbst verstanden hatte.

»Weil du mich dann gefragt hättest, wer deine Mutter ist.«

KAPITEL 76

Ich habe es selbst erst erfahren, als Leonore plötzlich mit dir im Arm vor mir gestanden hat. Das war etwa ein Jahr nachdem sie einfach verschwunden ist«, begann Boesherz seinem Sohn zu erzählen. Niemals zuvor hatte er mit irgendjemandem sein Geheimnis teilen können. »Unser Arzt wollte Leonores Krankenversicherung ein bisschen abkassieren und hat ihr Blut einfach auf alles Mögliche testen lassen. Unter anderem auch auf Schwangerschaft. Leonore war noch im ersten Monat; sie wusste es selbst noch nicht mal.«

»Das heißt also, sie hat ihren Arzt umgebracht, weil er wusste, dass sie mit mir schwanger war?«

Die beiden flüsterten. Sie hatten noch immer keine Informationen darüber, wo sich Leonore befand.

»Sie ist sehr krank«, nahm Boesherz sie in Schutz. »Ihr Vater wollte sie davon überzeugen, sich in einer geschlossenen Klinik behandeln zu lassen. Zum Schutz vor sich selbst, aber auch zum Schutz von anderen. Er hat alles versucht, aber sie war absolut nicht bereit dazu.«

»Hätte er sie nicht einfach einweisen lassen können?«

»Mit welcher Erklärung denn? Eine Einweisung gegen den Willen des Betroffenen geht erst, wenn schon was passiert ist. Sie hatte mal versucht, sich das Leben zu nehmen, weil sie von der Idee besessen war, dass ihr Leben erst im Paradies schön wird. Ihr Vater war Religionslehrer, sie hat eine ziemlich gottesfürchtige Erziehung genossen. Aber nach dem Selbstmordversuch musste sie nur eine Zeit lang in eine Therapie. Das hat natürlich nichts gebracht, weil Leonore viel schlauer als ihre Therapeutin war. Sie hat normale Menschen immer verachtet, sogar ihre eigene Familie. Bis auf ihre Nichte. In der Kleinen hat sie sich irgendwie immer selbst gesehen.«

Ferdinand musste schlucken. Erst langsam begann er sich zu vergegenwärtigen, dass er tatsächlich von seiner leiblichen Mutter entführt worden war.

»Was ist passiert, nachdem sie den Arzt umgebracht hat?«, wollte er nun wissen.

»Er hat es ihr ja denkbar leicht gemacht. Sie musste nur den Zettel mit den Testergebnissen vernichten. In seinen Computer hatte Amthauer es noch nicht eingegeben, und die Tests sind ja anonym durchgeführt worden. Mit dem inszenierten Tatort hat sie dann gleich zwei Fliegen mit einer Klappe geschlagen. Ich konnte den Fall nicht nur nicht lösen, sondern ihr war auch noch klar, dass mich das total fertigmachen würde. Ein perfekter Vorwand, um mich deswegen verlassen zu können. Natürlich rechtzeitig, bevor ihre Schwangerschaft aufgefallen wäre. Dann ist sie irgendwohin verschwunden und hat dich erst mal in Ruhe zur Welt gebracht. Irgendwo, wo sie keiner gekannt und niemand Fragen gestellt hat.«

Es war noch immer ganz still im Phaeton, nur ein leichtes Wasserrauschen klang von der Ferne her. Der Motor des Wagens war nicht gezündet, dafür aber die Stromversorgung aktiviert. So wärmte die Sitzheizung weiter die beiden Männer, die im Fond des Fahrzeugs eingeschlossen waren. Sie hätten versuchen können, den Wagen über den Vordersitz zu verlassen, doch beiden war klar, dass Leonore es ihnen so einfach nicht machen würden. So nutzten die beiden ihre Zeit unter vier Augen lieber dazu, ihr erstes vollkommen offenes Gespräch zwischen Vater und Sohn zu führen.

»Es war ganz offensichtlich, dass sie überhaupt kein Schuldbewusstsein hatte. Sie war einfach nur total glücklich, mir unser gemeinsames Kind präsentieren zu können. Der Mord an Amthauer, und das, was er für mich und seine Angehörigen bedeutet hat, war ihr vollkommen egal. Sie hat nicht mal darüber gesprochen. Aber sie hat schon gewusst, dass sie nach dem, was war, nicht einfach ein Häuschen mit mir bauen und als glückliche Familie leben konnte. Ihr Vater hatte keine ruhige Sekunde nach ihrem Verschwinden, ihre ganze Familie ist daran zerbrochen. Am Anfang haben die noch alle mir die Schuld gegeben, aber irgendwann haben sie verstanden, dass ich auch nur ein Opfer war.«

»Aber dann bist du irgendwann allein mit mir losgezogen, um mich vor ihr zu verstecken. Was war denn da los?«, verstand Ferdinand nicht.

Boesherz schwieg einen Augenblick lang, bevor er sich schließlich überwand, seinem Sohn die Wahrheit zu erzählen: »Schatz, es tut mir sehr leid, aber ich muss dir sagen, dass sie etwas sehr Schlimmes vorhatte.«

Ferdinand verstummte.

»Sie hatte ein Auto gestohlen. Und sie hat irgendwas davon erzählt, dass diese Welt, die voller Idiotien sei, kein Ort wäre, an dem sie mit uns beiden leben könnte. Sie wollte, dass wir drei gemeinsam dahin fahren würden, wo wir als Familie glücklich miteinander sein können. Ich habe es sofort an ihren Fingerkuppen gesehen, an der Hose, die sie anhatte. An der Tankanzeige des Autos, an ihrer Frisur, einfach an allem. Und sie hat auch gewusst, dass ich es sehen konnte.«

»Was denn?«, fragte Ferdinand ängstlich.

»Sie wollte uns alle drei umbringen. In ihrem alten Wahn, dass wir eine Sekunde später im Paradies sein würden. Sie hat uns so sehr geliebt, das kannst du dir überhaupt nicht vorstellen.«

Der Junge wurde blasser. Die Lage, in der er sich befand, hatte für ihn in diesem Augenblick eine vollkommen neue Qualität erhalten.

»Und dann?«, fragte er heiser.

»Sie hatte dich schon in deinem Kindersitz auf der Rückbank angeschnallt. Ich bin also erst mal mit ihr ins Auto eingestiegen. Und dann habe ich gewartet, dass wir in eine Kurve fahren, da musste sie langsamer werden. Ich habe ihr fest ins Gesicht geschlagen, dich von der Rückbank gegriffen und bin mit dir aus dem fahrenden Auto gesprungen.«

»Und sie hat dich nicht verfolgt?«

»Natürlich hat sie das! Aber sie ist halt nur klüger als ich, nicht schneller. Ich habe es erst mal geschafft, sie abzuhängen, weil ich mich in der Gegend einfach viel besser ausgekannt habe. Sie hatte ja damals zu unserer gemeinsamen Zeit nur selten mal das Haus verlassen. Aber ich musste natürlich sofort mit dir aus der Stadt raus! Irgendwohin, an einen zufälligen Ort. So, dass sie nicht darauf kommen konnte, wo ich war. Und trotzdem war klar, dass sie nicht lange brauchen würde, um uns zu finden. Ich musste dich also vor ihr in Sicherheit bringen, solange es noch ging. Ich bin dann mit dir in einer Sporttasche durch die Gegend gefahren und habe nach einer Möglichkeit gesucht, dich irgendwo auszusetzen, wo man dich sofort finden würde. Den Rest kennst du ja.«

Ferdinand kam es vor, als sei es die Geschichte eines anderen, die Boesherz ihm erzählte. So, als liefe gerade ein Film vor ihm ab.

»Aber wenn sie so schlau ist, dann hat sie die Geschichte von dem angeblich aufgefundenen Mädchen doch mitbekommen?«

»Natürlich hat sie das. Und sie wusste auch genau, was dahintergesteckt hat. Aber sie ist einfach nicht an die Daten rangekommen, über die sie dich hätte finden können. Der Identitätsschutz hat damals noch ziemlich gut funktioniert. Und dein Vater ist ja auch nicht komplett doof.«

Zum ersten Mal lächelten die beiden für einen kurzen Augenblick.

»Ich habe dann auch verstanden, dass Leonore Amthauer ermordet haben musste. Sie hat es nicht mal bestritten. Warum auch? Ich hätte es ihr ja sowieso nicht beweisen können.«

»Aber du kannst doch nicht die ganze Zeit mit dem Wissen rumgelaufen sein, dass sie die Mörderin war?«

Boesherz schüttelte nur ganz leicht den Kopf.

»Ich habe sie geliebt, ich kann dir das nicht erklären. Und was das Schlimmste daran ist – ich liebe sie auch immer noch!«

Ferdinand atmete tief durch.

»Und nachdem ich in Sicherheit war, bist du einfach zu ihr zurückgefahren und hast Kaffee mit ihr getrunken?«

»Das klingt jetzt komisch, aber sie war mir nicht mal böse. Sie dachte, dass ich einfach nur noch nicht verstanden hätte, dass sie nur unser Bestes wollte. Sie hat mich nur geküsst und gesagt, dass wir unsere *Reise* nachholen werden, wenn wir wieder vereint sind. Ich habe ihr dann klargemacht, dass ich sie für immer in eine geschlossene Anstalt bringen würde, wenn sie nicht sofort verschwindet und niemals wiederkommt.«

»Und nachdem sie weg war, hast du allen erzählt, dass sie tot ist?«

»Ja. Und irgendwie war sie das auch. Jedenfalls für mich.«

»Aber du hast gewusst, dass sie wiederkommen würde? Deswegen die ganze Geheimhaltung zwischen uns?«

»Es ist kein Tag vergangen, an dem ich mich nicht umgesehen habe, ob sie vielleicht irgendwo in meiner Nähe ist. Weißt du, was dieser arme Schauspieler zu mir gesagt hat? *Normalerweise läuft es bei Ihnen doch so: Etwas Ungewöhnliches geschieht, Sie fragen sich, wer oder was wohl dahinterstecken könnte, stellen al-*

lerlei Ermittlungen an und am Ende verstehen Sie, wen Sie die ganze Zeit über gesucht haben. Er wollte, dass wir es mal umgekehrt machen, und das hat auch wunderbar funktioniert! Als ich die Leiche von Dr. Praetorius gesehen habe, wusste ich sofort, dass Leonore wieder da ist. Ich wusste zwar nicht, welche Rolle Ismael in dem Spiel hatte, aber mir war klar, dass sie ihre Zeit im Exil genutzt haben musste, um etwas zu planen. Etwas, gegen das ich absolut nichts ausrichten konnte.«

Ferdinand war überrascht.

»Warum hast du das denn deinen Kollegen nicht erzählt?«

Boesherz lachte verzweifelt auf.

»Das hätte ihr sicher gefallen. Ich hätte dann nämlich alles preisgeben müssen. Auch dich! Sie wollte mich mit ihrem grausamen Plan in eine Lage bringen, aus der heraus ich ihr so oder so hätte verraten müssen, wo du versteckt bist. Falls ich nicht bereit wäre, für immer ins Gefängnis zu gehen.«

»Das war der Preis, von dem du geredet hast?«

»Ja. Sie wollte meine Unschuld beweisen, wenn ich ihr verraten hätte, wo du bist.«

»Und du wärest eher ins Gefängnis gegangen, als mich ihr auszuliefern?«

Boesherz nahm Ferdinand in den Arm und drückte ihm einen zärtlichen Kuss auf den Hinterkopf.

»Was denkst du denn?«, fragte er.

Der Junge blieb noch immer erstaunlich ruhig. Auch, wenn er nun mit den Tränen kämpfen musste.

»Aber etwas verstehe ich trotzdem noch nicht«, setzte er an, nachdem er wieder klare Gedanken fassen konnte. »Warum durfte eigentlich niemand wissen, dass sie schwanger war? Das ist doch nichts Schlimmes.«

Severin strich seinem Sohn liebevoll über das Gesicht, bevor er antwortete:

»Ihr war absolut klar, dass ihr Vater dich ihr wegnehmen würde, wenn er von der Schwangerschaft erfährt.«

»Warum hätte er das tun sollen?«

Boesherz sah Ferdinand direkt in die Augen, als er ihm antwortete.

»Wegen ihrer Geisteskrankheit. Die ist erblich …«

Es dauerte einen Augenblick, bis der Junge sich traute, seine letzte, entscheidende Frage zu stellen.

»Sie will es jetzt nachholen, oder? Sie will uns zusammen in den Tod fahren?«

»Das wollte sie die ganze Zeit über.«

»Und warum hast du dann gesagt, dass ich das Betäubungsmittel trinken soll?«

Boesherz antwortete nicht darauf. Stattdessen fragte er:

»Hast du dein Handy noch?«

»Ja.«

»Dann schreib deinen Eltern eine Nachricht. Dass es dir gut geht.«

Ferdinand verstand. Er aktivierte sein Mobiltelefon, doch genau in diesem Moment gab es ein klackendes Geräusch, und die Innenraumbeleuchtung des Phaeton schaltete sich ein. Die Fahrertür öffnete sich und Leonore wandte sich liebevoll lächelnd den beiden Männern auf der Rückbank zu.

»Na, ihr Süßen«, sagte sie in hingebungsvollem Ton. »Seid ihr wach? Fein! Dann kann es ja endlich losgehen!«

KAPITEL 77

Immer noch kein Signal«, stellte Ambrose enttäuscht fest, nachdem er innerhalb mehrerer Stunden zum wiederholten Mal versucht hatte, Ferdinands Handy zu orten.

Olivia war mit Dennis zu ihrem Bekannten gefahren, der über eine spezielle Ausrüstung verfügte. Diese ermöglichte es ihm, den Standpunkt eines Mobiltelefons bis auf wenige Hundert Meter genau eingrenzen zu können. Dazu musste das gesuchte Telefon jedoch aktiviert sein, um sich in die jeweils nächstgelegenen Mobilfunkmasten einloggen zu können. Ferdinands Eltern waren nicht mehr anwesend. Nachdem sämtliche Ortungsversuche über eine Stunde lang ins Leere gegriffen hatten, waren die beiden von Justus Dorn telefonisch ins LKA gebeten worden. Vermutlich versuchte man von dort aus zwischenzeitlich ebenfalls, den Schüler ausfindig zu machen.

»Er muss es irgendwann einschalten. Sonst könnte er sich nicht mit Severin austauschen«, vermutete Olivia. »Aber wenn er es tut, dann nur sehr kurz. Wir müssen also geduldig bleiben.«

Holzmann und Dennis befanden sich nicht im LKA, wo derartige Lokalisierungen auf entsprechende richterliche Anweisung hin offiziell durchgeführt werden konnten. Olivia setzte jetzt auf die Hilfe eines Mannes, der eher das Gegenteil von einem Polizisten war.

»Wie oft soll ich hier noch meinen Arsch für dich riskieren?«, fragte Ambrose die Polizistin eindringlich. »Dafür können wir alle drei saumäßigen Ärger bekommen!«

Ambrose-Jamal Richmond jr. war ein kräftig gebauter junger Mann von Mitte zwanzig. Einige Jahre zuvor war er als Mitglied einer organisierten Verbrecherbande ins Visier von Olivia Holzmann geraten. Der Junge hatte sich jedoch eher als Mitläufer erwiesen, der mit den tatsächlichen Köpfen der Organisation so gut wie nichts zu tun gehabt hatte. Olivia hatte sich, nachdem das LKA die Bande schließlich hochgenommen hatte, für den damaligen Schüler eingesetzt, sodass er mit einem blauen Auge davongekommen war. Seither hielt sie den Kontakt zu Ambrose aufrecht. Nicht zuletzt, weil dieser sich zwischenzeitlich zu einem Experten auf technischen Gebieten entwickelt hatte, die angesichts der strengen Gesetzeslage auch für sie immer wieder sehr nützlich sein konnten.

»Wir sind nicht hier, um dir Ärger zu machen«, beruhigte sie den jungen Mann mit der Kenianischen Flagge über dem Schreibtisch. »Orte einfach das Handy von Ferdinand, dann sind wir auch schon wieder weg.«

Dennis sagte nichts dazu. Ihm war bewusst, dass nicht wenige Polizisten über heimliche Kontakte verfügten, die an der Grenze der Legalität angesiedelt waren. Dies mochte zwar nicht korrekt sein, erwies sich im täglichen Polizeileben jedoch immer wieder als notwendiges Übel.

»Also gut, eine halbe Stunde lang versuchen wir es noch, aber dann ist Schluss«, räumte Ambrose widerwillig ein und begann ein weiteres Mal, die entsprechende Software auf seinem Rechner zu aktivieren.

Plötzlich riss er überrascht die Augen auf. Olivia reagierte sofort, und auch Dennis bemerkte nun, dass sich etwas getan haben musste.

»Hast du ein Signal?«

»Ähm, ja. Schon. Aber, ich meine, wie war das jetzt? Sie wollen dahin fahren, wo sich das Handy gerade befindet?«

»Ja, natürlich. Und zwar schnell!«

Mit diesen Worten drehte Ambrose seinen Monitor jetzt so herum, dass Dennis und Olivia sehen konnten, an welchem Ort Ferdinands Handy soeben geortet worden war. Fragend sah er Olivia an.

»Dann haben Sie hoffentlich ein verdammt schnelles Auto! Das Handy befindet sich nämlich am Rhein!«

Fassungslos sahen Olivia und Dennis einander an.

»Das war's dann also«, stellte die Kommissarin entsetzt fest. »Jetzt kann den beiden keiner mehr helfen.«

KAPITEL 78

Das brauchst du jetzt nicht mehr«, erklärte Leonore Ferdinand freundlich, nahm ihm das Mobiltelefon ab und warf es hinter sich zwischen die Rebstöcke. »Und, Severin, hast du ihm alles erzählt?«

»Das war nicht nötig. Er hat es selbst herausgefunden.«

»Was für eine dumme Frage, natürlich hat er das. Er ist ja schließlich unser Sohn.«

Damit beugte sie sich zu Ferdinand vor und gab ihm einen Kuss auf die Stirn.

»Darauf haben wir lange warten müssen, was?«, fragte Boesherz sie daraufhin. »Wir drei, als Familie glücklich vereint.«

»Ich wusste es die ganze Zeit über«, antwortete Leonore strahlend. »Es ist nicht ein einziger Tag vergangen, an dem ich mir diesen Moment nicht vorgestellt hätte.«

Die selbstsichere Frau wirkte nicht getrieben. Vollkommen entspannt setzte sie sich auf den Fahrersitz, drehte sich dabei so weit, wie es ihr möglich war, zu den Männern um und begann friedlich zu berichten.

»Du warst damals einfach noch nicht bereit dazu, mich zu verstehen. Die Welt der Idioten hatte dich einfach noch nicht ausreichend verzweifeln lassen, um sie nicht mehr aushalten zu können. Ich war dir so nah in den ersten Jahren. Ich habe dich so oft beobachtet, und du hast mich nie bemerkt. Ich hätte gern an dir gerochen, aber ganz so nah konnte ich dir leider nicht kommen. Das wäre sogar dir aufgefallen.«

»Das Problem war nicht meine Liebe zu dir«, entgegnete Boesherz daraufhin. »Mit dir wäre ich überall hingegangen. Es war die Liebe zu unserem Sohn. Er sollte eine Chance bekommen, es besser zu machen als wir beide.«

»Du wärest für ihn ins Gefängnis gegangen, ich weiß«, erkannte Leonore an.

»Aber dann musste ich ja plötzlich im Gericht auftauchen und dich entlasten«, wurde es Ferdinand nun klar. »Und wenn ich dann im Prozess als Zeuge aufgetreten wäre, dann hätte Leonore mich sofort erkannt. Wäre ich einfach abgehauen, dann hätte sie mich nie gefunden.«

»Nun lasst es mal gut sein, meine Süßen«, unterbrach Leonore. »Ich habe euch ja schließlich gar keine Chance gelassen. Der Vater wollte seinen Sohn beschützen und der Sohn seinen Vater. Das war doch total süß von euch. Ihr habt dabei nur die arme Mutter vergessen, die sich nach ihrem kleinen Baby sehnt.«

Erst jetzt verlor Ferdinand die Fassung. Wütend rief er aus: »So sehr, dass du drei Menschen umbringst? Nur, um Severin in eine Falle zu locken, aus der er nur dann rauskommt, wenn er sein eigenes Kind an eine Verrückte ausliefert? Wie krank bist du eigentlich?«

Boesherz biss die Zähne aufeinander. Auch Ferdinand bemerkte, dass sein leichtsinniger Gefühlsausbruch nicht dazu geeignet gewesen war, seine Lage zu verbessern. Mit einem unverkennbar diabolischen Unterton erwiderte Leonore: »Was meinst du denn, wie viele Menschen ich noch umgebracht hätte, um dich zu finden, mein süßer Hase? Wen interessieren diese ganzen *normalen Menschen* denn schon? Ich habe jahrelang in Indien gelebt, da laufen allein schon über eine Milliarde davon rum. Was glaubst du denn, woher ich meine chirurgischen Fähigkeiten habe? Damals bei Amthauer musste ich ja noch improvisieren, aber auf meine Rückkehr habe ich mich gründlich vorbereitet. Ich weiß gar nicht mehr, wie viele von diesen ganzen *normalen Menschen* ich im Laufe der Jahre zerlegt habe, damit später auch alles perfekt werden würde. Diese ganzen Ameisen sind doch nichts weiter als eine Last für unsere Welt! Lehrer, die Kinder unterrichten, die zu Hause misshandelt werden, und es einfach nicht sehen können. Obwohl es offensichtlich ist. Richter, die Mörder freisprechen, weil sie zu blind sind, um die Beweise zu sehen. Überall laufen nur Idioten rum, die es einem einfach unmöglich machen, diese Welt zu ertragen. Wie dumm konnte denn dieser Praetorius bitte sein, zu denken, dass ich mich in ihn verliebt hätte? Oder dieser Idiot von Grevesmühl? Der Schwachkopf hat für ein paar Hundert Euro seinen eigenen Tod inszeniert. Okay, Matthai hatte einfach nur Pech mit seinem Namen.« Leonore sah jetzt Boesherz an. »Konjugierst du eigentlich immer noch Verben in Sanskrit?«

»Schon lange nicht mehr, die Arbeit lässt mir kaum noch Zeit dazu«, antwortete der Kommissar. »Aber die Idee war wirklich gut!«

»Ein Plan, wie ein Kunstwerk. Oder nicht? Du selbst hast immer gesagt: Lass deinen Gegner erkennen, was du vorhast. Aber erst, wenn er gleichzeitig erkennt, dass er nichts mehr dagegen tun kann.«

Boesherz applaudierte anerkennend.

»Sehr gut!«, lobte er. »Ich habe noch in Praetorius' Praxis gewusst, dass es niemanden mehr zu retten gab. Weil das vorausgesetzt hätte, dass du mir eine Chance dazu gelassen hättest. Und so einen Fehler hättest du nie gemacht.«

»Nicht bei einem Menschen von deinem Verstand«, gab Leonore zu.

»Du hast genau gewusst, dass ich niemandem etwas von dir erzählen würde, weil ich Ferdi schützen musste. Du konntest dir absolut sicher sein, dass ich wie ein Lemming in die Falle tappen würde.«

»Schatz, du saßest doch schon in der Falle, bevor du überhaupt in der Praxis warst.«

»So ist das eben mit Menschen wie uns beiden. Wir kämpfen jeder unseren eigenen Kampf, und sind dabei ganz allein auf unseren Geist gestellt. Und deiner ist einfach besser als meiner.«

Leonore lächelte geschmeichelt, erhob sich und ging um das Auto herum zum Kofferraum. Sie öffnete ihn durch einen leichten Druck auf das Volkswagen-Logo auf der Heckklappe und entnahm ihm zwei Benzinkanister. Boesherz und Ferdinand konnten dies von ihrer Position auf der Rückbank aus nicht sehen.

»Das Wasserrauschen im Hintergrund«, rief Boesherz jetzt so laut, das Leonore es hören konnte. »Ein Schlafmittel, das uns stundenlang ausschaltet. Außerdem war der Phaeton heute aufgetankt, obwohl er gestern Abend noch halb voll war. Wir stehen gerade bei unserer Bank an der Loreleybiegung, oder?«

Anstatt darauf zu antworten, setzte Leonore nur die Kanister ab, ging an den Lichtschalter des Phaeton und aktivierte dessen Scheinwerfer. Im weichen Schein der Halogenstrahler wurde nun tatsächlich erkennbar, dass sich die drei genau an der Stelle in den Weinbergen am Rhein befanden, an der Leonore und Severin ihre schönsten Stunden miteinander verbracht hatten.

»Das ist doch ein wunderbarer Ort, oder?«, fragte sie, während sie nun den ersten Kanister öffnete und dessen Inhalt von außen über das Fahrzeug goss.

»Allerdings. Hier oben ist es passiert«, fügte Boesherz hinzu, ohne auf den Benzingeruch einzugehen, der ihm schlagartig in die Nase stieg.

»Was?«, fragte Ferdinand nervös, der den Geruch ebenfalls bemerkt hatte.

»Genau hier oben bist du entstanden«, beantwortete Leonore die Frage, während sie nun den zweiten Kanister öffnete. Dessen Inhalt plante sie im Innenraum des Phaeton zu verteilen.

»Das war das Faszinierende an deinem Plan«, fügte Boesherz hinzu, der instinktiv nach der Hand seines Sohnes griff. »Was folgt auf den Arzt, der sich selbst behandelt, den Lehrer, der sich selbst unterrichtet und den Schauspieler, der für sich selbst spielt? Natürlich: der Polizist, der nach sich selbst fahndet.«

»Das war originell, oder?«, freute sich Leonore.

»Ja, ich muss zugeben, das hatte was«, bestätigte Severin. »Und ich wusste ja, dass ich es nicht verhindern konnte. Egal, was ich gemacht hätte, früher oder später wäre es genau zu dieser Situation hier gekommen. Wenn nicht heute, dann in zwanzig Jahren, wenn ich aus dem Gefängnis gekommen wäre. Klar, ich bin davor weggelaufen, aber du hättest ja doch niemals aufgegeben.«

»Natürlich nicht, Schatz. Du weißt doch, ohne Liebe kein Leben!«

»Aber immerhin wusste ich doch eins!«, fuhr Boesherz in leicht verändertem Ton fort. »Wenn ich deinen Plan widerstandslos so mitspiele, wie du es für mich vorgesehen hattest, dann würden wenigstens nicht noch mehr Menschen sterben.«

Leonore stellte den noch vollen Kanister vorübergehend im Fußraum des Beifahrersitzes ab.

»Du hast es also endlich auch eingesehen«, stellte sie fest und warf Boesherz einen Kuss zu. »Das hier ist das Beste für uns, und es wäre irgendwann sowieso passiert.«

»Ich habe sogar gewusst, dass es *hier* passieren würde. An unserem besonderen Ort! Es gab nur eins, was ich nicht von Anfang an gewusst habe.«

Leonore lächelte erneut, zum ersten Mal jedoch leicht verunsichert.

»Aber nachdem du mein Interview gesehen hast, wusstest du es«, fügte Ferdinand hinzu, hob seine rechte Hand triumphierend in die Höhe und schlug mit Boesherz ein.

»Was für einen schlauen Sohn wir doch haben«, stellte Leonore fest. Sie strahlte Ferdinand bewundernd an, als sie erkannte: »Du wusstest nicht, *wann* es passieren würde …«

»Ziemlich genau acht Stunden nachdem das Interview zum ersten Mal ausgestrahlt worden ist«, bestätigte Boesherz. »Genug Zeit, um alles Erforderliche in die Wege zu leiten.«

In diesem Moment gingen die Scheinwerfer an, und der Weinberg erstrahlte mit einem Schlag in gleißendem Licht. Rings um den Wagen herum standen in sicheren hundert Metern Entfernung Einsatzfahrzeuge, Scharfschützen hatten sich auf dem Hügel postiert, und so weit das Auge reichte, war kein möglicher Fluchtweg zu erkennen.

»Du wusstest, dass ich alles in diesem Fall alleine machen würde«, erklärte Severin der beeindruckten Leonore. »Um Ferdi zu schützen und unser Geheimnis um den Mord an Amthauer zu bewahren. Du hast wirklich keine einzige Schwäche bis auf eine: deine Verachtung für normale Menschen! Und wenn es davon einen gegeben hat, den du niemals im Leben auf der Rechnung haben würdest, dann denjenigen, der mich am meisten verabscheut!«

In diesem Moment erklang aus einem Megafon die Stimme von Rupert Schirlo.

»Leonore, geh vom Auto weg und lass die Geiseln frei! Es ist aus!«

KAPITEL 79

Du hast mit Rupert zusammengearbeitet?«, fragte Leonore überrascht. »Ich gratuliere, dann kann er uns ja gleich beide festnehmen.«

Ohne den geringsten Anflug von Verunsicherung zu zeigen, schätzte sie ihre Lage ein. Die Scheinwerfer, die Schirlo bereits einige Stunden zuvor so hatte installieren lassen, dass Leonore sie bei ihrer Ankunft auf dem Weinberg nicht hatte bemerken können, strahlten ihr direkt ins Gesicht und nahmen ihr so die Sicht auf das Einsatzkommando. Inzwischen roch es überall nach dem vergossenen Benzin, ein offenes Feuer hatte Leonore jedoch noch nicht entzündet. Sobald sie dies versuchen würde, mussten die Scharfschützen sie zwangsläufig erschießen, und da der Phaeton bislang nur von außen mit dem Brennstoff übergossen war, hätten Severin und Ferdinand danach noch gefahrlos aus dem Fahrzeug entkommen können. Leonore war sich im Klaren darüber, dass jede falsche Bewegung ihren Tod bedeuten würde.

»Das mit dem Interview war wirklich verdammt schlau von dir, Ferdi«, lobte Boesherz seinen Sohn, der seinerseits Leonore fest im Blick behielt.

»Geh sofort vom Fahrzeug weg und lass die Geiseln frei!«, wiederholte Schirlo.

»Du hast Bittrich und seine Fernsehkollegen dazu benutzt, um Leonore anzulocken«, erkannte Severin, während Ferdinand jetzt langsam seinen Sitzgurt löste und die Decke abstreifte. »An dem angeschnittenen Fernsehturm konnte sie die Lage des Hotelfensters erkennen, dank der Schreibtischlampe wusste sie, zu welcher Kette das Hotel gehört. Damit war ihr klar, wo du dich aufhältst. Und weil dein Gesicht unkenntlich gemacht werden musste, hast du dein T-Shirt und deine Uhr ins Bild nehmen lassen. Dann musstest du nur noch ein bisschen abwarten und aus dem Hotel spazieren.«

Leonore zeigte keine Spur von Verunsicherung. Noch immer lächelte sie gutmütig.

»Als du erkannt hast, dass Leonore wieder da ist und mich sucht, da hättest du ja eigentlich sofort verhindern müssen, dass ich nach Berlin komme. Hast du aber nicht. Daraus habe ich geschlossen, dass das einfach nicht nötig war, weil du wusstest, dass du mich vor ihr beschützen kannst. Das hat ja auch fünfzehn Jahre lang funktioniert. Damit war aber auch klar, dass diese ganze Geschichte niemals enden wird, solange sie mich nicht endlich in die Finger bekommt. Aber wir mussten darauf warten, dass sie etwas tut, für das man sie verhaften würde.« Jetzt sah Ferdinand Leonore direkt an. »Natürlich hast du nicht erwartet, dass ich dieses Interview absichtlich so inszeniert habe. Deswegen konntest du auch nicht daraufkommen, dass ich auf dich vorbereitet war. Wie es aussieht, hat dich dein kleiner Sohn in die Falle gelockt.«

Leonore lächelte milde.

»Du öffnest jetzt die Türen und lässt Severin und den Jungen aus dem Wagen!«, rief Schirlo.

Die Angesprochene nickte nun schließlich in Richtung des grellen Scheinwerferlichtes und ging dann langsam zur Fahrertür des Phaeton. Sie entsicherte die Türen der Rückbank mit einem Knopfdruck, woraufhin mit einem dezenten Klacken die Schlösser entriegelt wurden.

»Ich musste aber auch noch sichergehen, dass *du* meinen Plan durchschaust«, schloss Ferdinand in Richtung seines Vaters ab. »Deswegen habe ich dann in dem Interview so viel sinnlosen Mist erzählt, dass du gar nicht anders konntest, als dich zu fragen, warum ich das eigentlich gemacht habe.«

»Möchtet ihr aussteigen?«, unterbrach Leonore nun die beiden Männer auf der Rückbank.

Auch Boesherz löste daraufhin seinen Sitzgurt und warf die Decke auf den Boden.

»Aber wie konntest du denn zu dem Zeitpunkt schon wissen, dass Leonore nach dir sucht?«, fragte er Ferdinand, während dieser nun vorsichtig begann, aus dem Wagen zu steigen.

»Geh von der Tür weg!«, rief Schirlo Leonore unterdessen zu.

»Genau genommen war das einfach«, antwortete Ferdinand, während er behutsam den linken Fuß aus dem Wagen setzte. »Du hast dir in deiner Zelle den Kopf verletzt, um diesen Journalisten noch in der Nacht über deine Verhaftung zu informieren. Aber warum? Ich habe ja gar nicht gewusst, dass man dich festgenommen hat. Wir waren am nächsten Tag verabredet, und du hattest aus dem Knast heraus keine Chance, mich anzurufen. Dir war klar, dass ich mir am nächsten Tag Sorgen machen würde, weil du dich nicht meldest. Dann hätte ich dir früher oder später eine Nachricht auf dein Handy geschickt. Das hätte zu diesem Zeitpunkt aber bei deinen Kollegen im LKA gelegen. Die hätten sich dafür interessiert, wer dir da schreibt und mich dann ziemlich schnell gefunden. Sie hätten von mir wissen wollen, wer ich bin, und es hätte nicht mehr lange gedauert, bis alles aufgeflogen wäre. Du musstest also so schnell wie möglich sichergehen, dass ich von deiner Verhaftung erfahre. *Bevor* ich dir eine Nachricht schicken konnte. Dein Anwalt war übrigens einen Augenblick schneller als die Medien. Ironie des Schicksals.«

Ferdinand stieg nun langsam aus dem Wagen aus und wartete

darauf, bis auch Boesherz den Phaeton verlassen hatte. Über das mit Benzin begossene Fahrzeugdach hinweg fügte er hinzu: »Damit war mir klar: Vor wem auch immer du mich verstecken wolltest – derjenige musste gleichzeitig der Grund für deine Verhaftung gewesen sein.«

»Gut gemacht, mein Spatz«, lobte Leonore ihren Sohn stolz, ohne sich dabei von dem Phaeton zu entfernen.

Vorsichtig bewegte sich jetzt Rupert Schirlo auf den Wagen zu. Zwei bewaffnete Kollegen, die mit Schutzwesten und Helmen gesichert waren, begleiteten ihn.

»Bevor ich zu euch in den Leichenraum runtergekommen bin, habe ich Rupert angerufen und ihm gesagt, dass wir in spätestens sieben Stunden genau hier oben auf dem Hügel sein werden.«

»Severin, warum wehrst du dich denn bloß immer gegen unser Glück?«, wollte Leonore mit sentimentalem Unterton von Boesherz wissen, der vor ihrem Zugriff geschützt auf der gegenüberliegenden Seite des Fahrzeuges stand. »Wir können immer noch gemeinsam glücklich sein. Letzte Chance, Schatz!«

»Lass es gut sein, meine Süße«, hauchte der Kommissar seiner Leonore daraufhin liebevoll zu. »Wir sind nun mal eben in diese Welt geboren, und eine andere gibt es nicht. Lass dich behandeln, wie es dein Vater vorgeschlagen hat. Ich werde dich nicht im Stich lassen.«

»Wenn du nicht willst, dass wir gemeinsam glücklich werden, dann muss ich eben ohne dich vorgehen. Du wirst uns schon folgen. Sobald du es endlich eingesehen hast.«

»Uns?«, wiederholte Ferdinand überrascht.

Gerade als Schirlo die drei fast erreicht hatte, packte Leonore blitzschnell Ferdinands Kragen, riss ihn wie ein Schutzschild an sich heran und zog ansatzlos ihren Revolver aus der Tasche. Ohne jede Vorwarnung feuerte sie auf die Schutzwesten der beiden Beamten, die von der Wucht der aufprallenden Kugeln zu Boden geworfen wurden. Schirlo zielte mit seiner Pistole zwar direkt auf Leonores Kopf, konnte jedoch nicht abdrücken, um Ferdinand nicht zu gefährden.

»Es ist zu spät!«, rief er. »Du entkommst nicht!«

»Armer, dummer Rupert«, entgegnete Leonore darauf süffisant. »Wer sagt denn, dass ich entkommen will?«

Damit gab sie einen Schuss in Schirlos Richtung ab. Der Kommissar ließ sich zu Boden fallen, wobei sich ein Schuss aus seiner Waffe löste. Das Projektil traf Boesherz' linkes Bein, woraufhin dieser ebenfalls zu Boden ging. Schließlich hielt Leonore Ferdinand ihre Waffe an die Schläfe.

»Wir gehen ohne deinen Vater«, hauchte sie, noch immer vollkommen ruhig und geradezu liebenswürdig.

»Soll ich dir mal was sagen?«, entgegnete Ferdinand trotzig. »Ich habe die Schnauze langsam voll von dir!«

Mit diesen Worten zog er die leere Glasampulle mit dem angebrochenen Deckel aus seiner Hosentasche, drehte sich um, stieß Leonores Hand mit der Waffe darin von sich und rammte seiner Mutter mit der ganzen Kraft seines Zorns die scharfe Bruchstelle in die Wange. Als er mit dem Glas dann noch kraftvoll durch ihr Gesicht schnitt, ließ Leonore mit einem gellenden Schrei die Waffe fallen. Der Schüler packte nun ohne zu zögern den Gürtel seiner Mutter, die daraufhin das Gleichgewicht verlor. Dies nutzte der Junge, um sie mit aller Wucht auf die Rückbank des Phaeton zu schleudern. Er warf die Tür zu und stürmte dann zum Fahrersitz, von dem aus er nun wieder die Kindersicherung verriegeln wollte. Als er in den Wagen griff, packte Leonore ihn mit unerwarteter Kraft am Handgelenk, wickelte ihm entschlossen den Sitzgurt um den Hals, schob dann ihren Oberkörper zwischen den Vordersitzen hindurch und erreichte schließlich den Hebel, mit dem sie die Feststellbremse des Autos lösen konnte. Sofort begann der Phaeton den steilen Hang des Weinberges hinunterzurollen, an dessen Fuß hinter einer schmalen Straße die tödlichen Schnellen der Loreleybiegung strömten. Schirlo versuchte zwar noch, in den Wagen zu springen, erreichte ihn aber nicht mehr rechtzeitig. Ungebremst rollte das Fahrzeug nun auf den todbringenden Abgrund zu, und sowohl Boesherz als auch Schirlo konnten nichts anderes tun, als tatenlos dabei zuzusehen.

KAPITEL 80

Der Wagen rollte nahezu ungebremst den Steilhang hinunter auf die Rheinbiegung zu. Der zweite Benzinkanister im Innenraum des Fahrzeugs war mittlerweile umgefallen und rollte im Fußraum vor dem Beifahrersitz hin und her, wodurch immer mehr von dessen Inhalt in den Phaeton auslief. Ferdinand, der mit dem Gurt um seinen Hals noch immer fest an die Lehne des Fahrersitzes gebunden war, tastete mit seiner Hand nach dem Zigarettenanzünder, der aus der Mittelkonsole des Wagens herausragte. Er ertastete ihn schließlich und drückte ihn fest hinunter.

»Süßer Tristan«, flüsterte ihm Leonore ins Ohr.

Noch immer steckte sie mit ihrem Oberkörper zwischen den Vordersitzen fest und versuchte dabei, mit einer Hand das Lenkrad zu kontrollieren, während sie mit der anderen den Gurt um Ferdinands Hals straff hielt.

»Der Zigarettenanzünder glüht doch bloß. Mit Glut kann man kein Benzin anzünden. Das funktioniert nur im Kino.«

»Tristan?«, keuchte der Junge, während er kräftig an dem Gurt zog, ohne sich aber aus seiner Fesselung lösen zu können.

»Das war dein Name«, bestätigte Leonore, die vollkommen ruhig war und nicht den leisesten Anflug von Angst zu verspüren schien. »Severin wollte immer einen Sohn haben, der Tristan heißt.«

»Und ich dachte schon, *Ferdinand* sei blöd!«

Der Zigarettenanzünder war schon nach kurzer Zeit aufgeheizt. Mit einem Klicken sprang er leicht aus seiner Verankerung nach oben.

Der Wagen hatte mittlerweile die abschüssigste Stelle des Hangs erreicht und raste immer schneller den Berg hinunter. Allein die Weinreben, die er dabei unter seinen Rädern zermalmte, bremsten die Fahrt ein wenig.

»Das, was wir beide sind, passt nicht in diese Welt«, behauptete Leonore, die den Gurt um Ferdinands Hals noch immer so fest packte, dass es dem Jungen trotz all seiner Kraft unmöglich war, sich aus dessen Umklammerung zu befreien. »Bald würdest du lernen, die Welt so zu sehen, wie dein Vater und ich. Und dann würde es beginnen. Die Ausgrenzung, der Neid, der Verrat. Sie würden Angst vor dir bekommen und dich am Ende in eine Zelle sperren, in der sie dich mit Tabletten ruhigstellen. Weil sie nicht erkennen wollen, wie gering und lächerlich sie selbst sind. Unsere Spezies wird auf diesem Planeten niemals glücklich werden. Soll dein Vater uns doch folgen, wenn er reif dafür ist. Da, wo wir gleich sind, spielt Zeit keine Rolle.«

Leonore ließ jetzt das Lenkrad los, was zur Folge hatte, dass der Wagen nicht mehr auf dem geraden Weg den Hang hinunterrollte. Er machte jetzt leichte Kurvenbewegungen, wodurch seine Geschwindigkeit etwas abgebremst wurde.

»Hier, mein Schatz«, sagte Leonore und zog ein Benzinfeuerzeug aus ihrer Hosentasche. »Mit so was kann man Feuer machen!«

Sie klappte es einhändig auf und entzündete es.

»Ich weiß«, antwortete Ferdinand und griff dabei den Zigarettenanzünder aus dessen Halterung. »Mit Glut macht man kein Feuer. Die tut einfach nur beschissen weh!«

Damit presste er den glühenden Anzünder kräftig auf Leonores Hand, die daraufhin mit einem hellen Schrei den Gurt losließ. Sofort befreite sich Ferdinand aus seiner Umfesselung und presste

Leonore dann seinen Zeigefinger mit aller Kraft in die offene Schnittwunde in ihrem Gesicht. Diese ließ daraufhin das Feuerzeug auf den Beifahrersitz fallen. Da auf das Leder des Sitzes noch kein Benzin geraten war, verursachte dies zunächst noch keine schwerwiegenden Folgen. Ferdinand versuchte den Wagen zu bremsen, doch da der Motor nicht gezündet war, blieb ihm dazu lediglich die Handbremse. Dem Fünfzehnjährigen war jedoch nicht bewusst, dass diese im Phaeton mit dem Fuß betätigt werden musste. Als er nun wahllos auf alle Pedale trat, rastete die Feststellbremse schließlich doch noch ein. Angesichts der steilen Neigung des Weinberges kam der Wagen dadurch jedoch nicht zum Stehen. Immerhin, er verlangsamte seine Fahrt noch einmal etwas.

»Tristan, hör endlich auf, dich zu wehren! Ich habe so lange nach dir gesucht. Jetzt lass uns endlich vereint sein. Du weißt doch, dass du mich nicht aufhalten kannst.«

Leonore griff wieder nach dem Feuerzeug und entzündete es erneut.

Der Wagen war jetzt nicht mehr weit von der Straße entfernt, hinter der das Wasser des Rheins in großer Geschwindigkeit durch die Loreleybiegung strömte. Mit dem Mut der Verzweiflung stieß Ferdinand die Fahrertür auf.

»Bitte, mein kleiner Spatz! Bleib bei deiner Mutter!«, rief ihm Leonore zu.

»Meine Mutter«, antwortete der Schüler daraufhin, »heißt Gabi! Sie mag für dich nur ein dummer normaler Mensch sein, aber bevor ich sie gegen *dich* eintauschen würde, müsste erst mal die Hölle zufrieren! Du bist nicht meine Mutter, und jetzt fick dich!«

Endlich betätigte Ferdinand die Kindersicherung, lehnte sich bedächtig aus dem jetzt wieder schneller rollenden Wagen heraus und ließ sich schließlich mit entschlossenem Überlebenswillen in den Weinberg fallen.

Nur aus der Ferne konnten Boesherz und Rupert Schirlo mitansehen, wie der Phaeton, kurz bevor er den Fuß des Berges erreicht hatte, mit einem Mal in Flammen aufging, lodernd über die Straße schoss, sich dabei überschlug, das Geländer zum Wasser durchbrach und schließlich mit einem letzten großen Knall in den Strömen des Rheins versank.

KAPITEL 81

EINEN TAG SPÄTER.

Wann wollen wir es denn den anderen sagen?«, fragte Ferdinand, nachdem er Severin bei seinem Besuch in der Klinik fest in die Arme genommen hatte.

Die Kugel aus Schirlos Pistole hatte Boesherz' Oberschenkel durchschlagen. Der Blutverlust war hoch gewesen, doch in einer Notoperation hatten die Ärzte das Bein retten können. Severin würde noch eine Weile humpeln müssen, doch bald, so hatten sie ihm erklärt, würde er wieder beschwerdefrei laufen können.

»Das wird für uns beide nicht leicht«, antwortete er seinem Sohn. »Deine Eltern werden schockiert sein, und ich …«

Ferdinand hatte selbst schon darüber nachgedacht.

»Du hast dein eigenes Kind ausgesetzt und fünfzehn Jahre lang die Behörden belogen«, stellte er fest. »Kannst du dafür jetzt eigentlich noch Ärger bekommen?«

Boesherz winkte ab.

»Rechtlich gesehen nicht. Das war eine Aussetzung in einem minderschweren Fall, die ist schon nach fünf Jahren verjährt. Aber man wird mich mit anderen Augen sehen.«

Ferdinand musste schmunzeln.

»Hast du Angst, jemand könnte dich am Ende noch für einen liebenden Vater halten, der sein Kind beschützen wollte? Oder eher, dass jemand denkt, du würdest es nicht mal merken, wenn deine Verlobte eine total Irre ist?«

»Ich freue mich schon auf Olivias Küchenpsychologie«, entgegnete Boesherz darauf. »Warum nach der Geschichte mit Leonore mein Vertrauen in Frauen und die Liebe für immer zerstört ist …«

Ferdinand neigte sich zu Severins Krankenbett vor und umklammerte mit zwei Fingern dessen Nase.

»Die klaue ich dir, wenn du jetzt nicht sofort meine Frage beantwortest!«, drohte er.

Severin lachte.

»Ist ja schon gut. Also, ich schlage vor, wir bringen es ihnen schonend bei. Erst mal deinen Eltern, dann meinen Kollegen. Ist das okay für dich?«

Ferdinand zog seine Finger von Boesherz' Nase zurück.

»So machen wir das«, bestätigte er zufrieden.

Jetzt wurde Boesherz noch einmal ernst.

»Schatz, du hättest niemals in dieses Auto einsteigen dürfen. Was wäre denn gewesen, wenn Leonore mich gar nicht mehr hätte abholen wollen? Wenn sie einfach direkt mit dir gegen irgendeinen Brückenpfeiler gerast wäre?«

»Das hätte sie nicht«, entgegnete Ferdinand. »Weil es kein sauberes Ende gewesen wäre. Ich dachte mir, wer so einen Plan schmiedet, der möchte am Schluss auch seinen Applaus dafür haben.«

Jemand klopfte von außen an die Tür des Krankenzimmers und öffnete, nachdem Boesherz dazu aufgefordert hatte.

»Severin, wen hast du denn da zu Besuch?«, rief Rupert Schirlo lautstark durch den Raum, als er Ferdinand sah. »Bruce Willis?«

»Der hätte nicht überall blaue Flecken«, erwiderte der Junge darauf. »Das nächste Mal, wenn ich mich aus einem rollenden Auto werfe, passe ich auf, dass es nicht in einem Weinberg passiert. Meine Klamotten sind hin, und ich sehe aus, als hätte ich gegen Klitschko geboxt.«

Schirlo strahlte nur freundlich und begrüßte dann auch seinen ehemaligen Kollegen.

»Warum hast du uns denn damals allen erzählt, dass Leonore tot ist?«, fragte er, wenn auch ohne dabei vorwurfsvoll zu klingen.

»Lass uns ein anderes Mal darüber sprechen. Ganz in Ruhe«, erwiderte Boesherz und sah dabei zu Ferdinand hinüber.

»Du hast ja recht«, lenkte Schirlo ein.

»Habt ihr die Leiche denn schon geborgen?«, fragte Boesherz nun.

Schirlos Blick verhieß nichts Gutes.

»Du weißt ja selbst, wie der Rhein an der Loreley fließt«, begann er. »Den Phaeton haben wir gehoben, aber es war keine Leiche darin. Sie muss von der Strömung mitgerissen worden sein.«

»Kann es sein, dass sie das überlebt hat?«, fragte Ferdinand besorgt.

»Eher nicht«, vermutete Schirlo. »Der Wagen war von innen und außen stark verbrannt. Dem Feuer war sie zwar nur ein paar Sekunden lang ausgesetzt, aber das hätte allein schon für Verbrennungen dritten Grades gesorgt. Dann auch noch unangeschnallt mit voller Wucht überschlagen, in den Rhein und von der Strömung erwischt – da müsste sie schon unverwundbar sein, wenn sie das überleben könnte. Ich nehme an, die Leiche wird in den kommenden Tagen irgendwo angespült.«

»Wie geht es denn deinen beiden Kollegen?«, erkundigte sich Boesherz dann.

»Die können sich jetzt jeden Tag anhören, dass sie sich von einer Frau haben umschießen lassen. Du weißt ja, wie die Jungs vom SEK sind. Das ist für die schlimmer als jede gebrochene Rippe …«

Boesherz strich sich zum wiederholten Mal über sein verletztes Bein und fragte Schirlo dann mit sorgenvoller Miene: »Wie sieht es denn jetzt mit der Mordermittlung aus? Dass Leonore den Jungen entführt hat und uns alle umbringen wollte, ist die eine Sache. Aber die Anklage gegen mich …?«

Schirlo sah seinen Kollegen mit ernster Miene an. Er setzte sich zunächst, bevor er begann: »Die Sache ist tatsächlich noch nicht vom Tisch. Ich muss dich nach wie vor als Verdächtigen behandeln. Die Finger belasten dich sehr schwer, und deine Flucht sah auch nicht gerade gut aus.«

»Weißt du, was ich mich die ganze Zeit über frage?«, entgegnete Boesherz darauf. »Ob der Finger von Amthauer vielleicht schon die ganze Zeit über in der Flasche gelegen hat. Leonore hat gewusst, dass ich das Zeug nie trinke. Meinst du, sie hat mir den als Andenken hinterlassen wollen, als sie damals verschwunden ist?«

»Möglicherweise schon, aber davon musst du erst mal den Richter überzeugen. Und davon, dass sie ohne Einbruchsspuren in deine Wohnung geschlichen ist, um auch noch drei andere Finger in deinen Schnäpsen zu verstecken. Wenn ich du wäre, dann würde ich …«

»Wenn ich dazu auch mal was sagen dürfte!«, unterbrach jetzt Ferdinand. »Ich hätte da nämlich noch was zur Aufklärung beizutragen.«

Unter den überraschten Blicken von Boesherz und Schirlo griff der Schüler in seine Hosentasche und zog einen Memorystick hervor.

»Das ist nicht der Stick«, erkannte Boesherz sofort. »Leonore hat ihn zerstört.«

»Natürlich hat sie das«, erklärte Ferdinand daraufhin und reichte Rupert Schirlo das Beweisstück. »Die Filme waren ja schließlich dazu da, Severin etwas zu bieten, für das er mich ausliefern würde. Aber das hatte ja ganz offensichtlich nicht geklappt. Trotzdem waren sie für Leonore aber noch von Wert. Um nämlich wiederum mich dazu zu bringen, Severin anzulocken. Nachdem sie uns dann schließlich beide bei sich hatte, sind die Videos für sie aber nicht nur nutzlos geworden, sondern sogar gefährlich. Schließlich war der Stick ja der einzige Beweis für ihre eigene Beteiligung an der ganzen Geschichte. Deswegen habe ich mir im Auto ein paar von den Filmen angeguckt und mir ordentlich Zeit dabei gelassen. Und in der habe ich dann nebenbei heimlich ein paar von den Dateien auf einer Tauschbörse hochgeladen. Von da habe ich sie mir dann heute Morgen einfach wieder runtergezogen. Ich dachte mir, wer ein Navi so stümperhaft aus einem Phaeton ausbaut, der kennt sich bestimmt nicht gut mit solchen technischen Möglichkeiten aus. Ich habe zwar nicht alle Filme gerettet, aber es sind definitiv genug, um Sevis Unschuld zu beweisen.«

Boesherz war für einen Augenblick sprachlos, und auch Schirlo fehlten die Worte.

»Was denn?«, fragte der Teenager die beiden zwinkernd. »Für irgendwas muss ich ja schließlich auch gut sein. Wenn ihr alle schon keine Ahnung von dem ganzen Technikkram habt.«

Boesherz legte seine Hand in Ferdinands Nacken, zog ihn zu sich heran und drückte ihn, so fest er konnte.

»Wer soll uns beide eigentlich noch aufhalten?«

»Manchmal gewinnen eben auch mal die Richtigen«, bestätigte Ferdinand und fügte strahlend hinzu: »Übrigens, Hertha hat die Bayern gestern drei zu null weggehauen!«

KAPITEL 82

BERLIN.
VIERZEHN TAGE SPÄTER.

Ein Raunen ging quer durch die Flure des LKA. Es dauerte nicht einmal fünf Minuten, bis jeder Mitarbeiter, der einen Augenblick Zeit erübrigen konnte, seinen Arbeitsplatz verlassen hatte, um Severin Boesherz zu empfangen. Doch nicht, weil dessen Rückkehr in den Polizeidienst eine so große Überraschung für die Kollegen bedeutete. Sämtliche Anklagepunkte gegen Severin waren nach der Auswertung des Memorysticks fallen gelassen worden. Es war viel mehr der Anblick, den Boesherz bot, als er sich nun mit leichtem Humpeln zum Dienst zurückmeldete.

»Ich muss schon sagen, Severin«, gestand Estelle Bepoldin mit einem verzückten Schmunzeln auf den Lippen. »Sie wären ein guter Feldherr gewesen. Die Uniform steht Ihnen!«

In einem erstklassigen Napoleonkostüm, das er aus dem Fundus der Medienstadt Babelsberg ausgeliehen hatte, war der Rheingauer im LKA angetreten.

»Aber ein guter Feldherr hätte eine so schöne Frau wie Sie nicht einfach im Restaurant sitzen lassen«, entschuldigte sich Boesherz und gab der attraktiven Französin dabei einen formvollendeten Handkuss. »Möglicherweise geben Sie mir ja in näherer Zukunft eine zweite Chance?«

Bepoldin zierte sich auf charmante Weise.

»Sagen wir doch einfach, ich habe Sie nach Ihrem Fauxpas nach Elba verbannt«, begann sie. »Von da ist Napoleon wieder zurückgekehrt. Aber wenn Sie das noch mal wagen, dann schicke ich Sie nach St. Helena. Von da gibt es dann kein Zurück mehr für den Feldherrn!«

Der Kommissar verbarg daraufhin gekonnt seine Hand in der Weste seiner Uniform und verneigte sich würdevoll.

»Das scheint mir eine diplomatische Lösung zu sein. Lassen wir es nicht zu einem Waterloo kommen!«

Eine wohlbekannte Stimme riss die beiden jetzt aus ihrer Vertrautheit.

»Wenn Seine Kaiserliche Hoheit vielleicht noch ein paar Minuten für mich erübrigen könnte?«, rief Castella ihrem Mitarbeiter quer durch das Büro zu.

»Ich muss mich entschuldigen, wichtige Kapitulationsverhandlungen stehen an«, beendete Boesherz seine Unterredung mit Bepoldin und wandte sich dann seiner Vorgesetzten zu.

»Sie und Schirlo haben uns hier also die ganze Zeit über Theater vorgespielt?«, eröffnete Castella die Unterredung, nachdem die beiden sich in einen Winkel zurückgezogen hatten, in dem ihnen niemand zuhören konnte.

»Ich habe ihn gleich angerufen, als ich Praetorius gefunden hatte«, gestand Boesherz. »Es war ja anzunehmen, dass er hinzugezogen werden würde. Und weil Leonore gewusst hat, dass wir nicht miteinander können, war er die einzige Figur in ihrem Spiel, die sie garantiert nicht auf der Rechnung hatte. Außerdem bin ich kein guter Teamplayer, das hat Leonore natürlich auch gewusst.«

»Ich verstehe«, entgegnete Castella. »Der tote Winkel Ihrer Ex war also die Möglichkeit, dass Sie ein Team bilden. Und das mit Rupert Schirlo, der Sie nicht leiden kann.«

»Ganz genau! Wir mussten nur darauf warten, dass sie ihre Deckung verlässt, aber dafür musste ich erst mal in ihre Falle tappen. Das ist ja das Faszinierende daran: Ich bin unter Leonores Labyrinth durchgekrochen, indem ich es gerade *nicht* getan habe. Solange alles nach ihrem Plan gelaufen ist, musste sie nicht darauf achten, was die anderen tun. Ich musste nur rausfinden, wann und wo sie persönlich zuschlägt.«

»Und was hatte dieser Junge damit zu tun, den Sie damals im Harz gefunden haben?«

»Der arme Kerl«, antwortete Boesherz darauf. »Der war wohl einfach nur zur falschen Zeit am falschen Ort.«

Castella entging nicht, dass Boesherz bei diesen Worten ein geheimnisvolles Lächeln aufsetzte.

»Sie werden mir dazu sicher bei Gelegenheit noch ein paar Worte sagen«, zog sie ihre Frage daher vorübergehend zurück. »Also dann«, beendete sie nun die Unterredung. »Wir sehen uns morgen. Ich glaube, ich habe da einen sehr schönen Fall für Sie!«

Boesherz hatte sich an diesem ersten Tag zunächst nur zurückgemeldet und einige Formalitäten erledigt. Bevor er nun nach kurzer Zeit zunächst wieder nach Hause gehen würde, wollte er aber noch in Ruhe mit Olivia sprechen. Die beiden hatten innerhalb der vergangenen vierzehn Tage zwar einige Male kurz telefoniert, Holzmann war dabei jedoch immer wieder um den wichtigsten Punkt herumgeschlichen.

»Wir konnten nicht ehrlich zu dir sein«, gestand Severin, nachdem er sich mit seiner Kollegin auf einen Kaffee unter vier Augen zurückgezogen hatte. »Ich habe gewusst, dass Leonore ein grausames Spiel mit mir vorhatte. Sie wollte an Ferdinand ran, und den zu beschützen war mir sogar noch wichtiger als unsere Freundschaft.«

Olivia war anzusehen, dass sie ein schlechtes Gewissen hatte.

»Sogar, wenn er wirklich dein Partner gewesen wäre«, erwiderte sie. »Ich hätte anders reagieren müssen. Weil ich einfach nicht darüber zu entscheiden habe, wie Menschen miteinander glücklich sein wollen.«

Boesherz setzte den Zweispitz ab, der Teil seiner Kostümierung war, und stellte den Becher mit dem viel zu dünnen Kaffee darin neben sich auf einen Tisch.

»Ich habe fünfzehn schreckliche Jahre hinter mir«, gestand er. »Diesen Jungen zu schützen, vor einer Bedrohung, die hinter jeder Ecke hätte lauern können, und das zu jeder Zeit, egal wo … Ich weiß nicht, wie lange ich das noch ausgehalten hätte. Glaub mir, du hast nichts falsch gemacht. Wenn überhaupt, dann war ich das. Ich habe wegen dieser Sache sehr viele Menschen belogen. Freunde, Familie.«

»Aber Lügengebäude stürzen eben irgendwann ein«, verstand Olivia.

»Und weil ich nicht möchte, dass zwischen uns beide noch mal eine Lüge kommt, werde ich dir jetzt etwas anvertrauen, das du niemandem weitererzählen darfst. Zumindest nicht, bevor ich es selbst mache, und das kann noch ein bisschen dauern. Bist du damit einverstanden?«

Olivia verstummte. Sie holte noch einmal tief Luft, bevor sie schließlich entgegnete: »Okay!«

»Dann halt dich mal fest.«

Damit beugte sich Severin zu seiner Kollegin vor und flüsterte ihr ins Ohr, was es mit ihm und Ferdinand tatsächlich auf sich hatte. Olivia verzog zunächst keine Miene. Erst nach einer ganzen Weile entgegnete sie schließlich in aller Nüchternheit: »Also zwei von der Sorte. Das kann ja noch heiter werden …«

KAPITEL 83

BAD LAUTERBERG, HARZ.
VIER WOCHEN SPÄTER.

Sie mögen dich«, stellte Ferdinand fest, nachdem er jetzt allein mit Severin durch den Garten seines Elternhauses spazierte.

Es war das erste Mal, dass Boesherz Ferdinands Adoptiveltern ganz privat getroffen und in zwangloser Atmosphäre bei einem gemeinsamen Mittagessen mit ihnen gesprochen hatte.

Die wahren Umstände hinter der mysteriösen Geschichte des angeblichen Findelkindes hatten die Wehdes erstaunlich gefasst aufgenommen. Sie hatten Severin vorurteilsfrei zugehört und schließlich erklärt, dass sie dessen Verhalten nicht nur verstehen konnten. Sie selbst, so hatten sie vermutet, würden sich an seiner Stelle ähnlich verhalten haben.

»Wie sehen denn jetzt unsere nächsten Schritte aus?«, fragte Boesherz seinen Sohn, während er seinen Blick dabei über den liebevoll angelegten Garten der Familie Wehde schweifen ließ.

»Ich darf dich in den Ferien besuchen«, antwortete Ferdinand. »Und du kannst jederzeit zu uns kommen, wenn du willst. Meine Eltern sagen allerdings, ich sollte nicht jedes Mal aus einem brennenden Auto springen, wenn wir uns treffen.«

»Warte mal, das schreibe ich mir lieber auf«, scherzte Boesherz und tat so, als suche er nach einem Notizblock in der Innentasche seines Dreiteilers.

»Sag mal, darf ich dich vielleicht um was bitten?«, fragte Ferdinand daraufhin.

Boesherz sah den Jungen gespannt an.

»Na ja«, fuhr dieser fort. »Dass du jetzt nicht mehr diese komischen Verkleidungen zu unseren Treffen anziehst, finde ich ja gut. Aber was soll das dauernd mit diesen albernen Anzügen? Kannst du nicht wenigstens die Krawatte mal weglassen?«

Boesherz dachte kurz nach.

»Weißt du was?«, antwortete er schließlich. »Ich glaube, ich könnte es zumindest mal versuchen.«

Damit wickelte er die edle Seidenkrawatte von seinem Kragen ab, rollte sie zusammen und steckte sie sich in die Hosentasche. Nachdem er danach auch noch den oberen Knopf seines Hemdes geöffnet hatte, fügte er hinzu:

»Gar nicht mal so übel! Vielleicht mache ich das ab jetzt öfter mal.«

Die beiden lachten. Noch einige Minuten lang gingen sie danach plaudernd durch den Garten und tauschten gemeinsame Erinnerungen aus. Erst nach einer Weile kam Boesherz schließlich auf einen Punkt zu sprechen, der ihm schon den ganzen Nachmittag über auf der Seele gelegen hatte.

»Es geht noch mal um Leonore«, begann er vorsichtig. »Ihre Leiche ist immer noch nicht gefunden worden.«

Ferdinand nickte besonnen.

»Diese Geisteskrankheit, von der ihr geredet habt?«, fragte er dann. »Glaubst du, dass ich die geerbt habe?«

Obwohl Boesherz sich fünfzehn Jahre lang darauf vorbereitet hatte, dass er seinem Sohn diese Frage eines Tages würde beantworten müssen, fiel ihm in diesem Moment doch nichts ein, was er darauf erwidern sollte.

»Ganz ehrlich, Schatz«, setzte er schließlich an. »Wir werden es abwarten müssen. Du wirst in den kommenden Jahren immer öfter Dinge sehen, die andere Menschen nicht sehen können. Du wirst Zusammenhänge verstehen, die andere Menschen nicht herstellen können. Du wirst dadurch Freunde verlieren, und es wird ganz sicher nicht immer leicht für dich sein. Aber ich werde für dich da sein. Immer!«

Ferdinand ließ die Worte seines Vaters zunächst einen Augenblick lang auf sich wirken.

»Meinst du, Leonore ist noch irgendwie aus dem Phaeton rausgekommen?«, fragte er schließlich.

»Ich weiß es nicht«, gestand Severin.

Ferdinand sah sich um. Seine Eltern waren noch immer im Haus und bereiteten das Abendessen vor. Liebevoll griff der Junge nach Severins Hand und umschloss sie mit leichtem Druck, bevor er leise sagte: »Wir werden ja sehen.«